EX-LIBRIS

漂洋过海
来送你

石一枫

著

人民文学出版社

图书在版编目（CIP）数据

漂洋过海来送你/石一枫著. —北京：人民文学出版社，2022（2023.4重印）
ISBN 978-7-02-014880-6

Ⅰ.①漂… Ⅱ.①石… Ⅲ.①长篇小说—中国—当代 Ⅳ.①I247.5

中国版本图书馆CIP数据核字（2021）第241343号

责任编辑　于文舲
装帧设计　陶　雷
责任校对　李　雪
责任印制　苏文强

出版发行　人民文学出版社
社　　址　北京市朝内大街166号
邮政编码　100705

印　　刷　三河市延风印装有限公司
经　　销　全国新华书店等

字　　数　263千字
开　　本　890毫米×1290毫米　1/32
印　　张　13.25　插页3
版　　次　2022年3月北京第1版
印　　次　2023年4月第2次印刷

书　　号　978-7-02-014880-6
定　　价　48.00元

如有印装质量问题，请与本社图书销售中心调换。电话：010-65233595

目　录

第一部分　来自太平洋西 · 001

第二部分　前往太平洋东 · 165

尾　声 · 325

　上 · 327

　中 · 353

　下 · 376

尾声的尾声 · 399

第一部分

来自太平洋西

1

那年那豆二十三,在大酒店当服务员。他爸那三刀,在出租汽车公司开车。他妈马丽莲,在大方家胡同西口的清真肉店卖牛羊肉。那豆的爷爷也跟他们一家三口住,过去是北新桥酱油厂的工人,不过早退休了,现在连酱油厂都没了。

所以爷爷的精力主要用于养鸟。

"隔辈儿亲",这说法有道理。那豆跟他爸也就那么回事儿,甚而隔三岔五还会闹点儿别扭,但他跟爷爷关系好。在酒店上班以后,只要头天没夜班,他都会陪着爷爷去遛鸟。冬天的清晨,太阳还是红的,胡同里尚凝着一团薄雾,俩人就出门了。这时街上几乎没车,空气分外清新。爷爷走前面,左手一笼黄雀儿,右手一笼八哥,那豆跟在后面,穿着酒店发的门童制服,看起来像个小跟班儿。爷爷也的确有范儿,梳个半灰半白的大背头,胳膊朝两边支叉着,一副瘦而高的身架恨不得占了半个胡同,不时还会放个响屁,如同给雾里的孙子指引方向。

他们出了东四三条，往南拐上了朝内大街，再奔东走到朝阳门环岛。

环岛边上有个街心花园，就是爷爷遛鸟的地界了。爷爷把俩笼子挂在树上，舒舒坦坦地坐在水泥台阶上，听黄雀儿唱歌，教八哥说话。黄雀儿姑且不提，那豆比较偏爱八哥。这时的八哥已经是爷爷养过的第三只了，前面两只也能说话，不过在第二只上出了点儿差错。那两年那豆他爸爱骂街，骂着骂着就把八哥教会了。有时刚说句"恭喜发财"，下面就接一句"大傻×"，还有时正说着"您吉祥"，跟着又是"小丫挺的"。这让爷爷痛心疾首，说这叫"脏口儿"。扳了一阵子没扳回来，爷爷只好把那只八哥给放了。八哥振翅高飞，飞出二环路，飞向CBD，满北京地散布"大傻×"和"小丫挺的"去了。

因而在那以后，爷爷格外注重八哥的教育问题。到了第三只上，八哥又有进步，学会了紧跟时事，还学会了举一反三。这让爷爷很骄傲，他问那豆：

"这觉悟，比你们单位头儿怎么样？"

爷爷问话时，那豆也坐在水泥台阶上，连鼻子带嘴一块儿往出喷热气。他瘦而长的躯干弯得像根扁担，扁担上挂了一枚如斗大头，大头里好像藏着许多心事。但这状态并不妨碍他跟爷爷聊天，那豆说：

"比我们经理强，但还赶不上贵宾楼的客人。"

这说的是实话，作为一家经常负担着会议任务的国营酒店，客人的身份自然不同凡响。有时听他们在门口寒暄或在咖啡厅里神侃，说的那些话都能把那豆给绕晕了。

爷爷听了那豆的评价，欣慰地逗八哥："也不能对咱们要求太高，对吧？"

八哥倒不干了，连着蹦出一串儿"从严"。

就这么你一句，我一句，八哥一句，太阳也由红变白，照散了环岛上方的薄雾，照出了远处立交桥下丰沛起来的车流。不多时，那车流渐渐停滞了，开始了这片地方每天长达十几个小时的拥堵。环岛四周的地铁站口也涌出人来，有时候那豆想，瞧这些人那乌泱乌泱的架势，真说明他像新闻里说的，生活在一个泱泱大国。而这景象也说明时间差不多了，于是他站起身来，对爷爷说：

"那您歇着，我上班儿去了。"

爷爷就说："小猴儿崽子，跪安吧。"

这么说话也是爷爷的习惯。倒不是来源于祖上，而是来源于电视，但正是电视又让爷爷想起了爷爷的祖上。有那么两年，电视剧里演的尽是宫里的事儿，不是皇上就是太监，要不就是几个娘们儿斗心眼儿，互相打胎，噼里啪啦往下掉孩子。看了那些电视剧，爷爷的话风忽然就复古了，拿腔拿调了，进而又说起了自己这家人在过去也是有身份的。可不吗，要不是在旗，谁家姓那呀？

只不过话说回来，且不说那豆和他爸了，就连爷爷本人也没赶上过他们家的好时候。爷爷的爷爷早就把家底儿给败光了，靠的是一杆鸦片枪。也正是因为这个司空见惯的故事，爷爷在过去的年月里才得以过关，那豆他爸也还能被组织上派去学开汽车。话再说回来，就算祖上是有过一点儿身份的,毕竟离皇亲国戚也还远着呢,那些专属于宫里的老词儿,也轮不上他们说。一句话:你也配?

因此对于爷爷的这个毛病,那豆他妈马丽莲曾经指出:"搁几十年前够批斗的,搁几百年前够砍头的。"

她又对那豆他爸那三刀说:"我看你爸的脑子是糊涂了。"

但那豆和他妈持不同意见。他并不觉得爷爷那么说话是在怀旧,更不觉得爷爷有什么跟谁比祖宗的意思。怀旧和比祖宗都是要有现实基础的,或者说,是那些混成了"人上人"的家伙在论证自己本来就该是个"人上人"。一个前酱油厂工人,也唱这么一出,那不是自取其辱吗?活了一辈子,爷爷该懂这个道理。

爷爷图的是什么呢?按照那豆的看法,其实很简单,纯粹就是图个"玩儿"。

北京人尤其是胡同里的北京人,先天都有着"玩儿"的基因,甚而伴随着逮着什么玩儿什么的努力,"玩儿"这件事情本身也成了一种精神,一种态度。而在诸多可玩儿的物件里,唯有这嘴百玩儿不厌、随玩儿随有。玩儿鸟玩儿多了鸟还累呢,一张好嘴却永远能够花样百出。伴随着爷爷把孙子说成"猴儿崽子",把回头见说成"跪安",把吃糖油饼说成"用早膳",把吃多了胃胀说成"龙体欠安",把串肚子放屁说成"出虚恭",好像过日子的内容没变,但日子又不是本来的日子了。

只不过,那豆又想,这种"玩儿"的基因似乎也是逐渐退化的,在爷爷身上还挺明显,到了他爸他妈那辈人,就被日子磨砺得淡薄了下去，再到他自己，干脆连玩儿的兴致也很少有了。相反，他老觉得自己在被别人玩儿。

因此那豆还有些羡慕爷爷。这也是他长大了还跟爷爷亲的一个原因。

再说回俩人在清晨的对话。当爷爷允许那豆"跪安"，那豆便也回一声"喳"，屁颠儿屁颠儿地跑向路边，用手机去扫一辆小黄车。有时是小黄车，有时是小蓝车小绿车。

这时爷爷却在后面说："瞧你这记性。"

那豆便"咳"一声，又屁颠儿屁颠儿地跑回去。他看着爷爷掏兜，捻出几张票子给他。这也是爷爷的习惯：只要那豆陪他遛鸟，那么早饭钱他管。爷爷的意思那豆也明白：他爸他妈钱紧还抠儿，从小人家孩子有什么玩意儿他都没有，那正好，早饭爱吃吃不爱吃不吃，攒下钱来还能买点儿可心的东西。那些钱的确也变成了他的日本漫画、电子游戏机和四轮轱辘鞋，到职高毕业以后，居然还置了一台二手电脑。只不过那豆又有点儿不明白：既是疼孙子，爷爷为什么不能自己攒下钱来，到时候直接给他一个整数呢？

对此爷爷也有一讲。他伸出手来让那豆看："瞅我这手，缝儿大不大？"

那豆说："手指头是有点儿并不拢。"

"对喽。"爷爷说，"这样的人敛不住财，意志比较薄弱。那钱要搁我手里，还有你的份儿？我早买鸟儿去了。"

所以钱可以给，但攒钱的痛苦还得那豆承受。看见这个百爪挠心,看见那个又辗转反侧,爷爷自己可不遭那份儿罪。但不管怎么说,这又是那豆跟爷爷亲的一个原因。总之鸟也遛了,钱也拿了,那豆骗腿跨上了小黄车,或小蓝车小绿车。

但爷爷又说一遍:"瞧你这记性。"

说完又掏兜,捻票子,要把给过的钱再给一遍。而这个习惯就不是爷爷一直有的了,是今年夏天新添的……要不就是从去年冬天?

那豆跨在车上,乐了:"瞧您这记性。"

爷爷颇为认真地点了点票子,一拍脑门儿:"瞧我这记性。"

然后那豆终于蹬车走了。他骑得慢慢悠悠,但却觉得风很足,吹得他浑身透亮,又夹杂着一丝来无影去无踪的忧伤。这一路上,他还总觉得有人在后面看他,但他也不回头,因为他知道,回不回头爷爷都在那儿。同时,他也以为这种感觉将会天长地久,就像不管街景如何变幻,新的、奇形怪状的大楼起来了一座又一座,但每当他经过北京站时,尖顶上的大钟永远会恰到好处地响起那首《东方红》。

然而那豆想错了。那个冬天过去,等一开春,爷爷就没了。

用爷爷自己的话说,"薨"了。

后来回想,关于爷爷"薨"了的话题,俩人其实早有讨论。最初还是在那豆很小的时候,他好像刚脱开裆裤。小小子都有枪,也就是一块三合板锯成枪的模样,后来爷爷又给加工了一下,装上皮筋能打纸球。饶是如此,威力巨大,当那豆向爷爷开枪,爷爷立刻扑倒在地,并声称"嗝儿屁了,嗝儿屁了"。那时爷爷还没开始学电视剧说话。

那豆拽爷爷:"起来呀,我妈说趴凉地拉稀。"

爷爷说:"嗝儿屁了就起不来啦。"

那豆问:"什么是嗝儿屁了?"

爷爷说:"嗝儿屁了就是死了,不能动了。"

那豆问:"永远睡觉了?"

爷爷说:"差不多这意思吧。"

这也是在那豆的记忆里,他第一次被迫思考起了关于生死、关于人生终极的问题。没承想,那些思考还给那豆留下了心事,还有几分可怕:不能动了,那要是耳朵眼儿里钻进一只潮虫可怎么办,抠都不能抠了?永远睡觉了,那糖油饼摆在桌上也吃不着了?这些想法在他的心里凝成了一团暗影,每每将他的魂魄一晃,人也不觉痴了。

这时他会突然说:"我可不想嗝儿屁。"

这话自然把听者吓了一跳。他妈马丽莲一惊一乍,薅着那豆的脖领子就是一巴掌:"瞎说什么呢,哪有自个儿咒自个儿的?"

他爸那三刀则相对客观:"是人都会嗝儿屁,但你还早着呢。"

那豆便又看那枪,进而要求爷爷:"那您今天也别嗝儿屁。"

只有爷爷懂得那豆的心思,嘿嘿一乐:"行,今儿不嗝儿。"

但爷爷嘴欠,立马又会接一句:"明儿再嗝儿。"

说得那豆就哭了。他哭也不是哇哇哭,而是一抽一抽。每抽一下,如斗大头就会在瘦长的身子上晃悠一下。爷爷呢,又嘿嘿一乐,胡噜一把那豆的脏脸,也不说什么了。他爸他妈则对视一眼,满脸没辙。这没辙也不光是对那豆,还包括对爷爷。

但等后来那豆大了,再和爷爷论及此类问题,他的态度反而没那么严肃了。

试举一例。就在一年多以前吧,也是个冬天,当时他还没到大酒店去当门童,而是成天在街面上晃悠着。晃悠久了,便晃悠出了一股烦躁的气息。那时他倒还陪着爷爷遛鸟,冷着一双眼,看着乌泱乌泱的车和人,脸上渗出几分狠气。

一天那豆正在发狠,爷爷突然搓手道:"老这么着,也不是个事儿呀。"

乍一听,那豆还以为爷爷说的是取暖问题,具体地说是煤改电的问题。过去胡同里冬天烧炉子,后来变成土暖气,那两年说是为了对付雾霾,政府又统一给改造成了电锅炉。干净当然是干净了,但电锅炉也有电锅炉的缺点:因为线路老旧,夜里容易跳闸,一跳闸就得冻一宿,早上起来尿盆里都结着黄冰。此外还有电表走字儿太快,一冬天的采暖费得比过去多花好几千,所以好多人家不跳闸也不敢开,宁可尿盆结黄冰。爷爷那屋又漏风,入冬以来,已经被冻得往胡同口阴大夫他们家跑了两趟。

但那豆也知道,爷爷担心的不是自己,而是那些鸟。于是他说:"要不跟我妈说说,给八哥的笼子做副棉罩子?"

爷爷貌似首肯,答道:"棉罩子管用。"

那豆又支招儿:"不还有条旧电褥子吗,我给剪吧剪吧铺笼子底下,一插电照样能热。"

"那敢情好。"爷爷更加首肯,又转向八哥,"你先用上地暖了。"

八哥就说:"消费升级,消费升级。"

讨论完这个问题,俩人便停了嘴,爷爷继续逗鸟,那豆继续冷眼看着乌泱乌泱的车与人。但过了一会儿,爷爷忽然沉吟,又说:"不对呀。"

那豆说:"怎么不对了?"

爷爷说:"我刚才想说的不是这事儿。"

那豆说:"那您想说的是什么事儿?"

爷爷便五指叉开,拢了拢半灰半白的大背头。与此同时,他还在一瞬间歪嘴皱眉,那表情既迷惘又古怪,好像一只鲶鱼陷入了沉思。半晌过后,爷爷才说:

"我想说的是,你老这么着,也不是个事儿呀。"

那豆说:"我老怎么着了?"

爷爷说:"你也没个班儿上……"

那豆说:"您不也没上班儿吗?"

爷爷说:"我那是退休了。再说酱油厂都没了。"

那豆说:"酱油厂有的时候,也没见您会做酱油。"

爷爷说:"工种不同,酱油厂也需要搬缸的。"

那豆说:"要不……我也权当自个儿提前退休了吧。"

那豆这么说时,口气不耐烦。有那么两年了,一提到上班儿的事,他都是这么一副态度。这也就是跟爷爷,要是换别人,没准儿他早蹽儿了。而爷爷呢，话说到这儿，一般都会不再言声儿。但这天爷爷与往日不同，他仿佛愣了愣神，目光有些发散，嘴角往下撇着。这又让那豆感到，爷爷似乎是有什么话要说的。

于是他问："您到底想说什么呀？"

爷爷仍半晌不语，然后突然说："我要嗝儿了，你怎么办呀？"

爷爷说时喉咙发抖，俨然拖出哭腔。而那豆听爷爷这么一说，就真不耐烦了。他知道爷爷又来了。近两年爷爷还新添了个毛病，或者说，人老了都有这个毛病：有事无事总爱论及生死，并且极其多愁善感。那豆还知道，爷爷论生死，论的也不只是他本人的生死，而是三绕两绕，又会绕回到那豆身上。倒好像那豆找工作是爷爷未竟的事业，他一天不上班儿，爷爷就一天死不瞑目似的。这又是什么逻辑，难道他明白了该怎么办，爷爷就能放心地去嗝儿了吗？

那豆也不打算跟爷爷掰扯上述问题。他知道，掰扯也掰扯不清楚。

他反而说："爷爷，您这话说得欠妥。"

爷爷说："怎么欠妥啦？"

那豆说："别老'嗝儿了嗝儿了'的，那不符合您的身份。咱们这个民族，咱们这种人家，在过去可不是这么说话的。您看能不能换个词儿，'驾崩'行吗？"

爷爷居然认真地想了想："你怎么看的电视？天下只有一人能说'崩'。"

那豆说："那就'仙去'？要不'圆寂'也行。"

爷爷说："我又不是什么宗教人士。"

那豆说:"您知道得多,要不您挑一个。"

爷爷又想了想:"干脆就'甍'吧。那字儿太难,我也不会写,不过大概用着合适。比一般人高点儿,又比最高的低点儿,中不溜儿。我这么说也不是没根据,我爷爷,也就是你爸的太爷爷,光绪年间御赐过封号'巴图鲁'。"

那豆不认识"甍",也听不懂"巴图鲁",但他点了点头:"得嘞,那就这么定了。"

八哥也附议:"按既定方针办。"

这时那豆便把烟屁碾了,又从烟盒里拿出一根新的。他把那烟在手里转着,却没点上。烟自然不是什么好烟,一点零的"中南海",抽多了呛嗓子。

只过了这么会儿工夫,爷爷却又说:"那我要'甍'了,你怎么办呢?"

刚才那豆想把爷爷绕开,可爷爷倒好,三绕两绕又绕回来了。因其形散神不散,那豆不免又想:难不成爷爷是认真在谈这事儿?他心里不免颤了一颤。但等颤完,他摆出了愈发嬉皮笑脸的神情:"我能怎么办?该怎么办就怎么办呗。"

爷爷有些失落:"那当然……你该吃吃,该喝喝。"

"不是那个意思,我哪儿能那么没心没肺?"那豆只好表态,但语气仍是烦躁和疲沓的,"我说的是,我该哭您就哭您,该埋您就埋您,该打幡儿就打幡儿,该烧纸就烧纸。别人怎么对您我不管,我得让您不枉当了回爷爷。"

爷爷又补充:"你自己也得好好儿的,起码别给家里惹事儿了。"

那豆说:"对对。别人怎么看我我也不管,我得让自己不枉当了回孙子。"

听了这段表态,爷爷又做了一番思索,然后说:"就是这个理儿。豆儿啊,记住喽。"

那豆无可奈何地笑笑:"我看哪,还是您先记住了吧。"

之所以这么说,是因为那豆也数不清,类似的表态他进行过多少回了。每回表完态没多久,甚至连日历牌儿都没撕,甚至当环岛的红灯刚变成绿灯,爷爷便又会突然说:

"我要'薨'了,你可怎么办呀?"

而到来年又来年的春天,当爷爷真"薨"了,那豆还有一个感触:对于生死,好像只有小孩儿和老人会常挂在嘴边儿,这没准儿是因为他们一个离生不远,一个离死很近。夹在中间的人,由于两头不靠,反倒有些糊涂或者大可以暂时装糊涂了。其实就是个距离的事儿。

至于爷爷"薨"的过程,就没有讨论"薨"的叫法时那么絮叨了。用街坊的话说,"干净利索快,这是福分"。

当时天气渐暖,满胡同飘着白毛儿杨絮,天却像入了秋一样高远,抬头所见近于无限。"五一"还没到,但胡同口早早就斜插着小旗,地上还码堆儿摆出了一盆一盆的串儿红。北京的春天短,前后也就那么几天,因而就算日子还是原来的日子,那豆却有了种迫切地想把日子抓住的感觉。他醒得也比过去早了,一起床就去找爷爷。

院儿里三排平房,东西北三溜儿排开,他家占了两间半。东边北边各一间，当中还夹着半间不东不北的，门开在小院儿的对角线上，是在拐弯处搭起来的违章建筑。这两间半也不是他们家祖上留下来的，是后来政府分的，原先"带下马石的宅子"早不知从烟枪里飘到哪儿去了。那豆住的自然是那半间，因其角度歪斜，所以早上开门以后，看哪个方向都像斜的。都说北京人最分得清东南西北，但他是个特例，用爷爷的话说，"生把北京的街看成了天津的街"。然而住这儿也有个方便，左右两边的动静都听得真切。他爸他妈要是吵架，照墙踹一脚就能让他们闭嘴，爷爷要是起夜踢了尿盆，他也知道用不用递个墩布。

昨夜爷爷那屋没声儿，只有八哥冷不丁地喊句口号。看来睡得还行。

那豆把牙缸子往左手边的窗台上一撂，转身就去敲右手边的窗户。敲了几下没人应，这也不稀奇。爷爷的觉有时候像老人，夜里三点就开始翻腾，有时候又像小孩儿，直睡到太阳高了还赖着。赶上后一种情况，就得由那豆充当闹钟。

那豆便继续敲，且喊："叫起儿了，上早朝了。"

还说："一会儿车都出来了，尾气该熏着鸟儿了。"

屋里还没声儿。这当然也不稀奇，上了岁数的人耳朵都不灵。这时就需要那豆从北屋窗台上的第三个花盆底下拿钥匙，捅锁眼儿进去叫爷爷。

开门以后，仍没发现什么异样。天气真是暖和了，屋里蒸腾着一团热气，当然也充满了尿味儿和屁味儿。那尿有股近似于苹果的气息，屁则混同于一般的豆儿屁、萝卜屁。四下里摆设不多，一桌一床一柜子，糟朽得连晃悠出来的吱吱声都有些发闷了。床头还有一缸，缸上斑驳着一个"北"和一个"酱"字。

爷爷还在床上睡着，面朝墙，头顶着缸，不动弹。

那豆就往里挪两步，拿手轻拍爷爷脑袋底下翘起来的半个枕头，边拍边叫：

"爷爷，爷爷，爷爷——"

但叫到第三声，他的嗓音就变了：打颤，不拖长声儿，反而极其短促，好像刚吐出来就被吸了回去。他意识到，可能大事不妙。然而对于大事不妙的反应，他没像电视里演的那么轰轰烈烈。相反，那豆还挺沉着——他先往前欠了欠身，伸手探了探爷爷的鼻息，然后直起腰来，茫然四顾，眨了眨眼，这才反身出去找他爸和他妈。

敲开东屋门，那豆说的也不是"爷爷薨了"。那是他和爷爷之间的谈话方式，不足为外人道也。面对满嘴牙膏沫子的他爸那三刀和披头散发的他妈马丽莲，那豆说：

"快去看看爷爷。"

他爸也挺沉着，出门拐进爷爷屋里，仍是先欠身探了探鼻息，又茫然四顾，眨了眨眼，然后才折回自己房里找手机。拨的是急救中心的号码，讲话倒比平时有条理，唯一暴露情绪的是在电话那头叮嘱"别瞎动"时，他爸就问：

"我们都住住儿地不能动？那就干坐着吗？"

电话里说："说的是病人，别瞎动，明白吗？"

他爸说:"他也动不了呀。"

电话里就"咳":"我是说不让你们移动病人,你们不是专业人士……"

他爸就"哦",又吼了正要奔爷爷屋里的那豆一嗓子:"别瞎动!"

于是就没动爷爷,让爷爷继续睡着,面朝墙,头顶着缸。

没过一会儿,救护车的鸣叫声就在胡同口响起来了:哇呜哇呜。这叫声让人心里烦乱。但在此后的救护过程中,不仅是他们家人,就连其他相关的不相关的人等都表现得相当沉着:街道和居委会的干部来了,拿个表填写情况;戴红箍的志愿者来了,把急救中心的人往里引领。胡同里老人多,类似的事儿免不了,众人也都早有经验了。

又没过一会儿,救护车上的人便进了爷爷的北屋。其中有医生,是个小平头的年轻人,罩件白大褂。他们所做的事儿,也就不只是探一探鼻息那么简单了:还摸脖子上的动脉,还拿小手电照瞳孔,还接上了心电图,还轮流上去按压胸口,还给爷爷打了一针,说叫"肾上腺素"。然而救护的结果却是让人失望的。或者说,专业人士所做的一整套工序,仿佛只是为了印证非专业人士们那最不好的猜测。

折腾了估摸半个钟头,医生出来了:"谁是家属?"

那豆他爸和他妈聚拢过去:"怎么样?"

医生说:"实话说,不是我们的事儿了。"

那豆他爸那三刀说:"这话儿怎么说的……你们来都来了。"

医生说:"人已经没了,昨儿夜里就没了。"

那豆他妈马丽莲说:"就那么肯定?"

医生便不再说话,递过一张单子让他们看,那上面写着一切检查和监测的结果,以及对爷爷施以救治的全过程。相对于口头通知,白纸黑字更加确定、更加权威地宣布爷爷已经没了。那豆他爸就开始叨叨:

"这就真没了?也没打个招呼就没了?昨儿还说买二斤糖油饼呢,还说吃烧饼夹肉呢,还说晚上炒疙瘩呢……"

每叨叨一句,那豆他妈就在旁边"咳"一声,嗓门不高,但节奏很在点儿上。在他妈的伴奏中,他爸整个人矮了下去,脑袋和肩膀都往下耷拉着。他们家的男人都是瘦而高的体态,如果并排走在胡同里,好像老中青三根扁担。现在扁担们的姿态各有不同:一根直直地在屋里挺着,是爷爷;一根逐渐弯曲,是那豆他爸;还有一根早已打了好几个弯儿,折叠着,就是那豆了。不知何时,那豆坐到了东屋的台阶上,胳膊拢成一个环,脑袋藏在胳膊里。他觉得自己正置身于一片人腿组成的森林,森林里有无数只八哥正在说话。忽而森林又散开,一些人腿把另一些人腿往外让去,那大概是专业人士们准备收工撤退了。

也就在这时,那豆重又起身,把自己的腿汇聚到了人腿的森林之中。

人们看见他几步跨到院儿门口,身子撑满了门框,也不作声,迎面正对着肩负各种器械的医生、司机和担架员。他还穿着那身酒店制服,看着就是个门童,然而这个门童的眼神儿又发着狠。

对面的人们一慌。医生说："小伙子，让让道儿。"

那豆说："回去救救我爷爷。"

他的口齿近乎嘟囔，但却让四周的人们离开了他爸他妈，一股脑儿朝院儿门口汇聚了过来。有人交头接耳道，看来这家人是要闹了。儿子不闹孙子闹，总归免不了要闹一场。

居委会的老太太插了一句："豆儿啊，你冷静冷静……"

那豆反问："我不冷静了吗？"

他眼一横，老太太的菊花头就一颤。那豆不冷静的时候大伙儿也见过，附近几个小混混儿脑门上的疤就是证明。他还徒手制服过一条黑背大狼狗，当时他才十六岁。

医生又说："我们有规定，人没了就……"

那豆重复一遍："回去救救我爷爷。"

说话间，他还把手攥在衣领上，哗啦一扯，将那件工作服脱了。这时他就不像门童了，露出的是一件小背心和一身干巴肉：别处的肉也就是肉，黄不溜秋的证明了他的人种，唯独左臂色彩斑斓，密密麻麻看不清图案。花臂一亮，气势更加唬人，满院儿都"嚯"了一声。又有人嘀咕，看来不仅是要闹了，保不齐还有一场伤医案。

医生的小平头上也冒了汗。他的神态无可奈何，居然还有几分"赶上也就赶上了"的坦然。俩人就僵着，被人们围在圈儿里。旁边的那豆他爸他妈呆看着儿子，担架员和司机呆看着医生，都像投鼠忌器似的不敢发声。太阳又从红的变成了白的，从高处照散了薄雾，地上的柏油也发了亮。而爷爷还在屋里挺着。

直到胡同里又响起"让让,让让"的呼声,人群的死水才起了微澜。人们听见院儿外有支自行车的声音,又听见菊花头的老太太见了救兵似的咏叹:

"阴大夫来了,阴大夫来了就好了。"

就连那豆也随之侧了侧身,仿佛蜘蛛网被风吹开一角,把一个跟他爸岁数差不多、比他爸矮了一头、戴着副大黑框眼镜的瘦小男人让进院儿来。这男人的脸上带有一种认真的滑稽,他就是阴大夫了。阴大夫站在那豆和医生中间,对那豆一笑:

"又耍叉呢?耍叉也得挑个时候呀。"

那豆竟滑出了委屈的腔调:"那是我爷爷……"

阴大夫打断他:"谁也没说不是你爷爷,你都叫了二十多年爷爷了。可你爷爷怎么样了,现在别人说了都不算,得由大夫说了算,对吧?"

他说完不看那豆,转向了医生:"我也是大夫,劳驾您再介绍介绍情况。"

医生趁势一回身,俩人就撇下那豆及一院子的人,又到北边的屋里去。

对于阴大夫的发言权,没人能提出异议,就连那豆也不能。阴大夫过去是酱油厂的厂医,后来酱油厂没了,他也被分了流,去私立的体检中心给人做体检,但酱油厂的老人儿有个头疼脑热仍然习惯去找阴大夫。再后来,当爱人郑老师和女儿阴晴前后脚儿离开了这条胡同,阴大夫既为了找点儿事干又为了方便街坊,还把自家的一间平房辟成了个小诊所，专给开些市面上不好买但又便宜管用的老药。别说爷爷了，那豆小时候老爱支气管发炎，一发炎就喘，一喘就去找阴大夫打青霉素：一针见效，三针痊愈。

爷爷夸阴大夫："灵得跟电线杆子上的性病广告似的。"

在阴大夫去看爷爷的当口，那豆仍然支棱在门框里，亮着他的花臂。他的脑袋有点儿发木：爷爷就这么"薨"了？此时再回顾刚才那一番闹，其原因好像是他不能接受爷爷的"薨"，又好像是他在后悔此前跟爷爷讨论"薨"的问题时态度不够严肃。那豆又想：再假设一下，倘若爷爷没"薨"，那么爷爷是否愿意看见他闹上这么一出呢？

这么琢磨着，那豆体内的那股热气就冷了下去。

但当他看到阴大夫从北屋里出来，又赶紧把身子支棱了起来。

阴大夫走到门口，重新看了眼那豆："人是没了，心电图一条线儿。要连这个都看不出来，我们这大夫也甭干了。再抢救就是浪费资源，人家医生没做错。但你一时半会儿受不了，你也没错。事已至此，我就劝你替你爷爷考虑考虑。怎么急救的你也看见了，胸外按压有可能损坏遗体，人既然没了，凭什么受那份儿折腾？你这是尽孝呢还是犯浑呢？"

那豆就说："阴大夫，您说这理儿我都懂。"

阴大夫说："懂理就行。懂理还得讲理。"

那豆又说："可我老觉得不甘心。我见过有的人死了，脸都白了腿也蹬了，结果救了一会儿又咳嗽了，咳嗽完了还跟他媳妇儿说话呢，说'达令'……"

阴大夫一抖眉毛:"你在哪儿看见的?"

那豆说:"电影里……美国的事儿。"

阴大夫突然就把脸沉了,低声说:"那你就把你爷爷扛美国去。"

他说完扒拉开那豆,径自出了院门。那豆不堵门站着了,他跟着阴大夫来到胡同里,耷拉着脑袋。他那件门童制服又穿上了身,但仍敞着怀,前襟随着贯穿胡同的风晃荡着。趁这工夫,急救中心的人也溜出来了,头也不抬,小跑着奔向几丈开外的救护车。小平头医生的肩膀上还渗着两块水渍,那是刚才给爷爷按胸口时出的汗。那豆便怔了一怔,突然追上去,一把拽过人家手里的急救箱,替他拎到了救护车的后备厢里。然后他又抬起手来,啪啪抽了自己俩嘴巴,这才把脸朝向医生。

挨了俩嘴巴,那脸似乎活泛了些。同时脸上流着两道眼泪。

"今儿得罪您了。"他说,"我爷爷也跟我说过,人得讲理。"

2

爷爷后来还是上了趟医院,是那豆他爸那三刀又从院儿里撑出来,央着急救车给送去的。他爸还对小平头医生指出,反正出趟车就有起步价,坐也得交,不坐也得交,背着抱着一边儿沉,送一趟双方都不吃亏:

"我也是开车的,这规矩我懂。"

医生没说什么也就答应了。他只是强调,急救车来得准时,抢救进行得及时,最后还"本着人道主义"遵从了患者家属的额外要求,可别翻过脸来再找他们的麻烦。

那豆他爸拍着胸脯子保证:"这您说到哪儿去了,我们可不是那路鸡贼的人。"

医生叹了口气:"我也是怕了……"

他这一叹气,车厢里的那豆、那豆他爸和他妈也一齐叹气,三双眼睛直勾勾地盯着担架上的爷爷。所有人都坐着,只有爷爷躺着,盖着白被单。他们的叹气仿佛是在进行一场即兴的、小规模的默哀,仿佛是给此后的大规模默哀做着彩排。

医生便又说:"节哀吧,老人没受罪。"

等把爷爷送到医院,当然也不必再做什么抢救,而是暂时放置爷爷。这也是街道干部给支的招儿:城里的殡仪馆早就搬到了郊区,跑一趟得几十里地,倒不如先使用就近医院的太平间,这些天给老人"收拾收拾"也方便。此外,要开的证明也可由医院一并开出,仍是为了方便。但医院又给找来医生,依照程序给爷爷检查了一遍。这回的医生是个女同志,比起急救车的医生和阴大夫,她所做的说明更加详细,宣布爷爷的病因很可能出在脑血管方面,比如脑溢血什么的。

她又问:"老人以前有没有这方面的问题?"

那豆他爸说:"没听说呀……就是一直血压高,还有糖尿病,撒尿闻着像苹果。此外就是腰不好,过去在酱油厂搬缸搬的……"

那豆他妈又补充:"我倒觉得他爸的脑子有点儿糊涂。"

"你爸才糊涂呢。"那豆他爸呵斥他妈,又转向医生,"当然我爸也糊涂。"

"问题还在高血压和糖尿病上,由量变到质变。"女医生打断了他们的聒噪,"真到出事儿的时候都很突然,也没什么预兆。"

这就把爷爷平常的状况和突发情况建立了联系。而要说爷爷撒尿闻着像苹果,还是那豆先发现的——从小到大,每当爷爷夜里踢了尿盆,都是他过去帮着收拾。记得是在上职高的时候,那豆突然就说爷爷的尿有股"黄香蕉"味儿,他爸他妈还出去显摆,那意思是他们家没给老头儿亏过嘴,"瓜果梨桃换着样儿来"。倒是阴大夫比较警觉,说这可能是糖尿病的症状,催着爷爷上他那儿去查血糖,后来果然给开了药。自打吃上药,爷爷的尿闻着就不像"黄香蕉",而是改成"国光"了,酸甜口儿的,可见控制血糖的效果也很有限。

经三位大夫的三遍证实,那豆似乎才终于接受了一个事实:爷爷的确"薨"了。就在刚才,在救护车上,他还老觉得爷爷被白布单盖住的膝盖似乎在打战呢。

再说到医院的太平间,这里像所有的太平间一样位于地下,阴冷而昏暗,静谧之中藏着无穷过往。水泥地的一头立了一排铁柜子,柜子上纵横排列着无数道铁门,每道铁门里都是一个长方形的铁箱子。爷爷这几天就要躺在其中一个铁箱子里了。爷爷冷不冷呀?挤不挤得慌呀?再想想爷爷所待的地方:从十几平米的北房转移到宽不及一张床的铁箱子里,再过几天又要转移到一个只有几寸高的盒儿里了,可见人这辈子真是越混越憋屈,广阔天地终与自己无关。这么想着,那豆的眼泪又下来了,他还哭出了声。

这时他哭,就不像小时候那样一抽一抽了,而是粗声粗气地呜呜着,好像大力扯着风箱。水泥地和铁柜子之间顷刻传满了回声。

他妈马丽莲就劝他:"现在别使劲儿哭,要不过两天该哭不出来了。"

他爸那三刀也认为这话有理:"就是……咱们得节约弹药。"

那豆索性扬起头来,曲项向天歌:"可我节约不住呀——"

那豆的奶奶去得早,送奶奶时他都没赶上,在他的记忆里,此前他们家还送过姥爷和姥姥。但那豆那时还小,不懂事儿,也不担负着主要哭的职责,所以不知道人的眼泪在一定时间内是有限的。后来才发现,他爸他妈的话真是经验之谈。

直到下葬那天,一切倒都正常。正如那豆对爷爷的承诺,"该怎么着就怎么着"。

收拾停当,爷爷便被送到了殡仪馆。去时两辆车,一辆是面包车,挂着黑花拉爷爷,另一辆还是面包车,由他爸开着拉亲戚。在这儿还得介绍一下,那豆他爸所在的出租汽车公司很大,不止有街面上的"伊兰特",还有"金杯"之类的中型面包车和"金龙"等豪华大轿子车。他爸交着管理费的是一辆"伊兰特",再大的车也能开,这是因为他以前也在酱油厂上过班,当班车司机,那时开的是一辆"黄海"。为了给爷爷办事儿,他爸就向公司提出,想借一辆四十七座的

"金龙"。结果这阵子是旅游旺季,领导只给了一辆十五座的"金杯"。"金龙"变"金杯",而且这辆车还得自己交一部分费用。

这种态度就让他爸很愤怒,又在屋里叨叨:"大傻×!小丫挺的!"

越叨叨越响,那豆听不下去,就进了爷爷的北屋,把那笼八哥摘下来,径自拎到院儿门口挂好。他想着,不能让他爸再脏了这只八哥的口儿。

而因车不够大,到了去送爷爷那天,亲戚们坐着就很挤。那些亲戚中的好多人那豆都没见过,或者见过也早忘了:朝阳的姑奶奶家,丰台的表叔家……最远的一位来自怀柔的喇叭沟门满族乡,那个矮胖老头儿说是爷爷五服之外的兄弟,据称祖上是给哪个王爷看猎场的,现在王爷都没了,猎场自然不用看了,于是改行养了虹鳟鱼。又因为挤在车上的亲戚们都在旗,所以不免有些老讲儿,说的是他们这个民族、他们"这样的人家"以前的丧事该怎么办。这些话不能细听,一细听就像是在挑礼儿了。

比如有人说:"也没摔个盆儿,也没吹个唢呐,也没来俩和尚。"

还有人说:"再往上几辈还宰牲口呢,最次也得是只大公鸡。"

在所有人里,就数那位虹鳟鱼养殖专业户的话最多,仗着跟王爷关系近,给大伙儿狠狠地普及了一整套合规合制的丧葬仪式。并且他的思路颇为发散,说着说着又说到了吃上,开始介绍北京名菜炸鹿尾儿的做法:

"这菜名里有个鹿,但跟鹿没关系,须得把猪肝剁碎,拌上松仁儿……"

头天晚上，那豆他爸就给他妈打过预防针，说他们家亲戚"比较事儿×"。一路听下来，那些话就像老火烹汤似的煎熬着那豆。他不仅仅是烦"事儿×"，他也不认为那些人跟爷爷有什么关系，甚而在他的家庭概念里，爷爷只不过是他的爷爷以及他爸的爸，并无义务再去担任其他人等的表舅、堂大爷和十三不靠的兄弟。一个没忍住，他就回了那老头儿一句：

"我爷爷不吃炸鹿尾儿，他就爱吃糖油饼。"

"金杯"面包车的驾驶座旁鼓着个大包，那豆说话时，正蜷在那个大包一侧，为的是把座儿让给亲戚们。这一开口，那个矮胖老头儿饶有兴致地看了看他，问：

"这小伙子二十多了吧？在哪儿工作？"

那豆他爸赶紧从驾驶座上插过一句："干点儿外事工作。"

那豆也不爱听他爸这么说话，闷声道："在酒店给人开门儿。"

矮胖老头儿的脸上就浮出了笑意，那表情似乎是说"怪不得"。接下来的话题也不在丧葬仪式以及炸鹿尾儿上了，而是介绍起了他们家的俩孙子：大孙子开饭店，在"虹鳟鱼一条沟"里有一号；二孙子刚考上了公务员，就为这公务员，家里还给他在城里买了套房。他的介绍又引发了车里其他人的轮番介绍，仿佛每家都有一两个能拿得出手的孙子。而随着这些介绍，那份儿"怪不得"的意味也就很清楚了：一路上的拥挤，没有唢呐、和尚和公鸡，不吃炸鹿尾儿，这都得赖那豆他爸和那豆。谁让他们一个是开车的，一个是开门儿的呢!

那豆他爸和那豆就把脑袋耷拉了下去。那豆他爸的眼神儿发蔫,那豆的眼神儿发狠。而这时,那豆他妈马丽莲突然发话了。他妈说话却是笑着的,嗓音清脆,说话的对象则仍是那个矮胖老头儿:

"我们哪儿能跟您比,赶明儿等您'办事'的时候,那排场想都想得到。"

一句话说得老头儿的脸都蓝了。不惟那老头儿,亲戚们有的脸红,有的脸绿,有的脸发紫,俨然在车上开了一道彩虹。要说还得是那豆他妈,大面儿上比他们爷儿俩都提气。要说还得是一家人,关键时刻懂得一致对外。随着那豆他妈那一锥子下去,那豆和他爸本来耷拉下去的脑袋又抬起来了,他爸还滴滴按了两声喇叭。

但也许正因为车上的这个波折,才引发了殡仪馆里的另一个波折。

顺便还得介绍一下殡仪馆的情况。诚如街道干部所言,那地方离城里很远,从医院开车过去足花了两个钟头。但那地方的景致却很好,依山傍水,四周都是苍翠的绿意,如果不是竖着几根高而细的烟囱,绝看不出是烧人用的。与此同时,那地方的人还意外地多,每个厅里都簇拥着人群。人们自然有的在哭,有的默哀。除了哭和默哀,这儿的"顾客"——这么说可能不合适,可实际情况又让人联想到他们其实就是"顾客"——所享受的待遇却又体现着高下之分。有些厅极大,花圈的阵势几乎比得上园博会,音乐也不是用电喇叭放,而是由身穿黑衣的鼓乐队现场演奏,曲目无外乎《送别》和《友谊地久天长》,比较奇怪的是还有《难忘今宵》,不知是不是受了电视晚会的启发。有些厅就要小得多了,里面鞠躬外面还得排队,远看倒像火车站的进站口,只不过送站的多,上车的少。

而那豆他们家占用的,大约是所有厅里最小的那个厅。甚而连厅也称不上,就是角落里的一间平顶屋子,面积比爷爷那间小北屋大不了多少。好在来的人也不多,就那么一"金杯"的亲戚,外加原酱油厂的几个老职工。酱油厂虽然不在了,可大伙儿的情分还在,这也足见爷爷的人缘儿还行。穿过院子进了屋,爷爷早被摆在了正当中,大家便围立四周,也不讲究队形,只由那豆一家人站在前面,领头儿给爷爷鞠躬。鞠了三个躬,那豆便又被他爸他妈推着上前两步,到爷爷身边,"最后再看一眼"。

这就到了该哭的时候了。此时不哭,更待何时?于是刚鞠完躬直起腰来,那豆就听见他爸和他妈"呜呜"上了,同时伴随着"哎哟哎哟"的感叹声。他爸嗓子粗,那哭声一度压过了哀乐,震得周围人的耳朵嗡嗡响;他妈嗓子尖,那哭声从他爸的声音里钻出来,往小屋子的房顶上盘旋。再看俩人脸上,都挂着货真价实的眼泪,只不过他爸的多点儿他妈的少点儿——因其数量不够,就拿手势来凑,所以那豆还看见他妈一个劲儿地揉眼睛。

然而那豆自己却哭不出来了。他只是看着爷爷发呆。

爷爷躺在一副纸糊的棺材里,周围没摆花,面无表情,脸上格外红润,透出蜡质的光泽。爷爷还换了身衣裳,穿的不是刚"薨"时的那件旧秋衣,而是一套厚实挺括的蓝黑色中山装,看起来倒像老干部。这身衣裳也不是新买的,而是从爷爷床头的那个大缸里翻出来的,记得爷爷统共也没穿过几回,上次穿还是酱油厂"股改"成功合影留念的时候,此外据说那豆他爸他妈结婚时,爷爷穿的也是这么一身。几十年来,爷爷就这么一套体面衣裳,丧事喜事通用,连他自己的寿衣也一并担当了。

那就快看爷爷一眼吧,往后就只能看照片了,再往后,没准儿看照片都想不起爷爷是怎么说话、怎么走道儿的了。那豆心里对自己说,等着眼泪往外涌。

可眼皮子一直是干的。眼前的爷爷仍是清晰的、稳定的。这不免让他有点儿着急,但他又知道这事儿不能硬努,越努越没用。他还想,要不也甭管有没有眼泪了,先号上两嗓子再说?可如果光打雷不下雨,又让他觉得是在糊弄爷爷。别的时候糊弄也就罢了,这时候再糊弄,那就太不地道了。

而这时,他又觉得背后有人盯着自己,是叫不出名儿的亲戚们。那豆感到,那些人仿佛不是来送爷爷的,而是专程来观摩他的哭、检验他的哭的。他又感到,尽管他已经在自家院儿门口哭过、在医院的太平间哭过、在被窝里躲着人哭过,但那些哭都是不作数的了——唯有在灵堂上哭,在众目睽睽之下哭、在堂而皇之的场合堂而皇之地哭,才算尽到了他这个孙子的责任。于是那豆的脸上也发起烫来,两手直揪裤腿。

他一紧张就爱揪裤腿,这个动作又让他想起了很早以前的一件事儿。

那时他才上小学,学校要去给烈士扫墓,每个班还得挑两位同学代表大家发言宣誓。他们班本来定的是班长和阴大夫的女儿阴晴,她是学习委员。不想班长突然得了腮腺炎,脸肿得跟猪头似的,阴晴就对老师说:

"要不让那豆试试吧,他陪我排练过一下午呢,词儿熟。"

老师本来看不上那豆,但听阴晴这么说,也就答应了。后来事实证明,阴晴真不该信任他:等一上台,那豆就说不出话来了。他也不是忘词儿了,那些恢弘的、气势磅礴的语句就在脑子里盘旋着,然而他就是出不了声儿。他像一把装满了子弹的手枪却被卸了扳机。他只能扭动着扁担般的身体,两手使劲儿揪着裤腿。

阴晴小声鼓励他:"豆儿,别尿。怕什么呀!"

不说倒还好,一说他就更尿了,不仅越发用力地揪裤腿,而且打起哆嗦来。偏偏为了裤子能多穿两年,他们家给他订校服时要了大两号的,裤腰松了一截,这时便顺着他的胯骨褪了下去。他只觉得腰上一凉,屁股都好像着了风了。

台下有个孩子大喊:"那豆在跳脱衣舞哪!"

事情的收场是冲上来一个老师,提溜着裤子把他拽了下去。阴晴却临危不乱,把那豆的那份词儿也给背了,独自完成了任务。

那事儿自然让那豆长久地抬不起头来,记得他还跟爷爷讨论过——

爷爷问:"后来老师说你什么了?"

那豆说:"说我给班级抹黑了,还说我对烈士没感情。"

爷爷乐了："这话有点儿重。那你对烈士有感情吗？"

那豆说："我都不知道他们是谁，老师也没告诉我们。"

爷爷仿佛沉思，说："那确实不赖你，你们老师马虎了。"

那豆当时以为爷爷也就一说，没想到后来，爷爷还真去了趟位于交道口的图书馆，借了本介绍北京各个烈士陵园的书回来查看。查完以后，爷爷告诉那豆：他们学校组织扫的那个墓，的确是个无名烈士墓，虽然无名，意义却很清楚，是为了纪念抗美援朝时牺牲的一批志愿军。当时部队已被打散，又遭了飞机轰炸，不要说牺牲了哪些人，就连牺牲的人数都搞不清楚了。然后爷爷又给那豆讲了些其他烈士的故事，堵枪眼炸碉堡什么的，还有拦惊马那个，虽然不是跟人搏斗而是跟马搏斗，可也是个烈士。爷爷进而引申：因为烈士的牺牲，酱油厂才能做酱油，工人们上下班才能有班车，清真肉店才能卖牛羊肉，又因为有了酱油、班车和牛羊肉，他们一家人才能有吃有喝，才有两间半平房住。

不过那豆想：难道没有了烈士，人们就不打酱油、不坐车、不吃牛羊肉了吗？也不知这是个什么逻辑。并且那豆还想：爷爷在酱油厂搬缸、他爸开班车和他妈卖牛羊肉这些事情，好像也没被别人多么瞧得起过。他们班上的同学成天挤对他身上有味儿——酱油味儿、汽油味儿和膻味儿。也不知再有人挤对他，能不能找烈士说说理去。

但这些话他没跟爷爷掰扯，他知道，再掰扯就是抬杠了。刚上学的时候，他也跟老师抬过两回杠，越抬杠越招老师不待见。况且

对于很多事儿,在爷爷那儿早有定论。比如他爸也净说开班车不好,想去给领导开小车,爷爷就问他爸:

"就你那张嘴,就你那眼力见儿,干得了那份活儿?"

还说:"你老觉得咱们不好,我怎么觉得咱们挺好呀?"

难道爷爷越俎代庖地教育那豆,也是为了把这"挺好"的看法传递给那豆吗?那豆觉得不止于此。他从小就懂得,爷爷除了希望他"挺好",还希望他能够"更好"。在对他爸和他的期许上,爷爷明显是偏着心的。爷爷似乎认为,那豆他爸"也就那么回事儿了",但那豆可不能认命,在外面还得要强。因此爷爷又鼓励那豆:

"来年再到陵园扫墓,你还报名发言。让他们见识见识咱们的觉悟。"

只可惜爷爷的这个期望落空了。到了第二年,班长的腮腺炎已然痊愈,不再肿得像个猪头,而面对那豆的主动请缨,老师是这么回答的:

"祖宗,你就别裹乱了!"

如此这般,思绪在脑子里兜了一圈儿,又回到了逼仄的灵堂里。

那豆揪着裤腿又挤了挤眼睛,却发现眼皮子仍是干的。如同一场失败的祈雨,他当众哭上一场的努力徒劳无功。也正在这时,他就瞥见一个穿黑西服的殡仪馆工作人员溜了过来,那人对他爸嘀咕了一句:

"差不多得了,后面还有排队的呢。"

他爸止住号,很沉着地应道:"这就到点儿了?"

工作人员也沉着地点了点头。殡仪馆的"服务"分了许多档，而他们家选了最便宜的那一档，所以时间紧迫，没再给那豆留下酝酿的余地。

至于那豆随后的心情，就没有了窘迫、尴尬和焦躁，全然只剩下一片羞愧。他觉得对不起爷爷。如果说过去在陵园说不出话是因为不知烈士们是谁，但爷爷可是他的亲爷爷呀，他陪爷爷遛鸟，跟爷爷聊天，还日复一日地从爷爷手里接过不买早点的早点钱。当他理应正经八百地为爷爷哭上一场的时候，他却只能无动于衷。那豆只觉得眼睛胀得发疼，还感到身后那些目光都快在他的背上戳出窟窿来了。他又瞪着眼，孤立无援地看了看爷爷。

爷爷躺着，面无表情，脸上反射出蜡质的光泽。

这时，那豆他妈塞过来一样东西："豆儿啊，捧着。"

是爷爷的相片，黑白的，一尺来高，刚才立在灵堂里对着门的一张条案上。那豆便托着照片，转身往外走去。他如同在将爷爷做着最后一次展览，然而真正的爷爷已被留在了身后。那豆仍是蒙的，也没留意脚底下的快慢，几步就把他爸他妈以及那许多人甩开了，导致他们不得不小步快捯地追着。

饶是如此，人们的声音还是传进了他的耳朵，有一阵儿没一阵儿的。

有人说："这就完事儿了？真够'从简'的。"

又有人说："办事儿前也不商量商量，否则我们一准儿不答应。"

最刺耳的是那个虹鳟鱼养殖专业户的声音："别的事儿倒还罢了，

他们家也就这条件。关键是个态度。就那么愣杵着,一滴眼泪也没有,那像亲孙子吗……"

听了这话,那豆便觉体内腾地一热。他停步,转身迎着人群走了过去,单单拦住了那个矮胖老头儿。拦住了却不说话,眼里冒出了凶光。

吓得老头儿一哆嗦:"你干吗?"

他说着往左一闪,那豆也往左。

老头儿又问:"你什么意思?"

说着又往右一闪,那豆也往右。

老头儿就慌了,他扭头向那豆他爸他妈:"你们看看哪!"

那豆他爸却把眼一斜,竖起一根小手指头,伸进了耳朵眼儿,转两下,"啪"的一声,从尖而亮的小指甲上弹出了一块什么东西。相形之下,那豆他妈倒像有些顾全大局的精神,她掐着嗓子唤了两声"豆儿,豆儿",然而脚下却也不动,脸上还有两分发怵似的。这副神情更加提醒着对方一个事实——这孩子要是犯起浑来,那可谁都拦不住。

老头儿的罗圈腿都打晃儿了,但仍嘴硬:"有人养没人教是不是——"

说这话时,那豆已经腾出一只手,把爷爷的相片夹在了那条花臂底下。正当他将要有什么动作或者思考着应该采取什么动作时,眼前却一晃,只见那老头儿"夸嚓"一声坐在了地上。不仅坐地炮,而且侧滚翻,鱼戏莲叶东,鱼戏莲叶西。伴随着打滚儿,他还高一

声低一声地号啕了起来,一波三折,抑扬顿挫:

"我的老哥哥呀——你可睁眼看看呀——让我怎么办呀——"

这反而把那豆吓了一跳。此时他们站在灵堂外的一条岔道上,身旁是殡仪馆的环山空地,连来来往往的其他人等也被老头儿吸引住了。人们不时慢下脚步,惊愕地投来一瞥,旁边一个厅里的乐队还被带跑了音儿。那豆还看见,在离他们不远的另一条岔道上站了一群人,都是些精壮的汉子,貌似也是刚从哪个灵堂里出来的。那些汉子没穿黑衣,而是一人一套灰色工作服,全身上下缀满了口袋。他们本来都挂着呆滞的、有些无所适从的表情,这时像受到了矮胖老头儿的启发,突然有了声响。一个与那豆年纪相仿的年轻人大张着嘴,喉结乱跳,发出了悠长、颤抖但却口齿不清的吟哦:

"我的'老锅锅'呀——"

他身后的汉子们一发呼应:"你可睁眼看看呀——"

有样学样,南腔北调,那共鸣声浑厚而苍凉,直往远处的山上飘去。此情此景,就像两支队伍正在遥相呼应地比赛哭丧。矮胖老头儿先是有些诧异,随后倒像觅得了知音似的,感到自己有义务给对方示范一场正宗的哭,翻滚及号啕得越发忘我了。

那豆刚才还在发狠,此时却不知所措。幸亏过了一会儿,终于有一个工作人员过来,催促他爸:"让这大爷等会儿再唱,你们还有个字儿得签呢。"

又幸亏有个小个子男人走近,站在了那豆和那矮胖老头中间,是阴大夫。

他压着嗓子对那豆说:"今儿送你爷爷,别让人看笑话。"

又对老头儿说:"早上看见孩子的眼睛没有?肿得跟桃子似的。所以您也不能说孩子没哭,更不能说孩子不伤心,对吧?"

阴大夫说完也不看老头儿,拽着那豆就走。哭丧总算告一段落。

在那豆的记忆中,这场风波虽然场面热闹,但比起接踵而至的另一番变故,其实也就算不得什么了。借用他们酒店里那些南方客人的口头禅来说:

"毛毛雨,洒洒水啦。"

3

那豆记得,那天他们匆匆赶到了火化车间门口的登记处。这时别人就不跟着了,只由他和他爸他妈进去履行至亲的职责。仿佛延续着惯性,那豆从看着他爸签字,到听见有人宣布他们"可以出去等候",仍然干巴巴地僵着一张脸。从登记处出来,他们家人和外面的人们再度会合。殡仪馆设有专门的休息室,一行人又匆匆往那里去。

而此刻,亲戚们也都没话了。爷爷化成了灰,也在提醒那些仍在喘气儿的人们:走了就是走了,既然全世界都是被他抛在身后的累赘,那么围绕着"走了"所费的那番周章其实就更是累赘,细想全无意义。休息室里有热水,有几位亲戚带着保温杯,大家便轮番过去沏花茶,沏得了就坐到靠墙的塑料椅子上,垂着眼皮子啐茶沫子。在噼里啪啦的声响中，爷爷好像获得了一场专注而纯粹的送别。

也是巧了，在休息室，他们又碰上了那支身穿工作服的队伍。汉子们却不进屋，只是聚在大厅门外，或站或蹲，逆着阳光看去，剪影如同一组雕像。倒是这时，那个矮胖老头儿又朝那豆凑了过来。

那豆正坐在墙根的一把椅子上，胳膊在膝盖上拢成个环。他听见老头儿说："小伙子，你也别怨我闹，有些老讲儿你不懂。凡办丧事，家家儿都得有人出面来闹，如果不闹，就显得'老了'的人不重要似的。过去闹的大多是娘们儿，往坑里蹦拿脑袋磕棺材的都有。如今你们家吧……条件也就这么个条件，所以我必得豁出脸来闹上一场，要不对不起你爷爷呀。"

看那豆不言语，他又说："六〇年我在农村，那时候粮食紧张，你爷爷还坐火车来看我，给带了半口袋酿酱油的黄豆。我还跟他上山，用竹竿子粘过鸟儿。"

那豆终于抬头，接了老头儿一句："我爷爷后来也养鸟儿。"

老头儿吧唧着嘴回味："我们粘鸟儿可不为了养，掏干净膛子烤着吃。"

聊了几句，火化车间便完成了工序，又由那豆他爸从一个窗口把爷爷领了出来。这时爷爷已被装在了一个盒儿里。盒儿也不是什么好盒儿，并无雕龙画凤，也非花梨紫檀，就是那么一个素素净净的方盒儿，上面刻着爷爷名讳，镶着爷爷照片。至此，殡仪馆的流程宣告结束，众人便又上了"金杯"，一同再往墓地去。

墓地也是那豆他爸这几天买好的，比殡仪馆离城里还远。听他爸说，开着车往那山上走时，都接到"河北移动欢迎您"的短信了。虽然"薨"于移动互联时代，但爷爷一辈子没用过手机——以后就算要用，也是河北移动的用户了。之所以将地址选得那么远，当然也是钱上的考虑。其实那豆的奶奶倒是埋在了北京，因为去得早，现在这待遇早没了，就连埋了人的地界也老说要修路，所以等把爷爷安顿好，将来也得把奶奶一并挪到河北去。

关于爷爷安葬的距离问题，那豆也曾嘟囔过两句。他妈却劝："过去皇上不也住故宫埋河北？用你爷爷的话说，这也符合'你们这个民族，你们这种人家'的习惯。"

话有揶揄，但也把这个问题给遮了过去。往北京与河北的交界处赶去时，车上的亲戚们再无什么意见。而那豆想：以后再看爷爷，就权当郊游了吧。

这么想时，他正捧着爷爷的盒儿，坐在驾驶座侧后方的一张椅子上。本来他还要往那个人造革大包旁边一蜷，亲戚们却都说"这可使不得"，又说"现在不是你坐了，是你伺候着你爷爷坐"。因而那豆虽然坐了，但仍坐不踏实，他只把半个屁股放在椅面上，挺腰抬头，两臂呈直角贴在肋下。爷爷过去就老说他"坐没坐相"，那么今天例外。也不知这是否足以补偿刚才亏欠爷爷的眼泪。

也许正因为这个姿势，才有了此后那件事。天大的事。

后来那豆还记得，事情发生时，他们正在一条宽敞、平整的大道上飞驰。还不到中午，身边的人们却困得东倒西歪。就连他爸也乏了，瘦长的脖子不时委顿下去又紧绷起来，看起来好像一只频繁打挺的蚂蚱。办丧事真是个耗神的事儿,哪怕是他们家这场简陋的丧事。而也恰因耗神,才起到了转移注意力的作用,让人们不必沉溺于浓郁的悲哀或虚无的感慨,从而继续藏身在世事如烟和碌碌无为的烦琐之中。

这么想着,那豆又纳闷儿:他这是怎么了?脑袋里冒出了本不该属于自己的念头。那些念头太抽象也太缥缈了。而他又想起来,这毛病其实在他小时候就有,毛病一犯,他的眼神儿就散了,人叫也不应,有时还会轻轻吁一口气。

每到这时,他爸就会照他脑门"崩儿"一个:"你是不是有点儿傻呀?"

爷爷让他爸"边儿去":"孩子转脑子呢,你以为都跟你似的,光转嘴?"

被弹了一脑崩儿,那豆如梦初醒,又恍若隔世。小时候这样,现在也如此:当他一激灵,首先要重新确定自己在世界上的位置,又过了好一会儿,他似乎才记起爷爷已经"薨"了,自己正在前往墓地去送爷爷。他还记得,自己刚才想到了悲哀与虚无,想到了世事如烟。又一晃神,他却看到眼前弥漫着货真价实的烟雾——那烟雾是灰白色的,厚实而浩大,铺天盖地在车窗之外翻滚。

那豆登时"嗷"了一声,喊他爸:"看着点儿看着点儿——"

他爸那委顿的脖子也登时紧绷起来,同时狠踩了脚刹车。车身一跳,车上的人们都像屁股挨了一脚,后面人的脑门儿顶上了前面人的后脑勺,还有一个亲戚手里的保温杯飞了出去,热水正好灌进了那位虹鳟鱼养殖专业户的脖领子。

矮胖老头儿像个水壶一般尖厉地吹哨儿:"哎哟,褪了毛啦!"

那豆的动作更加剧烈。由于椅子上只坐了半个屁股,他干脆朝前一扑,像枚导弹一样有了起飞的趋势。随着失重和腾跃,他却没有伸出手去乱抓,反而两臂收紧,死死地抱住了怀里的那个盒儿。这时他想的还是保护爷爷。也幸亏座椅和车门之间有根铁杠子,"砰"的一声拦住了他。而当车子停稳,车厢里的人声更加嘈杂,那豆才从铁杠子上撑起身来。胳膊疼得钻心,但好在还能动,更好在爷爷的盒儿安然无恙。这时他又看见他爸开车门跳下去,叉着腰,朝浓烟里走了几步。浓烟似被揭开一角,路边隐约露出了几座金黄的、蓬松的小山,原来是附近的农民在烧麦秸。记得电视里报道过这种事儿,说会污染空气,但眼下看来却是禁而不止,他爸刚才一迷糊,车就冲到烟里来了。也是好险,车头前方几米,愣愣地站着一个妇女,妇女身旁还停着一辆"巨力"牌农用车。

他爸吼:"不要命了你——有在路上这么干的吗?"

妇女却置若罔闻,不紧不慢地跨上"巨力",突突突地开走了。

那豆他爸只好咳嗽着爬进驾驶室,口气却还是相当沉着的:"这帮'山炮儿',真拿他们丫没辙——都有事儿没有?"

亲戚们纷纷说没事儿。连矮胖老头儿也捂着红脖子说没事儿,但要求旁边一老太太给"吹吹"。那么就是虚惊一场了,大家咳嗽着振奋精神,准备重新开拔。他爸又指了指浓烟里露出的一座嶙峋的高山,说上去就到了。

但这时，那豆却腾地起身，拽住了他爸挂挡的手。

他声儿不大，呜哝着说："等会儿。"

他爸回头问："干吗？"

那豆却不语，从侧门下了车，沿公路往前走出几丈远，然后回头，站定了等他爸。这么做时，他只觉得身上发冷，有一股寒意从肚脐眼儿往上乱窜。与此同时，那豆的耳边还回响着"咯噔"的声音，清晰而沉闷。不仅如此，那豆的手指尖儿上还残存着一种感觉，仿佛就在刚才失去重心、俯身前倾的那一刻，有什么沉甸甸、硬邦邦的东西隔着木头匣子往外撞击，在两个世界的边缘叩动了一下。

那豆便确定，那"咯噔"声来自爷爷的盒儿里。

因此那豆的惶惑和惊惧更加难以遏制：那是盒儿里该有的声音吗？

那豆还记得，在那天的滚滚浓烟里，他爸重新下车以后，也没顾得上说话，而是直奔一棵白杨树旁，解开裤子，借着浓烟的掩护尿了一泡。他边尿边问儿子："你不是要解手吗？"

那豆仍不语，静候他爸尿完才说："有点儿不对劲。"

他说时仍抱着盒儿，脸色煞白。这就让他爸不禁一悚："哪儿不对劲啦？"

"这里边……"那豆把盒儿往上抬高两寸，"好像有东西。"

他爸说："可不得有东西吗——你是不是又傻了？"

那豆却果决地摇了摇头，又低头看了看手里的盒儿。他心里道：爷爷，对不住了，您刚进去就得惊扰您。然后，他谨慎地举起那盒儿，悬在他爸脸前，向他爸投以询问的目光。得到他爸狐疑的首肯之后，他才振动双臂，将那盒儿摇晃起来。初时幅度不大，那盒儿一切如常，但随着摇晃得越发用力、越发激烈，便听见盒儿里发出了声响：咯噔，咯噔，咯噔。与此同时，那豆的双手再次感受到了震动，仿佛有什么坚硬的东西正从那盒儿里呼之欲出。果然没有听错，刚才并非幻觉。

于是他停止摇晃，问他爸："您听见没有？"

他爸自然不是聋子，反问他："这里边是什么？"

那豆说："我还想问您呢——里边是什么？"

他爸说："当然是你爷爷……的骨灰了。"

那豆说："可我爷爷……的骨灰能出声儿吗？"

他爸就不言语了，皱着眉，嘴巴张得能放进去一个鸡蛋。那豆也皱着眉，张着嘴巴，给另一个鸡蛋留出位置。两条扁担相对弯曲，四个眼珠子一转不转。他爸又像需要重新确认一遍似的，对那豆做了个摇的手势，那豆便再次把那盒儿摇动了几下：咯噔，咯噔。而从"金杯"车的挡风玻璃里看去，在旷野里，在大道旁，在浓烟中，两个男人都带着郑重而诡异的表情，反复摇晃并倾听着一个盒儿，他们如同祭起了什么法器，又如同进行着什么神秘的仪式。

正当这时，那豆他妈捂着嘴跑了过来："干吗呢你们俩——"

那豆和他爸这才爆发出了新一轮的咳嗽，一边咳着，一边摇着，一边说着。他妈马丽莲则站在俩男人中间，一会儿看看这个，一会

儿又看看那个。然后,她先止住那豆:

"别摇了,再把你爷爷给摇晕喽——我看着也头晕。"

那豆他爸就问他妈:"那依你看,这响动……"

他妈惶然片刻,说出了一个推测:"要不就是没烧干净?"

这个推测不可谓没有道理,并且还有"他们家的条件"作为依据:殡仪馆的火化车间也有档次上的差别,分为普通炉和豪华炉。普通炉的自动化程度低,燃烧也不均匀,就是价格便宜;豪华炉的设备先进,烧得更加彻底,因而贵了两倍不止。他们家给爷爷选择了比较便宜的那一档套餐,用的就是普通炉,虽然遗体基本上都成了灰,但一些大块儿的骨头没烧干净也是有可能的。

然而他妈的话却没能让那豆信服。他的理由是:"刚才你们也都听见了,那不是骨头的声儿。再怎么烧不干净,骨头也都酥了,不可能叮了当啷的……"

他爸赶紧让他打住:"甭往下说了,给你爷爷积点儿口德。"

但他爸又转向他妈:"还真像是……其他东西。"

那么其他东西又是什么呢?给爷爷烧出舍利了?要不就是爷爷常年玩儿嘴,果然玩儿出了一副铁齿铜牙?那些推测就更不靠谱了。一家三口再次声势浩大地咳嗽起来,而这一轮的咳嗽里除了疑虑和惊诧,还包含了某种骑虎难下的尴尬。

等咳完,又是他妈指出:"可不管怎么着,事儿还得往下办呀……他爷爷还等着人土呢。"

他爸似乎点了点头,又拿眼睛看向那豆。那豆却冷眼一横,不作一声。虽然为了"积点儿口德"而不作声,但他的意思很清楚:如果盒儿里真有什么其他东西,等到入土以后,那东西可就要永远伴随着爷爷了。爷爷喜欢不喜欢这东西呢?如果不喜欢,就要永远糟心下去吗?而话说回来,这个盒儿不是应该仅仅属于爷爷的吗,凭什么还要容纳别的、不相干的东西?人生到头,连这点儿空间都不能独享,这也太窝囊了吧。

他爸他妈便把眼垂了垂。这个意思,他们都懂。

然而他妈又说:"……再说亲戚们也着急了。"

那豆又冷眼一横,意思就更清楚了:着急就让他们着去,凡事有个孰轻孰重,容不得掩耳盗铃。他的想法,他爸他妈同样也都懂。因此他听见他妈的嘴角"吱"了一声,他爸的腮帮子则像马一样鼓了一鼓。

但他爸随后的答复却是:"先上车,到地儿再说。"

那豆那横着的眼睛几乎竖起来了:"到地儿?到地儿也别想埋我爷爷。"

他爸声儿也大了起来:"你说什么?"

那豆重申:"我说——别想埋我爷爷。"

"我他妈抽你信不信——"他爸作举巴掌状,举完却立刻后悔了。他像其他人一样,也有些畏惧那豆的那股狠劲儿——对于那豆这种孩子,还有一个注解:一个旋儿横,两个旋儿拧,三个旋儿打架不要命。但出乎他爸的意料,此时那豆的眼神儿却是静默的,悲伤的,甚而还有点儿六神无主。那豆似乎也不知该怎么办了。的确,他哪儿能有主意呢？他再浑也还是个孩子。这孩子梗着脖子却扬着半张脸，貌似心甘情愿挨上一巴掌，但他同时却把那盒儿拢在了怀里，仿佛既想贴着他爷爷又怕勒疼了他爷爷。

那豆他爸的巴掌就悬了两秒，然后改了个手势，拽拽那豆：

"豆儿啊，要不咱们先上车？"

那豆还真跟着他爸他妈挪动了起来。上到车里，亲戚们鸦雀无声，都伸着脖子看着他们。车里升起了一个不可言说的悬念。那豆他爸沉默地钻进驾驶舱，打火挂挡。那豆沉默地坐在斜后方的椅子上，仍然只放半个屁股，姿态端正，眼珠却一转不转地盯着他爸。"金杯"开动，继续向那浓烟之外的山峰靠拢。

但才开了几十米，车又刹住了。人们随即感到了旋转：左边的人换到了右边，右边的人换到了左边。车掉了个头，重新加速。

他爸回头宣布："我们还有事儿，得回去一趟。"

不埋了。葬礼临时取消。这是他们一家三口的决定。

亲戚们自然又在车上炸了一回锅，至于具体是怎么闹的，他爸他妈具体又是怎么搪塞和解释的，后来那豆就不太记得了。而当绕了大半个北京，把亲戚们依次送回家后，他们一家便要重新面对那个半路杀出的疑团了。

对于该疑团的进一步处理方案，却又不仅是他们一家内部讨论的结果。

那天下午，时近黄昏，当那豆和他爸他妈聚在北屋，陪他们一同坐着的还有阴大夫。爷爷的屋里阳光明亮，窗外一蓬枣树的树影微微晃动。四个人有的像头疼，有的像牙疼，总之都愁眉苦脸地捂着脑袋上的某一部位。而他们又一律呆看着那盒儿，仿佛共同参着一道谜语。不知看了多久，还是那豆他爸打破沉默：

"反正都把……把他爷爷带回来了，带回来又是为了这里边的东西，那么到底是个什么东西，总得弄明白吧。"

阴大夫便也开口："还真是。要不别说你不踏实，连我也不踏实。豆儿更不踏实。"

那豆他爸又说："可怎么才能弄明白呢？难道真得开盒儿吗？"

这就是问题的症结所在了：人都成了灰，还不能得个安生？可再反过来想：如果不开盒儿，那就继续让爷爷跟那"咯噔咯噔"的东西做伴儿吗？总之是两头堵。

偏是那豆他妈心思活络："有没有别的办法呢，比如照个 X 光什么的？"

这个思路很新奇，他爸的眼睛立刻亮了，又看向阴大夫。照 X 光得找大夫，这不就有现成的大夫吗！他爸进而一拍巴掌："对呀，谁又说不行呢？当然了，医院都是给人拍片子，没有给盒儿拍的，不过这也能想办法。阴大夫，您那体检中心也有 X 光机吧？劳驾您跟管机器的人说说，这点儿小忙他们还不……"

这么说时，俩人仿佛看到了真切的希望。而阴大夫却不言语，只是一边闷头听着，一边苦笑着摇了摇头。他又和那豆对了对眼神，发现那豆也在烦躁地摇头。

那豆一边摇头，一边打断了他爸他妈："可照完片子呢，接着怎么办？"

他爸说："如果不是别的东西而是骨头，那不就好办了吗……"

阴大夫这时却说："咱们是得相信科学，然而科学也有局限。我是大夫我知道，就算上机器，也照不出来里面到底是什么。只要是硬物件儿，都是一团黑影。"

那豆又一指那盒儿："再说听还听不出来？要不再劳驾我爷爷晃悠晃悠？"

这话便让他爸他妈瘪了瘪嘴，不作声了。确实，对于爷爷的盒儿，他们不仅上午在车外晃悠过，刚才回家之后，还又细致地、抱着研究的态度重新晃悠过一轮。他们不仅晃悠，而且倾听，越听就越感觉那"咯噔咯噔"确实不像是骨骼，而像是某种金属和木头匣子碰撞发出来的。爷爷的盒儿里为何会有金属，这个问题姑且不论，但可以肯定的是，那块金属不属于爷爷的身体。爷爷有血有肉，并不是用特殊材料制成的人。

记得刚进门时，阴大夫还问过："他爷爷动没动过什么手术？"

阴大夫随后又解释，如果骨折过，那么往胳膊腿里打块钢板也有可能。对于这个问题，那豆他爸倒是实事求是："这个真没有——您比我们清楚。"

那豆他妈又补充："早两年他爷爷腰不好，您不还劝他开刀再装个什么零件来着？可他爷爷嫌麻烦，还说身上要多了块儿不是爹妈给的东西，心里膈应得慌。"

那么此刻，那豆反倒想问：眼下盒儿里果然多了块儿不是爹妈给的东西，爷爷就不膈应得慌吗？他其实早已看出，他爸他妈之所以吭吭唧唧地绕圈子，看似是头脑混乱，其实还是在拖延问题。一句话，他们不想担责任，尤其不想从他们的嘴里说出开盒儿这个决定。他妈这么做还能理解，毕竟姓马而不姓那，他爸也是这么一个态度，就让那豆有点儿瞧不上了。

诚如爷爷过去的评价："你爸这人，不是个能扛事儿的人。"

这么一想，那豆竟涌上了一腔舍我其谁的豪情。他脱口而出："说来道去，还是得开。也就一盒儿，该开就开。"

果不其然，他爸脸上浮现出了释然的神色："这可是你说的。"

那豆顶了一句："我爷爷要是不乐意，那就让他蹦出来抽我。"

他爸就瞪了那豆一眼，那豆又回瞪了他爸一眼。而这时，还是阴大夫说：

"你们爷儿俩也别饯饯，心情都理解。按说外人不该插嘴，但我同意豆儿的想法。我还劝你们，对于这事儿，首先得抱着一个唯物的态度。人死灯灭，物质不灭，木鸣星坠，自然现象。哪儿那么多忌讳？就算有忌讳，既然出现了问题，也不能糊里糊涂地把他爷爷埋了吧？而且就算从唯心的那方面考虑，咱们甭管怎么做，不也还是想让他爷爷在'那边'能踏踏实实的吗？总而言之，唯心唯物都说得过去——这就行了。"

到底还是有文化的人，又唯物又唯心，居然能用相反的词儿论证同一件事。当然这也是他们家人巴巴儿地把阴大夫请来的原因——为的就是让人家替自己拿主意，或者是替拿好的主意找理由。而那豆他妈又朝屋门外瞥了一眼，扬起了脆嗓子：

"既然阴大夫也这么说，那别人更不会说什么了，对吧？"

这时，自从爷爷"薨"了以后一直沉默的八哥也突然开了口："不要信谣传谣。"

窗外寂静，阳光耀眼，一蓬枣树轻轻摇晃。接下来，便执行那个决定：开盒儿。动手的是那豆他爸，这个责任是逃避不掉的，因而他爸那表情说是像在受刑也不为过。在殡仪馆里，那盒儿早用一块红布包好，现在又被解开，盒儿上刻着爷爷名讳，镶着爷爷照片。其他人看了一眼，情不自禁地迅速坐直，双手拢在膝上，那豆他爸更是肃然咳嗽了一声，手上和脑门上的汗都下来了。这时反而不再有言语，大家只是眼睁睁地看着那豆他爸用手去揭那盒儿的盖儿。揭了两次却没揭开，他爸"咳"了一声，这才意识到不是因为手潮，而是因为把爷爷装进去后，盒儿上封了一层蜡。于是还得上器具。那豆他妈又往出跑了一趟，片刻从厨房拎回把生了锈的菜刀来。

他爸又"咳"："有他妈用这个的吗？"

他妈反问："那你说该用什么呀？"

好像还真没有合情合理的器具。但菜刀毕竟不像样，令人不免产生了把刀架在爷爷脖子上的联想。后来还是他爸去东屋，从床底下的工具箱里拎出一把改锥来。把改锥涮了涮，沿着盒儿上的缝隙走了一圈儿，"啪啦"一声，盖儿便开了。那一瞬间，那豆居然担心盒儿里会蹦出一个虚幻的爷爷，指责他们这些不肖子孙惊扰了他永恒的清梦。

那豆还想,如果真是那样,他也只能对爷爷解释:您别怪我,这还不是为了能让您踏踏实实的吗!

爷爷也许会说:为了我踏实?我看是为了你踏实。

那么那豆还会说:我踏实不也就是您踏实嘛,就像我小时候夜里老哭,您就整宿抱着我,还像您老了起夜踢尿盆,我就给您送墩布——这都是因为我们必须为对方着想。

那样的景象和对话毕竟未曾出现。盒儿里静悄悄的,什么响动也没有。不光那豆,他爸他妈和阴大夫也都伸着脖子,向那正方形的小口儿看了进去。四个人如同扒在了一口枯井的边缘。在他们的幻觉中,那井是深不见底的,然而事实当然不是:盒儿很浅,半满着,盛的是些灰白色的粉末。那粉末的质地相当粗粝,仿佛不是来自一个活人,而是来自自然界中某个荒凉的所在,比如石灰岩上的沙堆或火山爆发留下的灰烬。

这也就是爷爷此时的形态了。然而发出声响的又是什么呢?他爸轻轻晃了一晃,再晃了一晃,便从粉末底下露出了尖尖的一角,乌黑的颜色,锐利而坚硬。

"就……就是它。"那豆他爸说话如嘘声,像怕吹散了粉末。

那豆便朝盒儿里伸进手去,捏住了尖角,将那东西拽了出来。那一瞬间,他只觉得手指灼烫,仿佛爷爷还在燃烧。果然是块金属,沉甸甸的。它的形状毫无规则,边缘尖锐,厚度大约也就半厘米,最宽的地方也不及一张公交卡。它的表面居然相当平滑,闪着润泽的光芒。这到底是什么呢?

"难不成是炉子裂了,掉下来一块儿?"他妈已经猜测上了。

他爸便摇头。炉子要能碎成这样,那还不炸了膛了?跟车打交道的人到底要比跟肉打交道的人更有物理常识。而阴大夫又回到了刚才的思路上:

"他爷爷以前真没受过什么伤?"

他爸便又摇头。一边摇头一边似在回忆。

阴大夫还说:"或者以前受过伤但没告诉过你们?"

这就不仅让他爸摇头,连那豆也说:"我爷爷上澡堂子时,都是我给他擦背。我爷爷也就是腰不利索,身上滑溜着呢,没疤没痕。"

而他爸终于停止了茫然的摇头,问阴大夫:"您这么说,意思到底是……"

阴大夫好像叹了口气又好像喘了口气:"这东西很可能还是身上带的。外科上有这样的情况,异物卡在骨头里,做手术也取不出来,就只能伴随着伤者……"

这时,那豆却突然进了一句:"这是我爷爷吗?"

他看见他爸脖子一战,寒毛倒竖地瞪着自己。

但他脑子蒙着,继续指着那盒儿说:"这可能不是我爷爷。"

说完这句,那豆便看见他爸做出了既稳重又方寸大乱的举动:他先眨了眨眼,然后缓慢地、谨慎地将盒儿放到了桌上,然而当他的双手刚刚离开那盒儿,他整个人立刻"嗷"的一声坐到了地上。

他爸四仰八叉,全身筛糠,好像一只被剪断了线的木偶。

4

一语既出，一家三口，一夜未眠。

事情的逻辑很简单：爷爷的盒儿里多了块东西，但爷爷身上从未有过这块东西，于是很难不让人疑心，盒儿里骨灰的主人其实不是爷爷。这番猜测是因那豆而起，然而此时，那豆自己却又想不明白了：他曾经捧着那盒儿端坐一路，他曾经为了没在灵堂里哭上一场而对那盒儿深感内疚，他还曾经在危急时刻舍生忘死地先保护那盒儿，上述种种，怎么就驴唇不对马嘴了呢？

这么说吧，他恍一回头，才发现找错了抒情的对象。

那豆只觉得脑袋里有个磨，在一股无名之力的强迫下转动着。那个磨转动时，他正躺在不东不北的半间房里的小床上，耳边还传来隔壁他爸他妈屋里粗一声细一声、长一声短一声的叹气。看来他爸他妈的感受也与他一样。他们家人的脑袋里，共有三个磨，转得脑浆子都快像豆浆一样流出来了。

爷爷那屋却动静全无，连八哥和黄雀儿都不扑腾了。

爷爷现在在哪儿呢？这就让人连想都不敢想了。

不敢想也得想，并且还得有所行动。不知到了哪个钟点儿，那豆索性起身，穿衣开门，走到院儿里。胡同上方一片墨蓝，天空里缀着几颗晓星。他从北屋窗台上的第三个花盆底下取出钥匙，开了爷爷房门，进屋从桌上的一个瓷罐子里搓出两把小米。这是八哥及黄雀儿的口粮。忙活完这一套，他才拿起了同样摆在桌上的盒儿。

放了一宿，盒儿还是那个盒儿，方而硬，重新裹上了红布。然而那豆拿它的手势却变了：从双手捧着变成了单手拎着，一个手指头勾进了包袱皮顶端打着的那个结。他边往外走，还边让那盒儿打起了摽悠。

敲开他爸他妈的门，他对他妈说："鸟食儿备好了，就那么大的量，别再多喂，要不该撑出毛病了。笼子里的水盅记着灌满了，也别用自来水，得是凉白开。"

不等他妈答话，他又转向他爸："出门儿。"

他爸满嘴白沫子："这就走？"

那豆不阴不阳地说："那您就慢慢儿刷慢慢儿洗，再上茅房蹲坑儿，再吃早点，再抽根儿烟，再叠被子，再擦皮鞋，再……"

他爸吐了口沫子："得了得了，那就走。"

然后俩人出门，脸也没洗，每人眼角结着两团嘎巴儿。他妈又追出来，往车里塞了两块馒头夹酱豆腐。这时的车就已经不是"金杯"了，变成了他爸那辆"伊兰特"。出胡同拐上大街，正在等红灯，忽有一个男人拎着大包钻进后座："师傅，机场。"

他爸这才想起，刚才忘了按"停运"。于是说："我们有事儿。"

那人似乎也带着起床气："你怎么拒载呀？"

那豆便一弯腰，用一个指头把那盒儿勾起来，仍然摽悠着，回身拎到那人眼前："认识这个吗？知道我们去哪儿吗？"

看着那男人屁滚尿流地蹿下车去,他爸不禁"扑哧"一声,但瞥了眼那豆,随即又绷起了脸。而那豆本来绷着脸,过了片刻却也"扑哧"一声。

因为不堵车,这天的路程便远远短于昨天,一晃神的工夫,就听见那豆他爸在殡仪馆门前的停车场里拉上了手刹。不远处大门紧闭,更远处云雾缭绕,孤零零的一辆"伊兰特"停在那里,景象倒有几分突兀。而随后,车上的那豆和他爸从塑料袋里掏出馒头,大口啃了起来,嘴边还沾满了酱豆腐。又毕竟一夜没合眼,啃完之后他们立刻困了,于是趁着殡仪馆没上班,满嘴猩红地睡了过去。

等到醒来,天已大亮。四周不仅停满了车,并且人声嘈杂。这地方永远是川流不息的,每个人最后的日子连成了世间无数个日子。那豆和他爸发现车外有人惊恐地瞪着自己,这才想起来用袖子抹了抹嘴,从而中止了那些人对于他们刚吃过什么的可怕联想。开门下车时,那豆他爸还对那豆说:

"有话跟人好好儿说,咱们不是来打架的。"

今天的行动是昨天就商量好的:既然盒儿里的东西出了差错,那么首当其冲要找殡仪馆。错在哪里必须搞清楚,对于错误本身也必须纠正。进了那道巍峨的大门,他爸问了俩人,又三绕两绕,最后钻进了拐角处的一间办公室。办公室倒都是不大不小的一个开放空间,里面摆了几套桌椅。四面墙上挂满了内容,除了一些注意事项,还有一个橱窗,橱窗里贴了几排照片。照片当然不是遗像,而是殡仪馆员工们的职务介绍,上到馆长下到工人一应俱全。与照片相邻,还挂了几幅锦旗,当然不可能是"妙手回春",但"温馨服务"总还是担得起的。明明到了上班时间,办公室却基本空着,只有一张桌前坐了个年纪轻轻的女人。她正拿脸对着手机,看的是摄像头里的自己。

见有人来,那女的还挺客气:"您办什么业务?"

那豆他爸说:"昨儿都办完了。"

"那您节哀……还有什么需要帮助的吗?"那女的相当职业地说。

跟在他爸身后的那豆就一甩胳膊,把勾在手指头上的盒儿往桌上一撂。甭管盒儿里是谁,毕竟是一个人的分量,因此"咚"的一声,桌上立着的半只口红竟弹跳了一下,有如一枚小小的、色泽鲜艳的火箭发射升空。

那女的便一惊,娇嗔道:"你们这是干吗呀?"

那豆他爸却没心思同情对方那楚楚可怜的神态,径自叨叨了起来:从昨天"办事儿"到听见盒儿里有"咯噔、咯噔"的声响,从开盒儿查验到发现了那块金属碎片,从分析金属碎片的来由到怀疑盒儿里装的不是本主儿……他越说,那女的就愈加显得楚楚可怜,她忽闪着一双眼睛,扬着头,一会儿看看那豆他爸,一会儿又看看旁边不作一声的那豆。然后,她也像火箭似的弹跳起来:

"这事儿我管不了,我给你们找领导去——行吗?"

她说完扭身就往外走。那豆和他爸只好目送她,又觉得坐下也不合适,于是继续低头塌肩地站着。偏在这时,外面忽有哀乐大作,雄壮的喇叭声席卷而来。又一场葬礼开始了。

那豆他爸很有经验地说:"听这阵势,估计是有一定级别的。"

那豆仍不搭腔,他还顾不上别人的事儿。在那哀乐中,俩人站得有些戚惶,同时也有些乏味。而又过了许久,办公室的门才"吱扭"一声打开,进来了一个唇红齿白的男人,四十来岁,头顶中央亮晶晶地秃着。不知为何,这儿的人大都面相挺嫩,不知是不是空气清新、土壤肥沃的原因。这个特征在那墙照片上也有所体现。

来人的确像个领导,进来就和那豆及他爸热情握手。那豆他爸握了,那豆却把胳膊往后一别。秃顶男人笑笑:"大概情况我也了解了,不过还得核实一下。"

他说完一指桌上的盒儿:"两位介意吗?"

那豆他爸也瞥了瞥盒儿:"里面那位要是不介意,我们也不介意。"

秃顶男人便又笑,伸手解包袱,开盒儿。他的手法就比昨天那豆他爸熟练多了,同时也自然多了,一边开,一边还做着讲解:"我们这儿的寿材分为'福禄寿禧'四个系列,您定的是'禧'字系列,经济实惠,性价比高,一看就是务实的人。"

"也不是务实。"那豆他爸实事求是地说,"贵的我们用不起。"

而说话间,秃顶男人已经"咔嚓"一声掀开了盖儿,将盒儿里的内容再一次暴露在了尘世之中。他还从上衣兜里拿出一只放大镜,像鉴定珠宝一样在那些灰烬表面端详着。与此同时,他的头顶也被阳光照耀得越发闪亮了。

过了好一会儿,他才抬头,宣布鉴定结果:"这的确是骨灰。"

这的确是废话。那豆他爸便又补充:"可这不一定是我们孩子他爷爷的骨灰。"

秃顶男人的头顶又闪了一闪:"您怎么证明这一点呢?"

那豆他爸说:"这还需要证明吗?"

秃顶男人又笑了:"这当然需要证明了。"

那豆他爸就一愣,但又像想起什么似的,朝那豆瞥了一眼。那豆会意,从怀里掏出了一块东西,啪地敲到桌上,如同下象棋时气势逼人的"将"。那东西自然是盒儿里带的金属碎片,昨天查验以后,它就没再被放回去,而是由那豆贴身揣着。它像还在灼灼发热,烫得那豆的皮肉都疼了。

随着那记"将",那豆他爸便道:"这就是证明——盒儿里找着的。"

作为补充,他又把昨天一家人的相关讨论复述了一遍,尤其强调了阴大夫的医学理论。那豆本以为那秃顶男人会举着放大镜凑上来,再对这块金属碎片做上一番鉴定,但对方却没有。他只是斜眼朝那东西打量了一瞬,随即又笑了:

"在我看来,这并不能证明什么。"

那豆他爸一愣:"怎么不能证明了?"

对方把手一摊:"您琢磨琢磨呀,盒儿里的骨灰并没有异样,可你们又从外面掏出一样东西,非说是从盒儿里找着的,这让我怎么相信呢?咱们再打个不恰当的比方吧,就好比饭馆上了一盘菜,您吃了几筷子又掏出一只苍蝇,愣说这菜不干净,厨子听了怎么想?会不会认为您在诬陷?"

对方说得流利而顺畅,就像早已打好了腹稿。而这番说辞却又透着强词夺理的气息：要这么说，不惟今天掏出来的金属碎片不能作为证明，即使是昨天刚一开盒儿就立刻返回来找殡仪馆，人家也能一口咬定那东西是他们后放进去的。难道要想证明他们所说的确是实情，非得刚从窗口把盒儿领出来，就立刻撬开查验吗？可谁家的丧事里规定过这么一条章程呀？这时那豆就看出来了，这个唇红齿白的秃顶男人虽然态度和蔼，言语客气，可实际上是在变着法儿地刁难他们。

他爸果然也说："你这就是胡搅蛮缠了，我们还能拿这事儿骗你吗？"

他爸话里就带了几分气。而对方脸上却依然挂着笑："我可没有说您撒谎的意思。但既然是您非说盒儿里出了错儿，那么举证责任就在您那一方——这是法律常识。"

他爸又争辩："我们又不是来讲法的，是来讲理的。"

秃顶男人打断他："法理法理，法就是理。于法于理您都说不通呀。"

对方真是一张好嘴，直把那豆他爸噎得一愣一愣的。但他爸眨了眨眼，稳住阵脚，接着又道："说得通说不通，可不能光听你们的。就拿举证来说，凭什么只是我们的责任，难道你们就没有这方面的义务吗？"

秃顶男人问："那您说，我们应该怎么举证？"

那豆他爸说："比如做个基因鉴定什么的……其实我们自己去测也不是不行，但听说干这事儿的都是专业机构，得开介绍信，所以你们也需要配合一下。"

听了这话,那豆不禁对他爸有些刮目相看。可见他爸开车时也没光顾着跟客人瞎叨叨,顺便还在听着广播跟踪科技动态。不过爷爷已经给他当了二十多年爷爷,到了儿却要重新验明正身,这就怎么想怎么不是味儿了。

而秃顶男人却摇头:"我看您还挺有科学知识的——可惜知识还不够多。"

那豆他爸一愣:"这话儿怎么说?"

秃顶男人说:"类似的事儿不光是您,以前也有公安机关求助过我们——查的都是些骇人听闻的案子,我就不便多说了啊。但就算来的是警察,我们也只能表示帮不上忙。干这行的都知道,人烧成了灰就变成了无机物,而无机物是没有活体细胞的。再给您普及一下,骨灰主要由氧化钙构成,一旦遇水还会变成熟石灰。您别嫌我说话难听,要把这东西拿去做基因鉴定,人家没准儿还以为您抠了块儿老墙皮呢。"

到他嘴里,爷爷又被等同成了老墙皮,这就让那豆把眼一横。但还没等他有所表态,他爸又道:"就算做不了基因鉴定,那也不等于科技没有用——这毕竟是个科技的时代,对吧?我再问你,火化车间有没有摄像头?存放骨灰盒的地方有没有监控?把昨天的录像找出来看看不就明白了?如果录像能证明你们没出差错,我们立马就走。"

又是基因鉴定又是监控录像,看来他爸也是有备而来。而后一个提议就来自自身的经验了：有段时间，那豆他爸总接到交管局的罚单，不是停在了不能停的地方，就是钻进了不能钻的胡同——虽然现场没有警察，可是摄像头都拍得清清楚楚。

然而此言一出，秃顶男人的笑意更浓了："您的要求说来也是合理的——但很遗憾，那些东西我们没有呀。没有的东西您愣要，这不是强人所难吗？"

"没摄像头？没监控？"那豆他爸诧异地咧着嘴，"这怎么可能？工作过程必须录像，这不是好多服务行业的基本规定吗？我们的车上还要求装行车记录仪呢，为的就是保留证据，防止碰瓷和扯皮的……"

秃顶男人却愈发不慌不忙地说："我就说，您是只知其一不知其二——服务行业也得分为谁服务呀，为活人服务的当然尽可以录像，可服务对象要不是活人，那就有其特殊性了。这么说吧，如果我们殡仪馆也安了摄像头，那么整容、火化这些操作过程一旦让亲属看见，会不会刺激人家的情绪？那些录像一旦流传到网上，会不会引起恐慌，又会不会被居心不良的人利用？正因此，殡仪馆可以安摄像头，也可以不安。既然安与不安都符合规定，那么我们选择了不安也不算失职，对吧？话再说回来，您倒可能是很想观摩您的家人是怎么被……但别人不一定也有这个好奇心啊。"

一鼓作气，再而衰，两条提议先后被否决，并且否决得还那么有理有据，那豆他爸就终于蔫儿了下去："我们当然也不想看……要不是出了这档子事儿……"

而这时,秃顶男人便完全占据了主动。他清了清嗓子,此后的发言更加胸有成竹了:"既然现在的情况是——我们双方都要求对方举证,但双方都无法举证,那么纠缠下去也没有意义。所以依我看,倒不如换种思路,务实地讨论一下。"

那豆他爸就从一愣变成了一蒙:"务实?"

秃顶男人说:"我的意思是,您有什么诉求,那就直说好了。"

那豆他爸更蒙了,像八哥一样继续学舌:"诉求?"

"对呀,诉求。"这么说着,秃顶男人突然上前两步,愈发热络地揽住了那豆他爸的胳膊,"既然死无对证——请原谅我这么说,但这里的'死'并不指代任何人的'死',而是归根结底的意思——归根结底,您说盒儿里有东西,又说盒儿里的骨灰不是您家老爷子的,可您毕竟没证据,是不是?而我们呢,既然不能认同您的猜测,本来也可以宣布与此事无关。但话又说回来,将心比心,理解万岁,考虑到您家毕竟刚经受过丧亲之痛,再考虑到你们大老远的来都来了,我在这儿也表个态,可以向馆里争取,适当给予您和您的家人一些抚恤——请您注意,我说的是抚恤而不是补偿,这两者的性质不一样。至于数目,咱们回头再商量。只不过相应的,我们也有一个小小的要求,就是这东西您先别带走了,我们得留下,以避免后续还有什么麻烦……"

听着这话,那豆他爸就接不上茬儿了。与此同时,那豆仍在一旁,延续着方才的默不作声。他佝偻着腰,歪着脑袋打量起了墙上橱窗里的那几排照片。然而他又瞥到,那秃顶男人边说边笑,一边却把手伸向了桌上的金属碎片。

突然之间,那豆便有了动作:他霍地伸手,也按住了那块东西。

在那个瞬间,小小的碎片在那豆和秃顶男人的手指头底下挣扎着,徘徊着。而又一转瞬,碎片就重新握在了那豆手里——他抬起另一只胳膊一搡,推得秃顶男人往后退了两步。那男人捂着胸,表情像个遭到调戏的妇女。

他还惊诧地说:"干吗动手呀……咱们不都说好了吗?"

"孙子才跟你们说好了呢。"那豆这时开了口,"你说了这么半天,我也问你一句:照你的意思,我们过来就是为了要钱吗?"

后来回想起那天的事儿,那豆也不得不承认,他是被一股邪火冲昏了头。那股邪火不是当时才有,而是早就在他的心里蹿了苗儿——一夜没睡加上披星戴月地赶路,这已经让他心里烧得慌了。到了地方以后,秃顶男人小嘴儿不停地东拉西扯,还把盒儿里的骨灰比作了盘儿里的菜,比作了老墙皮,这又像是往他的灶膛里呼呼灌风。而听到对方终于把落脚点放在了钱上,他更如同被浇了一锅滚油,"刺啦"一声,火光熊熊。那豆觉得,他必须有所表态。那表态与其说是做给对方看的,倒不如说是做给自己、做给爷爷看的。见那秃顶男人怔了一怔,那豆进而又指着那盒儿问道:

"你是不是觉得只要给了钱,这里面装的是谁,对于我们来说都无所谓了?"

而在他的诘问和逼视之下,秃顶男人的话便打起了绊儿:"这小伙子,话别说得这么难听呀……不过也不怕你不爱听,这种事儿我们见多了,老人没死跟医院闹,老人死了又跟殡仪馆闹,还有跟家政公司闹的,跟养老院闹的……闹来闹去,不都是为了那点儿诉求么,所以我也是在给你们省工夫……要不你们说个数儿?"

他居然还想让那豆说。但此时,那豆只想让他不要再说了。

那豆伸出手去,捏住了秃顶男人那白嫩的脸蛋子。身材高瘦的人手都大,像个笊篱一样,轻而易举地罩住了对方的嘴,又顺势一捏,那张小嘴干脆鼓成了个葫芦。然而秃顶男人马上又大张旗鼓地挣扎了起来:他的两条腿轮番乱踢,他的两个小爪子争相往那豆脸上挠去,他的葫芦嘴还变成了鸡屁股,"吱吱"地朝那豆吐起了口水。

他同时还喊:"杀人啦!救命呀!"

不喊则已,这一喊,那豆就真管不住自己了。

那豆还想起了在自己"狗都嫌"的年纪,他爸是怎么对待他的:每当他嘶号着要跟谁玩儿命,他爸就会一手揪着他的脖领子,一手攥成拳头,用突出的骨节在他头顶狠凿一记。简单粗暴,行之有效,伴随着脑袋里"梆"的一声共鸣,那豆立刻会晕头转向,随之忘记了玩儿命的迫切需要。而面对眼前的秃顶男人,他也正是这么做的。只不过与自身体会不同,当他的拳头凿上对方的头顶,没听见"梆"的脆响,反而是轻微的一声"扑",仿佛一只拨浪鼓被捅破了皮。然后他才意识到,此刻自己的拳头上还带了一个尖儿——那块金属碎片还在手里握着呢,碎片边缘那锋利的锐角正好从指缝里钻了出来,戳到了男人的秃顶上。

于是秃顶男人登时定住了。起初,他那亮晶晶的天灵盖似乎完好无损，但立刻就冒出了一个小红点儿。小红点儿以飞快的速度扩散，蔓延，旋即把秃顶男人变成了一只丹顶鹤。又旋即，血越冒越多，简直是汩汩奔涌，还顺着秃顶男人的脑门和耳朵流了下来。与此同时，那豆的头脑里响起了一首老歌，有个苍凉的嗓音回旋：

"那天是你用一块红布，蒙住我双眼也蒙住了天——"

当那豆醒过神来，便看见办公室里换了一番景象：秃顶男人已经瘫倒在地，血淌了一片，手边还碎了一个玻璃杯，大约是刚才倒下的时候顺手胡噜的。那个涂口红的年轻女人又跑了进来，惊慌失措地大声喊叫。门外多了几个保安，警惕地、严阵以待地瞪着那豆和他爸。与此同时，从灵堂方向传来的哀乐更加恢弘也更加悲戚了，伴随着哀乐，秃顶男人的腿还抽搐了两下。

那豆还听见他爸低声说："操，事儿闹大了。"

那豆则叹了口气，低头看了眼手里的金属碎片。在周边充斥的人声、乐声中，他有些茫然，突然又想：爷爷啊，您到底在哪儿呢？他还想：甭管在哪儿吧，没准儿我也得过去跟您做伴儿了。然后他掏出手机，打了110。

他对电话那头说："劳驾您，哥们儿想自个首。"

5

"睡板儿"三天，那豆又想起了一些有关爷爷的事儿。

在此期间，他的姿势常常是这样的：蜷腿坐在一间水泥房子的尽里头，伸着一条长脖子，直愣愣地望着一块长方形的天空。他记得有个词儿叫"井底之蛙"，但又觉得自己的模样并不像蛤蟆，反倒像只呆头呆脑的大鹅。那天空被钢筋整齐地分割，有时是蓝的，有时是红的，有时是黑的，从蓝到红到黑轮转一遍，便是一个昼夜。身下是条大通铺，全由硬邦邦的三合板拼成，因此在看守所里睡觉就被称为"睡板儿"。

"板儿"上共有狱友七八个，看着却大都不像穷凶极恶之徒，反而一个赛一个地体面：有的戴着小眼镜，有的留着小分头，还有的穿了身"阿玛尼"西服。倒是那豆亮出花臂，着实把人家吓了一跳。这些人"进来"的原因也透着与时俱进，不是非法吸储的买卖人，就是聚众打"德州扑克"的白领，甚至还有一律师，说是在网上发布了某些不当言论，干扰了一桩名人离婚案的审理进程。除那豆以外，唯一在"罪行"方面具有怀旧风范的，是个坐公共汽车时摸了女学生大腿的老"杆儿犯"。这人也常感叹：

"现在这'板儿'睡着没劲。"

然后他还会说起"想当年"：每间牢房都有大哥，新人进来必得先"过堂"，如果碰上一个横主儿，那就免不了一番恶战，每天夜里嗷嗷乱叫，早起地下散落着几颗碎牙。甚而还有下了杀手的，用磨尖了的牙刷柄戳穿了仇家的喉咙，于是拘留直接改枪毙。

给大伙儿普及完"睡板儿"的规矩，老"杆儿犯"又把注意力转移到了那豆身上：

"这小伙子怎么还戴着'箍儿'呢,跟谁快意恩仇来着?"

说的是那豆胳膊上的一段黑纱,黑纱上还缝了一根红布条。如今执法也讲人性,警察听说他爷爷"头七"还没过,就让他戴着"箍儿"进来了,只不过穿在袖子上的曲别针得摘掉。而听对方这么问,那豆倒有些不好意思,后来经不住催,才结结巴巴地把事儿说了。老"杆儿犯"便很兴奋,一拍大腿:

"就该这么干——这他妈才叫亲孙子呢!"

很可惜,对于那豆在殡仪馆里的壮举,持赞赏态度者只有他一人。其他狱友一律认为那豆"意气用事",犯了一次"低级失误"。这也就看出层次上的差别来了。那个自称律师的白胖子进而替那豆分析:殡仪馆的客服经理——这是那豆从橱窗照片里得知的秃顶男人的身份——为何把话绕来绕去,最后主动绕到了"抚恤"上面?这说明,他们的既定方针很明确,那就是息事宁人,花钱了事。又可见殡仪馆也是企业思维,怕真闹大了会影响他们的生意——"这也没什么奇怪的,这年头什么不是生意呀"。总而言之,那天的形势本来对那豆他们家很有利,然而那豆先动了手,问题的性质就变了,从维权变成了故意伤害。对于秃顶男人来说,这可谓正中下怀——只不过付出的代价比较惨重,因为他没料到那豆的拳头上还有个尖儿。至于那豆呢,只能说他中了对方的苦肉计。

那个被抓了赌的白领也附和:"一手好牌,让你给打烂了。"

众人七嘴八舌,说得那豆云山雾罩,但又有种被点醒的感觉。他回忆起来,怪不得在殡仪馆里,那个秃顶男人非要拿走盒儿里的金属碎片呢,敢情是他们自知理亏,才会急于扣留证据。而那豆当时只是下意识地跟对方对着干,没想到这倒是"低级失误"之余的一项明智决定。他不禁搓了搓膝盖:

"跟几位哥哥一比,我还是头脑简单了——兄弟佩服。"

众人纷纷表示"承让"。那豆又拍了拍身边那块"板儿":"您睡这儿,这儿宽敞。"

白胖子律师便讪笑着挪过来。他还客气地说:"回头给你留一电话,有法律方面的需要可以找我。"

可见作为一名经典的"暴力犯罪人员",在看守所里还是有地位的。而那豆又不禁觉得有些好笑:还找您?您不也到了"里面"了吗?又可见在吃官司这事儿上,懂法与不懂法常常殊途同归。还可见人要是糊涂固然会吃亏,但要是凡事都太明白了呢,好像也占不着什么便宜。那豆记得,爷爷对此也曾有过一讲:

"要说这人哪,还真得蒙着过,偷着乐。"

看到那豆一脸懵懂,爷爷还说:"对于有的事儿,咱们虽然都知道,但是咱们都不说;咱们虽然都不说,但是咱们都知道——这就是境界。"

还记得说这话时,那豆才上初中,也刚经历了一场轰轰烈烈的暴力事件。爷爷就从阴大夫那儿要了一瓶紫药水,一边给那豆抹着满头满脸的血道子,一边普及人生哲理。然而越普及,那豆就越懵懂,他不禁顶了一句:

"爷爷,您怎么有点儿不知好歹呀?"

爷爷一愣:"我怎么不知好歹了?还有比我讲理的人吗?"

那豆指了指脸上的伤疤:"我这都是为了谁?还不都是为了您?"

这就把爷爷噎住了。在那件事情上,他的确没法儿反驳那豆。而事情的缘起,说来又有点儿话长了,还得讲到北新桥酱油厂的历史。酱油厂的前身是一咸菜作坊,主营脆瓜条与八宝菜,后来公私合营,政府又给划了块地,从此就能做酱油、做甜面酱。那豆的爷爷也正是那时进的厂,负责搬缸。此后若干年,不要说附近这些胡同,恨不得半个北城吃的都是该酱油厂生产的调料,厂里的职工也一度达到了百十号人。为了方便大家上下班,酱油厂还给开了班车,班车司机就是那豆他爸。但到九十年代末,也就是那豆刚出生的那几年,酱油厂开始经营不善,老师傅走的走退的退,一度还传出过要被市属大厂兼并的传闻。偏是当时一位姓姚的厂长有魄力,带着剩下的职工搞技术革新,大伙儿集资从日本引进了配方和工艺,转而生产日本咸菜、日本酱油和日本芥末,居然又红火了一阵子。在这个时期,酱油厂也就不叫酱油厂了,改名叫做"味之素调料公司",听起来像个中日合资企业,但实际上就是打了个日本幌子,仍是厂子和职工们共同持股。

爷爷也是在那个阶段退的休。直到他退休,仍把厂子称为"酱油厂"。而且爷爷虽然退了休,心里却从未与酱油厂断了联系。这不光是因为他在厂里搬了一辈子缸,还因为他也是厂子的股东之一:当年搞技术革新,爷爷带头凑了钱。凑钱时,那豆他爸他妈其实很不乐意。按照那豆他妈的考虑,那钱还不如添到房子里,拿他们家的两间半到远处兑上一套小两居外加筒子楼里一间小房,这样不惟省了早上倒尿盆的麻烦,冬天也不必挨冻,更重要的是等那豆大了还能有个像样的地方住。至于厂子的兴衰存亡,这事儿就往后靠靠吧,反正厂子好的时候也没见他们沾什么光——比如厂里有辆"桑塔纳2000",就没让那豆他爸开过,只让开那辆犯了哮喘一般的"黄海"。

爷爷却说:"人家上面有动作,咱们可不得配合吗?"

这也太有觉悟了吧?上面一动作,下面就得紧着配合,"别说厂里少有这样的工人,炕上也难寻这样的娘们儿呀",那豆他爸评论道,说时还瞥了一眼那豆他妈。他妈听了,就狠掐了他爸一记。而按照他们夫妻的共同看法,爷爷之所以有此表态,倒不见得是觉悟有多高,说白了还是"想牛×一把":搬缸搬成股东了!最当初开咸菜作坊那位"民族资本家"要能熬过"运动",不也就是这么个身份吗?

因为谁也拗不过爷爷,只好由着爷爷"牛×了一把"。后来在新公司的挂牌大会上,爷爷还作为职工代表,身穿中山装和领导们合了影。又因为"味之素"的效益还行,爷爷便一度在家里挺提气,又教育那豆他爸:"凡事要往长远看,我这是拿钱给咱们买饭辙呢。将来不只是我,你也能在酱油厂干到退休,不只是你,豆儿如果愿意,也能在酱油厂上班。咱家祖上没出过铁帽子王,如今倒端上了铁饭碗,知足吧。"

而那豆当时刚上小学,正为同学说他身上有味儿而烦恼,于是抗议:"我可不想泡酱油里。我要当了厂长,就改行做点儿别的。"

爷爷说:"有志气——你想做点儿什么呀?臭豆腐?"

"那不更味儿吗？"那豆说，"我做雪花膏，香死他们。"

不光爷爷听了一乐，就连那豆他爸他妈也嘿嘿两声。那豆又说，等把酱油改成雪花膏，还用爷爷搬的那些大缸来装，他还向他妈保证，别人来买雪花膏，花钱只给一小勺儿，他妈可以用盆儿抠，想抠多少抠多少。然而事实证明，那豆的话只说对了一小半儿。后来酱油厂的确号称要生产白花花香喷喷的东西了，只不过那厂子却与他们一家毫无关系了。

这就要说到酱油厂历史上的另一次，也是最后一次改制了：最初是从私营改为集体，后来是从集体改为股份，到头来又要从股份改回私营。上面新来了个头儿，觉得做调料利太薄，小打小闹没什么意思，于是谈妥了一家上市公司，打算把厂子变成"生物科技园"，转而研发化妆品。化妆品的类型当然不限于雪花膏，还包括日霜、晚霜、精华素，总之都是那豆他妈不敢往脸上抹的东西——恰因如此，前景广阔。计划得很好，然而在操作过程中，却又遇到了一个阻碍：原酱油厂已被多方持股。一些股份还在厂里，这倒好办，另一些股份却被许多老职工分头持有，这就只能一一去做工作了。

做工作的难度也可想而知。对于此番改制，老职工们本来就很有意见。虽说上面承诺，科技园建好之后仍会"消化"大家就业，可原先是人尽其力，发酵工管发酵，调配工管调配，上色工管上色，大家都是调料生产里必不可少的环节，以后却要集体变成维修工、保安和看仓库的，全是些可有可无的工种，这就使人感到失去了价值。再者说，厂子里虽然原先也分三六九等，但论起来都是主人翁，现在可倒好，一纸聘用合同，大多数人都成了被"消化"的对象。那么"消化"的剩余物又是什么，不就是粪便吗？出于这种考虑，不要说一般人，就连那豆他爷爷这种向来"配合"的角色，背后也免不了嘀咕嘀咕。一嘀咕，手里那点儿股份就显得奇货可居了。

到这时，那豆他爸他妈反而很庆幸爷爷当初入股的决定。他爸还鼓励爷爷："就不卖，跟丫死磕——看他们还能拿您这'股东'怎么着。"

倒是爷爷又从反方向犯起了嘀咕："要都像你这么想，那国家的事儿还办不办了？"

"咱们家饭碗都快端不住了，您还操心国家？"他爸哭笑不得，又替爷爷理清关系，"那就是几个工贼，怎么就代表国家了？"

也不知是不是那豆他爸的话起了作用，爷爷还真就捏着股份不撒手。先是厂里的领导来谈，后来又是那家上市公司的代表来谈，来时还拎着"稻香村"的点心匣子，都被爷爷客客气气地送出去了，点心匣子也不要，自己家倒饶上不少花茶。爷爷虽然一辈子搬缸，但在厂里年头最久，就连原先的改革家姚厂长都得敬他一声"那爷"，因而很有示范作用，其他人见他捏着不撒手，就也捏着不撒手。事儿竟一时僵住了。

但上面毕竟是上面，僵住了也不怕。也不知从何时开始，为了股份登门的，就不是厂子里和公司里的斯文人了，而是换成了一批匪里匪气的汉子。他们都是河北口音，每句话尾都朝上拐弯儿，还爱把"叔"说成"收儿"，把"太"说成"忒儿"。他们动不动就脱光了膀子,有的露出青龙,有的露出白虎,脖子上又都挂着一条褪了色的空心金链子。他们撒尿也不去公共厕所,就往院儿里的枣树下滋,一边滋还一边说:

"'收儿'啊,您可'忒儿'死心眼儿嘞——"

"'收儿'啊,您张张嘴,我来给您喝点儿水——"

这又是哪路神仙?据说是专门拿钱替人"铲事儿"的。前海的拆迁,鼓楼的上访,他们都在里面搅和过。而那豆当时已经开始发育,瘦是瘦,身高却接近了一米八,伴随着蹿个儿,他的脾气也见长,回家扔了书包就要出去拼命。看那豆一急眼,他爸虽然被憋在屋里半天不敢出门,这时候也不好意思光打蔫儿了,于是他从厨房里抄了一根擀面杖——自己不挥舞,而是郑重地递给了儿子:

"接兵器,我给你瞭阵。"

倒是爷爷不紧不慢地说:"豆儿啊,咱们可是讲理的人家。"

从那时起,那豆就爱横眼。他又一横眼:"可那帮孙子是讲理的人吗?"

"他们不讲理,是他们不尊重自己,咱们尊不尊重自己,可跟别人不相干。"爷爷正跟那豆说着,忽然就话音一高,也朝屋外横了横眼,"再说这是哪儿?这是北京,有规矩的地方。他们爱在院儿里耗着,那是公家的地方我管不着,可我不信他们还敢上人家里撒野来——你当警察是干什么的?"

几句话掷地有声。爷爷的判断果然没错,那些人在那豆家门口聚集了两天,确实只敢远远儿地说风凉话和往枣树底下滋尿,就是不敢朝屋里面跨进一步。在这个局面下,爷爷反倒更加坦然了。他也不出门遛鸟了,每天搬个马扎往门槛这边一坐,左手边一笼八哥,右手边一笼黄雀儿,笑眯眯地望着门槛那边的青龙、白虎与大金链子。

爷爷还哼哼:"我坐在城头观山景……原来是司马发来的兵。"

有时外面没了动静,他还吆喝:"你们别歇着呀,我正闷得慌呢。"

看这架势,爷爷也要打一场持久战。反正作为退休工人,时间有的是。然而耗到第三天上,局面又发生了变化——对方请来了援兵。援兵不是个人,而是一条黑背大狼狗,半人多高,体格如驴,并且那豆一家人还认识它。本来城里不让养大狗,但因为酱油厂有保卫方面的需要,街道就给特批了一个狗户口。又本来,这狼狗是拴在酱油厂的传达室房后的,这时却被那些人给牵了出来,进院儿一松链子,它立刻蹿进屋里折腾开了:扯了爷爷的床单,叼了桌上的糖油饼,还蹦着高儿地去够窗户上挂的两笼鸟。

那时的八哥还是第二只八哥,"口儿"比较脏:"你妈了个狗×。"

爷爷一边保护床单和糖油饼,一边还得教育八哥:"他们不尊重自个儿,咱们可不能……"

更可气的是这狗还有一个流氓习性:爱往妇女两腿中间钻,扬着鼻子拱人下体。原先酱油厂的女工很多都被它拱过,所以才把它拴在了房后。此时万类霜天竞自由,它便找准目标,专向那豆他妈发起了进攻,拱得他妈捂着腿满屋跑。而等那豆他爸扯着脖子喊警察,外面那些人打了一声唿哨,那狗令行禁止,颠儿颠儿地跑了出去。

然后,那些人对爷爷说:"'收儿'啊,许您遛鸟,还不许我们遛狗？"

临走又说："明儿我们还来——谁也不会跟个畜生一般见识，是不是？"

言下之意，派出所管得了人，但却管不了狗。这时就轮到爷爷说不出话来了。爷爷也不是害怕，而是伤了心：记得原来，那狼狗是多么俯首帖耳啊，除了爱拱妇女下体，从未对酱油厂的老人儿撒过野，现在怎么突然就变脸了？可见还是被人家收买了。而更关键的是，狗不仅仅代表狗自己，同时代表了它身后的人——把狗的指挥权都交给了人家，这是否说明，酱油厂的其他人也嫌爷爷捏着股份碍事儿了？于是这天那豆放学回家，看见爷爷杵在门口，瘦而长的身影竟有几分悲凉。爷爷还说了句他听不懂的话：

"原以为我是布尔什维克，怎么就成了孟什维克了？"

后来阴大夫给那豆解释，那俩洋词儿一个是指"多数派"，一个是指"少数派"，据说还是五十年代爷爷刚进厂时上文化学习班，区里派来的教员教给爷爷的。而那豆呢，因为听不懂爷爷的话，所以对于爷爷的这份儿伤心，又有自己的理解。他认为爷爷是让酱油厂的"姚表舅"给气着了。

在这儿又得介绍一下"姚表舅"。姚表舅是过去那位姚厂长的儿子，年纪比那豆他爸和阴大夫都要小几岁。他说来也算上过大学，学的还是艺术，但究竟是哪门哪派的艺术，却又搞不清楚了。饶是如此，姚表舅年轻时倒真铁了心要做个艺术家，逢北京的那些院团招新，他都第一时间过去报名，去时光着膀子裹一件军大衣，说要给评委们来个"先声夺人"。后来他虽然哪儿都没考上,却跟"艺术界"混得比谁都熟,常见他往酱油厂里招一帮披肩发的男的和剃光头的女的,也都穿军大衣,一伙儿人就着凉水嚼咸菜,还往腌咸菜的大缸上画了许多列宁、斯大林和美国总统克林顿,管这个叫"政治波普"。而又过了些年,当艺术的理想终于破灭,姚表舅幡然悔悟,琢磨出了"既然生活是庸俗的,那么我们只好比庸俗更加庸俗"这个真谛,于是跑到南方做起了生意,只可惜当他明白了另一条真谛"庸俗也不是成功的唯一条件"时,已经亏得血本全无,还把他爸姚厂长留下的那个小院儿也给搭了进去。到头来,还是爷爷出面,呼吁厂里安置了姚表舅。留下姚表舅又能干点儿什么呢?这才发现当年的艺术毕竟没白学——厂里的宣传板报都由他包办,厂里的合唱队也由他一手组建,出去比赛时唱的是《雪绒花》,可比其他单位的《好日子》洋气多了。而且姚表舅还是个有爱心的人,那条黑背狼狗就是他从通州的狗市抱回来,一口牛奶一口鸡肝地喂养大的。该狗也像姚表舅一样瑕不掩瑜,虽然爱拱女工下体,但帮助厂里破获过两起盗窃案,有它在,别说翻墙头的飞贼不敢上门,就连厂子门口的下水道井盖都没被人撬走过。

因此姚表舅的身份就成了酱油厂的工会主席兼保安队长。而就是这么一个那豆自小喜闻乐见的姚表舅,却从背后对那豆的爷爷捅了刀子。

对于这一点,那豆有着充足的证据——就是狼狗:就像那豆只跟爷爷亲,那狗也从来只听姚表舅的。如果没有姚表舅的调教以及唆使，狼狗能到他们家屋里来撒野？至于姚表舅为什么要这么干，则又是那豆他爸他妈分析出来的了：身为姚厂长的儿子，姚表舅手里自然也有酱油厂的股份，但和爷爷把股份看成饭碗不同，姚表舅把股份看成了可以变现的资本。没准儿为了多得一些好处，姚表舅已经和那家上市公司商量妥了，由他牵头串联其他人，单单要把爷爷孤立起来呢。

"没想到甫志高他是毒蛇……"那豆他爸又骂，"这他妈才是工贼呢。"

对于毒蛇和工贼，他们又要怎么对付？爷爷一辈子讲理要脸，但那豆总觉得这种风范近乎迂腐——也不看看都什么时候了？畜生都打上门儿来了！老话儿说"打狗得看主人"，那好，索性就冲着主人去收拾那狗。把狗收拾了，就能让他们知道欺负人是有代价的。

于是当天那豆没说什么，次日却起了个绝早，出了胡同西口，蹬着自行车往酱油厂去。酱油厂和他每天陪爷爷遛鸟的方向是反着的：拐上东四北大街，在一片平房之中，远远望见鼓楼那椹子里拔将军的城头，也就能闻见缸里飘出来的味儿了。这时因为厂子已经基本停产，味儿比原来稀薄了许多。这天偏巧又没雾，晨风吹得满天透亮。那豆在铁栅栏门前把车一扔，风萧萧兮地往酱油厂的院儿里走去。

他们遛鸟，人家遛狗，姚表舅每天天不亮也会出门，骑着挎斗摩托车，沿着二环路让那狼狗撒撒欢儿，这也是那豆早已摸清的规律。他还知道每天遛狗结束，姚表舅便会回到厂里的宿舍去睡回笼觉,单把那狗拴在传达室后身的一根消防栓上。果不其然,铁栅栏门上的大锁已经摘掉,吱扭一推就开了。那豆猫腰钻进去,再一探头,就见姚表舅那间位于传达室一侧的小偏房门窗紧闭,黑背狼狗则趴在不远处的消防栓旁,脖子上挂着条链子,似也睡着了。周围再没别人,正适合动手。动手的家伙事儿也是现成的:院子一角堆着一摞废砖,那豆过去,一手抄了一块。既是来寻仇,总得有个动静,唯有如此,才能显出他的磊落——于是那豆并不急于对狼狗发起进攻,而是抡圆了胳膊,先将一块砖头抛向了姚表舅的窗玻璃。哗啦一响,应声而碎,窗里的那条碎花帘子迎风一抖,却像海浪一般将砖头吞噬了进去。接着就听到屋里姚表舅发出了先"咕咚"后"哎哟"的声音,再接着又听到一个女人悄声道:

"别开门。"

姚表舅颤声道:"不会是……"

女人的声音又说:"反正别开门。"

姚表舅的屋里怎么会有女人?当时那豆还诧异了一下。不过他没多在意:作为一条艺术光棍儿,姚表舅在这方面一直都没闲着。情势的发展也由不得他顾及那些细枝末节了——另一边的狼狗耳朵一竖,腾地拔地而起,嗷嗷乱叫着朝那豆扑了过来。既然是它送上门来,也就怪不得那豆手黑了。那豆朝后退了两步,掂了掂手里剩下的一块砖头,直盯着狼狗脑门儿上的一撮黑毛。

然而战局却出乎那豆的预料。后来那豆也承认,自己的确是轻敌了,马虎了:他原以为狼狗还被拴在那根消防栓上呢——一头固定,狼狗再怎么勇猛，活动范围也终是有限，这就给他留下了安全的反击空间。他还计划着先站远点儿，再用精确制导武器开了狼狗的瓢。可是一转眼，如意算盘就落了空。狼狗一往无前，直向那豆飞奔了几丈有余，也没听见它身后的消防栓被勒出"当啷"一声。它毫无阻碍地扑到了那豆面前。

那豆这才反应过来，今天姚表舅遛完狗，却没把狗链子的另一头拴上。至于没拴的原因，也许是恰好今天忘了，也许是随着酱油厂基本停工，也就没必要限制狼狗的自由了。而狼狗没拴的后果是血淋淋的：那豆的那块砖头还没举起来，人就已经被扑倒在地。然后就是人与狗的交相号叫，人与狗的上下翻滚，人与狗的毛发飘零。

在被狼狗叼住一条胳膊的垂死顽抗中，那豆还看到身旁有了人影——但却不是姚表舅，而是曾经在他们家门口见过的青龙、白虎和大金链子。那些家伙也早已进驻了酱油厂，就睡在院子另一头的发酵车间里，这时听见声响，便洋溢着一身酱油味儿晃悠出来了。看见那豆正在挣扎，他们你一言我一语地点评：

"还有这么早锻炼的，跟狗摔上跤了。"

"狗上嘴你也上嘴呀，你们家人的牙口儿不都挺利索的嘛。"

在体格如驴的狼狗身下，在遮天蔽日的扬尘之中，在嘻嘻哈哈的嘲弄声里，那豆看见整个儿世界正在颠倒、旋转。与此同时，他感觉不到身上的疼，但却感到心里正在发沉，鼻子正在发酸。那是耻辱的味道，他从小到大尝过无数回，但这一回来得尤其强烈。他只想放开嗓子哭出来，却又在喉咙里绷着劲儿，以免让人听到他的哭，从而换取更大的耻辱。他还用负伤的胳膊撑着狼狗那硕大的脑袋，同时歪着脖子朝姚表舅的那间小偏房望去。然而房门一直紧闭，只有窗户里的碎花窗帘舒缓、静谧地飘荡着。

不知过了多久，他才听见酱油厂院儿门口有人喊："豆儿——"

是个女孩儿的声音，清澈而熟悉——是阴大夫的女儿阴晴。她喊了一声却又不见了，令那豆无法确定她是否真的来过。但没一会儿，阴晴的声音重新传了过来，当那豆艰难地往院儿门口瞥了一眼，便看见了她那条嫩黄色的连衣裙，裙子底下露出一双笔直的腿。阴晴是他们那条胡同出门最早的孩子，每天天一亮就会赶到学校。她一定是骑车路过酱油厂时，发现了那豆在狗下挣扎的惨状，又跑回去喊人帮忙了。

但这时那豆并不感到庆幸，他甚而希望这一幕没被阴晴撞上才好。而随即，当那豆看见跟在阴晴身后的一条身影时，就顾不得自己的那点儿尴尬了。

那身影瘦而高，如同一根扁担。是爷爷。

爷爷的手里拎着鸟笼子，左手一笼八哥，右手一笼黄雀儿。在右手鸟笼的挂钩上，还吊着一只塑料袋，里面里装的大约是糖油饼。看来爷爷是独自遛完了鸟，再拐到东四北大街上的国营小吃店去买早点时，恰好碰上了阴晴。

"爷爷——"阴晴回头，也管爷爷叫爷爷，"您看哪，就那儿。"

爷爷看见院儿里的情景，却没出声儿。他一路小跑，斜着膀子撞开铁门进来，目光既没投向那豆，也没投向青龙、白虎和大金链子,只是直勾勾地盯着那狗。那狗便也抬头,与爷爷对视。一人一狗,在晨风里定格了片刻。随后,风向一变,爷爷的姿势也变了:他陡然弯腰,单腿跪地,两个鸟笼以及糖油饼"夸嚓"落在了土里。

那些河北口音又响起来了:"'收儿'啊,您怎么给个畜生请安来了?"

他们还说:"免礼平身——您老也'忒儿'客气了不是?"

爷爷依旧不吭声,拿手拍了拍地。他的目光却不凶狠,几乎推心置腹,好像想跟狼狗聊一聊。紧接着,那豆便听见狗嗓子里尖细地"呜"了一声,还看见狗尾巴也慢慢地垂了下去。狼狗歪头瞥了眼那豆,转身颠儿颠儿地跑走了。

这时那豆才想起了爷爷的另一番教诲:见狗别怕,蹲下假装捡石头。过去那豆小,常与胡同里流窜的"京巴""松狮"发生对峙,爷爷就没少用过这一招儿。记得阴大夫还解释过,这就叫"巴甫洛夫原理"。但此时那豆又想:到底是巴甫洛夫的原理管用,还是狼狗看见了爷爷,突然就感到了惭愧?然而容不得他多想,爷爷已经小跑着奔过来了。此时那豆终于感到了疼,他哼哼了两声。爷爷仍不言语,颤颤巍巍地想把他扶起来,间或用袖子抹一把脸,也不知是不是被风里的土迷了眼睛。而那豆同样不言语,爬起来,任由爷爷给他拍了拍身上,又弯腰替爷爷拎起了鸟笼和糖油饼,这才往院儿外踽踽而去。

"豆儿啊,咱回家。"那豆听见爷爷说,"今儿就甭上学了。"

那豆绷着脖子:"糖油饼上都落土了,耽误您用早膳了。"

直到相傍着跨出那扇铁门,祖孙俩谁也没再开腔,谁也没回头看上一眼。此时天又亮了一层,街上的人也多了,他们看见血呼啦撒的那豆,都不禁"哎哟"一声。经过站在院儿外的阴晴时,那豆也没跟她说声谢谢。他只记得阴晴脸色煞白,小翘鼻子反射着曦光,两只紫葡萄般的圆眼睛直盯着姚表舅那间小屋的破窗户。阴晴自小就是这样,当她沉默凝神之时,整个儿人便会出离了她所在的情景,就像一尊雕像。

而自始至终,姚表舅那屋的门也没打开过。

6

在"板儿"上,那豆接着遥想当年。

记得狗口逃生以后,他在他那半间小房里足躺了一个礼拜,身上脸上红一道紫一道。红的是疤瘌,紫的是疤瘌上抹的紫药水,姹紫嫣红,把他变成了一匹彩色的斑马。因为他的负伤,那些河北口音的青龙、白虎和大金链子倒是不登门了——人家的意思也很清楚,反正让他们一家"尝尝厉害"的战略目的已经达到了,你们掂量着办吧。

只有那豆他爸还认不清形势,又抄了擀面杖要"跟丫拼了"。当然,他爸拼命也只限于在自个儿屋里拼,凭空舞了一番棍棒,倒先甁了一盏台灯的玻璃灯罩。不惟那豆懒得搭理他爸,爷爷也认为废话多说无益。只有八哥劝道：

"哪儿凉快哪儿歇着去吧——您哪。"

"那咱们怎么着？"那豆他爸反而追问爷爷，"这口气就这么咽了？"

爷爷面露烦躁，闷了半晌才说："就为一口气？我想争的是个理儿。"

而在此期间，那豆仍和爷爷没什么话。爷爷每天往他屋里跑几趟，看见疤瘌结了硬痂，爷爷的眉眼就舒缓了些，看见疤瘌又流了血，爷爷就表情发木。知道爷爷心疼，那豆也心疼，他所心疼的是爷爷的心疼。然而对于爷爷的态度，那豆却又有几分不能理解：他们摆明了是让人欺负了——胳膊拧不过大腿，好汉敌不过畜生，也不知爷爷还想讲出个什么"理"来。于是他反倒对爷爷有了气，那是憋在心里的一股闷气。后来爷爷再进屋，他干脆连看都不看爷爷一眼了，而是缩在床头，瞪着床尾柜子上的十四寸小彩电，两手乱忙地玩儿着一台PS游戏机。那玩意儿还是用爷爷给的早饭钱买的呢。

见孙子不理他，爷爷也没什么脾气，转身摘了鸟笼子又出门了。这些天里，爷爷在街上待的时间倒格外长，回来都快到饭点儿了。此时爷爷仿佛又成了没事儿人，还有一搭没一搭地给那豆递着话头。

诸如："东四那边儿又修地铁呢，上次是南北贯通，这回说要绕一大圈儿。"

又如："今儿往东大桥去，又盖了俩大楼，全贴满了玻璃——这才半年多的工夫。"

还比如:"街道又让办公园年票呢,还说退休的粮油补助也要涨了。"

听得那豆不耐烦,只好接那话头:"这关我什么事儿?"

"怎么不关你的事儿呀?"爷爷反问,"我领回来的油你不吃?"

那豆就说:"我说的是地铁和玻璃大楼不关我的事儿。我又不上海淀不上大兴,我又不到那些楼里上班去。您不也说过么,那都不像北京……"

爷爷却说:"想不想去和能不能去,那是两个概念;用不用和有没有,也是两个概念……再说我觉得那些东西不像北京,不等于你也觉得不像呀。"

那豆便扔了游戏机的手柄,又撅了爷爷一句:"甭说了,脑仁儿疼。"

然后他却听见爷爷答非所问,悠悠地道:"总之我觉得挺好。"

而当那豆身上的疤癞板结掉皮儿,由疼转痒,姚表舅终于登了他们家的门。来时又是个早晨,胡同里轰轰响,一辆"长江750"改装的"挎子"顶在了公共厕所的那个"女"字底下。姚表舅出来进去地忙活着,从摩托车挎斗里往外搬运东西:成箱的牛奶、香蕉苹果大鸭梨、厚厚的整扇排骨,自然也少不了"稻香村"的点心匣子。一边像只蝴蝶似的闪进闪出,他一边对尚未出门的那豆他妈打招呼:

"表姐,我来看看豆儿。"

这儿又得介绍一下姚表舅的说话习惯:他是从小在女人堆儿里长起来的,所以叫人也从女的那边论;人家打招呼都是"嫂子""弟妹",到他这儿就成了"表姐""表妹"。也正因为这么一个论法,那豆就得管他叫"姚表舅"而非"姚叔"。而和胡同里的那些姑娘媳妇们一样,那豆他妈本来也是颇为乐于和姚表舅姐弟相称的,用那豆他爸的形容,"一见这小子,你嘴上那个风情万种的痦子都在闪着金光"——但此刻毕竟情况不同,双方有了姹紫嫣红的深仇,因此他妈大节不乱,冷冷答道:

"甭看了,豆儿已经给咬死了。"

又指地上的东西:"拿回去喂狗吧。"

"瞧您说的,还是喂豆儿吧……当然我不是那个意思。"姚表舅讪讪笑着,见那豆他妈扭身进屋,便又往那豆这半间小房里来。爷爷此时也在那豆屋里,正端着紫药水往那豆脸上涂抹着,勾勒着。见到爷爷,姚表舅登时就收了笑,垂首在门口站着:

"那爷,我给您请罪来了。我没教好那个黑毛儿畜生。"

自从厂子改制起了风波,那豆这还是头一次见到姚表舅。不得不承认,此时的姚表舅依然是那么潇洒漂亮:剑眉星目,线条俊朗,说来也已经是个中年人了,但脸上一丝多余的赘肉都没有;从南方回来以后,他也不穿军大衣不留披肩发了,而是改换成了梳得锃亮的中分头,一件剪裁贴身的立领皮夹克,夹克的领口还露出一方丝巾,整齐里透着随意。并且姚表舅天生一副笑模样,唯独见了爷爷才会肃然起敬,这也是从他爸姚厂长那儿继承来的习惯。

姚表舅在门外侍立一会儿,爷爷才说:"你来得有点儿晚。"

爷爷语调僵硬,又像叹了口气。姚表舅便道:"来得晚是因为没脸来，没脸来又想着不能不来——那畜生我回头就打死它，勒死它，用掺了'敌敌畏'的肉包子毒死它,必得让您和豆儿都解了气才行。"

爷爷却一扭脸，转向姹紫嫣红的那豆："我说的不是狗的事儿，是他的事儿——豆儿啊，你砸了人家窗户，这是你不对，你得给姚表舅道个歉。"

那豆便横眼，不语。姚表舅则赶紧摆手："您要这么说，真让我没地儿搁脸了。"

爷爷这时才站起身来，将紫药水往那豆床头一蹾，背手出门。姚表舅便垂首跟着，俩人站到那蓬枣树的树荫里说话。但他们再一开口，说的却跟狗的事儿、那豆的事儿都没关系了。爷爷起头儿："你把那雪花膏实验室……也就是'科技园'再跟我讲讲。"

姚表舅就一愣。他又捋了捋分头，这才硬着头皮宣讲起来：无非是招商引资、腾笼换鸟那一套词儿。爷爷没听两句又打断他：

"这些我屋里的八哥都会。我要听的，是你爸活着的时候怎么想的。"

说起姚厂长，姚表舅又有半响没言语。那豆从他那半间房的门口往外望去，竟看见姚表舅那双俊俏的眼里漾起了水花。而姚表舅再开口时，语调就缓慢了许多，其内容与其说是关于酱油厂的改制，倒不如说是对他爸的生平追忆。姚厂长本是轻工系统的干部，因为在机关待着憋屈，"斗不过人家"，所以主动下调到了企业；又因为在大厂当部门负责人照样憋屈，"还斗不过人家"，便又主动调到家门口的这个小厂来当一把手。自从凡事能做主，又兼之那豆爷爷等一批老职工的拥戴,果然干出了成绩。然而姚厂长却不知足,他希望能以此为基础,再让酱油厂成为一家在全市都叫得响的名牌企业。

为了实现那个前景,他厚着脸皮到上面要指标,给厂里新招的大学生解决了进京名额,又和北京亦庄甚至上海浦东的高新企业建立了联系,用日本酱油和日本咸菜换取了对骨干职工进行交流培训的机会。他自己还到五道口上了个名声赫赫的商学院,通过结交那些创业成功之余也爱勾搭女演员的杰出同学,同样能汲取不少经验。就这么边干边琢磨,一个计划渐渐在脑子里成了形,但这个计划却又让姚厂长本人颇为矛盾:调味品的市场早已饱和,再加上酱油厂地处城区,无法扩张规模,要想突破天花板,只能另上新项目;然而换项目就意味着要换人,而这样一来,又让原来那些老职工干什么去呢?再往深了想,这又不止是个人员安置的问题了,还涉及情分和道义——且不说大家相处这么多年,单说在厂子最困难的时候,还不是靠了那豆爷爷他们这些"老人儿"的支持才挺到了今天?

"其实就算我爸活着,对于眼下的局面,他也会作难。"姚表舅说。

"但你爸不会过河拆桥,更不会串通流氓堵人家门儿。"爷爷说。

一句话噎得姚表舅哑口无言,脸都涨红了。趁着这个空当,爷爷却接口说了下去。他讲起,关于厂子的发展前景,姚厂长生前跟他也有讨论。

当时爷爷尚未退休,姚厂长家还住在隔壁一个独门小院儿里,酱油厂也正处于要从"集体"转为"股份"的特殊时期。俩院儿中间立着一堵墙,墙上经常跑着猫,为了避免猫窜到屋里吓了鸟儿,爷爷便经常踩着椅子,把一盘剩饭放在墙头,好让猫吃饱了再到别处飞檐走壁去。一边喂猫,爷爷还会扒着墙头,和墙那边侍弄丝瓜的姚厂长聊两句。姚厂长会问问爷爷职工们的情绪如何,爷爷也会问问姚厂长领导们的政策方向,隔墙通气,各取所需。有一天,姚厂长突然道:"那爷,您在厂里资格最老,我就想请教您一个问题——您说咱们这厂子,到底该指望着它起点儿什么作用呢?"

领导郑重其事,问得爷爷一含糊:"还能指望它干吗,指望它养人呗。反正我们家是靠这厂子吃饭。"

姚厂长沉吟着点了点头:"您说到点儿上了,说得还挺深刻。我过去都认识不到这一层,就觉得厂子的任务首先是创利。但创利又为了什么呢?还不是为了解决人的饭碗。说是厂子给大伙儿开支,其实还是大伙儿自己养活自己。"

爷爷似乎意识到了领导想谈什么:"您说的是集资的事儿吧?自己的饭碗自己端,这道理我懂。但那毕竟不是个小数儿,还得容我再想想……"

姚厂长却说:"集资的事儿您随意,没人强迫您。我也是突然想到才跟您聊聊……您说将来厂子要是好了,它还能满足于只养活这么点儿人吗?"

这就让爷爷愈发含糊了。他在墙这头歪着半张长脸,脸上纹路纵横,正与墙那头的几根丝瓜形神呼应。最后爷爷说:

"您要有能耐,还是先给我们按时开支吧。"

讨论到此为止,该喂猫喂猫,该弄丝瓜弄丝瓜。然而按照爷爷后来的说法，恰因有了那番对话，他才终于打消迟疑，摇身一变成了酱油厂的股东。他还说，尽管当年姚厂长的口风只吐了一半儿，但能看出来，姚厂长是个眼光长远的人。就像街坊们在枣树底下杀棋，都知道马走日象飞田，但臭棋篓子只能往前看一步，高手还盘算着后面的好几步。爷爷还认为，对于那些看得比你长远的人，有时也没必要非在眼光上赶上人家，腿脚能跟上也就够了。后来跟那豆他爸他妈解释参加集资的决定时，他也是这么说的。

而现在，当初姚厂长那些话，又在爷爷的脑子里盘旋起来了。但姚厂长已经不在人世，也就再没人能替爷爷答疑解惑。姚厂长是在酱油厂完成集资之后几年去世的。当时他去广东参加另一场招标会，冒着大雨赶往机场，司机一个没刹住，车子钻进了前面一辆大卡车的车尾。这起突发事故自然给酱油厂造成了不小的打击，但因为姚厂长留下的老底子还在，所以厂子的经营状况还算基本平稳。只可惜了姚厂长。

对此，爷爷对姚表舅叹息道："你爸好比诸葛亮，长使英雄泪满襟……后面半句不是我说的，是阴大夫说的。你爸在我们心里是有分量的。"

听到阴大夫，姚表舅却不自然地干咳："说得太高了，我替我爸谢谢大伙儿。"

而姚表舅这时却又提起了一件不为人知的事情，也和姚厂长有关。他说他爸生前思虑再三，终于还是向上面递交了一份关于酱油厂日后发展的规划书。按照规划书里的设想，厂子在完成一定程度的积累之后，难以避免地要转型升级甚至另起炉灶。但姚厂长还强调，厂子有今天，全靠老职工，因此就算他们势必将被淘汰，也应该尽量不让淘汰的过程显得那么残酷——最后这几句话就不像企业规划了。而因为姚厂长的去世，这份材料就被摞在了不知哪个办公室，几年之内无人问津，直到新领导要改制，这才发现改制的设想竟与姚厂长当初的规划不谋而合——唯一的区别在于厂子的产权归属方面，从外面引资来的那家上市公司"胃口很大"，提出要绝对控股，还要求厂方把散落在工人手里的股份集中起来，再由他们统一收购。这才引发了对爷爷那点儿股权的争夺。

听到这里，爷爷就问："你说你爸有这么一个规划，是真的？"

姚表舅说："我一个搞艺术的，那些东西编也编不出来呀。"

爷爷就不再接茬儿。姚表舅似乎也回了回神，这才想起了今天是来干吗的，于是重新把话转回了狼狗上面，声称回去就打死它、勒死它、用肉包子毒死它。

对于这个保证，爷爷却心不在焉了："何必呢，好歹也是个性命。"

那豆在小床上伸着脖子，看见爷爷和姚表舅的身影从枣树的树荫底下绕出来，一前一后地闪到半掩的院儿门外面去。他这才想，自己是不是也应该跟出去亮个相，哪怕是让姚表舅给狼狗带个话，让它知道"君子报仇十年不晚"呢——但又一转念，自己那点事儿似乎也不算个事儿了。他还听见胡同里一时寂静，"长江750"并未立刻轰鸣起来。直到爷爷的声音又遥遥地飘进来：

"你回去跟他们说，牛不喝水强按头，天底下没这么干事儿的，更没有把手段使得那么下作的。至于正经问题，容我再想想，想明白了必会有个交代。"

也正是听了这话，那豆就知道，关于股权的事儿，在爷爷那儿已经有了结果。没过多久，合同一签，爷爷把股票卖回了厂里，价格虽然比当年高，但拿这时的物价衡量，却也算不得一笔多么大的钱了。爷爷的立场一变，剩下那些老职工也纷纷不攻自破，上市公司一举完成了股权的回购与再出售。酱油厂转型迈出了关键性的一步。

对于爷爷的决定，那豆他爸他妈自然是有意见的，尤其是他爸，出来进去连脸都是黑的了。他爸的意思不必说：股份没了就会受制于人，谁知道人家会把他怎么处置？爷爷倒好，反正已经退休，吃喝都有政府兜着，但他可还指望着一个铁饭碗呢。

他爸白天黑着脸，晚上还是忍不住叨叨。而那豆那身即将痊愈的疤癣疼痒交加，睡下了却还睡不着，就听见他爸在东屋床上埋怨爷爷：

"道理一套一套的，最后还不是尿了。"

那豆他妈也说："我算看出来了，你爸跟你一样，也是窝里横。"

那么在那豆他爸他妈看来，爷爷之所以转变立场，全是因为"尿了"。在这事儿上，那豆的态度又和他爸他妈不同。把股份卖出去以后，爷爷虽然跟"他们别人"说不通，但在他这个孙子面前，仍然还是一副推心置腹的架势。俩人说话的地方还在那半间小房里，那豆照常盯着十四寸电视玩儿游戏机。他还一心二用，一边大战外星人,一边给爷爷接着话头或递着话头。那豆想,恰恰由于爷爷在他爸他妈那儿遭了埋怨、受了孤立,那么他可没资格再对爷爷甩脸子了。患难见交情,他不能落井下石。

他甚而对爷爷表态:"那股份跟我没关系——你们要不说,我都不知道有这么个玩意儿。既然您是股东,卖不卖也是您说了算,别人管不着。"

爷爷便很感动,又说:"那你还跟狗拼命去,这不白负伤了吗?"

那豆说:"您卖股份是您卖股份,我打狗是我打狗,两码事儿。"

爷爷又说:"那你知不知道,我为什么要卖这股份?"

那豆本来不感兴趣,但也只能作洗耳恭听状:"您说说,我听听。"

爷爷就说开了:"我也知道那帮人的做法不地道,但做事儿的方法是方法,目的是目的,就像你说的,也是两码事儿。归根结底,我还是想起了姚厂长以前的话——厂子有什么任务呢?当年国家建了它,是为了让它干吗的呢?就说是为了养人吧,难道只是为了养活我们这点儿人吗?过去没能力,当然只好如此,但眼下有了能力,就得再去养活更多的人。那些人咱们可能压根儿不认识,可也都是等着吃饭的活生生的人。至于养活的方法,可能也不是给他们开工资,而是国家能用厂子多挣的钱再去干点儿别的……这就不是直接的养活,而是间接的养活了。总而言之,当国家指望咱们能为多养些人做点儿贡献的时候,咱们反倒从中使绊儿,这恐怕不太合适吧?倘若如此,那当年又干吗给了咱们这个厂子呢?"

哦,原来爷爷绕了一圈儿,还有这么一套道理。然而恰因被激发起了思考的兴趣，那豆又想了一想，却发现自己并不能够完全认同爷爷的道理。或者说，那道理在爷爷那儿天经地义，但在他的脑子里却分了叉、转了向。那豆不禁发问：

"您说得倒都挺好，可凭什么厂子改来改去，总是他们改咱们，咱们从来没有改过他们呀？他们缺钱的时候，就号召咱们买股份，他们不缺钱的时候，就逼着咱们卖股份，敢情颠过来倒过去，合适的老是他们。您还老说国家国家的，国家又在哪儿呢？我也知道国家修了地铁、盖了楼、还给您涨了退休补助，可具体到这个事儿上，为什么永远是他们代表国家让咱们服从，咱们从来没能代表国家做了他们的主呀？"

那豆说这话时，口气还挺冲。这一方面是因为疤癞仍在疼痒交加，另一方面还因为他又想起了好多事儿来：比如他从小就没招过老师待见，不招待见的原因固然是学习不好，但学习不好的原因又是学校里只讲少部分课程，大部分课程全在补习班里教，而他们家却没钱给他报补习班；再比如他这半间小房也被城管盯上了，在门上刷了个大大的"违章"，可当问起违章建筑拆了以后让他睡哪儿去，人家又一摊手说"那就不归我们管了"……那豆知道，自己的这些不忿、委屈和哀伤，也没必要非和酱油厂搅和在一块儿，但在他的潜意识里，却又情不自禁地想把这一切都归咎在某个具体对象的身上，于是脱口而出了一个"他们"。"他们"的范围无限大，包含了所有在"咱们"之外的、令"咱们"无可奈何的人和事儿。与其说他不赞同爷爷，倒不如说他不赞同那个"他们"。

而听完那豆的话,爷爷却斜眼看着他,一时出神。但爷爷却没就着道理再和那豆掰扯下去。说到底,他们家并不是那种喜欢进行务虚谈话的人家。爷爷只是知道孙子自有想法,这似乎就够了。然后爷爷"哎哟"一拍脑门儿,从床头拿起紫药水:

"今儿还有最后一遍,明天洗完脸,你就不是花瓜了。"

那豆就梗着脖子,绷着一条精赤的膀子,任爷爷涂抹。抹了一会儿,爷爷又悠悠开口,似叹似笑,说了两句话。那两句话,就是那豆在看守所的"板儿"上回忆起来的了:一句是"蒙着过,偷着乐",另一句是"都明白,但都不说,都不说,但都明白"。

对于当年的那豆来说,爷爷的话玄而又玄,因此听了基本等于没听。但对于此时坐在"板儿"上的那豆来说,当他像只大鹅一样望着窗外,听着狱友们此起彼伏的鼾声,却突然感到脑子里一片澄明,仿佛有一团迷雾散了开去。

那团雾原先是蒙在爷爷身上的。自从爷爷"薨"了,那豆就像犯了强迫症一样,总去回忆爷爷的音容笑貌。而一旦陷入回忆,他便发现记忆中的爷爷固然栩栩如生,但同时却又好像变成了一个他所不能完全认识的人。或者说,爷爷既然活过,又是如何看待"活着"这件事情的呢? 此时此刻,这个问题恍若隔世地有了答案。那豆发现,原来爷爷一直致力于把自己安放在"清楚"和"糊涂"之间。这还不是"揣着清楚装糊涂"或者"揣着糊涂装清楚"的意思,而是在两者之间寻找着一种微妙的平衡——因为清楚,所以能看到自己的渺小,也就乐于把生活托付给某种宏大的、全能的力量;因为糊涂,所以当那种托付关系一旦确定，也就不存在任何瞻前顾后甚或自我怀疑了。

所以爷爷是个既心虚又有底气的人，还是个既执拗又图省事儿的人。

但他又悲从中来。当他渐渐认识了爷爷，爷爷却一去不返了。那豆只感到自己的心肝儿都被小刀刺着，那痛觉真切，直让他的眼眶变湿，就连窗外那片正在由黑转蓝、有蓝转白的天空都被泡成了模糊一团的色块。

就在这时，看守所房间的铁门开了。进来的是个胡子拉碴的老管教，这人每天都来"查监"。看到那豆那双闪闪发亮的泪眼，他也不禁诧异地"哟"了一声。

"对错误反省得很深刻嘛。"老管教不知是在表扬还是嘲笑，并没有用数字编号称呼他，反倒叫出了他的小名，"你们家人都叫你那豆吧？收拾东西跟我走。"

也没什么可收拾的，那豆便捧着铺盖，避开旁逸斜出的几条人腿，跟着老管教走出屋外。趁对方回身锁门，他才问："政府，去哪儿？"

老管教说："你也不必叫我政府了——今儿就回家，你们家人在外面等你呢。"

那豆一愣："不是说进来就得关半个月么？这才第三天……"

"住上瘾了？里面饭好吃是吗？"老管教又呲了他一句，"你算运气好的，只给人留下了个皮外伤，另外考虑到犯事儿时候的具体情况，怎么着也算事发有因，最关键的还是人家受害方愿意和你们达成和解，所以可以酌情减轻处罚。但不管怎么着，这对你都是个教训，因此出去以后得知法守法；不光知法守法，还得……"

"还得宣传法？"那豆接茬儿道。

"那倒不是你的事儿了。"老管教白了他一眼，又抬起手来，帮他把黑籀正了正，语调陡然不像个"政府"了，"我想说的是，你不还得给你爷爷过'头七'么？为了这个原因，我才替你向上面打了申请。"

这话就让那豆一时像被人捏了个酸鼻儿。他弯着个扁担般的身子，晃悠着如斗大头，使劲吸溜了两声说："政府，我没脸回去呀。"

老警察便又诧异："你这才犯了多大点儿事儿，至于吗？"

"我想说的是……"那豆用花臂蹭了蹭鼻子，总算没有丢人现眼地流出泪来，"我爷爷的骨灰还不知在哪儿呢。"

7

从看守所出来，自然又是他爸开着"伊兰特"把他接回了家。

回家吃的头一顿饭是烧饼夹肉。爷爷在时，早饭爱吃糖油饼，午饭则偏好这一口儿。肉是大方家胡同西口清真肉店里的牛腱子，因为那豆他妈就是卖肉的，所以部位和质地都是上好的；烧饼则来自朝阳门南小街上的一家山东烧饼店，芝麻给得多，油也刷得足实，只不过爷爷还留下一条经验，去买的时候绝不能要早上头一锅，这是因为他观察出来，和面的师傅不太爱干净，所以第一锅就相当于洗手了。

炖了几个钟头的牛肉和第二锅烧饼，任人夹好了就啃。八哥也在吃锅里捞出来的肉渣儿，因此也不说话。等塞下去第三套烧饼夹肉，那豆便觉得他爸他妈拿眼直往他脸上身上扫着。他心里知道，这是担心他在"里面"吃了亏。

他端起搪瓷缸子，咕咚咕咚咽下去几口酽茶，这才说："这不扫黑除恶呢么，比较狠的那拨儿人估计早就判了，没让我赶上。"

这也是"第二锅干净"的道理。他爸虽说不爱管儿子也不大敢管儿子，但赶上这种时候，也还是免不了叨叨两句。他爸也喝几口酽茶，然后道："那天真吓一跳，生把人变成喷泉了，变成鲸鱼了。后来那哥们儿来家的时候，我还劝他查查血压，这内部压强也太大了……当然你手儿也够黑的，教训他一下得了，干吗用暗器呢……"

那豆便解释："我也忘了手里捏着东西呢。"

他又保证："当年就跟我爷爷说好了，再不打架惹事儿。这次是关系到我爷爷，所以没忍住。以后你们放心，不会那么冲动了。"

他接着才问："那孙子还到咱们家来了？那事儿是怎么商量的？"

听他这么问，他爸他妈就一时没了声息。要是以往看到这副眉眼，那豆没准儿又会"蹿儿"了，但此时却不然。正如同看守所里老管教的教诲，"傻小子睡凉'板儿'，正好儿泄一泄你的那股邪火"。他平心静气地从他爸上衣兜里掏出一点零的"中南海"，点上一支静静地抽着。而他爸他妈没声息，八哥这时倒吃饱了，抢答道：

"以和为贵。别钻牛角尖儿。复杂问题简单化。"

因为遭到了八哥的泄密,那豆他妈只好接茬儿:"还能怎么商量?明摆着的,这事儿怎么收场,完全取决于人家的态度。被你戳了天灵盖的那个什么'经理',他要是个省事儿的人倒还好,可他要就此讹上咱们了呢?钱倒还是小事儿,倘若他要愣说自己受了内伤,或者把什么旧伤也算到你头上,人家警察办案的时候能不受影响?所以我们这当爹妈的也只能作揖道歉,求着人家别跟你计较……"

那豆打断他妈:"我说的不是我的事儿。"

他妈说:"那你说的是谁的事儿?"

那豆说:"我说的是我爷爷的事儿,盒儿里的事儿。"

他妈又拿眼神儿瞟他爸。他爸只好把话接过去:"可这两件事儿,如今成了一件事儿。"

然后就换了那豆他爸介绍情况:自从那豆让警察领走,他爸他妈仿佛飞进了微波炉里的苍蝇,团团转,干没辙。殡仪馆那边倒不慌不忙,当他们次日再去说情,见着的只有那个描眉画眼的女人。并且她旁的都不说,就撂下一句话:

"情况很严重,你们要做好准备。"

这就更加令人魂飞魄散了。耗到第二天,却又接到电话,殡仪馆方面突然提出要"登门拜访"。而到此时,攻守之势易也,赔着笑脸的就换成了他们一家。对方出面的是个法律顾问,此外就是那位客服经理,这时秃顶上裹了厚厚的一圈儿纱布,几乎变成了一个印度人。至于洽谈的内容,法律顾问表述得相当具有震慑性:受害一方将保留经济索赔与刑事追责的权利,不过那豆一家如果承诺不再给殡仪馆造成"声誉方面的恶劣影响",那么即使"案情特别严重,手段特别残忍",他们也可以高抬贵手,既往不咎。

设身处地一想,在那豆已被戴上铐子塞进警车抓走的前提下,在对方满嘴严厉词汇的施压下,他爸他妈也没法儿不被唬得肝儿颤。一边肝儿颤,他爸不禁嘟囔了一句:"我们也没影响你们的声誉呀,就是想弄清楚盒儿里的东西到底……"

刚说到这儿,变成了印度人的客服经理突然一捂纱布:"哎哟,我晕。"

法律顾问立刻道:"是不是失血过多?是不是颅内损伤?"

众人吓得赶紧扶着。忙活了一阵,可算坐稳了,那豆他妈又嘟囔一句:"其实谁也不想闹事儿,主要是我们家孩子心里过不去。他跟他爷爷亲……"

客服经理便又一捂纱布:"哎哟,我还晕。"

人们吓得赶紧又递水。此时就算是傻子,也能看出对方的策略,其策略正与看守所里那位律师的分析不谋而合。而从那豆的角度看来,他爸他妈也的确像傻子一样上了套儿,"我们也没什么可说的了,让孩子赶紧出来就行。"

鉴于此,法律顾问便很欣慰:"这才是个务实的态度。"

然后顾问掏出一份材料,让他们签字。那份声明上写着,盒儿里装的正是他们亲人的遗骸,这一点确认无误;此前误会,一笔勾销。而等签完,白纸黑字落进了公文包,客服经理就不晕了,又耐心地开导起那豆他爸他妈来。也正如同八哥的转述,他的论点首先是"以和为贵",既然逝者已逝,活人们又何必互相为难,互相戕害呢?其次是"别钻牛角尖儿",盒儿里固然多了一枚金属碎片,但何必怀疑骨灰也换了主人呢?推而广之,要按这么一个思考方式,这世上还有什么可以相信的?且不说死去的老人,就说新生的婴儿,谁家生了孩子不是先得由医生护士抱走洗澡称重?难道还要怀疑医院给调了包吗?总而言之,一钻牛角尖儿,就把问题搞复杂了。而对于"复杂的问题",就得学会再把它"简单化"——留着盒儿里的东西是为了什么?无非一个念想,只要对亲人的怀念是真挚的、深刻的,那么也就没必要为了旁枝末节纠缠不休了,对吧?

一番话,说得那豆他爸他妈直眨巴眼。而旁边的那位法律顾问已经听得很不耐烦了:"还有什么可说的。当初要没那么多话,你也不至于挨揍。"

客服经理又总结道:"说到底,还是请你们节哀顺变——我们就算做生意,做的也是人情生意,人在情意在,情在生意在。这个道理,他们搞法的人不懂。"

经理说完又打开自己的公文包,拿出一份材料放在桌上,居然是本"丧葬殡仪公司"的宣传手册。手册封面上的服务宗旨正是"人间自有真情在,留得真情在人间"。这个举动足见客服经理的敬业,但再考虑到他们这个行当的性质,这种随时招揽"回头客"的敬业态度又没法儿不让人感到别扭。转到眼巴前儿,当那豆他爸又从垫桌子的报纸底下抽出那本宣传手册,递给那豆的时候,他脸上的表情也是不尴不尬的了。

同时他爸还说："你也看看，人家这作业流程还是挺正规化的。"

而在他爸他妈那臊眉耷眼又赔着小心的注视之下，那豆展开那份材料，作势翻了几篇。薄薄的一本小册子，印刷倒挺精美，涵盖面也出人意料地广泛，除了各档"服务"的详细说明以外，还有对于殡仪馆内部环境以及各个部门职责的全方位展示。那些说明和展示都配了照片，有些鲜花锦簇如同公园，有些宾至如归堪比酒店，有些一尘不染仿佛什么高精尖的实验室，只不过在每张照片下面，又都标注了一行不易察觉的小字：仅供参考，以实际发生情况为准。这倒让人想起方便面广告里那些琳琅满目的大虾、牛肉和新鲜蔬菜了——面对着并不存在的原料，一个电影明星心满意足地赞叹，"嗯，就是这个味儿"——那么那豆是否也该如此，用"仅供参考"替换了他头脑中的"实际发生"？

那无疑是殡仪馆的人希望他爸他妈做到的，也是此时他爸他妈希望他做到的。

看了一会儿，又似愣了一会儿，那豆便把那小册子往屁股底下一垫。他对他爸他妈说："甭管怎么着，先给我爷爷过完'头七'吧。"

"头七"过得极简便，这也延续了他们家这场丧事的一贯风格：买了一摞纸钱，又从床底下拽出个旧搪瓷盆儿，到胡同外的十字路口烧了就算完事儿了。烧时自然是在晚上，事先跟居委会打了招呼，人家提醒让安全用火。两个世界的货币汇率也没算清楚，反正十亿八亿的全不心疼。四下静谧，无风无灯，就连夜行的人影见了他们都远远地躲开，这是因为他们所召唤的正是凡人所忌惮的。

那豆倚墙而立，听着他爸他妈"嚯"一下"呜"一下地小声抽泣，一小团黑影被火光浓缩在墙上。他盯着盆儿里的火，一时再次感到了迷惘。生死之间全是迷惘，但那是抽象的迷惘，想不明白也就随它不明白去。现实的迷惘则更加紧迫，更加折磨人——爷爷到底在哪儿呢？假如爷爷的骨灰下落不明，会不会妨碍爷爷的魂魄准确而适时地找到他们这个家呢？关于这个问题，那豆还有一个比方：如果说精神领域的爷爷相当于网上的信息，肉体领域的爷爷相当于电脑的硬件，那么现在信息和硬件分离，搜索引擎的端口却也发生了错乱，关于爷爷的一切会不会就像那些被删除、被"404"的网页，虽然存在过但却没有了存在的证明，从而注定将会消失在浩如烟海的虚拟空间之中呢？

这想法还令那豆感到了不甘。听说他爸他妈和殡仪馆达成了"和解"时，他牙根儿都恨得酸痒起来，然而再和火盆儿上方的另外两张脸对对眼神儿，不甘却又变成了不忍。唉，他们也不容易，难道他们就愿意让爷爷下落不明？但正是为了那豆这个身陷囹圄的儿子，他们才自欺欺人地强迫自己接受了那一套"别钻牛角尖儿"的说辞。尤其是他爸，哭着哭着又像号了，让没风的胡同里都呼啸起了风声。

那么说到底，要怪还是得怪那豆自己了。他爸他妈的不得已为之，还不是因为他的一时冲动？既然如此，他又该怎么办？

那豆这么想着，索性顺着墙根一出溜，盘着双腿坐下了。

他状如老僧入定，又如同在二环路里烤着一团篝火。火光熊熊，火光熄灭。当眼前亮着的时候,他又把自从爷爷"薨"了以来的经历都在心里捋了一遍,包括怎么送的医院又从医院送的殡仪馆,也包括怎么"办的事儿"和"办事儿"的过程中出过什么岔子,还包括看守所里的几位"哥哥"帮他做出的分析以及那位老管教对他进行的劝诫。而随着眼前暗了下来,一个念头也在他的脑子里探头、成形、最后不可遏止地清楚了起来。

等回了家,三口人一夜无话。但到了第二天早上,当那豆他妈拎了糖油饼来喊儿子吃时,却发现那豆的床上早没了人,连被窝都凉了。再到爷爷的北屋去看一眼,又见鸟笼子已经摘了蓝布,连小米和水盅都给预备好了。

那豆又是天不亮就出门,他先往自己上班的酒店去。

当初他也给部门经理打了电话,说家里办丧事,人家给准了一个礼拜的假,如今正好到了销假的日子。作为一家历史悠久的"窗口企业",酒店伫立在长安街边,外表十分恢弘,而其内部又分为两个风格:一栋楼是仿苏建筑,当年苏联人援建的,另一栋楼是敦敦实实的大方块儿却扣了一顶琉璃瓦的绿帽子,这就属于近些年的审美习惯了。酒店的办公室都集中在旧一些的苏式楼里,那豆就从侧门穿进院子,来到一楼拐角的一扇门前。

他轻轻敲了两下门,听到里面吆喝了一声"进"。

进到屋里,那豆就见经理正斜坐在皮椅子上,点着桌子训斥礼宾部的一个小姑娘。训斥的内容相当混乱,既包括裙子有褶也包括早饭吃得太慢,还包括在一个什么"诗篇""颂歌"的朗诵比赛中表现得不太积极。反正既然掌管着礼宾部，经理总要找个什么人来训斥一番的。而小姑娘就那么端正地站着听着，小鼻子小眼一团漠然。

仿佛是嫌那个"锯了嘴儿的葫芦"训着乏味，经理转向那豆时，一张烙饼似的大圆脸上，竟折射出期待的光彩："你——哪儿浪去了？好几天都没见着影儿。"

那豆说："没浪去。这不家里有事儿么，您给批的假。"

"哦，办的什么事儿来着？你结婚？"

"结婚那个是行李组的李哥。我是丧事，我爷爷……"

"哦，我说怎么戴着'箍儿'呢。你爷爷怎么回事儿来着？"

"大夫说是脑溢血，还有高血压和糖尿病……"

"哦，我就说——"经理眼睛霍地一亮，滔滔不绝地论述起来，"科学研究表明，脑溢血与高血压和糖尿病有关，而高血压和糖尿病与吃糖吃盐太多有关，可咱们酒店的饮食供应呢，全都有高糖高盐的问题。咸，咸死盐贩子，甜，甜死糖贩子。这对客人的身体有好处么？咱们的客人又是一般的客人吗？尤其贵宾楼里，住的尽是社会各界、全国各地来北京参会的委员代表，哦，让人家回去再落下个脑溢血的隐患，这对得起组织吗？所以我总是说，细节不仅决定成败，而且要把细节上升到政治高度来认识……"

那豆不禁提醒经理："可这个认识，应该是人家餐饮部的事儿吧？"

"这就是你认识不到的地方了——一盘棋嘛。"经理挥手打断那豆，"餐饮部有餐饮部的职责，可咱们礼宾部呢，同样也能发挥作用。你比方说，咱们就在每个委员代表进门儿的时候发放一份材料，专门宣讲高糖高盐和脑溢血的危害，这该显得多么贴心，多么具有人文关怀……回头开个会，专门讨论一下这个方案。当然也没必要把你爷爷的反面案例写进材料里了，人家委员代表又不认识你爷爷……"

哦，他倒知道人家不认识那豆的爷爷。可怎么就能从爷爷扯到了人文关怀呢？这恰恰是经理的语言风格了：首先固然是思维混乱，其次是混乱之余不忘拔高。好像一拔高，连他都忘了自己原先也就是个给人开门拎包儿的；或者说，正因为怕人想起他开门拎包儿的老底，所以才要一味拔高。那豆不免诧异：同是领导，怎么经理的领导风格就和姚厂长那么不一样呢；同是北京人，怎么经理的"玩儿嘴"也和他爷爷那么不一样呢。但看到对面那张每个毛孔都在绽放的圆脸，那豆也不禁隐隐舒了口气——他观察出，从刚才那番论述中，经理获得了莫大的精神愉悦，这也就有利于他的进一步要求了。

于是那豆说："经理，我除了销假，还得再请个假。"

"走你的——"兴头上的经理果然突噜出这么一句，但立刻又回过味儿来，"等会儿，你怎么回事儿？刚请假又请假？"

那豆就笑："这不家里的事儿还没办完吗！"

经理问："你们家办事儿多大排场？现修的十三陵？"

那豆又笑："我这也是为工作着想——咱们北京人规矩多，您也不是不知道，长子长孙给亲爷爷戴孝，黑纱必须戴满七七四十九天。可我要挂着'箍儿'到主楼门口迎接客人，人家委员代表看了会怎么想？会不会把咱们的酒店当成殡仪馆了？会不会把咱们的后厨当成火葬场了？会不会把咱们的会议室当成灵堂了？这倒还是小事儿，关键是过一阵儿不还有个什么'颂歌''诗篇'的朗诵比赛么，又是您亲自挂帅，那么喜庆那么激昂的场面里，我是怕再给您的脸上抹了黑……"

那豆边说边笑，却也一边乜斜着经理的脸。他心里想的是：孙子，我这是给你立杆儿了，就看你会不会顺杆儿爬了！而之所以会这么想，还是基于部门的人事格局。在这里，人分三种：第一种自然是经理之流，他们都是北京人，因为自带编制，所以不仅旱涝保收，还多少都能混个一官半职；第二种则是以那豆为代表的本地孩子，虽无编制，但也是为了缓解北京的就业压力而摊派下来的；至于第三种，就是纯粹的社招了，天南海北哪儿都有，管理方式也是完全的市场化。作为第二种人，那豆自然享受着第二种人的小小特权。此处不留爷，自有留爷处，哪儿都不留爷，谁家还缺一双筷子了？而相形之下，当第三种人面对第一种人，可就不像那豆这么有恃无恐了：比如身边这个小鼻子小眼的湖南小姑娘，每次排大夜班都少不了她，眼圈儿永远是黑的，看着就跟动物园里的小熊猫似的。

而也恰因如此，那豆的嘴上逗着贫，心里却又虚了一虚。这心虚不是来自经理，经理从来就没让他打心眼儿里尊重过，所以经理对他是个什么态度也无所谓，当然也不是来自小熊猫似的小姑娘，她仍然端正地站着，谨守着她那种处境的年轻人的安全与本分。那么方才的感受从何而来？那豆居然又想起了爷爷。

他还想起，关于这份儿工作，他和爷爷也有讨论。

当初街道分配下来这个"就业推荐"的名额，那豆本不想来，他不愿意干伺候人的事儿。这也不光是他的想法，大凡北京人都是这么一个态度。过去不还有个段么，哪个饭庄招收的服务员要都是北京人，就得事先在门口贴上一则公告，"禁止打骂顾客"——其实就算允许打骂，北京人还嫌累呢。而见那豆不愿意，爷爷就紧着催他：

"挺好一机会，还是国营的，哪怕先试试呢？"

那豆说："伺候您那是我乐意，伺候别人我犯得着么？"

爷爷又开导他："伺候不伺候的，你得这么想——人和人在一块儿，那不都是互相伺候的关系？只不过分为狭义的伺候和广义的伺候而已。你给人拎包开门儿，那是狭义的伺候，而要从广义上说呢，那些造汽车修地铁的不是伺候你走道儿？那些拍电影演电视的不是伺候你解闷儿？就连当官儿的不也管自己叫人民的勤务员么？"

狭义广义，这大概和"布尔什维克"与"孟什维克"一样，也是五十年代学习班里教过的词儿。那豆便抬杠："那是他们自己这么叫，您也信？他们要是勤务员，怎么一把您的股份拢到手里，扭脸儿就把酱油厂给贱卖了？怎么不光贱卖，还把厂子里的'老人儿'都给轰走了？有这么横的勤务员吗？"

这话就戳了爷爷的心窝子，不过说的是实情：酱油厂完成改制之后，新接手的公司拒绝信守安置原有职工的承诺，三下五除二，就把"老人儿"们精简了下去。这时再找厂子，厂子已经没有了，又去找"上面"，"上面"却连主管领导都换了人。不过总归政府还是讲公信力的，这届领导便忙着给上届领导擦屁股。职工们倒是又被重新安排了就业，只不过行情一落千丈。就拿那豆他爸来说，他正是这时才从班车司机变成了出租车司机。比起开班车，开出租车可谓是活受罪：且不说一天十几个钟头连轴转，而且还得时时看人脸色，挣不出份儿钱还有被开除的危险。因为活儿干得不痛快，他爸就在屋里骂街，"大傻×"和"小丫挺的"不绝于耳。也正是因为他爸骂街，那段期间就脏了第二只八哥的"口儿"，导致爷爷不得不把八哥给放了。

一步走错，痛折一鸟，爷爷的心里也不是滋味。爷爷正是觉得对不起儿子，便又拿出钱来，让那豆他爸从公司手里买下了那辆"伊兰特"。车本身倒在其次，主要是有个营运资格，有了它就可以减少份儿钱，只收个管理费，从而免除了每天刀架在脖子上的紧迫感。运营资格再加上车，便把爷爷卖股份的钱花得差不离了。而解决了儿子的问题，孙子的问题又提上了日程。于是爷爷不顾心窝子被戳，仍紧着劝那豆：

"也别扯那些不相干的了，现在不是说你找工作的事儿呢么？"

爷爷还说："你老这么着，也不是个事儿呀。"

他还引申到了终极问题："我要是'薨'了，你可怎么办呀？"

生死相逼，那豆只得去了酒店。而抱着试试看的态度干了一阵子，居然也就干了下来。这一方面固然有让爷爷安心的考虑，另一方面也是摸清了酒店里的路数。别人全年无休他却能三天两头请假，别人被使唤得团团转他却能背着手儿瞎转悠，只要跟经理互相给个面子,再从"政治高度"提高了北京人的就业率,这事儿就算对付过去了。

所以回家说起"班儿上",那豆还沾沾自喜:"其实也挺好混的。"

爷爷听了,又把眉毛一皱:"你就光混?那也不是个事儿呀。"

那豆他妈在一边儿,倒挺支持儿子:"瞧您说的,一个拎包开门儿的,还想让豆儿怎么着。这也不是事儿,那也不是事儿,其实事儿还不就是这么个事儿吗!"

他爸甚而咬牙切齿,还焕发了阶级觉悟:"对,就得混,谁让咱们是北京的呢?他们往上蹦,让咱们给他们当垫脚石,凭什么呀?不伺候——我也算看出来了,多混一天饭,那就少吃一天亏。"

还有这么教育孩子的!爷爷也明白,这两口子心里有气,那气还是对着自己来的,为的还是酱油厂的股份的事儿。一时语塞,爷爷半晌才道:"北京人就该混?反正我搬了一辈子缸,从没偷奸耍滑,更没'顺'过公家酱油。"

看见他爸他妈顶爷爷,那豆倒不落忍了:"爷爷,我知道您在理——不过搬缸是您的爱好,拎包开门儿却不是我的追求,所以您的标准,我一时半会儿还达不到呀。要不这样吧,我向您保证,只要碰上我乐意干的事儿,一准儿也不混。"

爷爷便又问:"那你说说,你的追求在哪儿呢?"

那豆却也一愣,半晌才说:"这不正在找呢么,您别着急呀。"

而他也就这么一说,所谓"追求",直到爷爷"薨"了也没找着。或者说,对于那个"追求"本身,他也缺乏追求的兴趣。但一转眼到了如今,爷爷的话却又在耳边响了起来。这令他脸上有些发臊,更不忍心去看身边那个小姑娘、看她小熊猫般的黑眼圈儿了。一个萝卜一个坑，他一旦撂了挑子，就得由她再把挑子担起来；作为同一个组里的搭档，那豆这一延长假期，那小姑娘保不齐黑眼圈儿还得加深。

然而那豆也只能劝自己：这次真不一样，不再是为了"混"，而是为了爷爷。

他又想：对于小姑娘的黑眼圈，自己也是负有一定责任的。倘若酱油厂果真转产化妆品，而他爸又能留下开班车，那么他应该给人家弄瓶眼霜什么的。

至于他们那个圆脸经理，则作声作色地拿捏了一番，最后又故作无奈地说："按说你的要求，我是不该准许的，可谁让咱们都是北京人呢？北京人不就有那么多的臭讲究嘛——得，以人为本吧，这不也是上级一贯的精神嘛。"

那豆就皮笑肉不笑地说："谢谢您的人文关怀。"

于是又准了半个月的假。揣着假条出门时，那豆只觉得脸上仍在发臊。

也正是利用这半个月，那豆摸到了那个名叫燕郊的地方。

8

那豆穿行在陌生的街上，盯着人群里的一个背影。

那条街上，所有建筑一律二三十层往上，因其高，也就显得极其瘦削，像刀一样插向苍穹。而这样的建筑偏又极密，坐车来的时候，远看竟像一片刀山。这片刀山孤悬于空旷的平原之上，傍着一条没水的河，与"城里"的联系只靠一条双向六车道的高速公路；车流穿梭不息，代替水流给这地方提供了运转的推力。这还只是表象，至于内里，那豆发现，这块地方是在极度荒凉与极度嘈杂之间切换着。如果来得早点儿，只能看见路旁的几棵树在风中摇晃着，然而转眼之间，景色大变：估摸着过了下班的点儿，车站、楼前、商场超市的门口就会拥满了人。他们南腔北调，他们风尘仆仆，他们仿佛刚进行了一整天的鏖战，随时都能跟谁大吵一架。但又一转眼，当天彻底黑了下来，那些熙熙攘攘的人影和沸反盈天的声响又会在一瞬之间被清空，与之相应的，是天上的辉煌与孤寂：满天楼宇亮起了灯，每盏灯下都有人，每个人也只固守着那一灯如豆的规整空间。

周而复始，如同潮汐，还如同永不断弦的闹钟。

而他摸到燕郊，是为找个人。那豆知道，那人名叫李固元。

那豆第一次见到李固元，还是在他进看守所"睡板儿"以前，去找殡仪馆讨个说法的时候。当时那个客服经理正在论证盒儿里多出来的金属碎片与己方无关，那豆却站在一旁不搭腔。他倒要看看对方还能怎么天花乱坠，于是他一边支棱着耳朵听着，一边却又有心无心地打量着办公室墙上张贴的内容——那些内容首先包括"温馨服务"的锦旗，也不知是人家送的还是自己送的，此外就是殡仪馆里的员工照片。像一切单位的照片墙一样，这里的照片也呈金字塔形排列，上面是个尖儿，越往下面人越多。而也正是看着那几排红底带塑封的七寸照片，那豆的心思突然恍惚了一下。

他想：爷爷是经了谁的手，变成了一捧灰呢？

这么一想，人也不觉痴了。但他的问题无法得到答案。照片里最底下两排才是"司炉"人员，足有十几个，一律对他抿嘴含蓄地笑着。当然对于那豆而言，那个悬念也不显得多么紧迫，此时他和他爸一样，也被客服经理的那张嘴给绕晕了。

然而那豆一边晕着，司炉队伍里的一张照片却在他的眼前跳了出来。

前面说过，殡仪馆的工作人员大都皮白肉嫩，就连到了司炉工这排，也是一溜儿干净整洁的白脸，全然看不出烟熏火燎的痕迹。而在那一溜儿白脸之中，偏有一张脸黑里透红，浓墨重彩。那张黑红脸的形状也是又圆又鼓，并且毛发全无，如果不是长了一对招风耳和大板牙，几乎囫囵就是一枚栗子了。更加与众不同的是这人的眼神儿：怎么看都有六十多了，一双眼睛却像孩子一样闪闪发亮，透出一股眉飞色舞的笑意来。有的人就是这样，天生笑模样，那豆的爷爷也如此，即使嘴上跟谁动了怒，那眼睛好像也是弯着的。只不过爷爷眼里的笑意更丰富些，好像一层意思底下还有一层意思，而这人的眼神儿却是自顾自地晶莹剔透、张灯结彩，再配以那张黑红老脸，就显得有点儿没心没肺了。

别看长得糙点儿，这还是一个挺喜兴的小老头儿。以上也是那豆对于照片中人的第一观感。而没过一会儿，他就和客服经理动上了手，又没过一会儿，他就被警察带走了。但等那豆从看守所里出来又吃了一顿烧饼夹肉，却又见到了那个喜兴的、眼里带笑的小老头儿。这次也是在照片上，那张照片印在了客服经理留给他爸的"服务手册"里。

当时那豆正承受着他爸他妈那嗔疚的注视，只把那摞彩印铜版纸"噼里啪啦"地瞎翻着。翻了几页，小老头儿便又突兀地跳了出来——具体位置是在小册子的中间靠后，隶属于"深耕细作，精益求精"这个主题板块——照片里的这人穿着一身铠甲似的粗布工作服，手持一根钩子不像钩子、铁锹不像铁锹的工具，正在一道火光熊熊的炉口前进行操作。摄影师的镜头意在表现小老头儿那挥汗如雨的劳动场面和一丝不苟的劳动态度。那豆还发现，这时小老头儿的瞳孔里好像跳动着两团小火苗，看上去是那么严肃、那么专注。

照片下方还配有文字：省级劳模、经验丰富的司炉工李固元。

哦，那豆就此知道，这小老头儿名叫李固元。这时他还不认为李固元对于自己有着什么特殊意义，只不过稍微有点儿感叹，原来人家还是个劳模。他又想起，其实他爷爷也当过劳模，只不过是一条街上的劳模，级别比这个李固元可低得多了。

当然，搬缸能搬成劳模，这说来也不容易。听爷爷说，当时还是在五十年代初，厂里突然接到任务，让把所有腌咸菜酿酱油的大缸统统搬到院儿外，腾出地方给军队医院晾纱布。前方战斗激烈，部队伤亡严重，偏偏一批从南方调配来的纱布又在路上遭了暴雨，必须在北京中途下车，重新消毒风干，否则等不到运过鸭绿江就会沤烂发霉了。时间紧迫，接到任务已是晚上，上级又要求在天亮之前把场地清空，刚参加工作的爷爷就跟着三个老师傅，一夜之间搬了二百多口五尺深的大缸——搬时是用两根硬木杠子捆上麻绳，麻绳再从底下扎成网状，兜着那缸，由俩人把杠子架在肩上，一前一后缓缓挪动。到了下半夜，一个老师傅脚底下打滑，为了不摔破俩人合力抬着的缸，前面的爷爷赶紧拿脊梁顶着，结果"咔嚓"一声扭了腰。饶是如此，爷爷仍然坚持奋战，准时准点儿地完成了任务。看着白花花的纱布挂到满院儿的竹架子上，爷爷已经疼得脸比纱布还白了。后来医生检查，说是脊柱关节错位。想来爷爷此后腰不好，也是那次留下的病根儿。

不久上面给了一个劳模的名额，因为那些缸，也因为那次伤，众人就推举了爷爷。爷爷还不好意思，人家却说，这就叫自古英雄出少年。劳模的级别低，只给发了一张繁体字的奖状，但也让爷爷很激动。直到那豆出生，他还对孙子表功："咱们这样的民族，咱们这样的人家，两百年坐吃山空，没想到沦落成了搬缸的，反倒靠搬缸得了奖。"

他还追溯："比你爷爷的爷爷那个'巴图鲁'强，他的封号是花钱买的。"

也恰因想起爷爷当过劳模，那豆便对劳模李固元的工作照多看了几眼。而这一多看，就看出了一点儿蹊跷。蹊跷出在炉子上。他发现，照片上李固元操作的那台火化炉，却与宣传手册中其他地方介绍的"火化设备"很不相同。在"工艺精良，技术先进"那个板块里，突出展示的是一种德国进口的全密封程控火化炉，旁边的司炉工也都穿着干干净净的白大褂，好像按一按电钮就能完成工作。而李固元的炉子却样式老旧，傻大黑粗，显然没有自动化程度可言，还得由操作者将炉膛推进去或者拽出来。

看来同是一个殡仪馆，却有两种火化炉。那豆分明又想起，那天把爷爷送进火化车间门口，他就隔着一扇窗户，眼瞅着有人将爷爷的棺材推到了那么几台黑黝黝的老式炉子前方。他也分明想起，老式炉子的附近还放着一张古香古色的中式条案，条案上摆了一尊神像，却看不清是哪路神仙，而与老式炉子附近的冷清与空旷相反，远处的几排进口火化炉却显得业务繁忙，不时有人来来往往。他还分明想起，当爷爷被抬到地方，老式炉子的司炉工却一时还没到岗，又有人请他和他爸他妈出去候着，因此那天就没见着李固元。而之所以没让爷爷享受进口火化炉却屈尊于无人问津的老式炉子，这自然又与他们家的条件有关——正如客服经理所言，"福禄寿禧"四个档次，他们选择的是最实惠的"禧"字那一档。与这种套餐相对应的不光是这种炉子，此外灵堂也小，就连鲜花也没摆一束。

那么是否可以推测，那天"司"了爷爷这一"炉"的正是李固元？反正那豆知道，李固元的岗位就在老式炉子这一边，他也知道"专人专岗"的道理，就像在他们酒店里，礼宾部的人不能去餐厅端盘子，餐饮部的人也不能去客房叠被子——也只有他们经理那种扯淡成性的人，才会天上一脚地下一脚地操心人家别的部门的事儿。并且在他看来，李固元那张黑里透红的脸也成了这一推测的证明。敞口冒烟儿的老式炉子才会把司炉工熏成这种颜色，节能环保的新式密封炉子则不存在此类问题。打个不恰当的比方，卖炭烤羊肉串的和卖电烤羊肉串的，脸上能是一个色儿吗？因此综上所述，假如爷爷的盆儿里多了东西，出了差错，这位劳模李固元是否应该负有责任？就算他没有责任，是否也可以作为该问题的第一见证人？这就是爷爷"头七"那天晚上，那豆坐在街头、看着盆儿里的火时所想到的了。

当火光熄灭，那豆的眼前却亮了。看来线索没断，这个线索就是李固元。

但这个想法他跟谁也没说，尤其不能告诉他爸他妈。经过看守所里的几天"睡板儿"，他既不忍让他爸他妈再替他操心，也认识到了这种事情最好不要兴师动众，比较妥当的办法还是悄没声儿地展开调查。偷偷地进村，打枪的不要。否则再闹上殡仪馆里那么一出，没准儿就连李固元都不好找。并且那豆心里还存着一个想法：既然他在爷爷的灵堂上和"头七"里都没哭，既然他欠着爷爷一腔眼泪，那么这份儿情，就得由他独自给爷爷还上。

于是，当那豆到酒店销了假再请了假，扭脸就又去了趟殡仪馆。

去时坐公共汽车，郊县都是9字头。到门口也不敢进去，而是在不远处找了棵大树，将身影藏在了苍翠的树荫里。这里不光适合隐蔽，视野也很敞亮，远到殡仪馆的大门近到停车场，都能看得清清楚楚。书包里还揣着早已备好的吃食，饿了就啃口面包渴了就喝口水，但那豆却暂时戒除了有事儿没事儿爱划拉手机的毛病，他眯着一双眼睛，将身前的景物牢牢地笼罩在视线之内。因为看得太久，几亩见方的空地竟被他看小了，看薄了，成了扑克牌似的一张小纸片儿，但空地里的一些东西却又被他看大了，看多了，比如随风游走的纸钱和纸花，直像漫天大雪一样飘荡不休。

小的变大了，大的变小了。死的进去了，活的出来了。

不知到了几时，当远山与天上蒙了一层绯红的暮色，就连殡仪馆那道巍峨的铁门都缓缓关闭了，从大铁门侧面的一道小门里，却有一群男女鱼贯而出。这些人都穿着黑西服或深色便服，相互之间还在嘻嘻哈哈地聊着天。他们显见不是逝者家属，而是殡仪馆的职工下班了。职工们走进停车场，有些径直钻进散落停放的小车，有些却陆续登上了一辆大轿子车。他们单位的待遇还不错，上下班通勤都有班车。那豆立刻又在班车门前的队尾发现了一个黑黝黝、圆滚滚的小老头儿。从照片上显不出，这人的身量竟矮得出奇，脑门儿还不到身旁人的肩膀，远看简直像个孩子。他无疑就是李固元了。

那豆一个激灵站起来，甩了甩两条发麻的腿，朝那辆黄褐色的大轿子车跑了过去。往人家单位的班车上混，这对那豆不在话下。他爸以前就是开班车的，他还知道班车司机往往只管例行公事，才不在乎谁家亲戚朋友蹭了自己的车呢。

而在此时，需要提防的倒是有人认出他这张熟脸儿——当初给客服经理蒙上了一块红布，殡仪馆里的不少职工都跑来围观过。好在那豆也早有准备，他从帆布挎包里掏出一只口罩和一副塑料墨镜，把自己蒙了个严实。又好在客服经理和那个描眉画眼的年轻女人都不在队伍里，刚才看见他们分头上了两辆私家车。当那豆大大咧咧地晃上了大轿子班车的前门，驾驶座上的司机果然看都懒得看他一眼。

开车的不管，坐车的自然也不问。而在大轿子车中段的一张座椅上，那豆很快就找到了李固元——这小老头儿就那么瞪着一对亮晶晶的眼珠子，盯着前排座椅发呆。近距离地打量着李固元，那豆的心里自是跳了一跳。而又因为李固元身边还有别人，那豆也不好多看，他仍本着切勿打草惊蛇的宗旨，晃晃悠悠地往大轿子车的后排走去。

但没走两步，偏是那个李固元歪起栗子般的黑红小脸，叫了一声："这小伙子。"

好像也是河北口音，尾音上翘，朝出其不意的方向拐着弯儿，和当年到他们家堵门儿的青龙白虎大金链子颇有几分相像。那豆装作没留意李固元，李固元倒先留意了那豆，这就吓得他一哆嗦："干吗呀您？"

李固元慢悠悠地问："你刚上班儿吧？"

那豆只好含糊着答道："可不是……"

李固元却又说："三百六十行里，单有咱们这一行，所以人家忌讳咱们，咱们不能忌讳自己——遮着脸怕人看见？其实走到街上谁看你呀？"

原来是把他当成刚入职的新员工了。那豆愈发不敢多说，赶紧把头一缩，又往后走。身旁的另外几个司炉工或者接待员倒哄笑一声，纷纷附和"就是就是""谁怕谁呀"。而这时，车就开了，绕着六环辅路跑大圈儿，开到那些交通枢纽就停下，让人们下车，再去换乘就近的公交地铁。这一路上，那豆都蜷在班车最后一排座位的窗边，不时探头打量一眼李固元。他那畏畏缩缩的模样，看起来倒真像个入错了行的胆小鬼。

李固元却没再留意他，继续凝神发呆，孩子似的小身板儿端坐如钟。那豆还观察出来，这位劳模在工友们之中确实有威信，旁边那些聊天的人只要说到跟工作有关的话题，都会朝他这边儿捎上一句：

"您说是不是——李师傅？"

这也和爷爷在酱油厂里的地位有些相像。别看爷爷就是一搬缸的，姚厂长脑子里琢磨的事儿，不都得隔着墙头问问爷爷吗？不过对于人家的问题，李固元的态度却和爷爷有所不同，他明显没过脑子，随口就答一句：

"规定咋儿办就咋儿办呗。"

或者干脆拟声词："嗯哪。"

"嗯哪"完，继续发呆。因此李固元与其说是工友们的主心骨，倒不如说是具有某种象征意义的存在。之所以把他放在宣传手册里专门介绍，大概也是出于这个原因。

那豆研究了一会儿李固元，李固元也就到站下车了。

大轿子车走走停停，开到了位于通州的换乘点。水泥天棚底下那些乌泱乌泱的乘客，比起二环路里的地铁站也少不到哪儿去。看见李固元起身往班车前门走去，那豆也赶紧起身，从后门蹿了下去。

看见李固元在人群之中钻来钻去，那豆也像在凌乱的水流中搏击。这时他那条斑斓的左胳膊就发挥了作用——撸袖子一亮花臂，那些风尘仆仆的外地人或者斯斯文文的上班族都会自动给他让出一条缝儿来。然而人家一躲，那豆反倒又心虚了：他既怕跟丢了李固元，又怕把自己暴露给李固元。如果抽冷子出现在李固元的面前，李固元会是个什么反应？如果开门见山地向李固元问起爷爷盒儿里的东西，李固元会不会帮他这个忙？那豆担心李固元会像那个客服经理一样推卸责任，又担心李固元索性会来个一躲了之。

那豆再次告诫自己不要轻举妄动。

思虑一番，他决定先跟着李固元，实在不行就先查出李固元家的住址也行。跑得了和尚跑不了庙，只要摸清了李固元的老巢在哪儿，就算李固元心不甘情不愿，他也有了再做下一步打算的余地。于是当李固元融入了一条格外粗壮、格外漫长的候车队伍，他也保持着不远不近的距离跟了过去；当李固元随着人流上了一辆已经被塞得满满当当的公共汽车，他也支棱着肩膀，奋力挤了上去。这时再戴着墨镜口罩反而会引人注意，因此那豆便把那两样东西扯了下去，只是随时警惕着李固元的视线，在必要的时候遮掩一下头脸。

和大多数郊区线路一样，这趟公交车也是9字头。通州已在北京的尽东头，它却从东头再往东开。而出乎那豆意料的是，车上的人却只见多不减少，每过站点仍有乘客排长队，仍是前仆后继地往上拱。在如同高度压缩、用料丰富的肉冻一般的车厢里，李固元便一时隐没消失了，那豆又艰难地转着脖子和脑袋，这才从一个高个儿女人芬芳的胳肢窝底下找到了他。小老头儿环抱着一根铁杆，连腿都恨不得盘了上去，随着车子的晃荡，好像在跳钢管舞。他的脸色却比刚才又有变化：黑里透出的不再是红，而是发灰发绿，就像栗子上沾满了鸡屎；就连他的眼神儿也黯淡了下来。

看来他是累了。要是把天天挤车所耗费的力气也算进去，他的劳模还得再加一等。这么想着，在窗外，一个硕大的绿牌子正飞速后退，"北京界"已被甩在了身后。又没过一会儿，那豆便望见了那座水泥铸成的刀山，然后车便进了燕郊总站。

然而这天刚一下车，他就把李固元给跟丢了。

公交车的前后俩门豁然敞开，车子就像撑爆了的气球，往外喷着人流——两分钟后，当那豆呆立在逐渐空旷的站前，就只见一溜儿9字头的公交车，四面八方却再不见了李固元那张栗子般的脸。别看小老头儿腿短，倒腾得倒挺快；别看他都快被挤得散了黄儿，下车以后也不喘口气儿，就能健步如飞了。那豆也只好怅然地四下溜了一圈儿，最后怅然地上了一辆回北京的车。悻悻而返，第一天的跟踪到此结束。

尽管如此，幸亏线索还没断：那豆知道了李固元每天坐车的路线，以及大约什么时候在哪儿下车。到了次日，他就不用再去殡仪馆了，而是径直赶到了位于"燕郊"的那个公交总站，提前候着。这天来时是坐地铁再换9字头，这就比先坐班车绕大圈儿要快得多，那豆便也有了时间在燕郊的街上晃悠一圈儿。这也是提前勘察地形的用意，省得跟踪李固元的时候又给跟丢了。但这天再次来到车站，李固元所乘的那趟车却左等不来，右等也不来，直到天都黑了，那豆仍然伸着脖子靠在一根电线杆子上，远看像只看家的大鹅。难道李固元其实不住这儿，他只是临时来燕郊办点儿什么事？可为什么连公交车都没影儿了呢，难道就连那个9字头的线路也是临时的？心里正在焦躁着生疑，却听换班儿的司乘人员说，高速路上出了事故，已经水泄不通地堵了两个小时，现在调度站才通知拖车出动，把坏在半道儿的公交车拉回来；至于车上的乘客，就只能被临时疏散，分头从县道转乘回来了。

原来是出了意外。想想来时千军万马拥进一条高速的盛况，这地方的交通确实是经不起一点儿意外的。那么没辙，第二天也只好无功而返，再看第三天的吧。如果第三天再跟不上李固元，那还有第四天，第五天呢。

反正那豆是发扬即将被砍头的王八的精神，咬着绳头儿不撒嘴了。

一发狠，那豆果然连着来了好几天。在随后的这几天里，那豆也知道了"盯梢"不是一件容易的事儿。以前看电影，美国特工穿着风衣叼着烟卷儿就把任务给完成了，一边儿还能邂逅个艳遇什么的——敢情其实都是瞎编。就拿他来说，怎么能在乌泱乌泱的人群里迅速发现李固元，怎么能既盯着李固元又不被李固元反过来发现他，怎么能预判李固元的方向、记住李固元的路线……这里面的门道都得在实践中现学现用。偏他又个儿高，李固元又个儿矮，这也给他的隐蔽和锁定目标制造了先天性的难度。因此他的跟踪也是断断续续的：一天发现了李固元，但刚出车站就没了影儿；又一天好不容易跟了两条街，但在一个车流密集的路口一恍神儿，李固元又不见了；还有一天最可惜，明明已经随着李固元来到了一片楼宇林立的住宅小区门口，偏偏天上一个炸雷，转眼下起了瓢泼大雨，在人影曈突中，在汤汤水幕里，李固元又像豆子一样不知飘到哪儿去了。

其间辛苦，自不必提。这导致他回到北京的家里时，不是一脖子泥就是形同落水狗，而且浑身上下散发着馊味儿。弄得他爸他妈都很奇怪，还问他：

"你们头儿是不是给你小鞋穿，派你干什么力气活儿去了？"

"到停车场指挥交通来着。"那豆随口搪塞，口气倒还挺高兴，"我自己要求的——成天在楼里面憋得发慌。再说我也不能老混着呀。"

他爸他妈就更加奇怪地瞥了他一眼，又忙不迭地给他打洗脸水、盛炒疙瘩去了。炒疙瘩也是他们家饭桌上常见的吃食，从"聚德华天"买的半成品，回来多加黄瓜丁，用素油炒得晶莹剔透，疙瘩和疙瘩之间都不粘连。记得爷爷活着的时候，只要早上有糖油饼，中午有烧饼夹肉，晚上再来这么一盘炒疙瘩，就会觉得这一天没白过，舒服得瘫在北屋里直哼哼。那豆想起，自从爷爷"薨"了，他这还是头一次在家里露出笑模样呢。

然而到了第六天上，他对李固元的跟踪也就戛然而止了。

诸葛亮六出祁山，那豆是六出燕郊。这一天他吸取了前几次的教训，兼之运气不错，创造了跟踪李固元以来的最好成绩：从公交总站跟到了大街上，又从大街上跟到了密密麻麻的住宅区里。前面的李固元全无察觉，小短腿儿有条不紊地捯着，而当天色再一次发暗，那豆还望见李固元抬手看了看表，随后步履急迫了起来，穿过两个小区之间的马路时，几乎是在一颠儿一颠儿地小跑。这么紧赶慢赶的，难道李固元还有什么事儿要做吗？那豆一边琢磨，一边却提醒自己少安毋躁。又望见李固元穿过一块水泥空地，绕向了某栋大楼侧面的一个花花绿绿的小院儿门口，他还故意停脚，在一个弱电井后面"慎"了会儿。

从远处又能望见，那个小院儿原来是个幼儿园。墙都刷成绿的粉的，看上去倒比城里的幼儿园还新。铁栅栏门前已经围了一圈儿人，显见是爷爷奶奶辈儿的，李固元也正在迫不及待地加入其中。敢情他是接孩子。这时的李固元就全没了在同事面前的沉稳，也没了在公共汽车上的疲惫，他一边小跑，一边对幼儿园的铁栅栏门挥舞起胳膊来——考虑到身高的劣势，他还得不停地雀跃，一蹦寸把高，这样才能让门里的孩子看见自己。

门里果然有些小朋友被老师带着，列队站好，朝门外"爷爷""奶奶""姥姥""姥爷"地喊着。

望见这一幕，那豆还在琢磨：看来李固元的家果然住在附近。此外还能推断，李固元既然来接孩子，可见是跟儿子或者女儿一起过活。三代同堂，他们家的家庭结构和自己家很相似——当然是在爷爷"薨"了之前。

他又想：那更方便了，跑得了和尚跑不了庙。

但又一转眼，他那些有一搭没一搭的联想就被打断了。

他亲眼见，他听真真儿，李固元"咕咚"一声，仰面摔倒在了地上。

9

李固元摔倒的过程是这样的：在那时，他已经颠儿颠儿地跑到了幼儿园外的人堆儿边缘，嘴里好像还喊着"劳驾借光"，试图分开身前的人，再往那道铁栅栏门附近凑凑。之所以要往前凑，恐怕还是为了让门里的孩子更早看见自己，而这也是来接孩子的老人们共同的心情——恰因如此，哪里有人肯让他？不仅不让，还有人膀子一横，就将这个不足一米六的小老头儿弹了出去。李固元退后两步，仍透过人缝儿往铁栅栏门里张望着，脚下却像喝醉了似的踉跄起来。他的手不禁捂了捂额头，随后又支棱开来，四下够着，仿佛想要扶住什么东西。然而身边的人们看出了他的异样，这时却又纷纷四散着躲开了，于是李固元直挺挺地拍在了地上，就像倒了个坛子。

他这一摔倒，周遭一发大乱起来。人们往更远的地方退让着，瞬时围成了一个圆圈儿。有人带着狐疑的神色绕着李固元游走，还有人掏出手机来拍照。但终究没人敢走到李固元的近前，更没人敢蹲下身去探查一下情况如何。就在这时，幼儿园的铁栅栏门偏又开了，于是又有人按部就班地去接自家孩子，接出来还捂着孩子的脸，避免他们受到惊吓。

而李固元就那么一动不动地躺着，横陈在地。人一横过来，身子好像更短了。

人群里，还有一个孩子的脆嗓门儿在叫："姥爷——姥爷——"

又过了会儿，李固元的身边才多了个人。那人是那豆。此刻他也顾不得暴露目标了，从空地另一头的弱电井后面奔出来，直扎到那个人圈儿里，在李固元的身前单腿跪地。他看见李固元紧闭着眼，嘴唇绷得发抖，一张光溜溜的小黑脸儿已经变得蜡黄，就像枚剥了壳儿的栗子。而他又想起了刚发现爷爷"薨"时，人家专业人士是怎么检查爷爷的，于是伸手探了探李固元的鼻息，又掀开眼皮看了看李固元的瞳孔，还把手指搭在李固元的脖子上寻找动脉。至于按压胸口，他认为不需要了，因为李固元还在喘气儿，尽管喘得像兔子一样短促。李固元还抬起手来，抓住了他的那条花臂。

皮肉相触，那豆回头喊了一嗓子："打120，叫救护车——都别愣着呀。"

旁边便有人提醒他："费那个事儿干吗，医院不就在路口呢吗？"

那豆顺着人指的方向望去，果然看见了悬在楼顶上的红十字。小地方有小地方的好，五脏俱全，到哪儿都近。于是他又试图搬运李固元，但这项任务就不能指望周围人的协助了。人们惊惧地"哦"了一声，又纷纷往后退了两步。好在对于那豆来说，这么一个小老头儿实在算不上什么重负，他都没用肩膀扛，只把两条胳膊往对方身下一插，腰一挺，就把李固元横抱了起来。那豆捧着这具袖珍身体，往红十字的方向跑了过去。

一边跑，他还听见有人议论："这是个不怕事儿的。"

还有人仗义执言："小伙子你放心——他要讹上你，回来找我们作证。"

那豆却没担心人家担心的事儿,他只担心李固元这条线索断了。他还不吉利地想:李固元可不能死,他一死,爷爷的盒儿也就死无对证了。捧在他手上的李固元却一直没出声儿,滚瓜溜圆的脑袋往下耷拉着,随着他的脚步晃荡。那豆一路小跑,连叫带嚷地分开人流,出了小区站在马路边上,又连叫带嚷地请求路上的车开慢点儿。也直到这时,他才察觉到身边还跟着另一个袖珍小人儿——那是个小女孩儿,五六岁的模样,花裙子羊角辫,额头上点了个印度人的红点儿,大约是刚在幼儿园里表演过节目。

那豆忽然有点儿走神,他想起,阴大夫的女儿阴晴小时候也老是这么一个打扮。

小女孩儿却容不得那豆联想,扬头问:"你要把我姥爷弄到哪儿去?"

那豆回答:"没听刚才说么,上医院。"

小女孩儿又说:"会不会把我姥爷给烧了呀?"

那豆一愣:"医院不是烧人的地方。"

"我姥爷说过,死人归他烧。"小女孩儿还在担忧,"我姥爷可别死了呀。"

小女孩儿说完就扯着嗓门儿号了起来。敢情和那豆的爷爷一样,李固元也跟家里孩子论及过生死。又敢情对于自己的工作性质,李固元不仅跟别人不避讳,跟孩子也不避讳。这倒好办了,那豆可以本着务实的态度对小女孩儿做出解答:

"这事儿得医生说了算……不过照我看,一时半会儿还嗝儿不了。"

又鼓励怀里的李固元:"李师傅,您撑着点儿。"

这么说时,面前马路上终于有一辆车停了下来,司机招招手让他们先过。那豆用力把李固元往上托了托,又朝小女孩儿送了送屁股,让她拽着自己的衣角:

"抓牢了,甭管什么时候都别放手,知道吗?"

小女孩儿就"嗯哪","嗯哪"完了继续号。这倒也好办了,听声儿就知道她有没有被甩下,而且随身带着个呜哇乱叫的警报器,也省了他提醒路人避让的口舌。那豆就穿过马路,捧着个老的,扯着个小的,拖拖拉拉地又朝红十字的方向跑去。

穿街过巷,不久进了医院。接着就是例行公事了:挂急诊,推轱辘床,把人送进观察室。护士又让登记病人信息,那豆趁势从闭目咬牙的李固元兜里掏出了一个旧钱包,结果找出一张医院的就诊卡,这才发现李固元原来是个老病号了。当工作人员逐一核对卡里的那些栏目时,他就知道了李固元如他口音所显示的一样,确是河北人;还知道了李固元今年六十多,比爷爷小了十几岁,不过也早过了退休的年纪;此外又知道了李固元家住在幼儿园旁边的那个"上东豪庭"小区。

总而言之,跟踪大功告成,他接连几天的辛苦算是没有白费。

然后那豆就想趁乱离开。但鬼使神差,他到底还是没走。

他也明白此地不宜久留——那不仅容易暴露他跟踪李固元的行

径，同时也像幼儿园门口的其他人所言，很可能引发别的麻烦。路边的野花不要采，地上的老头儿不要扶，这是常识。但当他这么思虑着，又在观察室门外看了一眼那个小女孩儿，心里忽然就一乱。

这小女孩儿的确有点儿像小时候的阴晴，不光打扮像，长得也像，都是奔儿头大眼睛，小翘鼻子底下抿着一张倔强的嘴。她这时也不号了，安静地坐在长椅上，若有所思。那豆的回忆甚而发生了某种错乱，他把小时的情景和现在的局面混淆在了一处。记得当年他才五岁，都是爷爷到隔壁胡同的幼儿园去接他，顺道把阴晴也接回去。阴晴自小拔尖儿，逢到幼儿园有什么汇报，都会由她当众表演一段儿独唱或者诗朗诵；而他呢，都上大班了还不会擤鼻涕，脸上永远黏成一片。不过就像阴晴从没看不起他还护着他，他也从没嫉妒过阴晴；不仅如此，他还把阴晴的荣耀当成了自己的荣耀，一路上喋喋不休地对爷爷显摆。

爷爷就眯缝着眼，对左手牵着的那豆说："你瞧人家。"

又对右手牵着的阴晴说："你再瞧他。"

阴晴抿着嘴儿乐。那豆还说："她行，那也多亏了我的鼓励——是吧？"

而此刻，当年的一幕仿佛变成了泛黄的脚本，又在另一个时空被排演了一遍。李固元演了爷爷，小女孩儿演了阴晴，他还演他。虽然他还演他，但却是长大的他在演小时候的他了，这就让那豆焕发了一种责任感。于是那豆结束了发呆，扭脸走向走廊里的自动饮料机，扫码买了两罐"北冰洋"，然后和小女孩儿并排坐在长椅上。

他把汽水递给小女孩儿。小女孩儿却说:"我妈说这个对牙不好。"

真和小时的阴晴一样。那豆就说:"甭那么事儿——喝点儿甜的,时间不难熬。"

俩人砰砰开罐。喝了会儿,小女孩儿问:"我姥爷能好吧?"

那豆指指观察室门上的塑料牌:"看见没有?只要不是太平间,那就都好说。"

小女孩儿又问:"你有手机吗,我得给我妈打个电话。"

他还不如一个孩子想得周全。那豆赶紧划开手机,交给小女孩儿。现在的孩子对电子产品都门儿清,小女孩儿专注地拨了号码,等电话通了,对那头说:

"妈妈,我姥爷又晕了——"

小女孩儿说完又开始哭,这时就不是扯着嗓子号了,而是"嘎儿"一声"嘎儿"一声地抽搭。可见再懂事儿的孩子也是孩子。小女孩儿抽抽搭搭的说不清楚,那豆只好又从她手里接过手机,把情况做了大致介绍。电话里是个声音干巴巴的女人,对于那豆这个据称"恰好路过"的陌生人,她的态度既有几分讨好,又有几分戒备。当然,那豆也不觉得自己值得人家感谢,尽管他记得自己刚刚做了一件义举;在这一刻,他很希望自己做那事儿的动机是纯粹的,无私的。而又问到对方在哪儿,女人果然说在北京。那么考虑到距离,再考虑到交通状况,就算她立刻出门打车,恐怕也要经历一段漫长的时间才能赶到。再问孩子她爸,也在北京,而且距离更远,远到没有专门通知一声的必要了。

那豆便说:"您别急,慢慢儿来,有我在这儿盯着呢。"

女人愈发疑虑了:"你到底是——"

她还没说完,那豆已经把电话挂了。这是因为从观察室出来一位女医生,不紧不慢地叫着"李固元家属"。看那医生的神情,那豆不禁暗中舒了口气,又把小女孩儿拉起来,推着她薄薄的肩背,朝观察室门口走去。

女医生看向那豆:"你们是家属?"

那豆说:"她是,我不是。"

女医生又问:"那你是干吗的?"

小女孩儿替那豆回答:"他救了我姥爷。"

女医生"哦"了一声,多看了那豆两眼,倒让那豆脸上一烧。而跟一个五六岁的孩子,恐怕也没法儿进行医学说明,女医生就对小女孩儿说:"快进去看看吧。"

又说:"让你姥爷以后留点儿神。"

说完女医生夹着病历离开了。那豆又推了推小女孩儿,将她送进观察室,自己则站在门口,往里望了一眼。他陡然发现李固元的眼睛正在瞥向自己,又赶紧缩了出去。但从墙角,他仍能看见李固元,只不过是李固元那短小的身体的下半截儿。就像当初爷爷躺在救护车里的时候一样,那半截儿李固元也盖着白被单,然而从被单底下还延伸出了一根打点滴的塑料管,这就说明他的处境要比爷爷乐观得多。随后,他听见小女孩儿走到床边,又开始"嘎儿"一声"嘎儿"一声地抽搭,李固元则柔声细气地安慰着她。祖孙俩说了会儿话,小女孩儿的抽搭就渐渐停止了。而那豆却忽然觉得很累,他把头靠在墙上,闭上了眼。

他也很想抽搭两声,但只是鼻子发酸,眼里仍没泪。

不知过了多会儿,那豆却又感到有人在拽他的衣裳前襟。一睁眼,还是那个小女孩儿。她扬着脸,奔儿头和小翘鼻子微微发光:"我姥爷叫你。"

那豆的心往上提了一提。小女孩儿却径自走到长椅旁,坐下了。她嘟着个脸,连头也不抬,又意犹未尽地"嘎儿"了一声。这时仿佛也有股力量在那豆的背上推了一把,让他走向了李固元。进了观察室,就见屋里没别人。李固元以横在地上的姿态横在床上,剥了壳儿的栗子般的小脸儿仍是蜡黄,只不过眼里灼灼发亮,那团笑意仿佛又回来了。此时那豆也没有了遮挡面目的条件和必要,往前走了几步停下,垂首望着李固元。

他问:"李师傅,您身上大安了?"

他用的是从爷爷那儿学来的老讲儿。李固元就说:"小伙子,你受累了。"

那豆又问:"大夫说没说您这是——"

李固元说:"美尼尔综合征,这两年落下的毛病。"

见那豆对那洋词儿一脸发蒙,李固元便又进行了简要的解释:该病的病灶位于耳朵内部,发作时不仅表现为暂时失聪,此外还伴有晕眩,严重的时候别说站不住了,连知觉都会丧失。李固元又说,这病虽然不危及生命,打点儿营养神经和扩张血管的药就能缓解,但就怕犯的地方不对；以前在公共汽车上也犯过两回，这还不打紧，如果要在上班的时候也犯，那就不仅容易误事，而且还有可能会出危险了——说到这儿，李固元又语焉不详地介绍，他的工作岗位跟锅炉一类的东西有关。而听到对方这话，那豆的心又往下放了一放：看来李固元虽然在班车上见过他，还跟他说了两句话，但随后又把他给忘了。这也说明他的伪装还挺有效，此外这几天的盯梢也进行得滴水不漏。

那豆正在暗自得意，偏又看见李固元一捂脑袋，沉吟道："哎哟，不对。"

他下意识地把脸探向李固元："李师傅，您又晕了？"

李固元却盯着那豆的脸，半晌迸出一句："我好像见过你。"

那豆的心便又往上提，同时"隆里格隆"地打起了板儿。他的脸也僵了，眼神儿发直，搪塞道："李师傅，您该不是脑子不清楚了吧？"

"那不会。我的病根儿在耳朵里，又不在脑子里。"李固元笃定地反驳他，瞪着眼珠子，忽然一拍床，"对啦，你们家前一阵是不是办过丧事？"

然后又迸出一连串儿的问句：

"办丧事是不是就在东郊的那个殡仪馆，离城里忒儿远忒儿远的？"

"你爸是不是也大高个儿，你妈长得挺少兴，嘴上还有一痦子？"

"你是不是还要跟一老头儿动手来着，吓得老头儿坐地上哭？"

原来他说见过那豆,说的不是在燕郊也不是在车上,而是把话又说回了爷爷出殡那天。又原来,这些天里是那豆在暗李固元在明,那一天却打了个颠倒,那豆全没发现李固元早已看见了他。而听着李固元那嘴朝着出其不意的方向拐弯儿的河北话,那豆一时半张着嘴。他还感到,他们的谈话似乎也在朝着出其不意的方向拐弯儿。

他只得默认了李固元的提问,又问:"李师傅,您怎么记得这么清楚?"

李固元眼里闪过一抹笑:"你知道为什么?因为那天你没哭。实不相瞒,我就在殡仪馆上班,不过平时都在后面的车间里。正好那天有点儿特殊情况,我从车间跑到院儿里,结果正好看见了你。来我们那儿办事儿的人,只要是亲儿子亲孙子,都一个比一个号得狠,这也能理解,不号不足以解心疼嘛,再说亲戚朋友也看着呢——可唯独是你例外。我就纳了闷儿,心说这小伙子怎么都不掉泪儿呀?要说你是个没心没肺的人,或者跟逝世的人关系不好,可明明也不像呀。这就让我好奇了,于是远远儿地多看了两眼。多看两眼也就明白了,我知道,你也不是不难过,恰恰是那难过太大了,堵在心里出不来了……"

听到李固元这么说,那豆只觉得心下一颤,还觉得心里一暖。送爷爷那天他没哭,他爸他妈没怪他,阴大夫也知道大概是怎么回事儿,但那些都是跟他再熟悉不过的人,没想到李固元这个殡仪馆的司炉工也能理解他。那豆还感到有什么坚固的东西正在化开,汪洋恣肆地淌得他满心都是,进而又感到自己的眼眶湿了。他的眼泪总来得不是时候，该流的时候不流，不该流的时候忍不住。忍不住也就不忍了，于是他一塌糊涂地哭了起来，哭得不仅心酸，还有几分如愿以偿的痛快。在那个瞬间，李固元变成了他唯一的依靠、唯一的慰藉，他这些天里的辛苦、压抑和委屈也只能向这个跟踪对象表达。

于是事情果然朝着出其不意的方向拐了弯儿。那豆肩膀发抖，泪流满面，身子也软塌塌地矮了下去。他曾设想过质问李固元、恐吓李固元，还设想过死皮赖脸地滋扰李固元，但却从没想到过会以这种面目与李固元相对。他半蹲着，伏在李固元床前，顺着那段短于常人的身体往上望着，同时模模糊糊地看见了李固元满脸的惊愕与不解。

他还听见李固元说："哎哟，还不对。"

李固元又说："我见过你，你却没见过我，怎么你一路上都在叫我名字？"

这时那豆便说："李师傅，是我不对。我就想找您帮个忙。"

然后他也顾不得李固元还在虚弱地发怔，一发来了个竹筒倒豆子，把这些天的事情向这小老头儿讲了起来。从爷爷"薨"了到送医院，从发觉盒儿里多了块金属碎片到向殡仪馆讨说法，从被关进看守所"睡板儿"到猜测李固元和这事儿有关，当然也包括从跟踪李固元到送李固元来医院。把过程讲了一遍，他又说：

"我知道不该跟着您，但我怕您不理我这茬儿。我也知道给您添麻烦了，但除了您，再没人能给我爷爷一个解释。我爷爷走时八十多，人家说这叫'喜丧',不过他一辈子活得明白,死了以后却落下个糊涂,我替他不甘心哪……"

这么说时,他又抹了一把脸,直勾勾地盯着李固元。这下就轮到李固元目瞪口呆了,这小老头儿歪着脑袋,直勾勾地看着那豆的那双泪眼。四目相对,一时无声。随后,屋外那个小女孩儿也来到了门口,于是两个人的发呆变成了三个人的发呆。

又过了会儿,李固元才开了腔,口气茫然:"还有这事儿?怎么没人跟我说过?"

那豆问:"那天警车都来了……您没看见吗?"

随后,却见李固元一皱眉毛:"哎哟,我晕。"

他的脑袋也一耷拉,似乎要从白被单上滚下来。像被触发了扳机,小女孩儿登时咧嘴哭了起来,并且迅速从抽搭发展成了号。她的声响招来了护士,护士又叫来了医生,观察室里重新被挤得满满当当。这时也没人理会那豆,尽管他脸上那一道一道的泪痕看上去令人诧异——他被挤到了墙角,接着又被赶出了观察室。

临出门前,他只听到李固元颤颤巍巍地回答医生的询问:"哎哟,我还晕。"

那豆也是那时离开的医院。反正该说的都说了,至于李固元会有什么反应,看来就不是今天能见分晓的了。今天李固元正在忙于"晕"。此外,那豆还看到一个瘦高个儿的女人出现在了急诊部门口——她的神色焦急,腿脚却不利索,一条腿好像不会打弯儿似的;虽然不利索,急了也能跑,只不过其姿态是前面的腿拖着后面的腿。

这女人看见了小女孩儿，赶过来一把扯住了她的胳膊，又急匆匆地冲到屋里，嘴上喊着"爸"。既然人家大人都来了，那豆明白，他就更没了再耗下去的必要。他只是纳闷儿，怎么李固元那么矮，他女儿和外孙女却都挺高？没准儿李固元娶了个大个儿老婆？

那天坐车回北京时，他才又想：李固元嘴里说"晕"，和那个客服经理如出一辙，这该不会也是要挟他、糊弄他呢吧？这么一想，心里不免又打起了鼓。回家草草洗漱，直到上床睡觉，意识还在漂浮不定。他盘算着，回头还得去找趟李固元。还是那句话，跑得了和尚跑不了庙。只希望再去燕郊时，李固元已经不晕或者不打算装晕了。

然而那豆没想到，他还没去找李固元，李固元却来找他了。

10

李固元来时，是个周末的上午，阳光正好。那豆没出门，在半间小房里歪着，他爸他妈也闷在东屋，听不见响动。办过丧事的人家都透着一股寂寥，仿佛万物没有意义。而他们家除了寂寥之外，还笼罩着一层古怪的凄凉。

鸟儿们倒已遛好，挂在门外。这时便听八哥上下扑腾，说了两声："吃了吗您哪？"

门外枣树的影子里，就有人答："劳您费心，一早儿吃了。"

八哥又问："吃的糖油饼？吃的炒疙瘩？"

门外人又答："那倒都不是，吃的枣儿粥就锅贴。"

这套食谱就超出了八哥的理解能力，于是它又重复着"吃了吗您哪"。随后东屋门开了，他爸的声音传进来："它嘴贱，甭搭理丫的——对了您找谁呀？"

那豆也一骨碌滚起来，趿拉着鞋去开门，正看见了站在院儿中央的李固元。这小老头儿今天穿得挺齐整，黑西服配黑领带，一看就是殡仪馆的制服，套在他身上倒有点儿像早年间的一个日本首相。他的手上还拎了个"稻香村"的点心匣子，另外他的女儿和外孙女也跟在后面，不过没进院儿，站在门口张望着。那小女孩儿还对那豆皱了皱鼻子。

那豆脱口而出："李师傅，您怎么来了？"

李固元斜逆着阳光，与他对视一眼，栗子般的小脸儿半边红，半边黑。又是两下无言，过后，那豆才听见李固元说："你们不在殡仪馆登过记？这地儿挺好找。"

接着又说："我先拜拜我'收儿'。"

那豆他爸更诧异了："这儿没您的'收儿'，您到底是……"

那豆却把李固元让进了北屋。他知道李固元所说的"收儿"就是爷爷。爷爷的年纪比李固元长了十来岁，再加上死者为大，因此被称上一声"收儿"，也不委屈李固元。虽然过了"头七"也无法下葬，但北屋里已经摆上了爷爷的灵位，无非是一幅遗像斜架在柜子上，遗像前供奉着两盘水果点心。此外还有一只小香炉，从潘家园花二十块钱淘来的"汉朝货"。而那个用红布包裹起来的盒儿仍被放在灵位对面的桌上,于是遗像里的爷爷便盯着盒儿,好像正在沉默地思索着那里面装的是不是自己。李固元看了眼相片里的爷爷,长吸一口气,然后站到灵前,对着爷爷鞠了三个躬。

等他鞠完躬,又对门外招呼:"你们也来。"

那豆本想说不必了,李固元的女儿却前腿拖后腿,牵着小女孩儿走进院儿里。在北屋门口,她们对面面相觑的那豆他爸他妈点了点头,而后依次进屋鞠躬。鞠躬时更加看出来,李固元的女儿确实腿脚不好,还得小女孩儿在一旁扶着;而那小女孩儿则跟小大人儿似的,态度像她姥爷一样诚敬,显然是在家预先教过。

忙活完这套程序,李固元才又对遗像里的爷爷开了腔:"'收儿'啊,我给您家添乱了,我给您请罪来了。"

他声儿不大,直让那豆心中一惊。说这话时,就见李固元的那张黑红面皮也皱巴了起来,同时五短身材摇了一摇,俨然又有拍在地上的趋势。那豆赶紧上前搀着:

"李师傅,留神您的'美尼尔'。"

他爸他妈也进了屋,倒水的倒水,让座的让座。虽然对这小老头儿的来路仍犯着迷糊,可人家对那豆爷爷的那番心意,他们都看在眼里呢。只要心意到了,那就该以礼相待。再一转眼,一圈儿人围在桌边坐了下来,那小女孩儿偎在李固元的怀里。大家又有些讪讪地看着桌上的盒儿,场面倒和当初请阴大夫过来商量时有些相像。

坐了片刻,那豆他爸没话找话:"刚才说的那个'美尼尔',听着怎么像个台风的名儿呀……电视里刚播,美国正闹'玛利亚'呢……"

李固元却愣眼出神,半晌才说:"不关那个事儿。"

桌旁一时冷了场。那豆看出,这小老头儿仍在迟疑和犹豫。于是他对李固元说:"李师傅,有什么您就直说吧。其实您今儿能来,都已经是我没想到的了。"

他妈仿佛也察觉到了一点儿端倪,附和道:"就是,别看这阵子家里乱,可还有什么乱子是我们禁不住的呢?"

李固元就叹了口气,一横心一咬牙的神色,因其一横心一咬牙,说话反倒格外慢条斯理了。他先对那豆他爸他妈做了自我介绍,说自己是殡仪馆的司炉工,并且是干了一辈子的司炉工,以前在河北保定,退休以后才给返聘到了北京。然后又看向那豆,说诚如那豆的猜测,他爷爷的盒儿里的确出了差错,并且那差错的确和自己有关。

不说则已,一说就如同烧人的炉子,直进直出。

那豆心里又"咯噔"了一声,进而"嘟里格嘟"地打起了板儿。

李固元则小嘴儿不停,一发说了下去。他又讲到了给那豆爷爷"办事儿"的那家殡仪馆的运营状况。一般殡仪馆都是国营,由市区民政局开设,这家却是例外,归私人承包。老板最早是个开发墓地的,后来做大做强,形成了"产业闭环"。私营企业擅于利用后发优势,也格外重视营销环节,所以不光从德国进口了设备,还组建了一支强大的销售队伍。不过作为行业新兵,新也有新的弊端:他们本来以进口火化炉作为卖点,可宣传了一段时间,才发现效果适得其反。

也许是因为德国人少,死的人也少,那地方的火化炉注重的是科技含量而不是维护成本,这也造成了它虽然密闭环保、操作简便、燃烧充分,但核算下来,每烧一炉的费用都比原先的国产老炉高了两倍不止。收费一上去,便会流失不少"对价格敏感的客户",流失了客户又会影响到墓地的销售,于是公司调整思路,再把已经废弃的老炉重开了几台,作为进口火化炉的补充。这也是本着"丰俭由人"的宗旨。

然而问题却不是容易解决的:过去设备升级的时候,早把能操作老炉的司炉工一并淘汰了。这时人家都负气不愿回来,公司没办法,只好再到外地去挖人。一来二去,这才慕名找到了劳模李固元。李固元可是"见过报"的呢。

而李固元呢,当时早已退休,本来犯不着为了俩钱儿再从保定出来,但偏偏在这个节骨眼儿上,他家里发生了一番变动:他女儿是做翻译的,原本在保定的一家贸易公司上班,那段时间被派到北京交流学习,结果人家单位挺满意,提出要把她给留下。于是女儿女婿两口子一合计,索性破釜沉舟,"人往高处走"。女婿也在北京找了份儿干销售的工作,并且作为进京的跳板,他们还在燕郊买了房子——之所以在燕郊,是因为属于"北京"的房子一时也买不起。而这个变动就让李固元转了心思。他想到女儿腿脚不好,追求却挺高,这种心气儿实在不容易;还想到女婿不仅不嫌弃女儿的腿脚,而且为了女儿把工作也换了,这种感情更是不容易。为了孩子们的不容易,李固元决定接受返聘,重新出山。来到北京郊区的殡仪馆,他独力负担着几口国产旧炉的运转,既能帮衬着女儿女婿还房贷,又能一家团聚,此外也挺受工友们敬重,所以干得还算舒心。

当然话又得两说着:班儿上舒心不等于路上也舒心。虽然燕郊的楼盘都号称离北京"近在咫尺",但却咫尺天涯。为了准时到岗,李固元每天早上五点就得出门赶车,为了到幼儿园接外孙女,他又得每天天黑之前再赶回家。日复一日,年轻人都受不了,何况一个六十多岁的老头儿?久而久之,渐渐落下了病根儿。刚开始李固元也就是头晕,不过觉得没大事儿,后来摔倒了两回,到医院检查,这才查出了"美尼尔"。此时女儿女婿就不让他继续上班了,不过李固元自己却不答应,为了这事儿,家里还闹过矛盾。

"他们怀疑我烧人烧上了瘾,其实这个事儿哪儿有上瘾的。"李固元说着,瞥了一眼女儿,"我是想着,我要回家一歇,车间里再没人能干我的活儿,那几口炉子就废了——这倒也不是为了单位着想,而是说,三百六十行……"

那豆插嘴:"单有您这一行?"

"是呀。"李固元两眼亮了一亮,对那豆投来类似于惊喜的目光,"既然我们自己不能看不起自己,那就得对手里的活儿尽心。哪怕将来还是要歇,也得等人家找到了替换我的人再歇……小伙子,我'收儿'你爷爷,他生前是干什么的?"

那豆就说:"我爷爷在酱油厂上班。"

李固元说:"这也是门儿手艺,保定的酱菜也有名儿。"

那豆又补充:"不过他就是个搬缸的。"

李固元接茬儿道："搬缸同样有讲究，就好比殡仪馆里抬棺材的吧……"

那豆还想说："其实我爷爷也当过劳……"

这时他爸却一指桌上的盒儿："咱们甭说缸了，还是说说它吧。"

他爸自己说话也爱跑题，但别人一跑题，他又出来纠正了。听到这话，李固元的眼神便又暗了下去，黑红小脸儿一时变得干硬，就像一枚风干了的栗子。

交代完背景，就说到了差错本身。那原因再简单不过：恰逢那豆的爷爷火化当天，李固元又犯了"美尼尔"，又"晕"了。晕也不是突然晕，而是先有预兆。两下合算时间，当那豆等人与爷爷告别完毕，从殡仪馆的简陋灵堂里出来之际，也正是身处火化车间的李固元感觉到两眼发花、腿脚发软之时。他心知有些不好，赶紧出门到院儿里遛了一圈儿。这时他还存着一丝侥幸，以为遛一圈儿就会有所好转。也正因此，李固元才在灵堂外的小路上第一次见着了那豆，同时诧异于这个手捧遗像的孝子贤孙为何没有眼泪。及至看见那豆要和另一个小老头儿闹起来，他还对路过的同事招了招手，让人提醒这一家子少安毋躁，先办正事儿。"唯送死可以当大事"嘛。

然后李固元就回了车间。他想着后面还有活儿呢。

刚一重新到岗，只见一口棺材陈列在空地上，正对着他那几台国产旧炉。棺材用纸糊成，因不随着下葬，做个样子而已：乍看富丽堂皇，细看就露出了马粪纸的边角，跟鞋盒儿的工艺差不多。棺材上还放着一叠单据，负责运送遗体的同事撂下的。李固元的第一项工序，正是核对逝者的死亡证明，此外还有生前的身份证和户口本复印件。

上述步骤统称为"炉前对照"，对于司炉工来说必不可少。

等展开单据，李固元就见到了一个梳背头的瘦脸老头儿。相片还是在更换二代身份证时拍的，复印件并不十分清晰，但也能看出老头儿神情含笑。这当然就是那豆的爷爷了，不过此时李固元还不认识这位"收儿"。刚才遛到院儿里时，他正在晕着，也就没心思再去打量那豆手里的遗像。于是说来也巧，尽管这祖孙俩他都见过了，祖孙俩又长得颇为相像，但直到此刻，李固元愣是没把爷爷和孙子对上号。

此外，这天的活儿还挺紧，也容不得他分辨谁是谁的谁——一转眼，又从外面推进来两口棺材。殡仪馆提供抬棺服务，根据"套餐"的档次高低，由两人、四人甚或八人扛着，跟着哀乐正步走，不过扛到火化车间门口，也就一律换成了平板车。这回先进来的却是一口水晶棺，晶莹剔透，磅礴大气，里面俨然装了个列宁；而跟在后面的那口还是纸棺，两相比较之下，就更被衬托得像个鞋盒儿了。火化车间分为两块，大部分地方安装了进口新炉，一个小旮旯才是国产旧炉的工作区，推棺材的同事们却绕过其他人等，直奔李固元而来。来到面前，又有人对他交代，说这两位都是临时加进来的，尤其水晶棺里那位，人家亲属着急，连追悼会都没办，只要求尽快领取骨灰。

在这儿又得做个说明：新的旧的、进口的国产的火化炉之间，不仅存在着费用差距，此外还有耗时上的区别。进口新炉工序细致，反而烧得慢，国产旧炉相对粗放，速度就要快了一倍不止。也正是出于这方面的原因，每当赶上什么急活儿，殡仪馆都会交由李固元负责的旧炉处理。同事们也知道李固元的工作习惯，刚把棺材推到地方，立刻递上了两位逝者的相关单据。水晶馆里当然不能真装着个列宁，而是一个老太太，长得干干净净的，模样透着斯文。这老太太也着实有福：光看拍摄于多年前的那张证件照，都已经有七八十岁了，可见走时更称得上高寿。纸棺里则正相反，是个五大三粗的壮实汉子，死在了四十不到的年纪上，相片上的容貌胡子拉碴，看着几乎像个逃犯。而颐养天年也好，意外横死也罢，在李固元这儿都是一视同仁的。他一边听着同事交代，一边迅速完成了核对，然后接过平板车，将遗体们并排摆好：头脚一个方向，如同在炉前整齐列队。老太太和壮实汉子是新送进来的，因此面朝炉口看时，他们就躺在了刚才那个老头儿的右侧。

从左到右，先来后到嘛。又因为那三口旧炉被编成了"1""2""3"号，同样从左到右排列，所以一会儿烧时，也是老头儿进1号炉，老太太2号，壮实汉子3号。

李固元心里这么安排着，手上仍不停。他又掏出一叠表格，依次将逝者们的各项信息登记在案，其内容包括姓名、性别、年龄、接收时间，等等，当然也包括焚烧每具遗体的火化炉炉号。表格约摸巴掌大，昨天下班前新领的，版式疏阔，栏目显眼，并且每张上面只能填写一位逝者。虽然这份材料仅供殡仪馆单方面留存，并不发还给家属，但李固元仍然要求馆里的工作人员把它印制得美观大方、一目了然。

记得当初，负责做表的年轻女人还挺不耐烦，她一边抹着口红一边说："反正是您自己做记录，何必一人一张？给您打个大通表，多印几栏不好吗，字儿写小点儿，一张够您使半个月的——还省得老上我这儿来领表呢。"

李固元还得跟她解释："字儿小写不清楚，栏多容易看混。平常倒没什么，但赶上入炉的人太多，我这三口旧炉连轴转的情况，那就会影响到备案的准确了……"

年轻女人不由得瞪大了眼，惊悚地说："还人太多，还连轴转，您想烧多少人？这不是咒咱们首都人民呢吗？"

这话就让李固元紧着摆手。但他还是坚持："不怕一万，只怕万一，费点儿纸就费点儿纸，还是把表做得清楚一些为好。"

他又说："有些事儿你们没碰上过……"

人家被磨不过，只好按照他的要求给打了。谁让李固元是劳模呢，劳模自有劳模的脾性。于是这时，李固元就耗费三张表格，完成了这一批次的登记：一张写了老头儿，1号炉；一张写了老太太，2号炉；一张写了壮实汉子，3号炉。

此外，这三位逝者的盒儿也随着棺材一并送进来了，同事紧跟着递给了李固元。李固元双手接着，先对了对盒儿上的名讳和照片，这才将它们摆在了身后的一张鸡翅木中式条案上。与棺材同理，盒儿也分了三六九等，有的用料考究，图案繁复，有的质地寻常，样式简朴。至于那张条案，却是车间里的特殊一景。它长达几尺，半人多高，上面立了尊威风凛凛的钟馗捉鬼。国产旧炉地处旮旯儿，附近的空间本来有限，又多了这么一位神仙，就没处放置专用的工作台了。为了这个不便，李固元还向殡仪馆抗议过，不过这回，人家可就不能迁就他了，原因是老板还指望着钟馗辟邪呢，并且特地强调，神像的摆放位置也是请风水大师勘定过的，"挪了就不灵了"。李固元没辙，只好因地制宜，用那条案来摆了盒儿，在钟馗的眼皮子底下装殓骨灰——既是"干这行的"，干久了也就没那么多神神鬼鬼的讲究，不像买卖人，越干心病越多。但有一条，摆盒儿上桌时，务必也要顺序清楚。为此，他还在条案上贴了三张胶布，依旧从左到右，分别标注了阿拉伯数字"1""2""3"，正好对应着那三台国产旧炉的炉号。至于那仨盒儿，也是按照它们待会儿接纳骨灰的顺序，依次放在了三个数字编号的位置上。

对号入位，对号入炉，对号入盒儿，每个步骤都井井有条。

等摆完盒儿，再把单据和登记表放在条案上，李固元一回身，却看见两个同事也在忙个不停。他们费力地掀掉那口水晶棺的棺盖，一前一后将胳膊探进去，又从里面搬出了一口纸棺。这倒也没什么，水晶棺自然是烧不得的，纸棺里才装着那位老太太的真身。因为她的身材瘦小，所以这口纸棺也比旁边那两口短了一截、窄了一截。不过刚把水晶外壳撤下，同事的另一番举动就让李固元不满意了：只见一人横跨两步，来到了老太太一侧的老头儿棺前，随即又拽动平板车，将老头儿拉到位于老太太另一侧的壮实汉子右边去了。也就是说，老头儿本来排在最左边的队头，这时却被换到了最右边的队尾。

见此情景，李固元立刻就问："干吗呢——你们？"

口气还有点儿硬，这一来因为他的脑袋仍在隐隐发胀，心里烦得慌，二来也因为对方的行为在他看来多少有点儿不尊重——要知道，这三口旧炉可是他的岗位，他的地盘儿。而同事当然也是敬着李师傅的，于是有人赔着笑脸解释：

"正想跟您说呢……这两位是加急，上面专门打过招呼，得把他们往前排。"

李固元又嘀咕："上面不知道我怎么干活儿，你们还不知道？活儿急我能理解，大不了三口炉子一起开机——可既然烧都同时烧，哪儿还分什么先后呀。"

同事的笑就变成了讪笑："话虽这么说，可您装盒儿的时候，不还有个次序吗？"

同事这话，指的又是李固元的另一个习惯了：每当三台炉子前后脚烧完、冷却，等往盒儿里收殓骨灰时，他也严格按照从左到右，从1号到3号的顺序进行。这个规律雷打不动，以前有人被"客户"催得紧，央着李固元把排在后面的盒儿先装出来，李固元一概不答应。他的理由是一旦排了次序，那就绝对不能乱，一乱就容易出岔子。因此这回的同事倒是机灵，索性把"特殊客户"从根儿上提前了——只要把老太太挪到1号炉，把壮实汉子挪到2号炉，一会儿在装盒儿的时候，这两位也就能占上十几分钟的便宜。至于按照李固元的安排原本要进1号炉的老头儿，那就只好委屈他在3号炉里稍候片刻了。而这也能看出，后加进来的两位的确不一般，的确属于"特事特办"的那一类。

李固元一愣，这才明白了同事的用意："你是说，想把这三位的炉号也换了？"

同事一拍巴掌："就是这个打算——反正顺序都是您定的，您再给调剂调剂……"

李固元仍瞪着眼："那你们现在才说？盒儿我都摆了，表我都填了……"

同事却不再言语，他维持着笑容，额角上被火化车间的高温蒸出了汗珠，眼巴巴地看着李固元。那意思再清楚不过：李师傅，行个方便呗。

而李固元看着对方的模样，突然也笑了。对于这个小插曲，他觉得有点儿滑稽，心想人哪，这辈子你争我抢，到死了也非要掐尖儿占先，这都是图什么呀；他还想起在北京和燕郊之间坐公共汽车时，也天天有人插队往上挤，被插了的人就骂，"去火葬场你丫也插队"，敢情这话还真有现实依据。

但李固元也就是那么一想，也就是一笑了之。他知道同事的不容易：自己只需要面对死人，人家还得面对活人，而活人可比死人难伺候多了。他也知道现在的逝者亲属千奇百怪，别说加急了，就连把骨灰扔在殡仪馆里一放几年的都有。

说到底，还能怎么着呢？那就行个方便呗。

所以李固元也没再说什么，只是往身后瞥了一眼，复又将目光投到那张鸡翅木打造的中式条案上。不必明言，他的意思也很清楚：按照他的计划以及刚才的摆法，本来是老头儿的盒儿压住了数字"1"，老太太次之居"2"，壮实汉子末尾占"3"，而现在，既然默许了对方的调整方案，那么盒儿们的摆放次序也得做出相应改变。

同事便会意，忙不迭地跑过去，将那仨盒儿调整了位置。于是就变成了老太太的雕花紫檀盒儿在最左边，壮实汉子的普通实木盒儿在中间，老头儿的另一个普通实木盒儿在最右边了。乾坤挪移，换位完毕，他又像是特地要"表现态度"似的，重新扫视了一眼炉前空地，煞有介事地查看盒儿与棺材是否一一对应。果然没错儿，老太太、壮实汉子、老头儿，都是从左到右。不仅如此，这位同事还特地多看了一眼被插了队的老头儿，颇为歉意地眨了眨眼，那意思像是在说：谢谢您了大爷，您多等一会儿，还给我们省了不少口舌，这也是功德无量，因此祝愿您家的后人洪福齐天。

行完注目礼，他转向李固元，舒了口气似的道："辛苦李师傅。"

同事这才火急火燎地走了。一起进来的人也打个招呼，先后散去。此时远处的进口新炉早已开工，而国产旧炉前面只剩了李固元一个人。准确的说，只剩了李固元一个活人。李固元却又不紧不慢地紧了紧手脸。人家急，他可不能急。

他自有一套工序还没做完呢：首先，既然棺材与盒儿重新排了座次，逝者们也改换了炉号，那么与之相应，这三位的火化登记表也得重填。其实图省事儿的话，不重填也行，只消在原来的表上涂改一下即可，但谁让李固元是个较真儿的人呢，谁让他觉得自己是在"当大事"呢，所以既然要填表，那就必须填得清清白白、全无瑕疵。对谁来说，这都是一辈子的最后一道手续，谁也不希望跟自己有关的记录上画着个黑疙瘩，是不是？于是他又回身拿起登记表，扯下了刚才填好的那三张，顺手扔进脚边的纸篓里，接着就在后面的空白表格上重填了三张。字迹同样工整，但却变成了老太太1号炉，壮实汉子2号炉，老头儿3号炉。写完以后，仍把表格本儿放到条案上，跟那仨盒儿挨着。此后，他还迈起脚来，绕着三口棺材缓缓踱了一圈儿，又在每口棺材前方略站了一站。

他面无表情，嘴上念念有词，说了几句话。

念的是："姨儿，您走好；兄弟，您走好；'收儿'，您走好。"

这也是李固元常年的习惯。人死万事皆空，这个道理他懂，但他却又觉得，"空"也有"空"的意义。他时时感到，只要跨过了生死间的那道坎儿，人与人就不仅是平等的、无差别的，甚而还构成了某种虽然隐秘但却紧密的联系。换句话说，大家殊途同归，所以原本的陌生人仿佛也有着那么点儿沾亲带故的意思了。既然如此，那就由他来攀个亲戚，充当逝者们的最后一个亲人吧。谁让他站在了那条路的尽头呢。

念完这几句话，人们就进了炉，他亲手送的：老太太、壮实汉子、老头儿。

等炉火点燃，三个黑黝黝的炉口几乎同时亮了，这便更加寓意着"平等"确实是人类的最终归宿，而种种那些"不平等"无非是活人们的障眼法儿罢了,既是自欺也是欺人。每当作此感慨,李固元都会觉得自己又对这一辈子看开了些。他这辈子也有许多不甘,平时窝在心里不说,但此时却仿佛随着熊熊的火焰蒸腾了,化开了。与此同时,却不能耽误了手上的活儿,而这手活儿几乎让他的同行们惊叹为神乎其神:国产旧炉调教复杂,操作费力,哪怕是熟练工也只能使唤一台,他呢,却能一次对付三台。翻转、鼓风、喷射燃料,有条不紊。当李固元游走其间,他就不是那个矮小的、好脾气的老头儿了,他又变成了报纸上目光炯炯的劳模,他所操持的是一项人人讳言但又人人躲不过去的技艺。

然而没过多久,李固元就"咕咚"一声,摔在了地上。李固元没想到,方才的那阵"晕"虽然有所缓解,但其实只相当于前奏,后面还有一场疾风暴雨正在等着他呢。而如果说"美尼尔"这词儿听着像台风,那么他是唯一被风吹飞了的人。

虽说"晕"的时候会丧失知觉,但在李固元这儿,那一瞬间还受着某种下意识的支配:他知道自己能往左边倒,能往右边倒,甚至还能四仰八叉地往后边倒,但就是不能往前边倒。假如炉口敞着,往前倒很容易把脑袋伸进去,那可就要了命了。因为倒出了经验,于是临晕之时,李固元还拧了拧腿,调整了一下重心。被那豆撞见那次,他是直挺挺地向后倒,这次却是打着踉跄摔向了右侧。也挺好,还免除了后脑勺着地的危险。然而这次的倒地方式也带出了乱子:他的右手还拿着东西呢。那根钩子不像钩子、铲子不像铲子的器具横着一挥,便把斜后方条案上的三个盒儿给抡到了地上,叮了当啷一阵乱响。钟馗倒是没事儿,依然威风凛凛地立着,高举着一柄宝剑。作为神仙,它只保佑它自己。

一晕一摔一胡噜,动静传到了远处。正在干活儿的工友们吓了一跳,慌慌张张地跑过来,给李固元揉脑袋,掐人中。等李固元睁眼醒来,他已经躺在殡仪馆的职工休息室了。他抬头看看墙上的挂钟,才过了半个小时多点儿,但在他的感觉里,竟像晕了一辈子那么久。李固元又挣扎着要从长椅上站起来。他想着他还有活儿呢。

但这哪儿由得他?工友们纷纷扶着、按着。一个年轻人猜到了李师傅的心思,赶紧又说:"您那几炉也就是个收尾了,烧都快烧完了,我过去替您装了就得。"

李固元茫然地点了点头,那工友转身往外就走。但李固元复又叫住他:"我这炉子跟你那炉子不一样,烧得没那么彻底,好多地方都是大块儿……"

工友就说:"再不一样,不也就是个烧吗?大块儿的我给碾碾,碎了的我给铲起来,保证不留遗漏。以前看您操作过。"

工友说完又要走。李固元却又道:"还有个事儿,入炉之前,盒儿都摆好了,每个盒儿底下都压着炉号……刚才可别碰乱了吧?"

工友就一愣:"这个还真是乱了……都掉了。"

"那怎么装呀?"李固元"咳"地一拍腿,又说,"哪具遗体进了哪口炉子,这可不能弄混……你得容我想想。"

工友倒也不急,颇为体谅地说:"您想想呗。"

李固元便在椅子上端正地坐直,两条短腿几乎悬空,手搭膝盖,想。想了一会儿,他的脸上就露出了无助的神色——不仅无助,还有焦躁。

又过了半响,李固元才重新开口:"我怎么想不起来了?"

难道是失忆了,断片儿了?这是"美尼尔"导致的,还是被磕出了脑震荡?那就不好说了。李固元不禁被吓出了一身冷汗:一人一炉,三台国产旧炉同时烧了三个人;铁打的炉子流水的人,炉子排成左中右,各有序号,但炉子上却从来不会标注焚化的是谁。炉中的遗体早都成了灰,生前面貌一律无迹可寻。盒儿上倒是贴着逝者的名讳与照片,不过此时全都乱了顺序……如此一来,不就意味着连哪台炉子里的骨灰应该归到哪个人的名下都搞不清楚了吗?亏得他还管人家叫"收儿""姨儿"和"兄弟",可现在倒好,"收儿"在哪里,"姨儿"在哪里,"兄弟"又在哪里?

这个想法让李固元一时大喘气,脸煞白,手捏得膝盖嘎嘎作响。

但这时,旁边又有一个年长些的工友说:"这也不打紧——不还有登记表呢吗?以前观摩李师傅干活儿,每次都见您做记录,那上面不就有炉号吗?"

众人便纷纷"哦"了一声。敢情刚才只是虚惊一场。规范的作用是什么?不就是为了保证工作程序环环相扣、有据可查吗?而李固元从来是最讲规范的人。毫不夸张地说,正是他的这个原则,才避免了一起殡仪行业里最忌讳的重大事故。

就连李固元也一拍脑门儿,口气尴尬:"怎么忘了这茬儿了?真是晕了。"

他又叮嘱："那登记表我也给放案子上了……可别掉地上了。"

"掉地下不怕，我仔细找找。"年轻工友说着又要走，"您放心，丢不了。"

不想李固元又说："慢着——"

年轻工友终于有些哭笑不得了："李师傅，您还有事儿？"

李固元却不言语，兀自呆若木鸡。当然，他的脑子还不闲着，还得转。他像个出了"昏招"却又执迷于复盘的棋手，再次尝试着回顾自己晕倒以前的情形。记忆断断续续，并且很不均衡，有些细节全忘了，还有些细节却清晰而活泛地跳了出来——比如三位逝者在照片上的长相。他记得老头儿弯着眼睛，似乎随时在笑；他又记得老太太神色平和，比睡着了还恬淡，脸上竟像氤氲着一层水墨画似的薄雾；他还记得壮实汉子的表情严肃，嘴角往下撇着，仿佛一如既往地跟什么事儿执着气。都说面由心生，这话有理，想起那些面貌，他就好像摸清了仨人的脾性，又好像在很久以前就认识他们了。而这种印象还给他带来了一种踏实的感觉，仿佛随着逝者们在他心里回魂再现，这仨人的归宿也必将各得其所。

嗯，正是如此。心里踏实了，李固元这才不好意思地一笑："没错儿了。"

"得嘞——"年轻工友一溜烟儿地走了，好像生怕再被叫住似的。

而转过眼来，在那豆家的北屋里，在桌旁，李固元的神情仍是不好意思，但却连笑也笑不出来了。他怯生生地窥视着那豆："看来还是出错儿了。"

那豆不语，心里又在"嘟里格嘟"地打着板儿。他爸则说："真出错儿了？"

他妈也说："怎么就出错儿了呢？"

李固元说："原本觉得没错儿，可这位小兄弟不是非说有错儿吗？我想着他不会说假话——谁拿这事儿开玩笑呀？再一想，果然越想越不对劲。"

那豆仍不语。他爸却咋呼起来了："你看不是？当初你们还口口声声……"

他妈翻了他爸一个白眼儿："可都说有错儿，到底错在哪儿了呢？"

李固元说："错在表儿上。"

那豆他爸问："火化登记表？"

李固元耷拉了脑袋："可不吗！"

那豆他妈问："登记错了？你不是说写得一清二楚吗？"

这时，那豆的眼里却放出了一线光，而他的脑子里也仿佛有一线光，直贯意识深处。他看向李固元："但那些表，您写了两份儿，对吧？"

李固元又抬头，但却不敢与那豆眼神相对，嘴里含糊地念念叨叨："还是这小伙子脑子快。我就不行，前些天琢磨来琢磨去，死活琢磨不出个所以然……"

小女孩儿在李固元的腿上补充："我姥爷两宿没睡觉，差点儿又晕一回。"

李固元搓了搓小女孩儿的肩膀，那意思是大人说话小孩儿别插嘴，然后将手伸进怀里，掏出了一摞表格。巴掌大小，版式疏阔，栏目清晰。

最上面的一张，赫然写着爷爷的名字：那年枝。

在这儿又得做个补充，爷爷的名字，还是爷爷的爷爷给起的。爷爷告诉过那豆，"他们这个民族，他们这种人家"，当年马上得天下，后来却沾染上了文人骚客的习气，比如说有位大诗人纳兰性德，就跟他们有着拐弯儿抹角的亲戚关系；爷爷还告诉过那豆，他的那位封过"巴图鲁"的先祖效法纳兰性德，除了抽大烟以外也爱诌上两句，及至自己得了孙子，孙子又是腊月里出生的，便忽然想起了当年曾经写下过"风吹花又白，雪抱那年枝"的名句，在遗老遗少中传诵一时——于是诗中摘字，给他取名那年枝。看着平白无奇的三个字，经由这么一番解释，就显得那么诗意，那么风雅，不免让那豆颇有些羡慕。

因此他也问爷爷："那您管叫我'豆儿'，这是不是'种豆得豆'的意思？"

他不敢指望自己的爷爷会作诗，只觉得能沾上个成语的边儿也就够了。但爷爷的答复却令那豆失望了："那倒不是——这你都忘了？你叫那豆，主要是因为你小时候爱放屁，跟机关枪似的，而放屁又是因为吃了大铁锅里炒出来的黄豆……"

爷爷也为此深感抱歉："比起我爷爷，我是没什么文化，所以你不能学我。当然也不能学我爷爷，他除了会吟风弄月，别的方面可就……"

而此刻，一边回忆着爷爷名字的来历，那豆一边又看到李固元将爷爷的表格挪开，露出了底下的另外两张表格。其中一张表上的名字叫沈桦，终年九十岁，性别女，自然就是那位老太太了。老太太后面则是壮实汉子，名叫田谷多，三十七岁。至此，那豆总算知道了和爷爷一批火化的另两个人姓甚名谁。但他却看到李固元手仍不停，慢慢地将这三张表格归堆儿摞好，放到一边，这时便又发现，它们下面还压着另外三张表格。那三张表上依然分别写着仨人的名讳：老太太沈桦、爷爷那年枝和壮实汉子田谷多。

三位逝者，却填了六张表，每人各有两张。每张表格的最后一栏都标有炉号，只不过在前三张上，爷爷在1号炉，老太太在2号炉，壮实汉子在3号炉，然而到了后三张上，就变成了老太太在1号炉，壮实汉子在2号炉，爷爷在3号炉了。

这更证明了那豆猜测的大方向没错：恰因各自被填了两张表，表上的炉号又前后不一致，那么从理论上说，三位逝者的骨灰就存在着被弄混的可能性。只不过这个过程究竟是怎么发生的呢？关于这个疑问，李固元便在随后的讲述中做了解释：

"你去燕郊找我说了这事儿之后，因为琢磨不出个所以然，我就回到殡仪馆去找了替我装盒儿的工友，让他讲讲自己那天是怎么干的活儿。听我这么问，那小伙子还有点儿不高兴，说他好心帮我，我倒信不过他——后来看我急了，人家才给讲了。他说他当时跑到我的工位，就见地上乱七八糟，不光盒儿掉了，各种单据也散落下来，连案子旁边的废纸篓都被碰翻了。好在盒儿都挺结实,没被磕出疤瘌,他大致检查了一下,赶紧又依着我的嘱咐去找火化登记表。这时就在案子底下发现了三张表,上面分别写了姓名、年龄和炉号,每一栏都填得清清楚楚……我这工友就以为这三张表是我做好的记录了。而他刚把盒儿按照表上的序号放回案子上,外面就来催了,说有个'顶级套餐'的客户亲属等得不耐烦了,再不装出来就要给殡仪馆的领导打电话。我那工友便赶紧把炉门打开,将里面的骨灰装了盒儿,装盒儿时自然遵循表上的记录:那年枝、沈桦、田谷多,分别位于1号、2号和3号炉……因为装得急,炉子尚未完全冷却,他的手上还被烫了几个泡。装完之后,他先往外跑了一趟,把沈桦的紫檀雕花盒儿交到'vip服务部'的同事手里,然后才又折回来,将那年枝和田谷多的普通实木盒儿送到了骨灰存放处……"

而这时,那豆的心里就更清楚了。他接茬儿道:"可您那工友找到的三张表,上面写的压根儿不是我爷爷还有沈桦、田谷多的实际炉号,对不对?真正的炉号在另外三张表上呢,表还在本儿上粘着呢,对不对?被他对照着装了盒儿的,其实是您从本儿上扯下来、扔进纸篓的那三张废表……因为纸篓倒了,它们就从里面飘出来了,对不对?"

他爸本来听得云山雾罩,这时终于也琢磨过味儿来了:"那也就是说,虽然我们孩子他爷爷事实上进了3号炉,但你那工友却以为他进了1号炉,对不对?"

他妈说:"因为表被弄混了,所以仨人的骨灰也全被装错了盒儿,对不对？"

面对他们家人的一连串儿"对不对"，李固元打夯机似的点着头，从嗓子眼儿里凿出了一个又一个的"对"。这一"对"，也就坐实了那个"错"。

那豆却又问："可您后来写的那几张表呢，您不也把它们放在案子上了么？当时工友就没看见？如果他看见了又发现前后记录的炉号不一样，干吗不找您核实一下？"

李固元说："他还真说没看见，一口咬定自己只找着了三张表。为了证明没出岔子，他又去了趟文件室，把当时替我归类存档的材料都取了出来——果然是一个逝者一张表，再没其他记录。我也奇怪了，另外那三张表怎么就不翼而飞了呢？后来还是把工作区又彻底检查了一遍，瞒着老板把钟馗捉鬼也挪了地方，这才把它们找了出来——那三张表不还粘在表格本上呢么？这时居然落在了条案后面，被桌腿和墙夹在了中间……估计是我'晕'的时候一胡噜，就把表格本扫进了那个缝隙，因为平常也没人会注意到那里，结果愣是谁都没发现。这么说来，还真怪不得我的那个工友……而我重新上班以后，倒是应该再把当天的情况详细询问一遍，可我想着装盒儿他也替我装了，材料他也替我存了，这都不是什么复杂的活儿，估计不会出错儿，于是也就大意了……"

说到这里，李固元的脑袋又垂了下去，声音越来越低，越来越蔫儿，几乎成了自顾自的呢喃。而他的懊悔却在扩展、发散，像一摊无尽繁衍的水，又汩汩不休地流淌到和他那份儿工作相关的一切细节上去了——

比如:"殡仪馆早就'数字化'了,那些进口新炉都是扫码登记,电子存档,只不过我这几台旧炉属于临时设施,为了节约成本,上面就没给纳入系统。我呢,岁数大了用不惯电脑,当初也没要求升级……其实还是应该想到,电脑可比人脑的记性好多了……"

又比如:"同事提出要把那几位逝者改换炉号的时候,我就不该答应。三台炉子一起操作,最忌讳的就是临时调整顺序……还是脸皮儿薄,怎么就没坚持一下呢?"

再比如:"哪怕是把先写的那三张表撕碎了再扔到纸篓里也好呀,也就是捎带手的事儿。"

总而言之,任何一个环节都有补救的机会,在李固元看来,任何一个机会抓住了也就不会酿成今天的后果。可也是巧了,也是晚了,差错到底还是出了。

因此他归根结底又在自责:"还是怪我,我要不晕就好了。"

而和李固元相反,那豆他爸却一发高亢了起来。他本来点上了一支"中南海"正抽着,没抽两口又突然蹦了起来,曲项向天歌,嗓门儿险些要把房顶给捅塌了:

"我的亲爸爸吔,你到底让他们给弄哪儿去了——"

然后他爸抱起桌上那盒儿,把它直往李固元的怀里塞去:"拿走拿走,这不是我爸爸的,你把我爸爸还回来……"

李固元呢,仍然面无表情,一任那豆他爸推来搡去,几乎变成了个不倒翁。而这场面大概早在预料之中,并且李固元也叮嘱过家人千万忍耐,因此李固元的女儿只是一脸悲戚,但却不敢上前拉扯,唯有那小女孩儿被吓得"嘎儿"一声,又"嘎儿"一声地抽搭起来。小女孩儿的哭声便让那豆心里一软。他站起来,手往前一探,两个指头捏住了盒儿上的包袱扣,把它轻轻拎了起来,放回桌上。

然后他对他爸说:"您差不多得了。"

他爸的劲儿还没过,反瞪那豆:"你这是什么立场?"

他妈则从另一个角度理解了那豆,也劝他爸:"可别再中了人家的苦肉计。"

李固元却赶紧做出保证:"那倒没事儿,我还不晕。"

那豆又坐下,重新看向李固元:"李师傅,要不是您,我们也弄不清楚我爷爷的盒儿里装的是谁,弄不清楚我爷爷被装进了谁的盒儿里,所以我们还得谢谢您。"

直到过了很久,那豆还为自己那天的表现感到惊讶:怎么就那么镇定,那么宽厚,那么有里有面儿?这是因为李固元和爷爷都当过劳模?抑或是因为李固元怀里的小女孩儿让他想起了阴晴?这些似乎都是他不忍心埋怨李固元的原因。而所有原因里最重要的一条则是:对于自己的差错,人家李固元可没遮着瞒着。这就足以说明,李固元跟先前的那位客服经理不是一路人。虽然对客服经理的暴力手段导致那豆睡了"板儿",但打心眼儿里说,他至今也不为自己的行为感到后悔;而李固元呢,一旦认错儿,他那个"劳模"的名号也就"栽"了吧?但那豆反而想:人家这个劳模可真不是白当的。

至于他爸那番表演式的爆发,那豆当然也是能够理解的——碰见屁人搂不住火儿,这个规律对于屁了半辈子的人尤其有效。而那豆又想起了对于人家的过错,爷爷曾经是怎么表态的。比如说起到他们家门口骂街的那些青龙白虎大金链子,爷爷就说过:"都背井离乡的,可不有活儿就干么,换别人一样顾不上体面。"再比如说起把他爸分流解聘的那些领导,爷爷也说过:"人家其实也是替你考虑——既然早晚得换地儿,那么晚换不如早换。"就连说起后来把酱油厂彻底倒腾没了的那家上市公司,爷爷都这么劝过其他老职工:"就算股份还在咱们手里,谁又能保证厂子不会倒闭呢?"

当然,爷爷善于原谅别人,说明他同样善于原谅自己。原谅了别人的粗野、草率和唯利是图,也就等于原谅了自己的怯懦、懒惰和随遇而安。那么假使爷爷此时还能说话,他又会对李固元说些什么?那豆默默回身,看了一眼灵位上爷爷的遗像。

爷爷的眼睛弯着,随时带着笑模样。

然后那豆便对李固元说:"我爷爷跟我说过,他搬了一辈子缸,捅的娄子多了去了,尤其刚参加工作那会儿,隔三差五就得当回司马光。正因为此,他还专门拜师学会了补大缸。我爷爷还跟我说过,只要能补上,多大的窟窿都不叫窟窿。"

再然后,他居然对李固元笑了笑:"现在这事儿吧,说难办也难办,说简单也简单——不就是仨人的骨灰都装错了盒儿么?既然3号炉里的我爷爷进了2号炉那位大哥的盒儿,2号炉里的大哥进了1号炉那位老太太的盒儿,1号炉里的老太太进了3号炉里我爷爷的盒儿,三家各自拿了别人的骨灰……那就把再三家人凑到一块儿,现场开盒儿,买椟还珠,哦不,完璧归赵——原谅我文化低,这话好像怎么说都不合适——总之就是大家再把盒儿里的东西换回来,那不就得了吗?"

他甚而故作轻松地敲了敲桌子:"殡仪馆也留着客户的地址和联系方式呢吧?既然您能找着我们家,一样能找着沈桦和田谷多那两位的家人吧?"

这回听他这么说,那豆他爸他妈就没接话。相反,他们一左一右瞪大了眼,齐齐地凝视李固元。他们一定也认为儿子的话在理,并且暗怀着庆幸的期盼。麻烦是麻烦了点儿,光听那豆掰扯就跟绕口令似的——不过只要头绪能够理清,这场折磨了他们一家许久的意外也就可以尘埃落定了,对吧?

然而他们却看见李固元那张栗子般的脸继续僵着,仿佛话说开了但话外还有话。李固元又咂吧了一下嘴,那豆的心里便又"唧里格唧"地起了打板儿。

他听见李固元说:"这个我也想到了,来之前已经给两边的联系人打了电话。一边倒是打通了,不过我怎么解释他也不相信,非说我骗他……还有一边死活联系不上,后来又问接待过他们的同事,才知道他们全家去了美国……"

那豆以为自己听错了:"你说哪儿?"

门外的八哥却迸出一句英文,大概是跟电视里学的:"America, America!"

李固元也黯然地重复:"美国。"

第二部分

前往太平洋东

11

密歇根湖上吹来的风是硬的。

那豆走在湖边的甬道上,头上扣顶棒球帽,帽子正中央顶着个硕大的英文字母"B"。这条路却是近日来走熟了的——哪儿伫立着几颗高壮的雪松,哪儿隐藏着一个画满了涂鸦的公共厕所,他心里早已门儿清。他也知道,有道防波堤上的视野尤其开阔,从堤上往北望去,尽是一片烟波,东南西三个方向则是城市的边缘,每天天还没黑就亮起了灯,弯刀似的闪着寒光。湖边虽然到处是楼,但却难得见到乌泱乌泱的人。

见不着人,活物儿倒是不少。除了松鼠和野鸭,更有气魄的是湖面上盘旋的水鸟,它们翼展极宽,一晃不晃,像风筝似的掠过空旷、辽阔的天空,以极其冷静的目光审视着这片大陆。在那目光里,天空无声,大陆无言。

那豆站在堤上,每当此刻,他整个人也不觉痴了。他需要重新确定一遍自己在哪儿,以及自己到底为什么在这儿。

前一个问题并不复杂：当他回头往东望望，便能看见"五十七街"那片低矮的二层小楼，那儿是他每天吃饭睡觉的地方；当他再一回头往西望望，从"科学博物馆"开始，稀稀疏疏地延伸开来若干庞大而古旧的建筑，就是阴晴所在的大学了。那么北京又在哪个方位呢？当那豆因为寒意而打了个哆嗦又跺了跺脚，就会意识到从他的脚跟往下，穿过土壤岩石，穿过地心地幔，穿过岩浆潜流，总会找到另一个城市，那个城市和他目前所在的地方相隔着空间与时间双重意义上的遥远距离：一万公里，一个昼夜。

至于后一个问题，则是至今仍令那豆颇感惊异，也颇感困惑的。怎么就从北京来了这儿呢？他长了二十多年，可是连二环路都没怎么出过的呀。但也怪了，来了也不觉得生疏。这还真不是自作多情，从小到大，他早已跟着电视、电影乃至于电子游戏造访了无数遍"美国"。和那些光怪陆离、惊心动魄的"美国"相比，此刻这个美国既没有街头枪战更没有外星人入侵，那就没什么让人发怵的了。因此当那豆从防波堤上转身，穿过湖滨公路走向那片大学时，步态一如他晃悠在二环路里的胡同中那样轻松自如，透着不见外。

他是去找他的发小儿阴晴。

途经一座铁路桥下，他便听见桥洞里响彻叮了当啷的回音，那是一个黑人在敲桶。桶是汽油桶，也没鼓槌，徒手拍击。这声音也是听熟了的——不仅在这些天的这条路上，他还想起在他看过的一部电视剧里，姜文扮演的大提琴手来了美国混不上饭吃，每天也上街去听黑人敲桶。那片子都是多久以前的了？当初他还是个小屁孩儿，现在他都长成了扁担般的瘦高个儿；当初爷爷还在，现在爷爷都"薨"了。然而当初黑人敲桶，现在黑人还敲桶。这又给他一种错觉，仿佛过了这些年，美国竟像全没变样似的。

见他一时恍惚，那个穿越时空的黑人却从黑影里龇出一嘴白牙，跟他打了个美国招呼："Hey man, what' up？"

这厮安敢犯我！那豆用发音相似的北京招呼予以回应："我——操。"

在叮了当啷的敲桶声中，那豆的心里却也"唧里格啷"地打起了板儿。一边给黑人的鼓点儿伴奏，一边又有许多往事拥了上来。

往事顺藤摸瓜，有远的也有近的。记得当初李固元登门拜访，先给"收儿"鞠了仨躬，又将那豆爷爷盒儿里出了差错的经过讲了一遍。这个殡仪馆司炉工的说法一时让那豆觉得拨云见日，不过稍后还是觉得不可思议：怎么人活着的时候都知道谁是谁，等到化成灰就变成了另一个人呢？并且差错一出，一家人的事儿就变成了三家人的事儿，北京的事儿就变成了美国的事儿——这也太不靠谱儿了吧。

正如他爸的形容："就好像我去医院治鸡巴头子，结果他把我指到了前门楼子。"

他爸也是话糙理不糙，话要是不糙，理还说不明白了。而那豆还有一个感触：恰因差错出在了人生路的终点上，那么是否也寓意着从本质上来说，整个儿人类的生活都是不合规矩、毫无章法的呢？然而就算心里犯嘀咕，他却认为自己必须相信李固元。这不仅是因为李固元给出的解释严丝合缝，同时也是因为"没人会拿这事儿开玩笑"。不知怎么搞的，他对这个黑红脸、栗子般的小老头儿总抱着一种亲近感，而那亲近感又演化成了信任感。

那天他对李固元说："去了美国的联系不上，您就先把能找着人的电话给我得了——谁的亲属？沈桦的还是田谷多的？"

李固元就说："田谷多的。沈桦的家人去了美国。"

那豆一拍巴掌："那正好。按您的说法，我爷爷的骨灰其实就是在他们手上的盒儿里呢吧？我们好歹先接上头，商议商议这事儿怎么办。"

李固元便给了他两个号码：一个是座机，北京区号，说是田谷多生前单位的电话，另一个是手机，但机主也不是田谷多的家人，而据称是田谷多的工友。李固元又叮嘱那豆："跟人商量的时候别急，有点儿耐心……那孩子跟你不一样，太轴……"

等李固元告辞，那豆还把他们一家送到了胡同口。李固元说"甭麻烦了"，那豆默不作声，李固元说"你快回吧"，那豆直眉瞪眼。当初的错觉又重演了一遍：李固元演了爷爷，小女孩儿演了阴晴，他还演他；只不过是长大的他演了小时候的他。而李固元的女儿呢？难道正在客串阴晴她妈郑老师吗？嗯，别说，还真有点儿像。除了一个腿脚好一个腿脚不好，俩人都是白净的脸庞，眉眼秀气，与人说话也都是未言先笑、未笑先羞，仿佛心里藏着事儿。那豆深以为，这种女人和他妈属于截然不同的两个类型。他妈马丽莲，当年也是胡同一枝花，可那豆自己都觉得那枝花插在他爸这摊牛粪上一点儿也不委屈。他妈为了减免六块钱的卫生费就能跟人飞媚眼儿，为了多切块儿小指头大的牛蹄筋就能跟人骂街，而无论飞媚眼儿抑或骂街，嘴角上那个风情万种的痦子都会跑得满脸都是。他妈的痦子是不生根的，这很不尊贵。那豆又深以为，女人还是尊贵一些的好，哪怕只是自己觉得自己尊贵呢。

但也很讽刺，恰恰是尊贵的郑老师，后来却不给阴晴当妈了。他那个满脸跑痦子的妈，现在倒仍然还是他的妈。而正在有的没的瞎琢磨，公共汽车就来了。李固元一家相互搀扶拉扯着上了车，那小女孩儿还隔着窗户对他皱了皱鼻子。

那豆恍神，对李固元挥手："李师傅，留神您的'美尼尔'。"

等那豆溜达回了家，就见东屋关着门，他爸他妈一定正在屋里嘀咕。不用看也知道，他爸又在嘴角泛白沫子，他妈又在满脸跑痦子。

至于嘀咕的内容，则无外乎讨论李固元所言的可信度，以及他们应该如何应对眼下的新形势——最重要的一条儿，假使李固元说的是真的，而李固元又是殡仪馆的司炉工，那么这起差错不还是殡仪馆的责任么？事过境迁，原先签订的那份"保证再不追责"的声明不也可以就此作废了么？而既然要追责，对方又应该怎么补偿他们？这可就得是实实在在的"索赔"而不是遮遮掩掩的"抚恤"了——具体地说，得是多大的数儿？一涉及此类数学问题，他爸他妈这两个打中学起算数就没及过格、至今给客人找零钱也常出错儿的后进生却焕发出了莫大的热情，于是那道木门也拦不住他们的声音了。

他爸说："也怪不得咱们翻脸不认账了。误工费、差旅费，一个都不能少——咱们也给他们丫来个'于法于理'。"

他妈说："还有精神损失费呢。电视上播打官司,老有这一条儿。"

他爸深受启发："精神也值钱？那你说值多少钱？"

他妈却又心虚："也不知道该怎么衡量,按说咱们家这精神境界……"

正当里面俩人估算着自己的精神价值,那豆便摔门进了不东不北的小半间。他又照墙踹了一脚,踹得房梁一震,窗外"喵呜"一声,大概有两只浪漫约会的猫奸情败露,仓皇而逃。他爸他妈就一时噤了声。随后,那豆从兜里掏出手机。他似乎要用实际行动向隔壁的俩人表明,这才是眼下的当务之急——爷爷在哪儿呢？那可是他的爷爷、他爸的爸,其重要性哪儿能拿钱衡量呀。

事后回想,也正是从这个电话开始,那豆就算踏上了那段千里万里的征程。

他先拨的是座机号码,现在使座机的人已不多,基本都是单位。尽管按照李固元的说法,他已经事先跟田谷多的单位联系过了,但那豆却仍觉得,眼下应该由自己再来询问、核实一遍。这也不是信不过李固元,而是那豆认为,越是方向不明、深浅难辨的路,就越得一步一个脚印儿地走,这才不至于从头儿上就掉到沟里。

拨通之后,听筒里果然传出了办公室里杂乱的人声。接听电话的却是个轻声轻语的中年男人,说话带戏腔,并且还是"青衣"。他问那豆是谁,那豆想了想,反问对方是谁。这让对方有点儿不满,电话里刺啦一响,仿佛甩了个水袖,说：

"你不说你是谁凭什么问我是谁?"

说的也是。但那豆却转换了问题:"你们这儿有个叫田谷多的吧?"

"我给你查查。"对方倒很尽职,似乎拿手戳着一本花名册,嘴里随之咿咿呀呀,但他片刻后又说,"没这人呀。在职的我都认识,我又看了下退休的,也没有。"

那豆就说:"他也没退休,他才三十七……他死了。"

对方差点儿急了:"死人你到我这儿来找?"

那豆还没来得及解释,却听见对方身旁又有一人插嘴:"是不是……那个?"

电话那头的俩人叽咕几句,又由"青衣"举起话筒:"确实有个田谷多。不过他虽然跟我们单位有关系,但其实也不是这儿的人——所以刚才没反应过来。"

"青衣"接着又解释,他们是北京一家建筑公司的工会,至于田谷多,则是公司下属一个项目的工人。如今建筑公司的活儿一律外包,所以严格地说,田谷多的"关系"应该隶属于劳务公司。不过田谷多在工地上"出事儿"以后,建筑公司方面也本着"勇于担责"与"人道主义"的精神,对死者的"善后事宜"尽了应尽的责任。

那豆就知道,田谷多大概死于工伤。而对方大概也秉承着对于此类事故的一贯口径,虽然态度沉痛,但话却说得滴水不漏。责权利分清,又是"于法于理"那一套。

他便又问:"我就是想知道,田谷多的骨灰在哪儿?"

"青衣"又一愣。电话旁的另一人却粗着嗓门儿说:"这两天怎么净是问这个的?"

"青衣"也不免警觉起来:"你到底是谁?"

那豆索性胡诌:"我是田谷多的亲戚,我管他叫'收儿'……"

他说着还带出了河北腔,是从李固元那儿现学的:朝出其不意的方向拐着弯儿。之所以没说真话,是因为那豆觉得盒儿被装错了这事儿就算他信了,人家恐怕也不信。听他这么说,电话的另一端却换了个人。那人从"青衣"手里接过听筒,再开口时更显出了锣鼓喧天的粗嗓子,听着像个"花脸"。这个"花脸"径直问道:

"田谷多不是没亲戚吗?现在倒好,冒出来一串儿。你管他叫'收儿',前两天还有一个自称是他的'收儿'的——"

田谷多的"收儿"自然就是李固元了。看来他也隐瞒了实情,至于隐瞒的原因,就不知是怕对方不相信,还是怕栽了劳模的面子了。那豆也只好继续诌下去:"我跟我'收儿'好些年不联系了,这两天才听见消息……"

"花脸"又问:"田谷多是贵州人,你和他那个'收儿'怎么都是河北口音?"

那豆便说:"我们祖上不安分,骑着马到处下崽儿……跟播种机似的。"

这倒也是那豆他们家的实情。对方"哼"了一声,又把话题转向了田谷多。"花脸"告诉那豆,田谷多的丧事是由他代表工会出面操持的——劳务公司靠不住,那些家伙说白了也就是包工头。通知亲属、联系殡仪馆、组织追悼会，这些事宜都打着北京总公司的旗号进行，虽然田谷多"级别不够"，丧葬仪式的规模没法儿跟那些头头脑脑相比，但总算也享受了一把编制内的待遇。"花脸"又特地强调，田谷多的遗体是从国外运到北京的，为了这个缘故，工会还出面让殡仪馆开绿灯办了"加急"。

言下之意，算是对得起他"收儿"了。但那豆却认为自己没有资格替他"收儿"表示感谢，他反倒对田谷多"被运回来"这个环节产生了好奇：

"你是说……田谷多死在了外国？哪个国家——也是美国吗？"

"花脸"不禁"啊"了一声，似乎是对那豆的那个"也"颇感意外。而他随后说：

"美国倒用不上他们……你'收儿'是在埃及出的意外。按照惯例，国外身故的人应该就地火化，但他的工友却不同意，说出去一个人，回来一把灰，这么做对不起死者。还说既是中国人，那么就算要烧，也得等回了中国再烧。当时他们的情绪挺激动，公司也很为难，后来还是由上级单位的'外事办'出面协调，这才满足了大家的要求。原本还想把遗体运回贵州，但当地却反馈说田谷多光棍儿一条，并没有接收遗体的亲属……再考虑到他们老家交通不便，如果继续转运的话，遗体很容易在路上腐坏，经过多方商议，这才做出了一到北京立刻火化的决定。同时也是因为没有亲属，田谷多的骨灰就交由一位工友代为保管，据说田谷多死前都是那人照料，田谷多还托他把自己的遗骸带回原籍……"

这时，那豆不禁念了遍李固元给的那个手机号码，又问："这是不是他那工友的电话？"

"是呀，我正想告诉你呢。""花脸"应声道，但随即又纳闷，"你这不都知道了吗？知道了还问我们？"

"是我'收儿'的'收儿'告诉我的。"那豆便搪塞，"本也不该麻烦您，可毕竟人命关天，'唯送死可以当大事'，作为亲戚，我还是想听听当事人怎么说。"

"那你们把我当什么了，复读机吗？"对方嘟囔一句，但也是无可奈何的口气，"再说我这儿也没什么一手信息，关于你'收儿'到底怎么走的、走时情况如何，你还是得问他的那个工友……他叫何大梁，跟你岁数好像差不多。"

那豆追问："这个何大梁又在哪儿？去了贵州吗？"

"花脸"说："贵州当然要去，他得安葬田谷多嘛——不过还有个情况，他所在的施工队走得很急，据说因为后面还有工程在等着。这个何大梁也告诉我们，他要先跟着队伍去工地干活儿，等工程告一段落之后再去贵州，替你'收儿'料理后事。这也能理解，人家也要挣钱吃饭，总不能为了死人而耽误了活人的生计，对吧？"

那豆又问："那他说的那个工地……又在哪儿呢？"

"花脸"却说："这我们就不知道了。埃及的项目已经竣工，像他们这种临时拉起来的队伍，往往和不止一家建筑单位有合作，再加上老乡介绍、朋友牵线，现如今又都是网上联络，所以行踪很难掌握。人家也没义务向我们通报。"

说到这儿,电话里就沉默了片刻。等对方再开口,便恢复了例行公事:

"请你们节哀……人死不能复生。"

这话近日来已经听了许多遍。人家说的是田谷多,倒让那豆想起了爷爷,于是他抢白似的回了一句:"可就算死了,也不能一了百了吧。"

但对方偏又"哼"了一声。这就让那豆心里一虚:难道人家已经看穿了他这个冒牌亲戚吗?而还没等他咂摸出其中的意味,对方却清了清嗓子,向他宣布:

"一了百了还是死而不绝,这就跟我们没关系了。再跟你透个底,田谷多刚出事儿时联系不上家里人,去世以后却有不止一个'亲戚'找上门来,这也给我们的工作增加了不少麻烦。对于你们这些人,我重申一遍,田谷多不幸离世,公司已经为他尽了相关义务,从抢救到治丧到赔偿,并没亏欠过死者一分一毫。既然他的身后事都已交由何大梁代为处理,你们如果还有什么诉求,那就去跟何大梁协商解决吧。"

对方说完啪的一声挂了电话。座机就是这点好,挂起来可比手机有气势多了。

那豆却被挂出了一头雾水:说得好好儿的,怎么突然变了脸?然而他也有了个经验,那就是凡事不与"单位"多做理论。人家是什么人?压根儿就不是人,而是一个系统、一个体制——或云,是处在"咱们"对立面的"他们"。他算是越混越明白,跟"他们"打交道，往往是有理没处讲，有情没处诉的。别说他了，就连爷爷不也如此吗？让你搬缸就搬缸，让你出资就出资，让你卖股份你就得卖股份。但爷爷又与他不同，爷爷反而会站在"他们"的立场上说服"咱们"。在说服"咱们"这方面，爷爷甚至比"他们"本身更加擅长。而从那豆的角度看来，爷爷的这个习惯就实在是多此一举了：反正横竖都是个服，说也得服不说也得服，何必再绕那么一个圈儿呢？

所以对于"他们"，那豆的态度是：不理解、不纠缠、不反驳。往深了说，这是一种以合作的形式体现出来的不合作，或以不合作的形式体现出来的合作。

再具体到建筑公司，那豆甚而有些后悔跟他们打交道了。反正对方都是让他去找何大梁，那么不如刚开始就去找何大梁。但又一转念：通过"青衣"和"花脸"，他好歹也算得知了死者田谷多的一些情况，诸如田谷多是贵州人，生前在工地干活儿，发生了一场施工意外，等等。尤其重要的是，田谷多还死在了国外——这似乎就让情况变得更复杂了，不仅北京的事儿变成了美国的事儿，并且抽冷子还插进来一档子埃及的事儿。对于埃及，那豆隐约有印象，那地方是在非洲，有金字塔有狮身人面像，人死了还会被做成木乃伊——不过这种手艺，田谷多大概是无福消受的，所以才有了遗体腐坏的风险。又由此，那豆还整理出了一些头绪：恰因田谷多的遗体被千里迢迢地转运回国，而他所在的施工队紧接着还要转奔别处，这才导致了他必须被加急火化，从而也才导致了他在殡仪馆里被临时分配给了李固元。

如果不是这个原因，田谷多和爷爷还真是八竿子也打不着的关系。

下面要做的，当然是联系田谷多的工友何大梁了。又从只言片语中知道，那个何大梁与他岁数相仿，但却不大好打交道。这倒没什么可担心的，那豆在别人眼里也不是什么善茬儿。大不了是俩各色的人碰到一块儿，看谁更各色吧。

那豆暗自酝酿了一番，这才拨了何大梁的号码。

和座机不同，何大梁的手机铃声热闹非凡，号码虽是贵州移动，却传出一个东北人声嘶力竭的"左边儿画一道彩虹，右边儿画个龙"。耐下性子听了半首歌，电话却一直没人接。那豆挂了电话重播，又听了半首歌，又没人接。

看来何大梁还挺忙。这也能理解：施工队嘛，其工作环境可不像办公室那么清净，一时听不见也有可能。那豆便把手机揣在兜里，出门去了东屋，该吃饭吃饭，该听嘀咕听嘀咕。而他爸他妈呢，自然也嘀咕不出个所以然来。于是他爸说：

"要不……还是再请阴晴她爸过来议议？"

他妈反驳："你们家这点儿烂事儿，非得闹到全胡同都知道不可？我还嫌丢人呢。"

那豆却反驳他妈："怎么就成了烂事儿了？怎么就丢人了？我爷爷又不是自己成心钻到别人的盒儿里去的——再说阴大夫又不是外人。"

他爸却又反驳那豆："虽说不是外人,可人家也有人家的事儿。今儿我还看见阴大夫又跑邮局去了,估摸是寄出去的包裹又从美国退回来了……阴晴也是,原来多懂事儿一小丫头,怎么大了倒让人那么不省心……还不如你呢。"

听人说起阴晴,那豆的心就怦怦跳了几下。而反驳之反驳,否定之否定,再请阴大夫议议的计划却无疾而终。那豆扒拉了几口饭,重又回到了自己的小半间,蒙头睡了一觉,再一睁眼竟已日头偏西,门外的枣树都被镶了一层金边。时间倒正合适,估摸着工地也该下班了,他又拿起手机,接着打何大梁的电话。

铃声仍是"左边儿画一道彩虹,右边儿画个龙"。然而这轮呼叫却变成了一场更加漫长的较劲——对方不接,他就接着打,对方还不接,他还接着打——那豆的轴劲儿也上来了。在此时此刻,他还不免对那个何大梁不接电话的动机产生了怀疑:就算一时没听见,难道一整天也不看手机吗?看见了给他回一个就那么难吗?难不成何大梁是在故意吊他的胃口?再难不成,何大梁是拿着别人的骨灰却另有什么企图?

这还真不好说。虽然何大梁据称是田谷多的工友,但人心隔肚皮,这年头谁能信得过谁呀。就像姚厂长的儿子姚表舅,原先跟大伙儿也亲着呢,可谁能想到他竟能放狗咬了那豆,还害得阴晴……算了,不想阴晴了,一想他就好像突然岔了气儿。总而言之,对那个何大梁,必须多留着个心眼儿。而再想想田谷多,这人也真够冤的,死都死了,盒儿却落在了一个非亲非故的外人手里。

更别忘了还有他爷爷呢,爷爷可是代替了田谷多,连骨灰都让何大梁给拿走了。

这么一想,那豆就焦躁了起来。那焦躁如同小火烧干了锅底,直将他在"睡板儿"时培养出来的那点儿耐心和涵养煎熬殆尽。他索性又给何大梁发了一条短信。

他说的是:干吗不接电话?后面跟了一串儿惊叹号。

原本也没指望对方有响应,不想过不多时,手机滴嘟一响,何大梁回信了。

就俩字儿:你谁?

可见何大梁的确不是没听见,他不接电话是故意的。这更印证了那豆的猜疑,并且愈发催生了那豆的焦躁。他又发过去一条,直奔主题:

甭多问。你就说,骨灰是不是在你那儿,你现在又在哪儿?

对方又回:关你啥事。

那豆又发:那骨灰是我爷爷的,我得拿回来。

对方又回:放屁。

那豆的脑袋腾地一热,其状态和当初在殡仪馆凿了客服经理的秃顶时非常相似。但他的愤怒也只能通过文字表达:

你放屁——又是一串儿惊叹号。

何大梁则说:我放屁,你闻吗?后面居然还有一个龇牙咧嘴的笑脸。

对方倒跟他逗上闷子了。如果何大梁在他面前,没准儿早一拳捶上去了。那豆又狠狠按了拨号键,让"左边儿画一道彩虹,右边儿画个龙"重新响了起来。与此同时,他的嗓子眼儿里早已预备好了一整套的词汇:既粗暴又巧妙,既肮脏又清脆。

想跟北京人比骂街?那就让你见识见识,什么叫胡同范儿的粗口饶舌。

然而子弹上了膛,对方却不给他发射的机会。何大梁干脆地挂了电话,又先后给那豆发过来两条短信。这两条短信浇灭了那豆脑子里的火,并且让他魂飞魄散。

何大梁先说:骨灰我随身带着呢,但我在哪里,你也别问了。

何大梁又说:你要再胡搅蛮缠,我就把骨灰撒到河里去。

12

敲桶声渐行渐远,黑人融化成了桥下黑影里的一团黑。当那豆穿过"科学博物馆"门前的那块绿地,看见一个"whole foods"超市又拐了个弯,就算进了大学。

在北京,他从来不知道大学的门朝哪儿开,来了美国却俨然混成了个大学生——根据阴晴的介绍,还是"藤校"呢。身边的人总算多了些,年纪大都与他相仿,并且什么色儿的都有;这些孩子胳膊底下夹着"苹果"电脑,脸上挂着牙膏广告般的笑容。大学里的气息,自然也和那豆所住的"五十七街"全然不同。记得刚把那豆接到那片低矮破败的住宅区时,阴晴曾经提醒过他:晚上千万别出门。她还递给那豆一张二十美元的绿票子,但却不是让他花的,而是告诉他,如果有人拦住他要钱,那就立马交给人家。

"怎么着,他们丫还想截我的钱不成?"那豆像个"老炮儿"一样横眼,"也不打听打听去,哥们儿在鼓楼的时候……"

阴晴则简短地打断了他的"起范儿":"他们有枪。"

按照阴晴的说法,大学仿佛是座世外桃源般的孤岛,漂浮在一片随时有人拔枪相向的荒漠之中。记得阴晴还介绍说,美国的好大学也不是那么容易上的,"藤校"的学费一年得要六万美元,并且你还得从小私立学校外加补习班地伺候着,千辛万苦通过了若干考试,才可能有资格去交这六万美元。

这就让那豆挺纳闷儿:"不是说美国孩子都不学习么,成天尽玩儿……"

阴晴却发着另一种感慨:"芝加哥大学以经济学著称,出过好多诺贝尔奖得主,但大学所在的芝加哥南区却是美国经济最差的地方之一,犯罪率也最高。"

她说完,又若有若无地笑了笑:"这个世界非常讽刺吧?"

对于这个闻所未闻的现状,那豆也只好顺着她说:"那真是——太他妈的讽刺了。"

然后,阴晴还送了那豆一顶带有硕大字母"B"的棒球帽,一来作为他访美的纪念,二来也可以帮他障人耳目——看见那个"B",人家多半儿会以为他是来自另一个城市的交换生,从而也不至于让那俩盘踞在图书馆门口、体重总和超过五百斤的保安对他生疑。与此同时，这顶帽子还标志着阴晴的漂泊轨迹：她刚来美国时，曾经就读于波士顿。据她说，那里更是个大学扎堆儿的地方，同时也更加"充满讽刺"。

那豆便头顶着个"B"，穿行在一群"C"中间。"B"代表着波士顿，"C"自然就是芝加哥了。美国学生爱把所在的城市印在衣服上，这个风俗倒和比他大两茬儿的北京孩子都穿过印着"东城""宣武"的蓝底白条运动服有些相似。随着天色越来越暗，大学里的那些古旧建筑也变得越发巍峨了，建筑前的草坪却显现了难得的拥挤：这儿一团那儿一团，原来也有乌泱乌泱的人。那些人里，有些就在地上铺块儿塑料布，有些摆开长条桌子还拉着巨大的横幅，更有些开着破旧的面包车，远看倒像是卖快餐盒饭的。各式传单满街乱发，人群里还会不时爆出一句什么口号，其内容那豆自然听不懂。幸亏对于美国学生的这个风俗，阴晴也曾做过介绍，他就知道人家这不是办庙会，而是进行抗议呢。至于抗议的对象，却又是似懂非懂的了：哪儿飞机扔炸弹了、哪儿又虐待黑人了、哪儿的野生动物濒临灭绝了，似乎都与他们相关。还是用阴晴的话说，他们容不得"世界充满讽刺"。

看见"讽刺"也就快要看见阴晴了。那豆一头扎进了人堆儿的更深处。

就在不久之前，阴晴还告诉过他，盒儿的去向总算打探出了眉目。那当然不是他爷爷的盒儿，盒儿里装的也不是他爷爷，然而却是那豆飞越半个地球、跑到美国来的目的了。而也怪了，一边从那些白的黑的黄的棕的人脸里辨认着阴晴，那豆的眼前偏又跳出了另一张脸。

布满油污的脸，何大梁的脸。

也真是"充满讽刺"，那豆向来怕过谁呀？饶是给殡仪馆的客服经理蒙上一块红布那天，他都大大咧咧地朝警察把手一伸："铐紧点儿，哥们儿可是刑事犯。"可当初何大梁发来的最后一条短信，却让他浑身打哆嗦。他想：何大梁干吗要把骨灰撒到河里去？要知道，根据李固元的回忆，那骨灰并不属于田谷多，而是属于他爷爷啊。

他不仅厌了，而且认清了形势：挟天子以令诸侯，挟盒儿以令浑小子，他让人家给拿住了。

于是当那豆再给何大梁发短信时，言辞就来了个一百八十度的大转弯。

他说的是：我放屁，我放狗屁还不行吗？

何大梁没理他，他又发：哥们儿消消气，别跟我一般见识。

都是为了爷爷。见何大梁仍不理他，他就越发慌张，仿佛看到了漫天里灰烬飞扬，那是他的爷爷正在飘散。他以北京人特有的姿态"瘫"在小半间的木板床上，像攥着救命稻草似的握着手机，哆哆嗦嗦地打着字。好在心思虽乱，脑子却大体还是清楚的，他知道，自己有必要将这些天来家里发生了什么告诉何大梁。

于是那豆编辑了一条长度堪比小学生作文的短信，其语句也像小学生作文一般颠三倒四，并且错字连篇。大概意思总算说清楚了：殡仪馆出了差错，三位逝者的盒儿被搞混了——何大梁所持的田谷多的盒儿里并没装着田谷多的骨灰，而是他爷爷的；他所持的爷爷的盒儿里也没装着爷爷的骨灰,而是一个老太太的;以此类推,老太太的盒儿里才装着田谷多的骨灰。为了证明自己所言非虚,他还说了出差错那天的具体日期,还说了殡仪馆的详细地址。而综上所述,就算何大梁与田谷多之间真有什么深仇大恨,非要把人家挫骨扬灰,那也得保证冤有头债有主,对吧?只要能让盒儿里的骨灰各归其位,别说把田谷多撒河里了,撒茅坑里他也管不着——他在最后这么总结。

然后他把短信发了出去。这次触动屏幕,如同往深不见底的潭水里扔了块石头。过了约摸半支烟的工夫,何大梁回信了。

他说的仍是:你放屁。

放屁就放屁吧,对话能够延续下去,也就意味着事情还有缓儿。于是,那豆简直是欢欣鼓舞地附和道:我狗放屁,我放屁狗。

何大梁却没流露出"嘴炮"胜利的成就感,反而对这一轮宣布那豆"放屁"的原因做出了解释:田谷多是我兄弟,我和田哥可没仇。

何大梁又说:你的说法太夸张了,凭什么让我相信你?

这两条短信之间,又隔了约摸半支烟的工夫。利用这点儿时间,那豆果然点上了一支一点零的"中南海",他的心里也随之稳当了一点儿。他看出来,这个何大梁的态度虽然强硬,但多半也在犯嘀咕,就像他刚听到李固元的说法时会犯嘀咕一样。他还看出来,当务之急,就变成了说服何大梁相信他。

可正像何大梁所说的,他想不出那个"凭什么"。

因此他只能反问:哥们儿,谁会拿这事儿开玩笑啊?

没承想,这话不仅对李固元、对他爸他妈管用,对何大梁同样管用。当何大梁又发来短信，就让那豆更加看到了一丝希望。

其内容是：手机号码加微信，视频说。

那豆便忙不迭地操作了。何大梁微信名字的头俩字儿是"愚公"，后面俩字儿却不是"移山"而是"过河"——这个愚公似乎搞错了任务。再看微信的头像照片，没有人脸，倒真有条不宽不窄的河，曲折蜿蜒地从一片山峦之间穿过。景色壮阔，如果不是无人机航拍，那么大约就是爬到一座绝高的山峰上的摄影作品了。

那豆的微信名叫"鼓楼花臂"，这还是他在上职高时闯下的名号。与之相配的照片，是他那条色彩斑斓的左胳膊：乍看威风凛凛，再一细看之下，胳膊上的图案却既非青龙白虎，也非关羽张飞，而是一套卡通人物大联展，从黑猫警长葫芦娃到穿着虎皮裙的孙悟空都凑全了。之所以把胳膊纹成这般模样，说来还是阴晴的功劳呢，并且在他的微信联系人里，被置顶的也只有一个，就是阴晴。

可惜这些年来，来自阴晴的消息越来越少了。她从不更新动态，只是偶尔发来一条简单的询问，问他好不好。那豆说"还好"，阴晴说"那就好"，此后动静全无。伴随着阴晴的消失，他连刷朋友圈的兴趣都没了，又可以这么说，社交网络里的孤僻才是真正的孤僻，因此那豆认为，正是阴晴把他变成了一个孤僻的人。

现在，"鼓楼花臂"和"愚公过河"金风玉露一相逢，那豆终于在网上见到了何大梁。视频通话还是何大梁拨过来的，那豆接了，随即看到屏幕上晃动着几张铁架子床。这些铁架子床排列在一个阴暗的空间内，四处逼仄，透着潮湿，房顶都由铁板焊成。

一看就是工棚一类的集体宿舍。这当然也很符合何大梁以及田谷多的身份。

这个工棚又在什么地方？那豆却没法儿从视频里的景象进行判断了。但既然有工棚，又可以印证一个事实，那就是在他"睡板儿"以及跟踪李固元的这些天里，何大梁的确并未先回贵州安葬田谷多，而是带着人家的盒儿来到了工地上。也正如建筑公司工会那个"花脸"的说法，死人耽误不了活人的生计。

对于这个原则，那豆当然可以表示理解，但他却又不免做了个比较：何大梁对于田谷多，可不如他对于他爷爷那么仁义，那么尽心——他可是早把酒店的工作给抛到脑后去了，才没考虑到什么饭碗不饭碗的呢。

这么想着，他的心里还生出了那么点儿优越感——针对何大梁的。

铁架子床持续晃动，大有颠倒倾覆的趋势——这当然不是房子在晃而是手机在晃。当画面终于稳定，摄像头前才多了个人影：穿件灰不溜秋的工作服，浑身上下全是口袋。一手端着个饭盆，一手捏着个馒头放到嘴里嚼，嚼得脸上棱角分明的肌肉相互牵扯着扭动。脸上一道一道的像只斑马，也不知是油污还是泥水。

那张斑马脸也在直愣愣地瞪着那豆。而一打照面，俩人都不由得一震，随后就像《茶馆》里的小刘麻子碰到了小唐铁嘴，同时说道：

"哎哟，他妈的是你——"

那豆蓦然想起，手机里那人是他曾经见过的。现在不仅他认出了何大梁，何大梁也认出了他。记得给爷爷"办事儿"的当天，他曾在殡仪馆灵堂外的小路上遇到了一支由工装汉子组成的队伍，还记得伴随着亲戚里那位虹鳟鱼养殖专业户的打滚儿哭号，汉子们也交相呼应地吟哦起来。那和声低沉宽广，像喊号子一样自带节奏和曲调：

"我的'老锅锅'呀，你可睁眼看看呀——"

后来在休息大厅，当那豆与养殖专业户达成和解时，也看见了这支浩荡的队伍聚在门外，岿然不动。而无论是哭丧还是等候骨灰出炉，站在队列前方最当中的都是这个何大梁，众人簇拥着他。那豆又记得，那时的何大梁却不是一道一道的斑马脸，他的脸木然地僵着，就像一个深藏不露的硬壳儿——何大梁也没哭，这倒和那豆在灵堂上的欲哭无泪如出一辙。那豆也记得，这人的口齿有些不清楚，比如唱到"老哥哥"，在他嘴里就变成了"老锅锅"，倒像舌头比别人厚了一截。

这种口音也体现在了和那豆的视频通话中。何大梁咽下一口馒头，喉结沿着脖子上下一跳，然后说："里摘喇？"

那豆就一愣，接着反应过来，对方是问"你在哪"。于是他说："当然是北京了——您哪。"

何大梁却有几秒钟没说话，半张的嘴里含满悬念，然后才突然运动了起来："里（你）凭什么说里（你）摘（在）北京？"

又是"凭什么"，这事儿还有"凭什么"的？那豆不免有些诧异，他搞不懂这个何大梁为何如此多疑。不过证明起来倒也容易，他切换了一下微信画面,给何大梁发过去一个定位:北京市东城区东四三条。为了给对方增加直观认识,同时也是为了显示自己的诚意,他还举着手机出门溜了一圈儿,向何大梁展示了北京二环路里才有的胡同、枣树和小院儿。经过北屋时,他又特地推门,拿手机对着里面晃了一圈儿,让何大梁看了看爷爷的灵位以及桌上摆着的盒儿。相片里的爷爷两眼含笑,盒儿上裹着红布。

一边展示,那豆还一边介绍:"这是我爷爷,这是我爷爷的盒儿。但我刚才说过,这盒儿里装的不是我爷爷,正像你那盒儿里装的也不是你'锅'……"

然后他才把手机转向自己:"看见了吧?哥们儿真没骗你。"

何大梁继续通过屏幕盯着他,斑马脸上面无表情。因为那脸不动,那豆一度还以为信号中断了。而这时,那豆又发现了何大梁的另一个特点,就是这人爱走神儿。其实那豆自己也爱走神儿,但那是因为想的东西太多,或者说是脑子转得漫无边际——何大梁却正相反,他的反应好像总比别人慢了半拍。人家把话说完了,他才开始琢磨,人家都说下一个事儿了,他还停留在上一个事儿。如果何大梁的脑子是部机器,那么这部机器似乎有点儿缺油。面对这样一个谈话对象,那豆也只好耐心等待。俩人通过屏幕大眼瞪小眼。又过了会儿,何大梁的脑子似乎才终于转到了位置,大着舌头道:

"这么说,那个老李你也认识喽?"

老李当然就是李固元。那豆便点了点头,又问:"李师傅怎么跟你说的?"

何大梁问:"什么怎么说的?"

那豆真为对方的脑子着急,但也只好提示着他在短信里讲过一遍的内容:"就是关于盒儿呀,骨灰呀,还有出了差错什么的……"

何大梁便又凝神发愣,似在回忆,半晌才道:"说的和你一样。也说他们给搞混了,田'锅'的骨灰盒里装的是别人的骨灰——不过我没信他。"

看来李固元面对何大梁时的口径,又和面对建筑公司工会时有所不同。他没再虚晃一枪,自称是田谷多的"收儿",而是直接吐露了身份。这个策略也很明智:跟什么人说什么话,那对儿"青衣"和"花脸"毕竟与逝者并不直接相关,所以冒充亲戚反倒能把事情办得便利一些;可何大梁的情况就不一样了,盒儿在人家手里呢,因此最好还是明人不说暗话,省得再出岔子。不仅李固元,就连那豆也是这么做的。可问题又来了:既然有一说一,对方干吗非不信呢?难道还会有人信不过李固元?再想想那张栗子般的黑红小脸儿以及老实巴交的神态,那豆一时直替李固元感到委屈;而恰因何大梁不信李固元,又给那豆这边添了许多周折,于是他还带出了点儿责怪的口气:

"人家李师傅可是劳模,说话都是负责任的……"

"劳模有什么了不起的?谁还不是卖力气挣饭吃。"何大梁毫不客气地噎了他一句,随后道,"我不信他,因为他空口无凭。哦,他说什么就是什么?他让我把骨灰交出去,我就得把我田'锅'的骨灰盒撬开?这么干,我田'锅'能答应吗?"

"那我呢？你也不信不过我吗？"听到对方这么说，那豆悲观地插嘴道。

何大梁却顿了一顿，脸上的表情从激愤变成了疑惑："你？本来我也不信你……不过现在倒有些吃不准了。"

真承蒙了您的抬举。那豆又有些好奇："为什么？"

何大梁的神情从疑惑变成了认真："实话告诉你，刚才我要跟你视频，其实是想骂你一顿，让你死了这条心的……但谁让咱俩曾经见过呢？一想到见过你，情况好像就不一样了。说来我还得谢谢你，就在田'锅'火化那天，正好遇上你们家有人在唱歌，当时我突然想，乡下办丧都得唱，我都没给田'锅'唱上一段呢。所以就跟着唱，有样学样。而刚才我又想，既然你们家也死了人，死的还是你的亲爷爷，大概也不至于拿田'锅'的事情来扯谎了……一个北京人专门来骗贵州人，这也说不通……"

"你也是贵州人吗？"那豆又问。

何大梁说："跟田'锅'算老乡。他毕节，我黔南，中间隔着个省城。"

看来那边的人会把"哥"说成"锅"，就像保定一带人会把"叔"说成"收儿"。见何大梁的语气缓和下来，那豆又不禁感到了一丝欣慰：这也是不打不相识。再开口时，他心情也轻松了许多："哥们儿，既然你信得过我，那就好办了，咱们也就可以商量商量——刚才说过，你那盒儿里装着我爷爷的……"

但没想到，对面的何大梁却把眉毛一拧。短短几句话的工夫，他的表情从激愤变成了疑惑,从疑惑变成了认真,最后又从认真变成了高度戒备,简直像在屏幕里表演了一段变脸。他打断那豆:"你先别急,话还说不到那一步。"

那豆就一愣:"你这是什么意思——"

何大梁说:"我的意思是,咱们先得把事情捋一捋:你说骨灰装错了人名搞混了,这些还不是那个老李告诉你的?可你凭什么相信老李呢?就凭他说自己是劳模?就算他是劳模,劳模就不骗人?所以到头来,他的那些话还不是真假难辨?他有证据吗?"

证据?那豆听到这词儿,就像小时候被他爸弹了一个脑崩儿,脑子里嗡了一下,随后又陷入了一头雾水。对他而言,李固元话里那严丝合缝的逻辑就是证据,甚而李固元这个人就是证据了——何大梁还想要什么证据?

他嘟囔着说:"李师傅还把火化单拿来了,你要不要看一看……"

何大梁却说:"别说火化单了,户口本还能造假呢。"

那豆就又有些急了,他把手机放到床尾,在屏幕里露出上半身,然后无可奈何地两手一摊:"你这不是抬杠吗?那你要怎么才能相信呢?"

见那豆一急,何大梁却破天荒地对他笑了一笑,眼里居然流露出了温和的、近乎同情的目光,那目光让那豆觉得,对方就像是在看待一个孩子。与此同时,何大梁也往身后的铁架子床头一靠,露出上半身,与那豆遥相呼应地摊了摊手。

他说:"这么说吧,我觉得你们北京人也就是看起来聪明,骨子里反而挺幼稚的。这么大的事,哪能光凭人家一张嘴?并且咱们的处境不一样,在你看来,那个老李是在交代事实,但在我看来,他就有可能是伙同别人来骗我了。你也别怪我啰嗦,在这种事情上,我是吃过一些亏的,吃过亏人就谨慎了……过分谨慎也比盲目轻信要强。"

见那豆听得愈加发蒙,一时无话可说的模样,何大梁又套用了一句网上的名言:"所以对于那些事,不管你信没信,现在我可不信。"

他最后还说:"就算到法院打官司,人家不也得要证据吗?"

说完他就挂断了通话。挂断之前,那豆似乎听见屏幕那头的工棚外面有人吆喝,还听见有哨声响了起来,一阵紧似一阵。看来何大梁真是要上工了。

而这一次,那豆就没再给对方打过去,也没发短信。

那豆意识到,他遇上了一个油盐不进的主儿。他自己其实也是这么一种人,顺毛驴,只能小心翼翼地劝着哄着;只不过以前都是别人劝他哄他,现在倒轮到他来劝别人哄别人了,也不知这算不算是现世报。但有一点,那豆却不得不承认:何大梁的态度也不能说全没道理。此时别说何大梁了,就连他本人都隐隐觉得,所谓"证据"似乎是有必要的、绕不过去的。而当初怎么就忽略了这一层呢?这除了出于对李固元的亲近与信任,是否也是因为自己急于把爷爷找回来,所以就不由自主地毛躁了起来、顾头不顾尾了?

如果是这样,何大梁说他"幼稚"也真没错儿。北京孩子到底还是脱不了孩子的脾性。所以想到这点,他居然对何大梁又多了几分隐约的佩服，佩服人家想得多，佩服人家点子正。又只不过，何大梁强调的"证据"要到哪儿去找呢？难道要把李固元叫来，再在电话里当面对质一遍吗？可那也是多此一举，因为何大梁说过，他压根儿不相信李固元，哪怕李固元是劳模。或者让李固元把他的工友、同事也叫来，大家一起来个三堂会审？但这无疑更不可行——如此兴师动众势，势必会惊动殡仪馆，而他又曾经在人家那儿制造过一场惨烈的流血事件，人家能答应才怪呢。这时那豆又忽然想起，当初他和他爸上门理论时，曾经提出过看监控，可对方却说，火化车间里并未安装摄像头。唉，如果有那个高科技的玩意儿就好了，就像法制节目里演的，哪儿强奸了哪儿杀人了，警察都会调录像，顺利锁定嫌疑人，然后就是一张打了马赛克的脸漠然地忏悔：

"希望大家别学我……"

记得后来在电视上看到这种镜头，身为老司机的那豆他爸仍会叨叨："北京的哪条路上都有摄像头，怎么偏就漏了黄泉路呢？"

综上所述，人证物证，两条路都走不通。而找不着证据的后果是什么？这就又让那豆想起了何大梁发狠说过的那句话——不会真把他爷爷的骨灰给撒河里去吧？一想到这儿，那豆就不禁又魂飞魄散了。在此后的那两天里，他心里满是没处抓没处挠的烦躁，在小院儿中没头没脑地乱转，转得他爸他妈也很烦躁。

他爸说："你他妈上弦了你？"

那豆不搭理他爸，继续转。他妈却偷偷在枣树底下拽住那豆，问："最近那个老李……没给你打电话？"

"没打。"那豆说,"干吗?"

"还能干吗?"他妈又开始满脸跑瘆子,"他也不能把话一撂就颠儿了呀——你想想,既然把你爷爷的盒儿给装错了,这就算是工作事故,该赔偿总得赔偿吧。我跟你爸合计,这事儿光他承认也没用,他就是个司炉的,所以还是得找殡仪馆。但要找殡仪馆的话,却又离不开这个老李的协助——只有他能作证呀。没他作证,人家八成又不认账。可话又说回来,老李到底还是人家单位的人,端着人家的饭碗,到时候会不会替咱们这些外人出面呢……你跟他好像有交情,要不你再探探他的口风?"

说来说去,说的还是赔偿的事儿。一提赔偿,那豆就开始头疼,同时脸也耷拉下来:"您的意思是,只要能给俩钱儿,我爷爷的骨灰在哪儿也无所谓了?"

当初他也拿这话质问过客服经理,而想到一块红布的前车之鉴,他妈就发怵地瘪了瘪嘴,立刻又正色道:"这可不是我的态度。我和你爸的意思是,你爷爷该找得找,但赔偿该要也得要……咱们得两手抓。"

那豆也正色道:"两手抓也得分个轻重缓急,不能两手一边儿硬——找我爷爷和要赔偿,到底该哪个在先哪个在后?你们让我想想,但你们自己也得想想。"

他妈的瘆子便一时归位,仿佛的确在想。

那豆却平白恼了,一甩手道:"反正这就是我的态度。"

说完他踹门进屋,又闷在小半间里不出来了。其实他早已知道,他爸他妈也有难处，但这并不妨碍他感到心寒：关于爷爷的事儿，身边居然找不到可以商量的人了。此时的憋屈竟比当初更加难受——眼前明明多了一条曲径通幽的岔路，但却没人愿意跟他一起探寻下去，这还不如陷在迷雾之中不明就里呢。那豆不由得想起了阴大夫，可阴大夫自己也有一肚子的烦闷；他还想起了阴晴，可阴晴已经不是过去那个关照着他、管教着他的学习委员了，阴晴变成了微信里许久不冒泡儿的虚拟头像，阴晴远在千里万里之外。到最后，他又想起了李固元，于是从手机里找出了李固元的号码，拨了过去。

这个电话当然不是替他妈打的，比起李固元愿不愿意替他们家出面作证、索要赔偿，他更在乎何大梁所说的"证据"能否在李固元那儿找到答案。哪怕一时找不到，一起琢磨琢磨对策也好呀。然而李固元没接。不仅没接，而且直接挂断。再打过去，居然关机了。这就让那豆突然慌了，与此同时，来自何大梁的猜忌也传染了他。

他不禁想：这个李固元，是否如同他的"劳模"身份那般值得信赖呢？

他又想：李固元该不会认完错儿就后悔了、害怕了，于是干脆翻脸不认账了吧？

他还想：如果李固元不认账，那么李固元的那些话到底是真是假，不也无从验证了吗？

脑袋里仍像有个磨，转得脑浆子都快流出来了。一边转着，那豆又觉得悲从中来：这世界怎么了？它明明应该条理清晰，可一细看，却又完全没头绪。爷爷要是还在就好了，爷爷是随时乐于跟他聊聊的——他很想问问爷爷怎么就能"活开了"。可现在都晚了，正是因为爷爷的离去，才将那豆抛向了漫无边际的迷惘。这似乎是个死循环，让那豆突然想哭，这时哭的就不只是爷爷，也包括他自己了。又和当初一样，他想哭却没有眼泪，于是哭声冲到嗓子眼儿就变成了号——那是无助的吼叫，像只陷入绝境的畜生，比如曾经将他扑倒在地又曾经被他卡住脖子的黑背狼狗。

号声瘆人，却没激起一点儿动静。小院儿上空是一方湛蓝的、没有云彩的天。而也许是因为号得过分投入，此刻那豆并未察觉：事情走到这里，正在发生转机。就像大幕拉开，虽然只露着窄窄的一条缝儿，但却将他引向了广阔未知的舞台。

那转机仍是来自李固元。没过多久，原本联系不上的李固元又露面了。

他给那豆带来了一个消息，还给那豆送来了一样东西。

13

李固元来时，又是一个上午，阳光正好。但不是周末，所以那豆他爸开着"伊兰特"出车了，他妈也去了大方家胡同西口的清真肉店。只有那豆一人闷在半间小房里，忽听挂在门外的两笼鸟儿上下扑腾，又听见八哥响亮地与人问好。

问的还是："吃了吗您哪？"

屋外枣树的树荫里，那人便答："劳您费心，一早儿吃了。"

八哥又问："吃的糖油饼？吃的炒疙瘩？"

那人说："吃的合菜卷饼子，摊了俩鸡蛋。"

八哥大约感到困惑：上次不还枣儿粥就锅贴吗？怎么还带变花样儿的呢。而面对熟人，它也学精了，于是笼统地总结道："可劲儿造——管够。"

那豆的脑中却豁然一亮，心也扑通扑通直跳。他从床上轱辘起来，推门出去，叫人时声带打战："李师傅，您可来了——"

他把李固元往北屋里迎时，脚上的"白片儿"差点儿都被跐拉掉了。趁着搀扶李固元上台阶，他还紧攥了一把李固元的胳膊，像给自己找了个依靠。

这次李固元是一人来的，女儿和外孙女没在门外哨着。他的神色却比此前更加慎重，甚而说是怀着几分莫须有的警惕也不为过。进屋之前，他先四下打量一番，又拿手往怀里摸了摸，这才压低了声音对那豆道：

"有事儿跟你合计。"

大老远的从燕郊跑一趟，出河北进北京，没事儿就怪了。那豆的心里便又"唧里格唧"地打起了板儿："我前两天还给您打电话呢，可您没接。我还以为……"

李固元却扭头，转向了爷爷的灵位。再忙也不能乱了礼数，在这一点上，李固元和爷爷倒真是一类人。照片上的爷爷也对李固元弯着眼睛，仿佛含笑不语。于是又端端正正地上香，又鞠了仨躬，李固元对爷爷说：

"'收儿'啊，您别着急，您的事儿我必会尽心。"

"我爷爷不急。"那豆不由得替爷爷客气。

但他心里又补充：可要说我也不急，那就是违心话了。

李固元自然听出了那豆的言外之意，黑红小脸儿涨了一涨。随后，他肃穆地坐到了桌旁，挺着腰板，那豆坐到他对面。四下无声，满院空寂，门也关了，俩人中间摆着一盒儿。清了清嗓子，李固元才道："美国那家还没联系上。"

"美国那家"指的是老太太沈桦的亲属。火化那天，老太太原本要进2号炉，那豆的爷爷原本要进1号炉，但临时换了顺序，李固元又一"晕"，结果老太太的骨灰就被装进了爷爷的盒儿。也就是说，当初那豆在爷爷盒儿里发现的那块金属碎片，其实是随着老太太带进去的。只不过，活人身上为什么会多出一块金属呢？而且经阴大夫鉴定，该金属还不是钢钉、钢板等医疗器械——那它又是什么？这就是至今都没搞明白的了。

然而此时，那豆的心思却不在这儿。既然他们家这个盒儿里的骨灰不是爷爷的，他就认为自己管不着别人的事儿了。他还觉得李固元的话有点儿多此一举：上次就说没联系上，这次又说没联系上，事情没有进展，何必专门再说？

因此他茫然地眨了眨眼，敷衍道："美国那么老远，当然是不大好找了。"

"对。他们给殡仪馆留的是中国电话，我打过，结果早就停机了。"

李固元反而不紧不慢地说了下去,"后来我又问起那家人的其他信息,同事本来不想告诉我,说这是'泄露隐私',但架不住我死磨硬泡,只好说了。原来我那'姨儿',也就是老太太沈桦,去世前住在三里河附近的一家医院,遗体是从干部病房直接拉走的。走时还有不少人送行,说要看一眼老领导。同事还说,这种身份的逝者一般都要送'八宝山',但这老太太的亲属却执意要求送我们那儿,单位也不得不答应。我就又去了医院,找到照顾过老太太的护士,当然也不能说自己是司炉工,而是又冒充了一回人家的亲戚。这招儿挺灵,反正人死了也没法对证,护士就跟我说了一些情况。她说老太太生前一人住,有个儿子却不怎么露面,只有孙子常来看她。护士还说,曾经听那孙子说过,要去美国留学,不过满脸的不愿意,大概是舍不得奶奶。我又问,那孙子去美国要上哪所大学?护士说是芝加哥大学。之所以记得清楚,是因为护士还听他说起,那儿的经济学有名,出过好几个诺贝尔……"

听李固元一气儿说着,那豆又感到了一丝疲乏。他试图把话题转向自己关心的那个方面:"李师傅,这两天我也没闲着,我……"

李固元却摆了摆手:"先说完一个事儿,再说下一个事儿。"

他还说:"事情都有关联,全拴在一块儿呢。"

那豆只好继续听。李固元便又对"美国那家"的相关线索进行了总结:虽说找不着人,但也摸到了大致去向;虽说摸到了大致去向,但再找下去的困难可想而知。美国大了,芝加哥也不小,"出过好几个诺贝尔"的芝加哥大学对于他们而言,则更是天方夜谭。说到底,

"那孙子"就是一个遥远的陌生环境里的陌生人。

梳理到这儿,李固元咂了咂嘴:

"可除了这个黄耶鲁,他们家的别人就更是神龙见首不见尾了,也不知那些大人物是不是都这个做派。据说把老太太送来之前,她儿子还通过什么人跟殡仪馆的老板打过招呼,这面子当然是很大的了,然而又听具体经办的工作人员说,连那个中间人都没透露过逝者亲属的身份,只交代对于人家的需求要一律满足……本来老板盼咐下来,殡仪馆得给老太太安排最大的灵堂和最豪华的水晶棺,还专门腾出了一台进口新炉在那儿候着,可没想到人家只提了一个条件——那就是快,能多快就多快——也正是这个原因,老太太才被临时分配到了我这儿……因为内部结构不同,旧炉反而省时间嘛。"

哦,那豆便又知道了"那孙子"名叫黄耶鲁。他也知道了生前干部病房、死后水晶棺材的老太太为何会混同一般群众,跟他爷爷这个酱油厂的搬缸工人前后脚儿地屈尊于国产旧炉。而他总算没再插嘴,耐心地等待李固元把"这条线索"交代完毕。李固元随即又进行了一番分析,这就涉及装在老太太沈桦盒儿里的贵州人田谷多的去向了:如果"美国那家人"取了骨灰便就地举行了安葬仪式,那么还好,骨灰八成还在北京,或者顶多被埋在了河北;可如果人家把骨灰装进行李再带上飞机了呢?那么田谷多不也就被运送到了美国吗?后一种情况也是有可能的,李固元说,这年头有很多移了民的家庭都这么干,他们为了一家团聚,宁可让死去的先人背井离乡。还有人专门咨询殡仪馆,问盒儿上能不能刻着中英文双语姓名呢——

而且还得按照外国的规矩，姓在后名在前。

再想想田谷多，这人也真够冤的，本来就客死异国，等好不容易运了回来，却又面临着换个方向继续漂泊的危险。改姓更名，南辕北辙。就连那豆都替他累得慌：

"这不大调角嘛——幸亏不用倒时差了。"

李固元又咂嘴："归根结底都赖我。我要是没晕就好了，我要是没……"

对于李固元从头儿自责一遍的冲动，那豆委婉地进行了制止："李师傅，容我劝您一句，那姓田的骨灰现在到底在哪儿，中国还是美国——不还没有定论呢吗？而且一个盒儿说完了，咱们也该说到另一个了吧？"

另一个盒儿却仍和贵州人田谷多有关。爷爷的骨灰在田谷多的盒儿里装着，又被田谷多的工友何大梁拿走了，因此"那条线索"才是那豆牵肠挂肚的。

他想抱怨一下，李固元所言不虚，何大梁真是轴得可以。

他还想问问李固元，当一个劳模失去了信任，又会作何感想。

然而他看到李固元吁了口气，却不言语，接着就从怀里摸出了一样东西，轻轻往桌上一放。那豆目光往下扫，便看见了桌上的东西：那是再寻常不过的一个优盘。但这寻常的电子产品从李固元的手里拿出来，就显得有点儿不寻常了。要知道，李固元连手机都用的是那种按键式的"老人机"，在殡仪馆里也没来得及接触电脑。

那豆就问："李师傅，您这东西是……"

李固元肩膀一颤，黑红小脸儿渐渐褪色，变得煞白。那豆还以为他又犯了"美尼尔"，又要晕呢，却听李固元叹道：

"你把这个交给何大梁，他信也得信，不信也得信。"

他还说："不只何大梁，就算将来上法院也用得着。"

优盘里的内容，那豆直到晚上才全看完了。而李固元当时就告诉他，那里面装的是殡仪馆火化车间的监控录像。但听了这般说法，那豆立刻质疑：

"李师傅，您可别逗我……不是说殡仪馆里没有摄像头吗？"

李固元一挑眉毛："谁逗你了？谁又说没有？"

那豆说："就那个秃顶，'客服经理'……我当时听得清清楚楚，他说怕录像流出去会刺激亲属的情绪，还说会引起恐慌心理……"

"一个录像都能引起恐慌，那我们干脆别上街了，走哪儿都得让人当成瘟神。"李固元嗤笑一声，又直视那豆，"小伙子，他们这是在搪塞你们呢。干活儿就是干活儿，又不是拍恐怖电影，在我看来，他们的说法本身就对这行当不尊重。"

然后李固元还介绍说，最早要装摄像头的时候，领导也不乐意，总疑心会犯了什么忌讳——但没办法，上面推行"数字工程"，许多公家的殡仪馆都在陆续安装，私人承包的也得跟上，于是除了钟馗捉鬼，火化车间的头上三尺果然有了神明。当然，考虑到工作的特殊性质，装摄像头这事儿并未对外声张，安装的位置也很隐蔽，此外录像资料全都交由技术部门保管，一般人等不能随意调看。这也是为了避免不必要的麻烦。

而当李固元与何大梁联系上了之后,自然就想到了监控录像。何大梁和那豆不一样,疑心太重,处处提防,还没等他把话说完就让他"省省吧,别编了",这副既轴又刻薄的嘴脸,不免令李固元感到了侮辱:没错儿,他是冒充过田谷多的亲戚,可他骗谁也没骗过何大梁呀。那好,你不信我,我还非得让你信。李固元心里憋着口气,做了一番谋划。于是去那豆家认完门儿的第二天,他又折回了殡仪馆。

但他没进火化车间,而是直奔技术室。技术室也在殡仪馆院内的把角位置,和客服部的办公室挨着。单位上下人人都认识劳模,技术室的同事正在接电话,见了李固元似乎一慌,捂着听筒问他什么事。

李固元就说了来意,还说了他想调取的录像日期。

同事又一慌:"李师傅,这个真没有。"

李固元纳闷儿:"怎么会没有呢?"

同事说:"摄像头坏了,电路老化……"

这话李固元自然不信。而他还想起了来时路上的一个插曲:刚进办公区时,正好碰上那位客服经理。此时客服经理头上的纱布已经摘了,秃顶上也没留疤,却被捂出了一块地图状的红斑,模样颇像前苏联领导人戈尔巴乔夫。本来岗位不同,兼之蓝领白领有别,其他部门的头头脑脑也没必要和司炉工套近乎,但这人却主动拉住李固元,柔声细语地说起了闲话——诸如听说李固元进了医院,大伙儿都很挂心,还诸如他认识一个老中医,专能偏方治晕眩,回头可以介绍给李固元,等等。

如此热络，反倒让李固元不自在。李固元当然也知道，对方这是在探他的口风呢，探他对于前不久的那起"差错"是何态度。自从在燕郊见过那豆以后，李固元便开始了事故自查，并且询问过火化车间的工友，而这个情况大约也传进了客服经理的耳朵。想到这一层，双方的关系就显得有点儿微妙了。

"那老中医的药就两贴，保您能上单杠去做大回旋……"客服经理说。

李固元无心跟对方打哈哈："大回旋干吗？我是司炉工，又不考飞行员。"

客服经理却愈发地打哈哈："瞧您说的，您这人还真逗……"

"我不逗，我觉得你倒挺逗的。"李固元索性把脸一沉，"有什么直说吧。"

客服经理却不以为意。对于李固元把话挑明了的企图，他的反应居然还有两分释然："先前有人上门闹事儿，听说您还到处打听来着？"

李固元还替那豆一家辩解："人家是不是闹事儿，这咱们不好乱说。"

"怎么不是闹事儿？警察都给定性了。"客服经理说着又一低头，把脑袋上的"地图"凑到李固元面前，"您再瞧我这伤，都是那浑小子……"

那块"地图"居然很像北美洲，美国上面是加拿大，还朝白令海峡探出了一个尖儿。在那个瞬间，李固元放眼世界。随后，他才把心思收回来，提出了此前就有的那个疑问："可既然事情跟我有关，问题也发生在我的岗位上，怎么从来没人跟我说过？"

"您不是动不动就晕吗，我们也是心疼您……"客服经理的话说得越发流畅了，"再说事情都已经解决了，虽然代价有些惨重，但那家人既然签了保证书，也就不会再胡搅蛮缠了。本来就是嘛，于理于法……"

李固元打断他："你们的意思是，这事儿就算完了？"

客服经理又一拍胸脯子："您放心，再没人敢来闹了。"

李固元却说："活人是不闹了，可咱们对得起死人吗？"

他说时眉毛一挑。而客服经理不免也是一慌，然后却变得前所未有地诚恳起来。他对李固元说："李师傅，您在工作上是个较真儿的人，这个大伙儿都佩服……不过您有您的工作，我们也有我们的。您的工作是伺候死人，我们的工作是伺候活人——还是那句话，活人可比死人难伺候多了。外面打上门来的，好不容易应付过去了，您要再从里面找麻烦，那我们的工作可真没法儿干了。"

见李固元一时不语，他又说："说句实话，对于这事儿，现在最让我们作难的反而不是那一家子人，而是您。正因为您的脾气和做派，所以我在这儿才想劝您一句——您可是劳模，上过报纸，那点儿名声来得不易，您也不想把给它毁了吧？"

他最后还说："我这不仅是替公司考虑，也是替您考虑……李师傅。"

这话说得软里带硬，绵里藏针，果然就让李固元住了口。李固元岔着两脚站在当地，半扬着脸，影子被阳光浓缩成了一个圆。而这正是客服经理想要的效果,对方便又诚恳地对李固元笑了一笑,拍了拍李固元的肩,扭身走了。从脑后望去,他头上的地图闪闪发光,缓缓飘远,越看越像那块位于地球另一端的黄金大陆。

但对那豆说起那一幕时,李固元的神色却又显得那么轻松,唯有仔细留意,才能从轻松里察觉出一点儿凄凉:"所以我才知道,他们不仅防着你,同时也在防着我。他们表面上把我当劳模,其实是把我当内奸了。"

弄得那豆也很抱歉:"李师傅,我连累您了。"

李固元却道:"这事儿不赖你,都是我自找的。而且他们想错了——恰恰因为提醒了我是个劳模,所以还真不能这么算了。"

这么说来,李固元当时也不是被客服经理噎得哑口无言,而是懒得跟对方纠缠下去了。等对方摇曳着走远,他便径直去了技术室。而技术室同事的那番托词,也在意料之中:正因为逝者家属问起过监控录像,所以才要严防资料外泄,尤其不能泄露给李固元。他又想起,同事刚才不还接了个电话吗?没准儿正是客服经理在叮嘱这事儿。但对方声称"摄像头坏了",这反倒让李固元定下了心——毕竟说的不是"都删了",这就说明录像很可能还在它该存的地方存着,并没来得及被销毁。

所以李固元不慌不忙,又去找了一人。

这人是火化车间的年轻工友,当初帮李固元收殓骨灰那位。找他也不是为了再对那起差错本身进行什么调查,而是知道年轻人都懂电脑,想让他帮忙去一趟技术科,把监控录像弄出来。求人去办那种事儿，自然又要好一番磨。

工友先开始不答应，还警告李固元："李师傅，这不就是让我去偷情报吗……电影里的美国间谍才这么干。"

李固元跟工友说话就随意多了，还逗他："挺刺激的吧？"

工友愈发踟蹰："这也太刺激了。"

李固元道："都快两年了，我还以为你的胆儿已经练出来了呢。"

这说的又是工友刚上班时的事儿。年轻人缺历练，要干司炉都得先过胆量关，而这位工友的联想能力又格外丰富，每到操作的时候，都会怀疑逝者在炉子里坐起来了或者开口说话了——有时说的是"天儿真热"，有时说的是"给口水喝"。那幻觉如此真实，导致他突然叫了一声"太刺激了"，接着就会一屁股坐在地上瘫软不起；而他留下的活儿，一律都由李固元代为完成。那时当着工友的面，李固元便将烧出来的骨灰仔细装殓，该归堆儿的归堆儿，该碾碎的碾碎，最后还会再看一眼盒儿上的照片，肃穆地鞠上一躬，口中念叨着"姨儿""兄弟"或"收儿"之类的称谓，道一声"您走好"。

念完这些，他还对兀自哆嗦着的工友投来一瞥，目光温厚。也真难为了李固元的苦心，工友半夜被派去停尸房值班都没练出胆儿来，后来却突然想通了。工友还说，经由李师傅那一番念叨，幻觉里的尸体也不喊热了，也不要水了。再后来，他主动请缨去替李固元装殓那三台国产旧炉里的骨灰，其实也有汇报表演的意思。

而这时听李固元拿胆量的事儿激他，工友沉吟半晌，终于说："这俩事儿用的不是一个胆儿，不过谁让您是我师父呢。"

于是俩人行动。每天临近中午，全体职工都会到食堂吃饭，技术室也不例外。再怎么胆大包天的贼，想来也不敢到殡仪馆偷东西，所以办公区的门锁普遍也很简陋，防君子不防小人。躲在暗处的年轻工友便拿根铁丝捅开锁眼，进入技术室去开电脑，下载录像视频；李固元则在附近替他把风。唯一的意外是干到一半儿，李固元的电话突然响了，吓得他满头是汗，再一看是那豆打来的，情急之下只好挂了。再挂再打，再打再挂。反复两次，最后干脆关了机。这时技术室里的工友也溜墙根儿出来了。

他递给李固元一个优盘，又看见李固元满头大汗，工友就说："您怎么比我还'刺激'？"

而此时，在北屋里，在小院儿的枣树树荫之中，李固元端坐如钟，俨然一尊黑红脸儿的小佛爷。他拿眼瞥了瞥桌上的优盘，嘿嘿一乐："瞧我这劳模当的，做了贼了。"

那豆简直不知说什么好了："李师傅，我知道，您这都是为了我……"

李固元却道："也不全是为了你，说到底还是为了我。我'收儿'你爷爷不也说过么，他搬缸时也捅过娄子，不过缸漏了能补上就行。我干了一辈子司炉，送走了多少位逝者也数不过来，从没出过差错……偏偏是最后一趟活儿上出了这种事儿，我自己心里过不去这个坎儿。只希望能找补回来吧。"

听他这么说，那豆又一愣："您不还上班呢么，怎么就成了最后一趟活儿？"

李固元说："已经辞了，拿着录像就先去了人事处。岁数大了，再加上环保标准越来越严，我那几口旧炉迟早得淘汰，想了又想，还是早放手的好。反正孩子们都知道上进，还房贷也不指望着我那点儿工资，还不如在家带带外孙女。送你爷爷那天我犯了'美尼尔'，出院以后单位没急活儿，就没让我再开炉，到后来又在家门口'晕'了一回，直到现在……所以那天的仨人成了我的最后一拨儿，你爷爷成了我的最后一个。"

说时他看看灵位上的照片，又道："我跟我'收儿'有缘分。"

李固元起身要走。那豆也不留他，只是又把他送到了胡同口。俩人一高一矮，却在柏油路面上留下了差不多长的影子。他们一路上还说了不少话，倒让那豆想起当年爷爷领着他，眼里含笑，嘴里不停。这联想不免让他又痴了一痴。等看李固元上了公共汽车，撩着一根扶手好像要跳钢管舞，那豆晃了晃神，这才想起挥手对他喊：

"李师傅，留神您的'美尼尔'。"

到了这天晚上，那豆便闷在小半间里，像只大鹅似的弯着脖子，正对着他那台二手电脑的屏幕。自从有了智能手机，电脑许久不开，这时震颤着嗡嗡直叫。在这夜阑人静的时刻，屏幕里播放着殡仪馆火化车间的实况录像。他凝神屏气，眼珠子几乎鼓了出来，直瞪着画面；他的心里充满了踏实、澄明，甚而还涌起了一丝暖意。

在录像里，那豆看见了李固元是怎么干的活儿。

视频文件名称标注了给爷爷"办事儿"当天的日期，机位则正对着李固元的工作区域。几个小时的"长镜头"，他一帧不落地全看完了：其中大部分时候都只有静悄悄的三口旧炉，炉旁是块空地，空地上摆着一张条案，条案上立着个钟馗捉鬼，但钟馗手里的宝剑就看不清楚了；而不知何时，画面一变，就有了人的踪迹，影影绰绰，既有活着的，也有死了的。他看到一口棺材被推了进来，那想必是他爷爷，随后又跟进来两口，自然就是老太太和壮实汉子了。他也看到李固元推着小车，将棺材们在炉前排队，又将什么东西放到了条案上。因为摄像头的像素有限，那些东西模糊不清，但大约就是仨盒儿了。它们分别属于老太太沈桦、爷爷那年枝和贵州人田谷多。他又看到原本摆好的棺材是如何被换了位置、写好的火化登记单是如何被扯下来扔进了纸篓，以及李固元是如何在逝者入炉之前静立半晌，独自默哀。录像没有声音，也看不清李固元的嘴在动，但那豆仿佛听见李固元说：

"姨儿，您走好。兄弟，您走好。'收儿'，您走好。"

当逝者入炉，操作一阵，李固元果然就晕了，形同醉酒，踉跄两步，手里那根说铲子不像铲子、说耙子不像耙子的器具横着一抡，便将条案上的一些东西扫了下来，唯独没有波及那尊威风凛凛的钟馗。盒儿们撞击弹跳，果然也把条案下方的纸篓给碰倒了，于是那三张废弃了的火化单又轻飘飘地滑了出来。然后就见李固元在地上挺着，没过一会儿，便又有人蜂拥而至，七手八脚地将他抬走了。又过了许久的工夫，才有一个年轻的身影赶回来，先捡起那三张散落在纸篓旁的火化单看了看，一边看着，一边又将仨盒儿依次摆上了条案。做完这套工序，这位年轻的司炉工才走向了三口国产旧炉。

前后过程，正与李固元曾经说过的一模一样。

等播放器上的时间轴走到尽头，已经是夜里两点多钟了。刚才不知不觉，这时那豆才发现，自己早已满脸是泪——他的眼泪总在该来的时候不来，在不该来的时候瞎来。随着眼角湿了又干，他再一次看见了爷爷。

不仅是他爷爷，还有老太太沈桦和贵州人田谷多。

然后那豆打开另一个软件，将那段视频拷进了手机。他起身推门，透过枣树的树荫看了看夜色。正是农历月的中旬，天上一轮圆满，那月亮极近极大。月亮照着他，大概也在另一个时空里照着爷爷，因此那豆眯了眯眼睛，竟像对着月亮笑了一笑。

他划拉着微信界面，找到何大梁的网网名"愚公过河"，把视频发了过去。

14

后来那豆对阴晴说："我纯是为了我爷爷来的——碰巧你也在。"

但他也对李固元说过："美国？美国咱们也有熟人——我正好想去见个朋友。"

而想来又有些不可思议，去美国的事儿，竟然还和一个欧洲国家存在着关系。关于那个国家，那豆乍听之下相当陌生，但又觉得还有几分熟悉。后来才想起，爷爷曾经对他讲起过那里。正如李固元所说的,"全拴在一块儿了"。

不出他所料,那段偷来的监控录像就像一剂猛药,对何大梁发挥了效用。那天那豆熬到夜深,因而一觉睡得极沉,第二天日头高了,才被八哥和黄雀儿的扑腾声吵醒了过来。他揉着眼,从床脚的褥子底下把手机掏出来。屏幕上竟有十来个未接电话,全是来自何大梁的。这个何大梁找起他来,可比当初他找何大梁时还要锲而不舍。

偏在这时,那豆却不着急了。他不紧不慢地刷牙洗脸,到公共厕所蹲坑儿,然后回东屋去吃他爸他妈留在桌上的糖油饼。人吃完了鸟儿还得吃,鸟儿吃完了爷爷还得供奉着——昨天就见灵位前的俩苹果都蔫儿了,此外也要再去买几块稻香村的"自来红"。

等那豆从街上拎着一兜子东西回来,已近晌午。他这才划开手机,给何大梁发了条信息:

有事儿微信说,视频也可以。

他说完点了支一点零的"中南海",但还没抽两口,何大梁的通话就追过来了。在手机屏幕上,那豆又看见了那张一道一道的斑马脸。与上次不同,此时这张脸上的神情就不是一派冷漠与猜忌了,而是在焦急之中透着慌乱。

何大梁质问那豆,用的是那豆问过他的话:"干吗不接电话?"

那豆反问他:"知道昨儿都几点了吗?我也得睡觉呀。"

何大梁就一瘪,然后又问:"那录像是真的?"

那豆反问:"不是真的,那还是演的?"

何大梁就彻底瘪了,这让那豆感到了快意:你不是口口声声想要"证据"吗？现在好了，看你还有什么可说的。果不其然，只见何大梁的眉毛拧成一团，脑门儿冒出了汗迹。而这一切都说明何大梁的脑子在转；因比别人转得慢，所以足有好半天不言语，又因转得极其投入，所以当何大梁终于理清思路，嘴上也不知不觉地嘟囔起来。

他说："田'锅'的棺材我见过，就是录像里那一口。送去火化时我也从外面看了一眼，炉子正是那三口炉子。也就是说，跟田'锅'一起火化的还有两个人，他们原先被排了一个顺序，中间又换了个顺序，但纸篓里的单据上记录的却是原先的顺序……所以当一个司炉工倒了，另一个司炉工顶替他来装骨灰，顺序就被搞错了？"

那豆说："这些我们不都跟你说过了吗，但你一直不信。"

何大梁又说："倒了的司炉工就是老李……那个劳模？"

那豆"哼"了一声："李师傅可没骗过你。"

而这时，他又看见何大梁那张斑马脸上的肌肉扭曲，扯动，重新组合，转瞬之间构成了一幅悲戚的表情。他不禁感叹：敢情轴人都是直肠子，脸上藏不住事儿。伴随着神色的变化，何大梁甚至还扯着嗓子吟哦起来。

其声调与当初在殡仪馆里完全一致，如同唱歌："我的'老锅锅'呀——"

他虽然在唱，却无眼泪，而这一唱，倒把那豆给唱愣了。那豆还发现，何大梁有可能陷入了与他送别爷爷时相同的困境：很想哭，但死活哭不出来。难道何大梁也感到愧对了他的田"锅"吗？这个通感竟让那豆不好意思对何大梁冷嘲热讽了，他反而觉得何大梁有点儿可怜。他还想和何大梁分享经验：眼泪这东西和牙膏不一样，挤不出来别硬逼。

于是那豆对着手机里的这个同龄人叹了口气，再说话时，语气却像在哄孩子了："你也别'嗷嗷'了，反正事儿已经这样了。我爷爷还说过，哭要是能让日子变得好过点儿，那大伙儿也别干别的了，集体坐街上哭去就行了……"

他还记得爷爷说那话时，阴晴正站在自己身边。爷爷的话其实是对阴晴说的——他倒还好，只是憋红了脸，凭空攥着俩拳头，像只公鸡乍翅子，而阴晴虽然默不作声，但眼泪已经淌满了两腮，又顺着她尖尖的下巴颏儿滴落到地上。阴晴就是这样，即使在哭，都是一脸的沉静，就像一尊汉白玉的石像着了露水。从小到大，那似乎也是那豆唯一一次看见阴晴的眼泪。他也明白，只有在他面前，阴晴才能痛痛快快地哭上一鼻子。

阴晴正哭时就遇上了爷爷。听了爷爷的话，阴晴也没言语，"嗯"了一声就出了小院儿。她又去学校，开始了雷打不动的晚自习。其实那些道理不须爷爷说，阴晴也明白。

但那豆却觉得，阴晴仍有哭一鼻子的权利和必要。于是他怨爷爷："您瞎掺和什么呀！"

爷爷反而数落那豆："笨死你，也不知道给人擦擦。"

而此时，在他的劝慰下，手机里的何大梁总算停止了哭的努力，迸出一句囫囵话来："可现在怎么办？我得把我田'锅'找回来呀。"

那豆就说："找你不就为这事儿吗？你要找你'锅'，我还要找我爷爷呢。我爷爷的骨灰在哪儿？在你手里。你'锅'的骨灰在哪儿？在另一家人手里。另一家人那个老太太的骨灰在哪儿？在我们家人手里。乱归乱，好歹头绪理清了，这就是一个好的开始；你刚开始不相信我，现在又信了，这也是一个可喜的进步——只要再找到那个老太太的亲属……哦对了她叫沈桦……大家把盒儿里的东西一换，问题就算解决了。当然现在还有个困难，就是老太太沈桦的家人不大好找……不过咱俩不是接上头了吗？我的意思是，你先过来跟我会合，好歹让我爷爷归了位，此后怎么办，咱们慢慢儿再商量……虽然还不知道你那工地在哪儿，不过这也不妨事，现在都有高铁，哪怕从你们贵州回来，也就是半天工夫……"

因嫌何大梁脑子慢，他就把情况又分析了一遍。嘴上说着，他自己的脑袋里似乎也充满了希望。这让那豆对着镜头把手一摊，胸有成竹的样子。

然而何大梁却愈发惶惑，也把手一摊：

"但我想说的是……我恰恰不能回去找你。北京我去不了呀。"

这又轮到那豆一瘪。他忽然想到，建筑公司工会的人曾经说过，贵州人田谷多出事儿的地方是在埃及，而他的工友们回北京举行完告别仪式，立刻就马不停蹄地继续开拔了——至于开拔又去了哪儿，却也说不知道。而此时听何大梁的口风，那个工地的交通状况似乎是很不方便的。甚至还可以推测，假如他们这支队伍是专做海外工程的，就连去了国外也不是没可能。假如那样的话，何大梁又是随

身带着盒儿走的,这不就相当于爷爷也一道儿出了国吗?想到这里,脱口而出:

"我爷爷多少年都没出过北京,你到底把他给弄到哪儿去了?埃及吗?"

"不是埃及。"何大梁又进出一个地名,"阿尔巴尼亚。"

"怎么听着那么耳熟……"那豆顺嘴一突噜,接着问,"那地方又在哪儿?"

何大梁倒也实诚,像地理课上的答题一样背诵起来:"阿尔巴尼亚位于欧洲东南部,巴尔干半岛西南部,东临马其顿,西隔亚得里亚海与意大利相望……"

那豆又说:"真的假的?你有证据吗?"

听他这么问,何大梁便一发鼓着脸站起来,举着手机走出了工棚。

随着何大梁镜头的晃动,那豆看见了高山与河流。刚开始,他还以为这就是"愚公过河"微信头像上的景色,但再一细看,才发现并不相同。这里的山并没有照片里的险峻,连着一望无际的原野,河水却更加丰沛,波浪之声不绝于耳。工棚位于半山腰,下面不远处,则是一座巨大的钢铁骨架,由若干从河水中突兀而起的水泥墩子支撑着,直绵延到河对岸去。就算是那豆也能看出,那是一座建了一半的桥梁,而他还听新闻里说过,桥梁最后成形的工序叫作"合龙"。这桥果然就像一条龙。以桥为参照,它周围的人与机械简直是微不足道的了,连大卡车都变成了缓缓爬动的甲壳虫。

山与河并不稀奇,穿山过河的桥梁却成了人间奇景。那豆不由得倒吸了口凉气，满腔的疑问也被噎住了。何大梁则一边移步换景，一边介绍道：

"这是主体工程，这是运输队，这是跟我们合作的本地公司……"

画面上果然出现了几个高鼻梁大胡子的外国人，都穿着与何大梁一样的工作服。而何大梁又把镜头转向工棚顶端，让那豆看见了中国国旗和一面他从未见过的旗帜，大约就是人家国家的象征了。从两面国旗背后，那豆还看见了一轮刚刚升起的旭日，天色晨曦初现。此时北京已经是中午了，可见何大梁与那豆所在的地方隔着五六个小时的时差，也可见上次视频时，那豆以为何大梁在吃午饭，其实人家是在吃早饭。还怪不得，昨天夜里那豆困得一头栽倒，何大梁却还精神十足，没完没了地给他打电话呢。

何大梁接着就问："现在信了吧？我可没骗你。"

那豆自然是信了，他也只得信了。但面对何大梁那近乎木讷的诚恳，他却感到眉心处有一束火苗燃起，吱吱作响地炙烤着他的脑仁儿。他原先还替贵州人田谷多累得慌呢，觉得田谷多化成了灰却有可能被带到了美国，可现在倒好，类似的情况反而落到了他爷爷的头上。美国和阿尔巴尼亚，在世界地图上，这俩地方相对于北京一东一西，但同样是千里迢迢，又同样是阴差阳错。而归根结底还是得怪何大梁：既然田谷多把后事托付给了他，他干吗不能办妥了再走，干吗非要带着人家的骨灰天南海北地瞎转悠？不就是干活儿吗，不就是挣钱吗，难道干活儿挣钱比一个人的入土为安还重要吗？

这么想着，他责问道："到哪儿都背着个盒儿，你是不是撑的呀？"

他又说:"哪怕要出国,你也可以先把骨灰存放在殡仪馆,等去贵州之前再取嘛。"

他还说:"就算你想让你田'锅'到外国的河里去游泳,我爷爷可不想去阿尔巴……"

话说一半,却又僵住了。他不得不再次对一个"变成了事实的可能性"震惊不已,此外还得耗费时间和精力,慢慢儿地去咂摸、去消化。而他那暂时的静止却让何大梁"喂喂"两声,然后举着手机摇起来。镜头里的山河、桥梁便也随之大幅度地晃动,此外还有许多外国人的脸在那豆面前转圈儿。

"看得见吗——你?"天旋地转中,何大梁问他。

那豆忙着制止对方:"哎哟,我晕,我都快犯了'美尼尔'了……"

何大梁这才把镜头转向自己,抱歉地一笑:"这边信号不好,我还以为……"

但当俩人重新大眼瞪小眼,手机里却又发生了一个状况:画面略一抽搐,从此静止不动,不仅何大梁,就连他背后的山川河流以及外国人脸也统统定格。

信号果真断了。何大梁还真是一张乌鸦嘴,说什么就来什么。

不过对于那豆而言,相比于他爷爷去了阿尔巴尼亚,这点儿小小不言的意外就算不得什么了。何大梁那边许久没动静,那豆再拨过去,却也拨不通。好在他知道何大梁不是故意失联,那豆也并不像此前那样焦急。他故作镇定地坐在桌旁,顺道瞥了一眼桌上那个裹着红布的盒儿,又站起身来,给爷爷的照片掸了掸灰,将潘家园淘来的"汉朝香炉"清空,还在灵位前摆上了新买的点心。

他一边儿码着"自来红",一边儿就在心里对爷爷说起了话。

仿佛是为了安慰爷爷,他的那些话也说得故作镇定:爷爷,我说您也不给我托个梦,敢情您在阿尔巴尼亚呢,信号够不着。您活着时没出过北京,"薨"了以后却东临马其顿,西临亚得里亚海……不过您放心,甭管您到了哪儿,我也得把您接回来。

这么说时,照片里的爷爷也看着那豆,两眼弯着,似在含笑。

而因爷爷笑得颇为镇定,那豆才意识到了一个事实——为什么他会隐隐约约地对"阿尔巴尼亚"感到熟悉?那是因为爷爷对他说起过阿尔巴尼亚。别看爷爷一辈子住胡同,可嘴里也尽往外蹦洋词儿。又和"布尔什维克""孟什维克"不同,"阿尔巴尼亚"不是学习班里教的,而是爷爷从报纸上看来的。

这就又要说到酱油厂的某个历史阶段。自打建成以来,厂里的任务一直比较紧,哪怕是外地农村闹了饥荒,也没断了给北京居民供应调料。然而偏是此后过了些年,厂子却时不时地要停产,工人一多半儿回家歇着。一问原因,才知道用于酿制酱油的黄豆被上面截流,拿走援助外国去了。具体哪个外国?报纸上写着呢,阿尔巴尼亚。报纸上还写着,那儿有一位霍查同志。本来歇着也挺好,爷爷省得搬缸了,但凡事有利有弊,这却苦了那豆他爸。当时他爸还小,爷爷当搬缸工人挣得又少,家里订不起牛奶,给孩子补充营养全靠厂子内部"处理"的碎黄豆。黄豆可以炒着吃,也可以拿到外面磨豆浆。这时因为黄豆供应不上,那豆他爸就跟着一并缺了嘴。

后来他爸还有点儿鸡胸，大约也是缺乏蛋白质造成的。更让爷爷烦恼的是，只要肚子里一空，那豆他爸就会坐在台阶上喋喋不休——他佝偻着肩膀，弯着扁担般的身子，抱怨着那盏遥远的"明灯儿"：

"我的炒黄豆呢……干吗把我的黄豆给他们呀？他们又不真是咱们家亲戚。"

爷爷还得给那豆他爸做工作："霍查同志口重，人家也得吃酱油。"

别看那时他爸小，口风已经很脏了："也不怕躺儿死丫的。"

爷爷听得头大，兼之被吓了一跳："别瞎说——国家自有国家的安排。你就这么想，答应了人家的东西可不得给吗？否则这面儿咱们栽不起。"

而那豆又听爷爷说，他爸原也不是爱叨叨的人，说话的密度跟其他孩子差不多，但自从缺了嘴，嘴就变得特别碎了——仿佛嘴里的空当能拿话填补上似的。在酱油厂停工的日子，爷爷赋闲在家，还必须得听他爸说黄豆，说阿尔巴尼亚，说霍查同志吃饭躺儿不躺儿。有时听着听着，爷爷也乐了，一天突然对那豆他爸说：

"要不我给你起个外号，就叫那三刀吧。"

那豆他爸倒也顺杆儿爬："您说的是哪三把刀？菜刀剪刀剃头刀？"

爷爷破天荒地说了句粗话："都不是——你是叨×叨×叨。"

后来这个外号居然流传了下来，一直到那豆他爸在酱油厂当上了班车司机，都被人称为"那三刀"。而老人就是这样，一旦觉得亏欠了儿子，就必得从孙子身上找补回来。到了那豆出生以后，蛋白质的补充本已不成问题，腰果杏仁他们家虽然舍不得买，但牛奶鸡蛋管够；不过爷爷仍会从酱油厂要回点儿东北黄豆，拿大铁锅炒了，撒上白糖给那豆吃。这时看见那豆嘎嘣嘎嘣地嚼黄豆，那豆他爸也深有感触：

"霍查同志总算不吃酱油了。"

对于他爸的话，当时的那豆不解其中含义，他只是忙于放屁。半斤炒黄豆下去，临睡觉前再喝一瓶牛奶，肚子里就跟开了锅似的。那时那豆夜里还跟爷爷睡，第二天爷爷说："机关枪还有哑火的时候呢，你是整宿没歇。"

爷爷又说："我再给你起个外号吧，就叫'豆儿'得了。"

如此说来，那豆和他爸那三刀的称谓，其来历都与阿尔巴尼亚有着间接的关系。而现在，爷爷却被带到了阿尔巴尼亚。想到小时候的事儿，那豆就感到鼻子一酸，但他知道光抒情也没用，要想把爷爷找回来，还得联系何大梁。好在视频虽然中断，但没过多久，何大梁又发来了信息。看来不仅那豆着急，何大梁也着急。

俩人就在微信上接着聊，有时用文字，有时用语音。

何大梁先向那豆说明，工地上的通信基站是临时搭建的，带宽不够用，所以信号时好时不好。他又解释了自己一定要把田谷多——其实是那豆的爷爷——的骨灰随身携带的原因：一来因为日程紧，队伍从埃及回来，只在国内略作停留，紧跟着就得转奔阿尔巴尼亚，合同都是此前签好的；二来则涉及贵州人田谷多的具体情况。田谷多光棍一条，没有家人，死前就连工资卡都交给了工友何大梁，然而遗体刚一转运回国,他原先所在的乡里却冒出了无数亲戚,从表舅堂叔到侄子外甥无所不包。这些人有的给建筑公司打来电话,还有的干脆要坐着火车到北京来"讨个说法",而他们与田谷多的关系拐弯抹角,其目的却殊途共归,都是为了索要田谷多生前的积蓄以及工伤抚恤金。

何大梁说:"可我田'锅'告诉过我,他们那边十里八乡说来都是亲戚,亲戚一多也就不亲了。况且当年田'锅'他爸就是出事故死在了工地上,没多久他妈也病死了,在他无依无靠的时候,那些'亲戚'并没有管过他……后来还是政府供他上完了学。再后来田'锅'出了事,他们倒跑来认亲了。认亲是假,认钱是真,有这样的道理吗?"

"这是有点儿……不地道。"听着何大梁的激愤言辞,那豆只好附和,而他又问,"你刚开始非说李师傅骗你,莫非也是这个缘故?"

何大梁说:"那当然。给我打电话的那些'亲戚'除了要钱,也说要把田'锅'的骨灰取走。要骨灰还是为了日后有理由要钱,我就更不能答应他们了。那些人凶得很,还说要找我们施工队的领导,还说要到法院打官司。我就说你们找去打去,反正对于后事,田'锅'在死前跟我都有交代,工友们也听见了,到哪评理我也不怕。恰好那个劳模老李在这期间找到了我,张嘴就说骨灰盒里出了差错,我还以为他是和'亲戚'们串通好了诳我上钩呢……现在看来是错怪人家了。不过这也不能怪我,对吧?"

"当然当然。"听到这里,那豆心里仍免不了生疑,并且那疑惑又往另一个方向岔过去了,但他还得顺着何大梁说,"我爷爷也告诉过我，有理走遍天下。"

何大梁就又说："正因为怕人来闹，骨灰我也不能寄存在殡仪馆或者建筑公司了，索性随身带走。反正田'锅'如果不死，本来就要和我们一起来阿尔巴尼亚……"

而说到这儿，对话又中断了。可能是带宽吃紧，更有可能是何大梁又被哨声催促着上工去了。那豆的眼前还浮现出了一幅场景：何大梁像空中飞人一样悬挂在尚未"合龙"的钢铁骨架上。他不了解那巨大的工程是怎样进行的，因此只能根据科幻电影和杂技表演的经验来想象。他也真觉得不可思议：就是这个阿尔巴尼亚，过去需要从他爸的嘴里省黄豆，现在又要何大梁过去盖大桥。大桥与黄豆自然不可同日而语，但无论是爷爷、他爸还是田谷多与何大梁，原本与阿尔巴尼亚又哪儿有半毛钱的干系啊。

那豆同时又盘算，既然何大梁有可能正在桥上干活儿，那么最好还是不要打搅人家了。爷爷就曾经告诉过他，搬缸全靠一口气，如果这口气断了，这缸八成得瓶。同理，万一让何大梁走了神，其后果可比瓶个缸要严重多了——田谷多不就是现成的例子吗？何大梁要是成了田谷多第二，爷爷的骨灰就更不知该去找谁讨要了。于是他也没再主动给何大梁发短信。至于那漫长的焦躁、煎熬和心神不宁，就让他来独自承担吧。

倒是何大梁给他发来了语音，在隆隆噪声中印证了他的猜测："不好意思，上工了……"

"修你的桥，先甭想别的。"那豆勒令对方，"留神天灵盖儿，留神脚跟子。"

而等何大梁又从微信里冒了泡儿,就到了次日的中午时分,也即阿尔巴尼亚的清晨。何大梁之所以没在阿尔巴尼亚的傍晚、北京的夜里找他,估摸着也是因为那豆声称过要睡觉——其实他在小半间里翻来覆去,足有半宿没合眼。不过这时联系也有个好处,因为别人还没怎么开始用手机,带宽比较充裕。于是何大梁给那豆打来了视频。

刚一接通,只见何大梁对他点头:"谢了啊,兄弟。"

那豆反而一瞪眼:"谢我干吗?咱们也论不着——"

何大梁打断了他:"过去上桥施工以前,都是田'锅'提醒我注意安全。他说每到一个新焊点,先得观察四周,留神头上,留神脚下。刚开始我还觉得他烦,后来就成了习惯,一天不听心里发空。而自从田'锅'出事以后,这话就再没人跟我说过。"

他说时目光一垂。看着那张斑马脸,那豆心里却也一热。作为家里的独苗儿,习惯于横着眼看人的孤僻孩子,还没人实心实意地管他叫过一声"兄弟"呢。那豆同时又想:何大梁多大岁数?到底是他的"兄"还是他的"弟"?

原先他也没留意过,此时细一打量,倒发现何大梁比他还小了两岁似的。还是那话,北京孩子多大了都是孩子,不像人家,这才二十出头,已经能到地球的另一个角落去挣饭吃了。而也许正因共同辗转漂泊地挣过饭、修过桥,何大梁和田谷多才成了"兄弟",田谷多才把后事托付给了何大梁……只不过那位田"锅"除了提醒"兄弟"注意安全以外,就没提醒过"兄弟"要保持卫生勤洗脸吗？瞧这脸,从大早上起就一道一道的。

想到这儿,那豆浅浅一笑。而当他再开口时,心里却有了几分不好意思。他明白,现在他要跟他的"兄弟"谈条件了。但为了爷爷,该谈也得谈。那豆便重复了一遍对何大梁的要求：能不能想办法来趟北京,好歹先把他爷爷的骨灰带回来？即使何大梁远在阿尔巴尼亚,那无非也就是麻烦点儿,坐不了高铁就坐飞机呗。

那豆还拿自己做表率："我这阵子就没上过班儿——唯送死可以当大事,我爷爷的'急茬儿'等着料理呢,那些当头儿的能说什么？"

然而对于他的建议,何大梁一口否决。理由很简单：人家的班儿和那豆的班儿可不一样。何大梁解释道,阿尔巴尼亚的大桥施工已经进入到了关键阶段,并且因为远在海外,人手极其有限。如果他一走,别说找不到能顶替的人,就算找到了也来不及再从国内空运过去。一个人撂了活儿,耽误的就是一个班组,一个班组撂了活儿,耽误的就是一支队伍,一支队伍撂了活儿,大桥就有可能无法按时"合龙"……

这个何大梁还把自己看得挺重要,而那豆只觉得何大梁不可理喻。他心里一急,又道："要不你把我爷爷的骨灰寄回来也行,那边有没有快递……"

对于他这个未经思索的念头,何大梁一句话就顶了回去："你爷爷的骨灰,你放心交到陌生人手里？反正我对我田'锅'做不出来。"

那豆脸上一臊,接着又埋怨："我这也是让你给气的,你这人太轴……那你说，现在该怎么办呢？难不成让我去趟阿尔巴尼亚？可出国得办手续，我连护照都没有，我想去人家也不让我去呀。而且我看你不光轴，还糊涂——人死没法下葬，这是天大的事儿，你还老琢磨一桥，这不是轻重不分吗？"

没想到，何大梁却眯起了一双眼，用类似于审视的目光打量着那豆。这就让那豆不再觉得何大梁慢半拍了，仿佛何大梁的脑子转到他的前面去了。

随后何大梁说："兄弟，我觉得你的想法有些自私。"

听到这突如其来的评价，那豆就一怔。何大梁接着又说：

"你一直向我要你爷爷的骨灰，但如果我把骨灰给了你，我能从你那里拿到什么？你手里的骨灰是田'锅'的吗？田'锅'的骨灰还不是在另一家人的手里吗？按照你的盘算，你倒是能从这个差错里抽身了，但我怎么办？你爷爷倒是能该埋到哪里就埋到哪里去了，但田'锅'又怎么办？要依了你，我对得起田'锅'吗？"

别看何大梁平时口齿不清，这段话却说得相当流畅。这就好比一个"顺拐"经过热身活动，也能百米冲刺。而这话一出口，便让那豆半晌无言。

那豆不得不承认，何大梁的说法有理有据。而且他还意识到，何大梁可不傻，人家早看穿了他一直以来的那点儿小心思。当初李固元梳理老太太沈桦家的情况时，他就有些心不在焉，这是因为他觉得那与自己无关，他爷爷的骨灰在何大梁手里呢；而后来，他又紧着让何大梁把骨灰送回北京，这也是想着先让他爷爷归了正位再说——至于别人的事儿,他就一时顾不上琢磨了。再打个不恰当的比方,他就像只饿红了眼的狗,只盯着属于自己的那块骨头。而这种考虑事情的方式,从何大梁的角度确实是可以定义为"自私"的。不仅自私,用北京人的说法简直就是"鸡贼"。

北京人还爱说自己"有里有面儿",最怕的就是被人戳穿了"里子"而伤及"面儿"。至于伤了"面儿"之后的反应呢,往往则是恼羞成怒。因而那豆又想:难道何大梁就没把柄、没短处吗?有些话他一直没说,现在倒好,既然何大梁先给他扣了顶帽子,那也别怪哥们儿嘴毒了。当那豆的表情重又活泛起来,脸上便露出了一丝冷笑:

"我自私?我看你也好不到哪儿去。"

何大梁还在兀自愤愤着:"我怎么啦?我可不像你——"

那豆便打断他:"是呀,你大公无私,你忠于职守,为了表彰你,庙会上捏面人儿的都应该把关公的红脸儿改成斑马脸——可我问你,你死活不回来,真是为了修桥吗?其实还不是为了躲着田谷多的亲戚们?而你躲着那些亲戚又是为了什么——到底?还不是为了田谷多的钱嘛。人家的工资和抚恤金,到头来却让你给捏在了手里,我说你怎么'锅'呀'锅'呀叫得那么亲呢——不光亲,而且还划算呢……"

这些猜测其实早就盘旋在那豆的脑子里了,只不过因为觉得那是人家的事儿,所以他一直没挑破。现在一气儿抖搂出来,他竟还获得了几分主持正义的快感。怪不得网上甭管曝出了什么事儿,都老有那么多人争先恐后地往道德的制高点上爬呢——爬上去就能理直气壮地踩踏别人。而一边踩着何大梁,那豆还一边观察着何大梁。他还有几分好奇:何大梁是否果真如同自己所说的那么不堪呢?

如果何大梁把田谷多当"锅",为什么又要私吞人家的钱呢?

但如果只为了拿钱,他为什么又一提到"锅"就会悲恸得唱歌呢?

这么一琢磨,他又发觉,何大梁的表现里自始至终存在着某种矛盾。而这种矛盾之下,是否藏着什么他所不知道的隐情——就像他同样也有尚未告诉何大梁的隐情?随后,那豆看见手机里的何大梁抬起胳膊,猛地抹了一把脸。紧接着,那豆还从何大梁的眼里看见了泪光。何大梁竟被他说哭了,那豆这才意识到了自己那段言语的杀伤力。并且可见,何大梁的眼泪也和他的异曲同工,都是该来的时候不来,不该来的时候瞎来。而与眼泪一同出现的还有一股子狠劲儿,那豆便想,谁怕谁呀,于是他也反瞪何大梁。

俩人刚刚互称"兄弟",这时却横眉冷对,"照着眼儿"。

然后何大梁才开了口,口气却是低沉而压抑的:"也幸亏我在阿尔巴尼亚,要是当面听见你说这些话,八成会跟你拼命。"

一不做二不休,那豆继续激着何大梁:"你要来北京,哥们儿奉陪。"

按照街面儿上的规矩,这架就算约上了。而何大梁又问:"你真这么看我?"

那豆说:"你这么个态度,你这么办事儿,还想让人怎么看你?"

"那好,"何大梁却忽然叹了口气,流露出了近似于感慨的神色,"你老说你爷爷这、你爷爷那的,我也再讲讲我的田'锅'吧。"

接着，何大梁也不管那豆在不在听，径自讲起了贵州人田谷多。

15

讲起田谷多，何大梁的语调还是低沉而压抑的。

如前所述，田谷多自小没了爹妈。乡里的学校给他免了学杂费，还推荐他去技校学了焊工，为的就是让这个孤儿将来有一技傍身。自十八岁起，田谷多便四处漂泊着打工，湖南四川都去过，刚开始是做普通电焊，后来跟着一支公路系统的工程队修起了桥。渐渐地，他对桥梁焊接感了兴趣，一边干着一边钻研起来。工地上就有这个特点，只要勤学苦练，迟早也能成为行家里手，干了几趟活儿，田谷多居然闯出了些名气。从此以后，他只参加和修桥有关的工程。那些年又赶上一个风潮，中国的建筑公司纷纷在海外揽活儿，包了工程就从国内招人，工资再加上各项补助，待遇自然比在国内高些。因为没有家累，田谷多比较愿意接这类活儿。此后他常在天上飞着，除了后来出了事儿的埃及，还去过东南亚、非洲内陆和几个"斯坦"。别看就是个农民工，护照上却盖了密密麻麻的一串儿章。

他也正是在此期间遇见了何大梁。当时是在缅甸，何大梁被一家劳务公司运送过去，开始说是做玉石生意，后来才知道其实是在矿山当苦力。何大梁偷了护照跑出去，但又买不起回国的机票，只能在中国劳工扎堆的集市上游荡，或讨或偷混口饭吃。听口音觉得熟悉，田谷多就问何大梁哪儿的人，俩人果然是贵州老乡，又问何大梁怎么来了这儿，何大梁就说爹赌钱娘改嫁，出来打工又让人骗了。田谷多就问何大梁愿不愿干桥梁焊工，又出面作保，央求公司跟何大梁签了合同，从此把何大梁带在身边，成了何大梁的"锅"。

这一干又是两三年，何大梁渐渐出了师，手艺都是田谷多教的。

俩人白天在桥上搭伴干活儿，晚上回工棚吃酸汤蘸水，也不去城里和景点闲逛，也不跟当地那些娘们儿撩骚。他们唯一关注的是账户里缓慢增加的积蓄，田谷多想在老家县城买套楼房再结个婚，何大梁则想回去弄辆改装车开，"丰田86"，他比较迷日本动画片《头文字D》。因为目标不同，对于生活的规划也不同，何大梁正在兴致勃勃地攒车钱，田谷多却告诉他，自己得回趟老家，一两年内大约不会出来了。原因是他们那儿的县城通了高铁，房价噌噌往上涨，要再不下手，以后怕买不起了。

这时俩人是在埃及的亚历山大港，一座桥梁的主体工程已经接近完工。田谷多说要回家，何大梁虽然不舍，但也挺支持他。然而这时，施工队又签下了阿尔巴尼亚的合同，队长动员田谷多和何大梁都参加。田谷多本想说算了，但又了解了一下阿尔巴尼亚那座待建桥梁的情况，却临时改了主意。说到这儿，何大梁对那豆解释道：

"田'锅'说他这辈子尽修桥了，梁式桥、拱形桥、悬索桥……就是没修过全机械化建造的特大组合体系桥。他还说，这种桥的技术水平最高，能参与一次，对于干这行的人也是一个荣耀。"

听到这里，那豆仍对何大梁横着眼，但却颇能理解田谷多的想法。

爷爷就曾说过，他一辈子搬过无数的缸，唯独刚进厂时，为了给运到战场上的纱布腾地方而搬的那两百来口缸最有价值。那豆还想起了劳模李固元的话，"人对得起手里的活儿"。

于是田谷多与何大梁就都答应了人家，商议好等从埃及回了国，就一起转机再去阿尔及利亚。但何大梁继续讲，也就是在这期间，田谷多出了事。

埃及那座桥梁的主体工程迎来了验收阶段，趁着相关部门还没介入，建筑公司内部派来的质检人员先得进行一遍自查。这一查，貌似还真查出了问题：桥身侧面的某段钢梁平时还好，但只要一起风就会发生震颤。接着一分析，发现了症结所在，原来为了迎接两国领导视察，公司让人在桥身上悬挂了巨幅标语牌，其内容无非是"友好""莅临""致敬"什么的，而标语牌正好连接着那段钢梁，一兜风受力增大，就会引发颤动。本来这不算个毛病，反正不刮风也发觉不了，又反正等到桥梁彻底竣工，临时标语牌还得摘掉。但上面的人精益求精，就要求焊工再上去一趟，对钢梁及标语牌进行加固焊接。

这也不是什么高难动作，施工队的头儿随口对何大梁说："你去弄弄得了。"

何大梁应了一声就去拿家伙，除了焊枪还有面罩，也包括由绳索和钢钩组成的保护器材。但也偏巧，因为后勤部门没协调好，焊枪面罩倒是还在，保护器材却提前运送到另一个工地上去了。上面催得又急，何大梁不免抱怨：

"怎么这么多事？谁知道验收的时候刮不刮风？"

上面的人就说："偏巧要是刮风了呢，你负得起责任吗？"

两下一瞪眼，弄得施工队的队长也很作难。这年头包工头难干，除了伺候甲方，还得伺候工人，尤其是何大梁这种脾气比他们的前辈大了许多的年轻工人。果不其然，何大梁的斑马脸一沉，眼瞅着就要摔焊枪。只不过他的胳膊才刚举起来，就被田谷多拦住了。

田谷多对何大梁说："我去算了。桥的结构我比你熟，手脚也比你快。"

他的言下之意很清楚：小小不言的事情，赶紧应付过去就算了。他也看出"上面"并没有多么较真儿，关键是"底下"有个态度就行。于是便换了田谷多上。田谷多总在提醒何大梁注意安全，但这次，他却没带保护器材就上了钢架。

而也偏巧，这次田谷多就遇上了横风。

这种风是高空作业的一大隐患，往往前几秒还无声无息，后几秒却在桥体之间形成强烈而走势诡异的气流。本来作为经验丰富的工人，田谷多是很擅于预判风向的，他之所以敢不带护具上桥，就是认为这天的气象条件相当稳定。但他的判断出了差错。底下的人本来扬头望着，上面派来的那位验收员还给何大梁扎着针儿，"到底是老师傅靠得住"，但转瞬之间，就听见那标语牌鼓动出海浪般的波涛，又见田谷多像树叶一样飘了下来。

多处粉碎性骨折，内脏破裂。田谷多闭眼以前，还在医院里挺了两天。意识尚且清楚的时候，他居然还对何大梁笑得出来："大意了。"

但他又说:"这辈子都在盖桥,在桥上出事也挺正常。"

然后他就向何大梁托付后事,还让众人作见证,把工资卡交给了何大梁。而何大梁本来一提起田谷多就要努力哭,就要吟哦那句"老锅锅",可向那豆转述到这里,他的语调却保持着风平浪静:"我田'锅'还交代了三件事,让我替他去办。"

那豆不禁接上了何大梁的话头:"哪三件?"

何大梁说:"第一件,田'锅'说他是中国人,所以想囫囵着回到中国。这个要求后来做到了。先前说要在埃及就地火化,但大家不答应,公司也只好特事特办,专门包了一个货运仓位,把田'锅'紧急运到了北京。"

"所以才有了咱们这档子事儿。"那豆说,"第二件呢?"

何大梁说:"第二件就是阿尔巴尼亚这座桥。田'锅'想修这座桥,但他来不了了,所以让我务必替他把桥修完。我既然点了头,就不能对田'锅'食言。"

这也是何大梁不回国的理由了。阿尔巴尼亚的大桥变成了田谷多的遗愿,因此何大梁的坚守岗位也就不再只为挣口饭吃,归根结底还是为了他的田"锅"。这让那豆心下既凉又热,凉的是自己的盘算势必落空,热的是在某种意义上,他相当于充当了何大梁与田谷多的见证人——人家可是过命的交情,人家可是生死相托。

他接茬儿又问:"那还有第三件——"

何大梁道:"至于第三件事,就关系到田'锅'留下的那些钱了。那钱一分不差,绝不会用在我自己身上。我的话你现在可以信,当然也可以不信，但等事情了结，你就会知道我不是你说的那种人——空口无凭，我会拿出证据来的。"

看来在对"证据"的要求上，何大梁虽然对别人苛刻，但也严于律己。这种态度倒让那豆心下平衡了不少。他那横着的眼眯了起来，又开始了北京人的那套"和稀泥"："瞧你说的，就好像我防着你似的——其实我也就是随口一说，我又没惦记着你田'锅'的钱……再说咱们还不是一条绳上的蚂蚱，干吗老蹦跶着扯人家的后腿呀？"

让那豆没想到，何大梁却率先对他道了歉："我们这样的人说话直，你别见怪。"

这话说得那豆一窘，也赶紧表态："哪儿的话——既是兄弟，藏着掖着倒没劲了。"

俩人刚刚互撕一通，转眼又成了"兄弟"。而那豆刚一晃神，又听见何大梁说："只不过眼下看来，要想把这件事情了结，还得依靠兄弟你了。"

何大梁对那豆说，正因为答应了他田"锅"，所以桥没修完不能回国。而既然盒儿里出了差错，所以田谷多交代下来的第三件事，必得由那豆协助才能完成。他的说法令那豆迷惑，但那句"兄弟"叫得倍显赤诚，直让那豆心里怦然一跳。

那豆赶紧提醒自己先别动感情，又问："你想让我干吗？"

何大梁说："现在的情况，我田'锅'的骨灰在另一家人手里，而另一家人那个老太太的骨灰，却在你手里——对不对？"

那豆说："你就别从头儿绕了，这个我都知道，录像里也有。"

何大梁接着说："那么很简单，我想请你找到那家人，也就是老太太沈桦的亲属——你们两边先做个交接，帮我把田'锅'的骨灰给换回来。"

那豆听了就一怔，甚而一蒙。他的口齿也变得结巴起来："可你不知道……"

何大梁却自顾自地论证起了他那个方案的合理性：

"其实这件事情的解决方法，正像你所说的，本来还应该是三家人凑到一起，当面把骨灰盒里的东西物归原主为好。但现在不是条件不允许吗？我回不去，另一家人又没露面，我们也只好退而求其次，由一个人从中代劳，先换一次骨灰，再换一次骨灰，把一个任务分成两次完成。这就像我们盖桥时的分段施工，最后再从中间'合龙'。而眼下看来，能做这事的人也只有你。一来你不是说过，你不用上班吗，你们北京人好像都比别人闲。二来也考虑到我们各自手里的东西——就算我去见到了那家人，人家凭什么要跟我换？我又没有他们家人的骨灰，那个老太太在你爷爷的盒子里装着呢……"

对方又像"顺拐"冲刺似的，不歇气儿地说了一通。听了好一会儿，那豆才得以打断他："道理是这么个道理，可还有个情况……"

何大梁说："还有什么情况？你之前瞒了我什么吗？"

"也不是瞒你，而是没来得及跟你说。没来得及跟你说，也是因为我想先商量我爷爷骨灰的事儿……好吧我承认，我是有点儿自私。"那豆先做了一番检讨，然后吧唧吧唧嘴，力图使自己的口齿稳当点儿、利索点儿，仿佛这才适合与何大梁分享那个在他看来相当惊悚的消息,"其实你想也能想到,你在阿尔巴尼亚我都能找到你,但那第三家人为什么一直联系不上?这是因为他们也不在北京,而在更远的地方……"

何大梁便也一怔,然后瞪眼:"在哪儿呢?"

那豆说:"听李师傅说,他们在美国呢。"

听到这个地名,门外的八哥又说起了英语:"America, America!"

趁着何大梁的片刻沉默,那豆便把老太太沈桦那家人的情况向对方进行了复述,包括他们如何面子大,如何走得急,以及"那孙子"如何不情不愿地去了芝加哥上大学……最后他又指出了李固元曾经分析过的风险,也即田谷多的骨灰有可能被他们带去了美国——如果是这样,那么局面就更加让人束手无策了。

说起这些,那豆还带着些许的忐忑。他似乎生怕何大梁不信他的话。

然而视频里何大梁的反应却很平静。何大梁只在他讲出"美国"俩字儿时嘬了下牙花子,发出了轻微的一声"吱",随后说:

"不就是美国吗,又不是火星。大不了你就去一趟呗。"

后来那豆才想明白,对于空间的概念,何大梁与自己还真是不一样。人家过的是什么日子?拍拍屁股就去了埃及,拍拍屁股又去了阿尔巴尼亚,常年漂泊为他养成了胆量与气魄,让他对于从未涉足之处也带有了一种先天性的司空见惯。对于人家,地球仿佛就是一个球儿,扒拉扒拉就能转个圈儿似的。而也颇为讽刺,这种胆量、气魄和司空见惯偏不属于那豆这个号称"咱们什么没见过"的北京孩子。

因此那豆还感到了害臊。就像爷爷过去总拿阴晴和他做的对比：瞧瞧人家再瞧瞧你。

趁那豆脸上一烧，何大梁继续论述着他那个方案的可行性："哪怕那另一家人暂且联系不上，可总也知道了老太太的孙子在哪里上大学吧？根据这条线索，足够找到他们了。这就好像我们盖桥的特殊材料，哪怕一个零件都能寻根溯源……"

而那豆仿佛是想掩饰自己的害臊，再开口时，便力图将话头儿往回拉扯："咱们就先别说美国了，你还没告诉我，你田'锅'交代给你的第三件事是什么呢。"

出乎他的意料，何大梁却说："这个你先别问了。现在还不到告诉你的时候。"

与此同时，那豆还察觉出何大梁那张斑马脸上的神色一变，居然显现出了几分狡黠。这让他的心往上一提，同时大为不满：

"这话儿又叫怎么说的，明明是你让我去干事儿，你倒跟我……"

何大梁又强调了一遍："你只要知道，你的任务是找到美国那家人，把骨灰换回来，而这对于办成田'锅'交代下来的第三件事至关重要——就行了。"

这不是卖关子吗？在那一刻，那豆不仅感到自己遭了戏耍，并且还感到自己一不留神就上了何大梁的套儿。他突然醒过闷儿来，转眼急赤白脸："等会儿，你到底什么意思——这不是拿我当枪使吗？"

他又说:"你想得到挺美,张嘴就给我布置任务,你算哪根儿葱?"

他还说:"你还说我自私,我看最自私的就是你。哦,你不能来北京,那我就应该替你跑腿儿吗——这一跑没准儿还是美国——你倒合适了,那我的辛苦又找谁说去……"

面对那豆重新涌起的愤慨,何大梁这次却淡淡一笑。他接着说下去,不紧不慢,完全是摊牌的口吻了:

"兄弟,你得明白,帮我也就是帮你自己。你说我自私也没错,反正咱们都自私,而到底谁的自私能得逞,那就得看你和我的手里各自有些什么筹码了——你那个盒子里的骨灰不是我田'锅'的,我这个盒子里的骨灰却是你爷爷的,货真价实。那么眼下就不是我在求你,而是你在求我了——直说了吧,只有你替我找到了田'锅'的骨灰,我才会把你爷爷的骨灰还给你。这就是我的条件。假如你不答应呢,我当然也不会强求,反正从阿尔巴尼亚回来,我自己也可以去找那另一家人,又反正我跟着田'锅'去过那么多国家,再多一个美国也无所谓……只不过到那时候,我好像就没有义务专程给你们家送趟骨灰了吧?万一我要是嫌你爷爷碍事,再对你爷爷做出什么举动来……"

那豆赶紧摆手,让何大梁别说了。他仿佛又看见了爷爷正在漫天飘散。并且他还不得不承认,何大梁这么说话是有底气的——恰因盒儿里所装的东西不同,他们两人在"谈条件"时的地位也就不同了。尽管所谓"撒到河里去"听来只是一句威胁,一句气话,但倘若何大梁愣是这么干了,他也愣是拿何大梁没辙。不仅他没辙,就连公安局也没辙：即便立马在中国报警，也约束不住一个人在阿尔巴尼亚的贵州"山炮儿"啊。

也就是说，他被何大梁捏住了七寸。但这次，那豆却不甘于承认自己是只"放屁狗"了，他还在努力掰扯着，企图反制何大梁："你想没想过，倘若我果真找到了那老太太沈桦她们家人，你田'锅'的骨灰会换到谁手里——还不是我？你就不怕我也……"

何大梁却丝毫不受他的胁迫："真到那时候，我当然不敢对你爷爷怎么样了，但你同样也不敢对我田'锅'怎么样，对吧？就连傻子都知道，'双赢'强于'双输'，所以我们只能让他们两位各归其位，而这也算是咱们之间的互利互惠了。"

一个骨灰的事儿，说得像两个国家正在进行贸易谈判。那豆瞪着手机里的何大梁，陡然感到自己都快不认识对方了——那张斑马脸看起来是那么精明，甚而还有几分冷酷。而更加出乎意料的是，在接下来，何大梁的脑子不仅转到了那豆前面，进而还开始左右互搏，又替那豆威胁起了他自己：

"哎呀，对啦——还有一个问题。我们毕竟隔得那么远，我又不能知道你到底有没有真的帮我。如果你假装找到了美国那家人，再拿些别的什么东西冒充田'锅'的骨灰来糊弄我，那可怎么办呢？"

这说法令那豆惊愕，因为他的确还没想到过何大梁所说的那种可能性——换句话说，他自己到底还不够"鸡贼"。他一边对何大梁的想象力叹为观止，一边又好像看到了让何大梁回心转意的希望："对呀，你凭什么那么信得过我呀，所以还不如……"

何大梁却咧开嘴,灿然笑了。他继续心平气和,自问自答:

"但我劝你最好别这么做。你别忘了,你爷爷的骨灰在我手里——一直都在。我还可以向你透露一个信息,田'锅'的骨灰盒里除了骨灰,还装着一样只属于田'锅'而别人没有的东西。过去没想到火化也会出差错,我还以为那东西就在骨灰盒里,在看了你发来的那段录像以后,我不得不打开骨灰盒查看了一番。果然没找着。但没找着也就对了,正是缺少的那样东西,和录像一齐证明了李固元说的是真话。而现在,那样东西还有一个作用,就是作为检验你行为的证据。唯有把它和田'锅'的骨灰一起交给我,才能证明你已经弥补上了那个差错;也唯有确认无误,我才能把你爷爷的骨灰还给你。"

说来说去还是"证据"。听了这话,那豆不得不再次感叹,何大梁确实是一个过度多疑的人,即使看完了录像,他居然还要开盒儿验灰,再拿"物证"对照一遍。当然对于这种心态,那豆也只能表示理解,人家早年间吃过亏嘛,都给卖到缅甸去了。

那豆却又不禁惊奇:按照何大梁的说法,难不成田谷多的骨灰也不只是骨灰,骨灰里还混杂着别的东西?这又让他想起了那块和老太太沈桦有关的金属碎片。身体发肤,受之父母,可除了爹妈给的以外,这俩人的遗骸之中却都包含了其他质料,直到死了也不能分离。难道田谷多受过外伤、做过手术吗?何大梁所说的"那个东西"又是什么呢?

此外,那豆还在替他爷爷感到揪心:虽然从骨灰的纯粹性上来说,爷爷比老太太沈桦与贵州人田谷多都要幸运一些,但爷爷化成的那捧灰，终究还是在遥远的阿尔巴尼亚见了天光。爷爷那貌似永恒的清梦受了打搅，当他睁眼一看，会不会被那陌生的山川、宏大的桥梁惊得魂飞魄散？爷爷可不是田谷多，受不了那机械化工业化的噪音骚扰。

那豆便替爷爷抱怨了起来："你还真开盒儿？干吗非得开呀？如果足够结实、足够有分量，晃悠晃悠不就听见了吗？"

他的抱怨也源于亲身经历："当初我就是察觉到盒儿里有声儿……"

何大梁却表现得愈发多疑了："你也别想套我的话——既然那样东西能够证明你带回来的到底是不是田'锅'的骨灰，那么我不可能告诉你它究竟是什么。而且我警告你，那样东西看着普通却不普通，它有着它独特的标识，所以你也别打算去问老李、问装殓田'锅'的那个司炉工，回头再拿一个赝品来蒙混过关。"

何大梁还像外交部发言人一样奉劝那豆："不要搬起石头砸了自己的脚。"

正说到这儿，阿尔巴尼亚的工棚外又传来了哨声，一阵紧似一阵。

在这轮格外漫长的对话中，那豆与何大梁的关系可谓一波三折，从称兄道弟到反复翻脸再到互相威胁。而如果将这轮对话的内容加以回顾，其实也很简单：那豆向何大梁提了个条件，却被何大梁反将一军，又提出了一笔交易。不仅提交易，还伴以赤裸裸的威胁，不仅威胁，为了避免上当，何大梁还把那豆有可能在交易中作弊的途径都提前堵上了。事后回想，何大梁一定是早就做好了谋划、定下了策略，所以才会从诱敌深入到最后摊牌，各个环节全都进行得从容不迫。确认了眼下的状况，那豆不免再次更新了对何大梁的认识——对方分明具有与其外表截然相反的足智多谋、思维缜密和谈判技巧。就凭他那豆，还想跟人家斗心眼儿呢？他这个北京孩子，到头来还不是被人家拿得死死的。

从某种角度来说，何大梁对于那豆的教育意义，几乎不亚于那次"睡板儿"。

这轮对话便以那豆的张口结舌而告终。但他的张口结舌不仅因为受了何大梁的教育，同时还来自何大梁对于他以及他爷爷的态度。

挂断视频之前，何大梁说了两句话。一句是："麻烦你了，我替田'锅'谢谢你。"

另一句是："兄弟你放心，装着你爷爷的田'锅'的骨灰盒，我打开之后又照原样给封好了……为了向你爷爷道歉，我还买了阿尔巴尼亚油炸馅饼来供奉他。"

他说时两眼发亮，竟似又要流出泪来。

16

在此后，那豆就要面对一个新问题了，这个新问题还很急迫，拿北京人的粗话打个比方说，"屎顶了腚门子"——那就是，对于何大梁提出的交易，他是接受还是不接受？

现在看来，想不接受竟是不大可能的了。还是那个原因，他必得把他爷爷接回来，更得避免他爷爷被"撒到河里去"。就连客死异国的田谷多都念念不忘回家，他那没怎么出过北京的爷爷又凭什么在"薨"了以后却要背井离乡呢？

那豆顺手又在网上查了查"阿尔巴尼亚油炸馅饼"。那东西呈三角形，裹着奶酪和肉馅，跟稻香村的"自来红"正相反，属于咸口儿——爷爷多半儿吃着不受用。

而既然正如何大梁所言，只有拿老太太沈桦去换回了贵州人田谷多，才能再用贵州人田谷多换回他爷爷，那么如何找到美国那一家人，就从一个那豆原本懒得去想的环节变成了当务之急。可即便要找，怎么去找，到哪儿去找？关于那个"交易"的履行方式，在何大梁那儿只须上嘴唇一碰下嘴唇，但他又哪里想过其中的艰难。

那豆便又趿拉着一双"白片儿"，开始在小院儿里没头没脑地乱转。

这时再转，却不像当初那么悲伤，也不会哀号了。他竟像魔怔了一般，整个儿人不觉又痴了。他还沾染上了他爸的毛病，一边儿转着，嘴里碎碎叨叨。

诸如："要不我也去趟医院，也找老太太的护士打听打听去？"

再诸如："那家子不是特有面儿吗，殡仪馆里就没人知道他们的身份？"

还诸如："既然'那孙子'名叫黄耶鲁，芝加哥大学又有几个黄耶鲁？"

思绪纷至沓来,却又先后戛然而止。那豆梳理着这些线索,就像在迷宫之中探寻出路,而大多数方向却早已被证明了"此路不通"。道理明摆着,假如仅靠手头的这点儿信息就能找到美国那一家人,李固元不早就跟他们联系上了吗?基于上述判断,那豆自然也明白,他没必要再走李固元的老路,而是得尝试一种李固元没采取过的调查方式了。这倒容易:李固元问的都是认识的人,那豆却能去问不认识的人。在念念叨叨地转圈儿之余,他又钻进小半间,打开二手电脑,在网上输入了"黄耶鲁"这个名字。但很遗憾,搜索的结果更加让他犯迷糊,屏幕上跳出了林林总总不下二十个黄耶鲁,这些黄耶鲁连是真名还是假名都分不清,就更别提哪个黄耶鲁刚死了奶奶又就读于芝加哥大学了。

那豆进而又想:也许中国的网上山重水复,美国的网上却能柳暗花明?

他这代人还具备一个常识:虽然那些互联网大鳄们总在口口声声地号称要"连通世界",但中国的网和美国的网却明明又是两个网。难不成为了寻找美国的黄耶鲁,还得"翻墙"?当然,这对于那豆也不算难事儿,反正为了破解一些国外才有的游戏版本,他本来就曾经像小耗子一样,隔三差五要在那堵高墙的缝隙里钻来钻去。就连语言的障碍也拦不住他——原来还有一种软件,专能在网上进行实时翻译,驴唇勉强也能对上马嘴。现学现用现摸索,办法总比困难多。

那豆便开始了他的网上远征。没费多大劲儿,他就打开了"芝加哥大学"的官方网站，随后进入了校内网的"公共讨论区"，通过某个页面上的"友情链接"，他又点开了一个"本地华人留学生论坛"。大到怎么选课怎么修学分，小到哪条街的房东和善哪个饭馆的比萨饼量大料足，在这儿都有专门的交流帖子。并且还有一个意外之喜，就是这个论坛上的中国学生大多都使用中文发言，只夹杂着一两句零星的英文——咱们的同胞到哪儿都爱扎堆儿，到哪儿都乡音难改。这就常常连翻译软件都用不上了。

而根据玩儿游戏的经验，他猜测只要在芝加哥上学的中国孩子，多半儿会时不常地到这个区域来转一转，看两眼——就像作为"王者荣耀"的"至尊星耀"选手，他自己也会隔三差五地登录游戏论坛，看看什么时候有"大神"组队，什么时候有"皮肤"派送。那么这个校内论坛的用户里，是否包括了"黄耶鲁""Huang Yelu"或者"Yelu Huang"呢？在接下来，那豆便启用了页面内关键词的检索功能。但很遗憾，没有找到。他还搜索了"yale"甚至"yellow"等等相关表述，仍是一无所获。

那豆并未因此灰心。他又设身处地地替"那孙子"着想，认为黄耶鲁很可能给自己取了一个和姓甚名谁全不相关的虚拟称谓——这也很符合对方的风格。他们全家不都是低调奢华、来无影去无踪的吗？况且既然何大梁能叫"愚公过河"，那豆能叫"鼓楼花臂"，黄耶鲁为什么就不能叫"风城寂寞的男子"，叫"我爱公牛队"呢？

也就是说，虽然在论坛里找不到黄耶鲁，黄耶鲁却依然很有可能在论坛里。那豆虽然看不见黄耶鲁，但却可以让黄耶鲁看见他。

幸亏美国的论坛足够"公共",并不需要验证学号就能注册登录,于是那豆给自己申请了一个账号,又在论坛里发了一篇寻人帖子。他的账号仍叫"鼓楼花臂",至于说话方式,则要先声夺人。他给帖子取了个惊悚的题目:

"黄耶鲁,我拿了你奶奶的骨灰"。

在随后的正文里,他先进行了自我介绍,又把事情的经过解释了一遍。解释的内容跟当初发给何大梁的那条短信差不多,只不过是从老太太沈桦的角度阐述了那个差错及其后果。基于和何大梁打交道的经验,本来那豆还考虑过把李固元提供的录像也一并贴在网上,以此证明自己并非"空口无凭"——但又一转念,殡仪馆那个客服经理的说法也不无道理:亲人已逝,凭什么把他们的火化过程公之于众,再让他们去给别人制造恐慌?于是那豆就没那么做,只在帖子的结尾部分强调了自己是有"证据"的。

将那封公开信发送出去时,北京正是中午,而根据"地球是个球儿"这一真理,美国则正是深夜。此后,他隔段时间就会登录论坛,看看黄耶鲁是否给了他回音。对于这一点,他居然也是很有信心的。在那豆的概念里,天底下的"孙子"都该像他对待爷爷一样上心——否则那还叫孙子吗?

但事与愿违,那豆的希望又逐渐落了空。若干日子转瞬即逝,黄耶鲁始终没在论坛上冒个泡儿。刚开始,那豆还能自我安慰"让子弹再飞一会儿",然而随着等待越来越难熬,疑虑也就无法遏止了。他想,难道是因为那篇帖子还不够引人注目?但这明显不符合事实。

短短几天过去，他那篇帖子底下的回复居然达到了上千条之多，那豆还意识到，自己在太平洋另一侧引发了一场激烈的论战。

敢情哪儿的人都爱"吃瓜"。刚开始，那些留学生们倒还比较热心，他们惊异于那豆所讲的故事，并互相询问着"谁是黄耶鲁"，他们还口口相传地制造了一句流行语"黄耶鲁，你奶奶让你回家拿骨灰"。但随后，话题却又一转，被少数别有用心的家伙给带偏了。一些拥有美国国籍的"ABC"开始入侵本站，表达对于新来的留学生的不满。他们推测，那个"黄耶鲁"一定又是个"很会考试的中国人"，而他为了来美国，把他奶奶都给丢在火葬场里不闻不问了。这些人又质问，"你们中国人"待在自己的国家不好吗，干吗要费尽心机地跑到美国来抢夺他们的入学名额，窃取他们的就业机会？"最好都滚"，"fuck off"，先到一步的炎黄子孙发出了"美国优先"的怒吼。这种论调又激起了更大的不满，反驳他们的除了留学生，还包括另外一些本地华人。反驳者们不仅宣称捍卫新移民的"自由"和"人权"，并且还断言一个人如果"反全球化"，那就一定是他们那位不靠谱儿的总统的拥趸，是"南方红脖子"。于是乎，讨论的走向就变成了是否支持现任总统，而在现如今的美国，这大概又是最富于刺激性的议题了。泾渭分明的两派各不相让，火药味儿极浓，除了中文骂街，又让那豆见识到了许多花样百出的英文脏话。

当然对于这种状况，那豆也不陌生，类似的阵势在中国的网上也很常见。甭管说到什么事儿，哪怕粽子应该是荤的还是素的，都会有人上纲上线地一言不合就开喷。又可见在喷这个爱好上，咱们的同胞也是全球同此凉热。

对于这类"喷子",那豆多少有点儿看不上。看不上"喷子"还是因为他爸。从吃不上黄豆到转岗去当出租车司机,这些历程无不伴随着他爸那三刀的叨×叨×叨;尤其在喝了点儿酒以后,他爸就像被打了一针肾上腺素,获得了平日里罕见的胆量,势必要将一切得罪过他的人都定义成——

"小丫挺的,大傻×。"

爷爷还得担心他爸教坏了鸟儿。他一边拎着八哥的笼子往院儿外走,一边又说:"你也管管你那嘴,这还像个当了爹的人吗?"

"您不也成天'玩儿嘴'吗?许您玩儿就不许我玩儿?"那豆他爸正在悲愤上头,居然还敢当面反驳爷爷。

但他随即又怆然:"再说咱们这样的人,不也就活张嘴了吗?"

前半句蛮横,后半句无奈,说得爷爷竟也有些凄然。爷爷当院儿站了一站,难得地跟儿子推心置腹:"可我玩儿嘴是为了宽心,你叨叨呢,却把心叨叨得越来越窄了。跟注定了的事儿较劲,到头来还不是跟自己较劲——这值当吗?"

说得那豆他爸半晌不语,东屋里的脏话总算消停了下去。爷爷却又拉开小半间的门,塞给那豆一张整票儿,让他给他爸去买一瓶精装的"红星"二锅头,"别老喝那大绿棒子,刺嗓子还烧心"。也不知是不是听了爷爷的劝,那豆他爸起码在出车的日子里不怎么叨叨了,尽量不强迫乘客收听北京出租司机那标志性的"脱口秀"。

而那豆又想,对于这场美国华人界的政治辩论,也不知爷爷会作何感想。爷爷啊,您倒真不必检讨自己破坏了"世界人民大团结"——就当他们都是撑的吧。

与此同时,那豆那渐渐消沉下去的希望却又重新抬高了几分。

他甚至有些窃喜:帖子越热,说明看的人就越多,那个不知躲在什么地方的黄耶鲁也就越有可能被告知"你奶奶叫你拿骨灰"。然而那豆再次失算了。当他的帖子被置顶,被反复转载,进而又引发起了"火化是否符合上帝的意志"以及"中国人是否推高了全球房价",等等一系列八竿子打不着的争论,黄耶鲁却仍像只深藏在湖底的鱼,似乎全没察觉到水面上的沸反盈天。难不成从一开始就判断失误,黄耶鲁虽然是芝加哥大学的留学生,但却压根儿没有浏览论坛的习惯?倘若如此,那可真是个离群索居的家伙,比自以为孤僻的那豆还要孤僻,比封闭在外国工地上的何大梁还要封闭。又难不成,自己的这番辛苦到头来还是白费?这么盘算着,那豆便重新陷入了焦躁、煎熬和心神不宁。与此同时,他又开始了在院儿里、在屋里转圈儿,间或瞄一眼柜子上的遗像和桌上的盒儿。这时他心里还有话,却不是对遗像里的爷爷,而是对着盒儿里的老太太沈桦说的了。

虽是暗自道来,他的口气还挺客气。他不出声儿地说:

这位奶奶,我们家乱成什么样儿,您也都看见了。我的这番忙活不仅是为了我爷爷,同时也是为了让您找到您的家人。倘若找到李固元、找到何大梁都是托了我爷爷的福,您就好意思干看着?您不得暗地里使把劲儿,让黄耶鲁也有个心灵感应什么的?这事儿还真得您来做,"那孙子"是您的亲孙子嘛。

说了这一通，盒儿里毫无动静。

隔壁东屋却有声音传来，那是他爸和他妈又在嘀咕。

和那豆的魂不守舍相反，这些天来，他爸他妈倒嘀咕得越发投入了。他们甚至连车也懒得出了，连肉也懒得卖了，每天一有工夫就闷在屋里开小会。开会诚然很有必要，这是因为他们正面临着一个重大突破——李固元把火化车间的那段录像交给那豆之后，也给那豆他爸打了电话，向他告知了这一情况。李固元还表示，如果他们家打算继续向殡仪馆追责，那么他本人愿意出面作证。"就算我在人家单位上过班，但一码归一码。"这是李固元的原话。而这么一来，不就意味着原先停留在空想层面的赔偿有可能落地成真了吗？

"人证物证都齐全，看他们丫的还能讲出什么'于理于法'。"那豆他爸激动得两手直搓，"要说还是劳模——瞧人这觉悟。"

他妈也相当振奋："咱们可别掉链子，回头再辜负了人家李师傅的一番心意。"

他爸附和："所以说——这事儿怎么办，还得从长计。"

俩人这番难以名状的结果，就是又把阴大夫请了来，"再合计合计"——这时也顾不得阴大夫自己还有一摊子烦心事儿了。

阴大夫来时，那豆仍在院儿里转圈儿。但他听到门外支自行车的响动，却掉头就往自己屋里走，也没跟人家打个招呼。此时他的胸中充满了委屈、怨气，导致他不想再与任何人进行任何形式的交流了。并且他还有了一种被人抛弃的失落感：他爸他妈想的是赔偿，想的是钱，现在就连阴大夫和李固元都去给他爸他妈帮忙了，那么又有谁关心爷爷呢？到头来，还是他和爷爷相依为命，但他却和爷爷不仅阴阳两隔，而且天各一方。

正往小半间里钻，他听见阴大夫叫他："豆儿——"

他也不搭腔，当啷一声摔了门。他对阴大夫可从来没这么失过礼数。还是八哥替他回声儿："别理我，烦着哪。"

门外，他妈紧着赔不是："瞧这孩子，怎么连您都撅……您别见怪。"

他爸却说："他犯浑让他犯去，咱们还有正事儿呢。"

这就把阴大夫请进了爷爷的北屋，商量"正事儿"。老房子不隔音，怎么商量的那豆也都听见了。刚开始，那豆他爸提出要再去"闹上一通"。古有三打祝家庄，今有三闹殡仪馆，第一次是为了办丧事，第二次把对方的脑袋开了瓢，而这第三次呢，必得"闹出声势，闹出个所以然来"。对于这个提议，那豆他妈也很赞同，原先因为那豆正在"睡板儿"，他们家签署了不平等条约，他妈也憋着一口气呢，她这时又补充，如果对方还敢胡搅蛮缠，那就索性占领灵堂，当着其他"客户"的面儿将殡仪馆的罪行公之于众，"让他们的生意彻底做不成"！而这一构想无疑来自在肉店卖肉的经验：

"就像有一孙子说我们的羊头肉不新鲜，我不给他退，他倒好，堵门口做广告，连晚报的记者都差点儿给招来了——你说他孙子不孙子。"

"他不行，'外场'上顶不上事儿。"他妈顺便还嫌弃他爸，"上次我没去，这才吃了亏。这次我也去，让他们见见'真章儿'。"

但对于这种态度，阴大夫却说："不要意气用事。我就问您，为了自己家的事儿却妨碍了人家办丧事，这是不是……也不大合适呢？"

那豆他妈一时语塞。她大概也承认，闹肉店和闹灵堂的意味很不相同。而他爸则表示"甭听她胡咧咧，老娘们儿都这样儿"，然后才问阴大夫："那照您看呢？"

阴大夫就说："我的看法很简单，咱们又不是为了跟谁置气，咱们还是想讲理——这不也是豆儿他爷爷常说的吗？既然讲理，那就有讲理的地方……"

那豆他爸又接嘴："您是说……真要上法院？"

那豆他妈也含糊："可法院的门朝哪儿开呀，我们也没打过官司……"

阴大夫又说："法院的门朝街上开，想评理就能去。再说谁也没说上法院就一定要打官司呀，我了解了一下，这种民事案件，刚开始都得经过调解，说不拢了才正式起诉。只不过还有一条，专业的事儿得由专业的人来办，在咱们看来复杂的流程，在人家那儿也就是轻车熟路——所以我建议，最好还是找个律师。"

于是他们就又开始合计怎么找律师。而这自然是一个颇费周折的议题，一时半会儿合计不出个头绪来。又过了一会儿，仨人的合计还变成了四个人的合计，这是因为李固元恰好打来了电话。李固元询问他们家是否商议妥了"下一步该怎么办"，又表态说，他就在燕郊随时候着，"有帮得上忙的尽管开口"。这让那豆他爸再次感动并钦佩：

"李师傅，瞧您说的，我们都不好意思了。"

那豆他妈说："我们就算追责，追的也不是您的责——心里都有一本儿账。"

因为电话开着免提，李固元和阴大夫也打了招呼。此前李固元也许见过阴大夫，阴大夫却没见过李固元，现在他们仍未照面，但两个老派人没准儿还互相隔空拱了拱手，又分别客套了一声"您受累了"。

李固元说："都是为了我'收儿'……"

阴大夫赞同："对，都是为了他爷爷。"

李固元又说："对了，豆儿呢？"

阴大夫便凳子一响："你们先合计着，我看看豆儿去。"

阴大夫推门出了北屋，往小半间来。而当窗棂上响了几声，那豆却仍闷头不作声。他还抄起一副巨大的游戏专用耳机，往脑袋上一扣。耗了片刻，他觉得阴大夫也该走了，一扭头，却见枣树的树荫里仍立着个人影。

阴大夫还咳嗽着笑了笑："豆儿啊，忙着呢？"

那豆的心里就一热，脸上也一热。他认识到了自己的不识抬举，哽着嗓子说："阴大夫，我也不是冲您——我就是不想说话。"

阴大夫说："知道你心里苦。我帮不上忙，我也很惭愧。"

那豆没说话。他觉得只要一开口，自己没准儿就会拖出哭腔来了。

阴大夫又说："北屋里那个盒儿……也就是你爷爷骨灰的事儿，

我其实也知道了。你做得都没错儿。甭管怎么着,也得把你爷爷从阿尔巴尼亚接回来呀。"

那豆仍没说话。他脑袋上的耳机往下一滑,咔嚓一声箍住了他的脖子。

而阴大夫还说:"美国远是远,不过海内存知己。"

说完,阴大夫就径直出院儿,上了自行车。他那几句话却让那豆的心里腾腾发热,同时还让那豆犯起了含糊。那豆脑子里的那个磨又开始转动不休:阴大夫是怎么知道爷爷的骨灰被带到了阿尔巴尼亚,又怎么知道的阿尔巴尼亚的事儿还牵扯到了美国的事儿?自然不会是从他爸他妈那儿知道的。关于他如何跟何大梁谈条件做交易、如何在美国的网上寻找黄耶鲁的经过,那豆从没跟那两口子提过——这就叫"道不同不相为谋"。那么也不可能是李固元,听刚才隔壁的话音,李固元和阴大夫才刚认识。这可就奇了。

尤其是阴大夫的那句"海内存知己",听来好像打了个机锋。他很想追出去,找阴大夫问个究竟,但自行车打铃的声音越飘越远。而一头雾水又加剧了他原本的魂不守舍,于是他重新来到小院儿里,开始转圈儿。

这一转,接连又转了好几天。白天转晚上也转,竟转出了一种境界。他就像关在牢里又闲不住的囚徒,只在这方寸之地运着劲儿,贴地飞行,驾轻就熟,似在低头冥想,却又对周围的风吹草动了然于心。比如某个黄昏,当房上的猫悄悄逼近窗沿上的鸟笼,还没等八哥呼救,那豆突然就回身一声"呔",吓得那猫落荒而逃。

见此一幕，他爸赞道："你这八卦掌算是练成了。"

那豆运气、收功，在枣树下默然静立。他还闭了眼，听任头顶树叶婆娑，也听任天色黑了下去。估摸着该有一轮明月升起，照耀完了美国的黄耶鲁、阿尔巴尼亚的何大梁又来照耀他。明月还照耀着爷爷、老太太沈桦和贵州人田谷多。

恰在这时，那豆兜里手机一响。也很奇妙，后来回想起那一幕，那豆分明觉得自己提前有了预料似的，还感知到一股能量从天而降，精确地锁定了他在这个北京小院儿里的坐标。他爸他妈叫他吃饭，"炒疙瘩都凉了"，他却聋了似的没听见。他像个盲人似的把手伸下去，好一会儿才哆哆嗦嗦地摸出了手机。

然后那豆睁眼，看见了那条微信。随后，他竟似开了悟一般，不仅原先听不懂的机锋全懂了，就连原先走不通的路也好像豁然通了。

他又想起了李固元的那句话，"事儿全拴在一块儿呢"。

给他发微信的是阴晴。她说她替他找到了美国的黄耶鲁。

17

阴晴劈头的第一句话是：爷爷的事儿，你怎么也不跟我说？

她也管那豆的爷爷叫"爷爷"，打小儿如此。在从幼儿园走回家的路上，爷爷一手拉着那豆，另一只手拉的就是阴晴。后来阴晴上了重点高中，还是爷爷嘱咐那豆时不常地到她们学校照一面儿，"别让丫头没了伴儿"。然而斗转星移,此时那豆却对阴晴的叫法感到陌生。不仅如此,就连阴晴这个人都显得陌生了。

阴晴就像一个旧梦,那梦真切可感,但当他睁眼,就知道梦醒了。

这几年来,阴晴虽然也在网上跟他说过话,但从没给他发过新近的照片。她的微信朋友圈也是空的。微信里,阴晴的头像还是她十六岁时的拍一张照片:梳条马尾辫,露着微微发亮的额头,穿身嫩黄色的连衣裙。十六岁的阴晴有一种安静而倔强的气质,仿佛她略一凝神,整个儿人就化作了一尊汉白玉雕塑,从而与她所处的世间全无关系了似的。她就那么沉默着,出离着,瞪大了眼睛望着胡同上方那长条形的天空。

那豆还记得,那张照片也是爷爷从照相馆请了师傅来给阴晴拍的。他说丫头上了重点高中,必得正经八百地留个纪念。而相应于阴晴,刚上了职高的那豆就没这个待遇了,爷爷只是对他普法:"人警察说了,这岁数惹事儿真会追究刑事责任。"

因此对于那豆而言,这时还发生了一场时空错乱,好像二十三岁的他正在跟十六岁的阴晴进行交谈。当然,这种错乱也有先例,在他去燕郊时,就和李固元一家上演过类似的一幕:李固元演了他爷爷,李固元的外孙女演了五六岁的阴晴,而他还演他。这个印象给了他经验,让他能够应对自己那颠三倒四的错乱感。

他便在微信里回答阴晴:后来又出了别的事儿,就没来得及告诉你。

然后才正式报丧:爷爷"薨"了,是在一天早上……

但他正在敲着手机,阴晴的信息又跟了过来:我问的就是那个"别的事儿"——你确定爷爷被带到了阿尔巴尼亚?

阴晴的打字速度比他快,随即又接了一句:你确定要把骨灰换回来,就得找到黄耶鲁?

那豆便删了说到一半儿的话,又像条件反射似的发过去一条:我确定。

然后他才感到了一头雾水——阴晴又是怎么知道这些的?要知道,阴晴可是在美国呢。但恰恰因为想到了这一点,他突然又有了茅塞顿开之感。他盯着手机屏幕眨了眨眼,梳理着信息传播的轨迹。草蛇灰线,伏笔都是他亲手埋下的。

阴晴接下来的话,则印证了那豆的猜测。她说:刚看到你那个帖子时,我还以为又有什么人在"博眼球",后来才发现帖子的作者名叫"鼓楼花臂"。你也真不嫌事儿大——就算要找黄耶鲁,干吗非得广而告之?通过大学的教务处不行吗?

也就是说,阴晴的出现,的确属于他在"芝加哥留学生论坛"上那个帖子的连锁反应。再考虑到网络的扩散效应,这事儿也就从意料之外变成了情理之中。但那豆还是问阴晴:你怎么会上芝加哥的论坛?我记得你不是在波士顿吗?

阴晴说:我本科毕业了,申请到了芝加哥大学的研究生奖学金。

她顺便又介绍:这儿是美国前总统奥巴马的母校。

而虽然俩人至此都是文字交流,那豆却重温了阴晴过去的口气——关切之中夹杂着一点儿责备,就像懂事儿的姐姐正在开导不着四六儿的弟弟。可真要算算日子,他比阴晴还大了两个月呢。于是那豆便也拿出了他以往的腔调,话里话外都想反驳阴晴,以证明自己其实"没那么蠢":我就算找到了教务处,也不会拿英语跟他们掰扯呀。

阴晴便发过来一个"摸摸头"的表情。到头来还是暴露了他的蠢。那豆只好回给她一个"捂脸笑"。他又想:原来阴晴还是阴晴,原来他还是他?

但阴晴随后的一句话,却把他的怀旧感打散了。她说:黄耶鲁托我问你,如果你有证据,那证据又是什么?

那豆一激灵:你认识黄耶鲁?

阴晴说:谈不上认识,但也算见了一面。

阴晴又告诉那豆,她进到芝加哥大学的留学生论坛,原本是想用参考书去淘换两件旧家具。在穷学生中间,这种互通有无的方式也挺普遍。然而还没找着对家,却看见了那个引发轩然大波的寻人帖子。这让她感到不可思议,又犹豫了一阵,还是决定先给阴大夫打个电话。这时她倒想起她爸来了。在过去的几年里,她几乎从不主动联系阴大夫,顶多是在过春节时才发个信息,道一声好。通过这个突如其来的越洋电话,阴大夫也才知道了自己往美国寄的包裹为什么会被屡屡退回——阴晴在波士顿就换过两次住址,最近又从波士顿搬到了芝加哥。她的留学生涯像个西部牛仔一样居无定所。

交代完这些,父女隔海相对,竟像没话却要硬说,各自有些言不由衷。

最后还是扯回到了那豆家的事儿上。阴大夫向阴晴证实，爷爷果真"薨"了，他还讲了那豆如何发现了骨灰里埋着一块金属碎片，以及如何由此怀疑盒儿里装的不是他爷爷。阴晴也讲了那豆在那个帖子里透露的情况，诸如火化过程中出了一个差错，再诸如这个差错又涉及另外两家人，还诸如那两家人中的一家就在美国，就在芝加哥。他们也是互通有无，拼接出了那豆在爷爷"薨"了之后的行动轨迹。

然后阴晴对阴大夫说："我能找到那个黄耶鲁。"

阴大夫却说："愿不愿意把过去的事儿捡起来，这就看你了。"

这也是阴大夫一直以来对于女儿的态度：既谅解又放任。几年前阴晴要去美国时，他是如此，现在他还是如此。阴晴就没再与她爸商量下去，反正都是"看她"了。也正像阴大夫虽未明言却猜想到的，她到底没能忘了豆儿和爷爷。海内存知己。

而阴晴确实是能找到黄耶鲁的。尽管黄耶鲁不上学校的论坛也不跟同学打交道，"但有谁不会注意到一个被豪华汽车送来上课、身边还总跟着司机和保姆的中国孩子呢？"阴晴对那豆说。黄耶鲁在中国是那么神秘，在美国却又是那么招摇，因此阴晴只要随便打听几个人，就知道了黄耶鲁是商学院的特招生。

于是就在前两天，当那豆正绕着胡同里的小院儿转圈儿，身处芝加哥大学校园的阴晴则穿过一条林荫道，走向了黄耶鲁乘坐的那辆加长"林肯"。

她敲了敲窗户，先从车里跳出来的却是一个穿黑西装戴墨镜、脑袋一侧还挂着个耳麦的广东籍司机。对方摆着黑帮片里的造型，警惕地问她:"做咩?"也幸亏即使在治安混乱的芝加哥南区,一个胳膊肘底下夹着本厚书的中国女孩总不至于令人生畏,因此"林肯"的后座窗户旋即降了下来,又有一个北京腔问她:"干吗?"

阴晴没多说什么,只把手机里的帖子截屏展示给对方:黄耶鲁,我拿了你奶奶的骨灰。伴随着一声河南腔的"弄啥",手机被一个保姆接进了车里。而在这个过程中,阴晴始终没看清黄耶鲁的长相,"林肯"汽车的内部过于深邃了。她只记得对方用葛优的经典姿势瘫在了厚实的皮沙发上,就像尾巴骨断了。

看了一会儿,黄耶鲁仍通过保姆把手机还回来,然后说:"知道了。"

他又说:"这位小姐姐,加个微信呗。"

阴晴这才开口,她说既然是在美国,那么还是用"脸书"比较方便。

黄耶鲁却说:"谁用那破玩意儿啊——你是不是中国人?"

一个社交软件,却上升到了民族大义,这让阴晴感到了"讽刺"。而"讽刺"的另一个原因在于,黄耶鲁的口吻一直都是赖巴唧唧的,再加上那嘴北京话,不免让阴晴隐隐觉得有什么地方乱了套。但她也知道,现在不是纠缠于细节的时候,她只是尊重对方的要求,扫了扫黄耶鲁让保姆递出来的手机二维码。随后,"林肯"绝尘而去。

就这样,阴晴详尽地描述了她与黄耶鲁打交道的过程。嫌打字太慢,她中途改换成了语音,于是她也终于在那豆的感知里具体了起来——她的声音低沉,足比过去降了一个八度,她的口气依然沉静,全是就事论事的不动声色。

记忆里的阴晴是虚幻而亲近的，现实中的阴晴却是真切而遥远的。

而那豆不可能一味沉浸在对今昔两个阴晴的比较之中。他需要考虑的还是黄耶鲁，黄耶鲁也在管他要"证据"呢。在重视"证据"方面，黄耶鲁和何大梁倒是如出一辙。

连阴晴也又问了他一遍："你说有证据，证据是什么？"

那豆也换成了语音："你可以让他加我微信，我当面给他。"

这也是几年以来，俩人第一次互相听见了对方的声音。阴晴在电话那边轻轻地"唔"了一声，音调比方才柔和多了。这声沉吟又让那豆心中一暖，然而紧接着，他听见阴晴说："我也这么跟他说过，他不答应。"

那豆一愣："什么意思？证据我有，他到底想不想要？"

阴晴说："他说他不能直接跟你通话，你的证据得通过我出示给他。"

这让那豆进而又一蒙，与何大梁打交道时的情景恍然再现。怎么碰上的全是这路各色人，一个比一个爱出幺蛾子？而黄耶鲁与何大梁的幺蛾子还不是一个套路，何大梁是死抠着"证据"较劲，黄耶鲁倒好，连证据的提供方式都有特殊要求。既然已经牵上了线，难道不是由当事人直接联系最保险吗？干吗非得在中间多加一道环节？而这又让那豆不得不提起了警惕：这个黄耶鲁，没准儿比何大梁还不好对付。

也好在中间这人是阴晴，阴晴也管爷爷叫爷爷。如果换作旁人，那豆可就信不过了。于是他索性也不说什么了，转手把李固元给的那段录像发了过去。

然后才说:"让他看仔细点儿,水晶棺里的就是他奶奶。"

那豆还说:"既然'那孙子'这么事儿×,只好麻烦你了。"

阴晴便又"唔"了一声,俩人的对话就此中断。在此后的一整天里,那豆倒不在院儿里转圈儿,也不在枣树下运气了,他又想起来,或许该和何大梁通一通气儿。这当然也不是因为他有向何大梁汇报工作的义务,而是为了让何大梁安心。那边儿的心安了,才能好好儿对他爷爷——阿尔巴尼亚油炸馅饼不敢指望天天有,但轻拿轻放是必须的。

因而他发去一条微信:别急,已找到黄耶鲁。

何大梁回复:兄弟,信得过你。

这么一晃,就到了次日黄昏,估摸着正是美国的清晨。当一轮斜阳坠了下去,阴晴的微信便发了过来。每天都是这时跟他联系,可见她还保持着小时候的早起习惯。在他们上初二那年,也正因为要上早自习,阴晴才撞见了那豆被黑背狼狗扑倒在地的惨烈场面。然而那豆又想:如果没有那个早晨,阴晴后来会去美国吗?

阴晴却容不得他走神儿。她在语音里说:"黄耶鲁说,你的证据不够确凿。"

那豆不敢置信:"那怎么可能,从头到尾都拍下来了……"

阴晴的下一条语音打断了他的叫屈:"我也看了,我也信了,但关键还在于黄耶鲁信不信。他对我说,录像里他奶奶的水晶棺没有错儿,现场有人晕倒的画面也很清楚,如果正像你所说的,事后你找到了那个司炉工,司炉工又记得三口棺材原先的摆放顺序,再对照遗体入炉的实际炉号,那么的确可以推断,他奶奶的骨灰被装进了另一个人——也就是爷爷的骨灰盒。然而他却又说,即便如此,仅凭一段录像和回忆进行推断还是不够。再加上摄像头的像素有限,每个骨灰盒上的细节,诸如照片啊名字啊,从画面上也并不能看到,所以对于他奶奶的骨灰在你手里这事儿,他还需要一个更直接、更有力的证据。"

话说得那豆又烦躁了起来。他当然不是烦阴晴,而是烦黄耶鲁:明明承认了推断合理,但却偏偏不信那个推断,这不是钻牛角尖儿吗?更烦的还是眼下的局面:能说服何大梁的证据却不能说服黄耶鲁,那么黄耶鲁想要的那个"更直接、更有力"的证据又是什么呢?他不禁对着手机嘟囔:

"他要怎么才能信我?难不成还要'验货'吗?"

而这么说完,那豆脑子里又有微光一闪。紧接着,阴晴的说法——也即她转述的黄耶鲁的说法——也呼应上了那一闪念。阴晴说:"其实也简单。你们不是从骨灰盒里找到过一样东西吗?黄耶鲁恰好也提到,他奶奶曾经受过伤,身上留有异物,他去看她奶奶时,还曾经见过医院拍的 X 光片。现在他要求看看你们从骨灰盒里找到的那样东西——如果形状能跟他所说的异物对上,这不就说明了骨灰确实是他奶奶的吗?"

听到这里,那豆就"咳"。为了个"证据"绕来绕去,结果又绕回了原点。当初正是从爷爷的盒儿里发现了那块金属碎片,这才引发了此后的一连串儿事情。而他也是被和何大梁打交道的经验误导了,一提"证据"就只想到录像,因此忽略了对于黄耶鲁而言,更有效的"证据"其实早就预备好了。

那豆心里一松,也就理解了黄耶鲁的诉求:兹事体大,人家只想眼见为实。

"验货"这个比方虽不妥当,但他们家也"验"过,何大梁也"验"过,黄耶鲁为什么就不能"验"呢?至于那块金属碎片,现在还在爷爷的北屋,压在爷爷的褥子底下。在这儿还得做个解释:这东西既然被用于开了客服经理的瓢,那么就属于一场刑事案件的凶器,照例应由警方封存——然而那豆却留了个心眼儿,他琢磨着以后没准儿还得跟殡仪馆继续对质,所以这个关键物证最好还是自己留着。反正公安局的物证室里堆满了刀枪剑戟,想必也不缺他这小小一宗暗器。于是当时趁着警察没进门,他便给他爸递了个眼神,又和他爸暗中把手一握,将金属碎片塞了过去。

他爸虽然爱叨叨,做事也没主心骨,但其实不傻。此时会意,他接了东西往兜里一揣,顺手还把办公桌上的一个玻璃杯扒拉到了地上,碎成几片。

到了进派出所做笔录时,那豆只说他"在争执中敲击对方头部",而被害人那一脖子血,则"很可能是在倒地过程中造成的二次创伤",被地上的玻璃碴子扎的。反正也不是什么大案要案,连警察都懒得追究细节,客服经理就更不在乎了,只要苦肉计得逞,就算大功告成,到底被什么戳破了脑门儿才没那么重要。

于是东西就被转移到了家里,那豆又把它找了出来。碎片还是碎片，此时一看，竟有久违的感觉：它坚硬、锐利而光滑，握在手里微微发凉，但转眼就具有了人的温度。只不过一个尖儿上还沾着血迹，色泽新鲜，可以推想不属于老太太沈桦，而是属于客服经理。既要物归原主，也得一尘不染，于是那豆还去了趟院儿里的水龙头旁，将金属碎片冲刷干净，这才用手机拍了张照片发给阴晴。

没过一会儿，阴晴的信息就回了过来。当然，她的回复速度也不取决于自己，她得先把照片发给黄耶鲁，听完黄耶鲁的说法再复述给那豆。因为黄耶鲁的各色，还得连累她两头儿受累，所以阴晴的口吻也不由得"讽刺"了起来。

这次她先说的却是："对了，八哥还好吧？"

那豆没想到她会问这个，便把手机对着窗沿上的鸟笼子一举。笼子里的八哥和阴晴打招呼，用的还是爷爷用过的称谓："丫头，丫头。"

阴晴苦笑，对八哥道："来回传话儿，我也跟你差不多了。"

然后她才重复了黄耶鲁的反馈：从那豆爷爷盒儿里找到的金属碎片，正是他奶奶身上的那块异物，和 X 光片上的影像形状吻合，分毫不差。而阴晴传话能力自然与八哥不可同日而语，说完这一点，她还进行补充，描述了一番黄耶鲁在确定这个事实之后的反应。她说他相当激动，虽然压着嗓子故作镇定，但不经意间滑出了哭腔。那个满嘴河南话的保姆恰好来问他"早上吃啥"，黄耶鲁则粗暴地勒令其"滚蛋"。

那豆长舒一口气："这不结了吗，铁证如山——难道我还想骗他不成？"

又说:"你再问问他,接下来咱们该怎么办……"

不想阴晴却说:"关于怎么办,他也有个提议。他想让你去趟美国。"

那豆又倒抽一口气:"凭什么让我去美国?他想换回他奶奶,就不能来北京换吗?再说我爷爷又不在他手上,所以理应他来而不是我去。"

这也是与何大梁打交道时总结出的经验:仗着手里拿了对方亲人的骨灰,便有资格要求对方受累跑腿。另外还有一个原因那豆没说,那就是黄耶鲁比他有钱,从美国回北京,可比他从北京去美国要容易得多。然而阴晴又道:

"可黄耶鲁说,他回不了中国。"

那豆问:"那为什么?他不是中国人了吗?就算他是美国人……"

阴晴说:"甭管是中国人还是美国人,来去其实都不难,但偏偏他这种情况,问题就复杂了。黄耶鲁解释说,他正在办理入籍的关键阶段,眼下不方便离境。不过他也说了,他可以给你订好头等舱和五星级酒店……"

那豆不禁"哼"了一声:"合着他为了变成美国人,就不打算回来接他奶奶了……"

但他还没接着讲下去,阴晴却说出了一句更加令他措手不及的话,直让那豆半张着嘴忘了合拢,好像里面塞了个鸡蛋。

阴晴道:"黄耶鲁还说,可以让你开个价。"

愣了半晌,那豆才问:"开价?给什么开价?"

"给他奶奶……的骨灰呀。"阴晴继续复述,"他说你如果去美国,那么虽说是为了你爷爷,但也相当于为他奶奶忙活了一趟。替人辛苦替人忙,所以不能让你吃亏,起码不能在钱上吃亏——恰好他有的是钱。不过他又强调,那块金属碎片你也得带到美国一并交接,有那东西才能证明他奶奶就是他奶奶。至于报酬,你可以说个数儿。他还说,人嘛,都是自私的,谁都没那么高尚,所以请你不必不好意思……"

听到这儿,那豆不禁问了一句:"是呀,我有那么高尚吗?"

电话那头,阴晴也问他:"豆儿,那你怎么想的?"

那豆却把眼一横,从牙缝里挤出了一句"我操",随后抛出了答复:"可人跟人不一样——万一我就有那么高尚呢?"

阴晴道:"你是说,你要来美国?"

"让丫少跟我来这套,机票酒店也不用他订,有俩臭钱嘚瑟什么呀?"那豆兀自执着气,"不就是美国吗?我自己也能去。"

一边标榜"高尚",口风却流于粗鄙。话赶话之间,他又"起了个范儿"。

18

事后回想,那豆也承认,他的"范儿"起得言不由衷,而且过于轻率了。

他很清楚,之所以"替人辛苦替人忙",其实还是因为何大梁。

何大梁在阿尔巴尼亚修桥呢,何大梁又拿着爷爷的骨灰,何大梁还威胁他说如果不把田"锅"换回来就把爷爷撒到河里去。上述细节,无非还没来得及对黄耶鲁解释罢了。

但也赖黄耶鲁:回不来就回不来,干吗非让他"说个数儿"呢?要知道在这事儿上,那豆最烦谈钱,一谈就急。当初也正是因为客服经理非要谈钱,才被他开了瓢,后来虽然"睡了板儿",但这个条件反射也没扳过来。此外还有,黄耶鲁干吗非往"高尚"上扯呢?同样符合巴甫洛夫定理,一提"高尚",那豆就有点儿搂不住劲了。

搂不住劲还跟阴晴有关:谁让她恰好夹在中间,见证着那豆的态度呢?

虽然只闻其声未曾见面,但在一定程度上,那豆仍把阴晴当成了照片里那个梳马尾辫的小姑娘。十六岁的阴晴沉静如同雕像,望着胡同上方的天空,仿佛那里面藏着什么只有她能看到的东西——遥远、辽阔、让人不可捉摸。那豆自小也爱走神儿,但他明白,俩人痴得又有不同。阴晴的痴是大的、高的,他的痴却是小的、低的。他也明白,正是这个区别,让他一直都在追逐阴晴,不由自主,无止无歇。

但那追逐仅仅发生在他心里。记得阴晴走时,同样是在一个春夏之交。那年他们都十八,她刚参加了美国高考,很快就接到了波士顿一所学院的录取通知书。虽然考前的那些辅导课都是那豆陪着阴晴去上的,但在知道了她上飞机的日期之后,那豆反而不去找她了。他这时又想,反正都是要走,送也白送,就甭"长亭外,古道边"了。

在对待和阴晴的关系上,他似乎也总在犯狠,但犯狠的对象都是他自己。

他不去找阴晴,阴晴却来找他了。走前的头天晚上,她让他陪她上趟鼓楼。

鼓楼就在他们那条胡同的往北两站地,近看是一个砖墩子,远看墩子上有梁有檐。一直到今天,它都是方圆几里最高的建筑——这是因为颁布了"保持原貌"的政策之后,北京的这片旧城区就停止拆迁改造了。当然,这也断绝了附近居民换楼房、当回迁户、再"捞他个千儿八百万"的念想。而在他们这片儿的孩子里,还有一个传统,那就是须得徒手爬上鼓楼城墙,才算长大成人。这传统从爷爷小时候就有了。

那豆也问过爷爷:"您上去过吗?"

爷爷说:"上是上过,不过因为腰疼,爬时脚底下垫了个缸。我上也不是为了逞能,而是为了从高处看护酱油厂里晾着的纱布,不能叫人顺走了。"

也就是说,爷爷攀登鼓楼,发生在他当劳模的那天夜里。虽然已经负伤,但爷爷还是坚持着履行了职责。那豆又问:"那我爸呢?"

爷爷就说:"你爸也企图上去过,是在美国总统里根来中国访问那年吧?他边爬边叨叨,还跟人讨论这总统曾经当过演员,不过名气可比玛丽莲·梦露差远了——结果半截儿一泄气,又出溜下去了。为这摔折了一条胳膊,在家躺了半个月。对了,送他上医院的就是你妈……你妈因为有个痦子,偏又姓马,所以才被你爸叫作了马丽莲……"

而到那豆和阴晴上鼓楼时，鼓楼早已围了一圈儿铁栅栏，变成了景点。这也拦不住他们这些熟门熟路的"坐地虎"，趁着管理员下班，找个豁口一猫腰就进去了。这时鼓楼还经历了几轮维修，表面不再坑坑洼洼，想爬都没处下脚。不过也正因为维修周而复始，贴着城楼后身总搭着一排脚手架，反而更便于攀登了。

他们就趁着夜色，踩着架子往上爬。阴晴在前，那豆在下面护着她。别看阴晴是学习委员，可有时举动却像个假小子，并总带着一股执拗的、心无旁骛地追逐着什么的劲头。她追逐着那些大的、高的东西，那豆追逐着她。他觉得他都快跟不上她了，还总担心她会一脚踩空摔向地面。幸好那一幕总算没有发生，没过一会儿，他们就上了鼓楼。这仪式比他们想象中轻易多了，仿佛长大成人也就是一眨眼的事儿。

然后做了什么呢？那豆记得，他和阴晴只在城头的墙垛子上坐着。暮气四合，八面来风。他们望着城下那些纵横的胡同阡陌和连绵的平房屋顶。在这片北京城区的盆地里，那豆能清晰地辨认出哪儿是他们家的小院儿、哪儿是他们过去的幼儿园和小学，哪儿是爷爷搬了一辈子缸的酱油厂。酱油厂早就不在了，不过后来也没像人们所预料的那样变成"科技园"，而是被收购它的上市公司拿去炒地皮了：今天包给酒店集团，明天号称建立金融总部，后天又和互联网企业达成了"战略合作协议"。随着门口的招牌一换再换，酱油厂也变成了一块始终不曾竣工的工地，据说那家上市公司的股票倒是打着滚儿地往上涨。

街上的、胡同里的灯都亮了,变成了一片流淌扩散的灯海。但和脚下的璀璨相反,阴晴的脸却渐渐暗了下去。

她这才说:"豆儿啊,咱们回见。"

那豆也说:"回见。"

阴晴又说:"我就想换个地方活着。"

那豆说:"爷爷说过,你跟我不一样。"

然后那豆先站起来,从墙垛子上蹦回了砖石甬道。他又回身,把一条尚未成形的"花臂"伸向阴晴。当时的"花臂"还没后来那么唬人,只文了一个黑猫警长和两个葫芦娃,倒像一部动画片只看了开头却猜错了结尾。阴晴就扶着他的胳膊,将身子撑了起来。她的马尾辫一甩,发梢划过了那豆的嘴角。在那一刻,那豆心里一动,他很想就势拉住阴晴的手,哪怕是攥上那么一两秒钟也行——他认为阴晴对此不会有什么意见,因为她的手好像正在微微发颤地等着他。然而一紧张,又一转念,还是没那么做。

他想,算了吧。他还记得他转身就走,爬下城墙时像在逃跑。那天他登上了爷爷上过而他爸没上去的鼓楼,但他并不为此感到自豪。

念及此处,心里发空。那么说回现在,他的"起范儿"就是做给阴晴看的吗?他是想给阴晴制造这样一种效果吗——恰因黄耶鲁用小人之心度了他的君子之腹,所以他更应该从小的、低的状态里拔地而起,从而在多年以后离阴晴近了一点儿?或者说,他觉得自己和阴晴之间还有什么未尽事宜,还有什么遗憾需要弥补?

好像是，然而好像又不全是。

那豆隐隐记得，就在梗着脖子"起范儿"的那一瞬间，他还想起了他的爷爷。

爷爷却与阴晴不同，从未让那豆感到和什么大的、高的东西有关。爷爷一辈子讲理要脸，讲的都是俗理，要的都是肉脸。但爷爷说过的事儿却总会冷不丁地钻上来，像湖底泛出的水泡儿，在他心头荡开一圈儿又一圈儿波纹。

比如爷爷讲过，爬上鼓楼看守纱布，原本也不是他的职责。搬缸工人只管搬缸，搬完了就可以回家睡觉，然而因为干活儿时扭了腰，上了床疼得睡不着，于是爷爷索性爬起来，又回到酱油厂去。这时已近清晨，厂里的空地上摆满了竹架子，竹架子上晾着纱布，附近却没什么人，只有几个兵在四面把角站岗。有了哨位，这地方就是临时军管了。再看那些兵，都比爷爷大不了几岁，手边杵着枪。

爷爷有心跟人聊两句，但哨兵威严，也不理他。他只好沿着厂子外的墙根溜达，检阅自己的劳动成果，也就是那些一字排开、越码越远的大缸。这时却听背后当啷一声，再一回头，就见厂门口有个兵杵在地上的枪倒了。当兵的握不住枪，兵也觉得挺丢人，赶紧揉着眼睛捡起来，站得比刚才还直。

而爷爷却看出了原委：这都是困的。一会儿，还有一个老兵从院儿里走出来，提醒了那个年轻兵两句。虽然训人，可老兵的眼也通红。这让爷爷更觉得兵们挺可怜，还觉得这些兵跟他早些年见过的兵不一样。于是他走回去，对老兵说：

"要不你们睡一觉去。车间里有现成的地方,只要不嫌味儿大就行。"

还给对方宽心:"现在觉悟都高了,纱布晾着也没人拿。"

老兵紧着摇头,一嘴山东话:"没人拿是没人拿,可对任务不敢疏忽。"

明知没人拿,却还不疏忽,爷爷就觉得这个山东兵有点儿死心眼。他忽然想到了什么,又说:"那我替你们看着得了,反正物资放在我们厂,你们的责任也是我们的责任。"

老兵便认出爷爷正是搬了一夜缸的那个小伙子,神色登时亲近了许多。可他还是摇头:"我们半个班呢,你替也就替一个人。"

这可难不倒爷爷,爷爷一指不远处的鼓楼:"到那上面去不就得了——登高望远,尽收眼底,我一人能顶半个班。"

对于这个主意,老兵居然没有反驳,但他还在解释,倒有些不好意思似的。他说他们是连夜跟着车皮到的北京,路上几天没合眼,他们中的大部分人已经去休息了,而被指令驻守厂区的这几个还得继续咬牙坚持,怕睡着了就拿烟头烫手。他还说,等完成这次押运任务,他们这个排将会就地编入作战部队,直接奔赴战斗的第一线。

爷爷便一拍巴掌:"眼瞅着上战场,还不把觉补足了?"

又催:"走你的,万一有事儿我叫你们。"

老兵犹豫了一下,回头看看自己的几个兄弟,又转向爷爷:"那辛苦你了。"

等对方拍拍他的肩膀,转身要走,爷爷才又问:"对了,你是排长?"

老兵说:"排长还在火车站看车皮呢,我是班副机枪手。"

也没互通姓名,俩人就此告别。老兵招呼兄弟们进屋休整,爷爷则沿着那溜绵延的大缸往北去,走到尽头,就到了鼓楼的城墙下。墙下还摆着缸,正好可以垫脚往上蹿。那时的鼓楼也比后来旧多了,墙面坑坑洼洼,有的地方还露着豁口。饶是如此,因为腰上带伤,爷爷还是差点儿没爬上去。等好容易上了城头,他已经疼得直打哆嗦了。

然后做了什么呢?爷爷告诉那豆,他也就是坐着。爷爷的坐着又与后来的那豆不同,他身边连个伴儿都没有,但却不觉得孤单,也没有如那豆一般的忐忑、失落和伤感。相反,爷爷只感到了一种充实的喜悦,"怎么就跟吃了两副烧饼夹肉似的",他还认为都是长大成人,但他的仪式却比胡同里的其他孩子"更像那么回事儿"。

鼓楼之下,酱油厂里,飘荡着波涛一般的纱布。当薄雾终于散去,太阳升了上来,波涛便被染成了明亮的红色。又没过多久,从附近医院抽调的护士赶了过来,将那红色的波涛收卷起来,装包等着运往火车站。兵们也站了出来,抖擞着精神列队,准备开拔。那个山东口音的班副机枪手也在其中吧?却没见着人家。

爷爷却突然挺直腰杆儿,吼了一句戏词儿:"我坐在城头观山景——"

破锣嗓子直让四方一震。城下的兵们纷纷抬起头来,望着高处这个十来岁的孩子。他又瘦又长,梗着脖子。如果是不知情的人,没准儿觉得北京人真会玩儿,一大早儿还有爬到城楼上来吊嗓子的,然而队列里却有一条胳膊伸了出来,对着爷爷的方向挥了挥。那人身边还有两三杆枪往高处举了举。

伴着爷爷的那一吼,队伍就此开拔,背负朝阳,一去不回头的架势。后来和那豆交流上鼓楼的经验时,爷爷显摆:"那年我不到十五,比你还小了三岁。"

爷爷又不止于显摆:"人哪,要能替别人做点儿事,心里真美。"

爷爷进而总结:"这道理小时候不懂,大了才知道——知道了才算长大成人。"

十八岁的那豆本想告诉爷爷,他爬鼓楼也不是为了自己而是别人,具体的说是为了阴晴,但他迟疑了一下,终于没说。而时至今日,当二十三岁的那豆再想起爷爷的话,却又认为爷爷的"别人"和他的"别人"有所区别。爷爷的"别人"既指的是那几个兵,但似乎又指的是兵以外的其他什么人。那些人对于爷爷来说无名无姓,无穷无尽。那豆进而还想起了爷爷论及酱油厂改制时的说法,"得拿这厂子去养更多的人"——都是"别人"。也正是为了"别人",爷爷把自己交了出去,汇入了一股宏大的、浩荡的力量。

心里一踏实,这一辈子也就过来了。

哦,原来这就是爷爷。此刻在那豆眼前浮现的,就不是那个老了以后带他遛鸟的爷爷了,而是一个不满十五、青春洋溢的爷爷。这个爷爷跟着教员学会了"布尔什维克"和"孟什维克",刚完成了攀登鼓楼的成人仪式,并即将获得"他们这个民族、他们这种人家"

在"巴图鲁"之后破天荒的光荣称号,也即"劳模"。尽管吼了一嗓子就闪了下腰,疼得差点儿从城楼上折下去,但少年的爷爷自有一腔豪情。

这腔豪情穿越时空,鼓动着那豆。哪怕再想想酱油厂的结局以及他们家后来的日子,那豆多少替那豪情感到有些不值,但豪情本身却是纯粹的,并且豪情对他的鼓动也是真切的,像帆兜满了风。他还想:既然爷爷能,凭什么我就不能替"别人"做点儿什么呢?哪怕归根结底还是为了把爷爷的骨灰要回来。

于是他的"起范儿"就不是说说算了。他延续着那腔与爷爷遥相呼应的豪情,又从小半间里来到东屋,对他爸他妈赫然亮了个相。

话是这么说的:"我得出趟门儿,我得去打张票。"

当时他妈正把炒疙瘩端上桌,他爸正往酒杯里倒着二锅头。这些天来连叨叨带嘀咕,他爸也乏了,需要润滑一下嘴及脑子里的那个磨。听他这么说,他爸就道:

"坐车还用打票?到哪儿你说,我捎你一趟。"

那豆说:"您那'的'送不过去,我得打飞'的'。"

他爸说:"飞'的'……飞哪儿呀?"

那豆说:"飞美国。"

他爸手一哆嗦,白酒溢出一片。而当他爸赶紧凑着酒杯吸溜,那豆就解释起了要去美国的缘由:包括爷爷的骨灰被何大梁带到了阿尔巴尼亚,何大梁却要求他换回田"锅",也包括阴晴帮他在芝加哥找到了黄耶鲁,黄耶鲁却要求他拿着老太太沈桦的骨灰过去当面交接。尽量简短截说，却也颇费口舌。前后捋了一遍，那豆不仅口干舌燥，梗着的脖子也像落枕似的酸疼起来。他爸他妈则从皮笑肉不笑变成了瞠目结舌。他们没想到那豆在自己眼皮子底下进行了一场世界大串联，更惊愕于连爷爷都漂洋过海了。

"阿尔巴尼亚，不就是给霍查同志送黄豆那地方嘛……"他爸也跟着捋，又问，"你爷爷的骨灰在那儿，你怎么从没跟我们说过？"

那豆却皮笑肉不笑了："你们不正商量着跟人索赔的事儿呢么，没顾上我爷爷。既然我妈说过两手抓，你们又忙着抓那一头儿，我爷爷的事儿就归我了。"

这话说得他爸他妈脸上一臊。而他妈又说："豆儿啊，你可别想起一出是一出——那是美国，不是燕郊……你到那儿人生地不熟的，别再吃了亏。"

那豆便又强调了去美国的必要性："可不去又能怎么办呢？难道就让谁家的亲人都换不回来？要把问题解决，必得有人出面破局。这个局，他们不破我来破。"

他还让他妈放心："阴晴去得了美国，我就去不了？再说她也能照应着我。"

那豆口吻愈发轻松，看来"范儿"是越起越溜了。一时间，他真觉得去趟美国也没什么了。他的轻松不仅来自阴晴的例子，就连何大梁也给了他一种暗示——对于现在的他来说，地球也无非就是那么一个球儿而已，万水千山转眼过。

倒是他爸又说出了另一层担忧。他爸考虑问题，还是要比他妈宏观一些:"可美国正跟咱们打贸易战呢……这都是电视上说的。"

那豆便又开导他爸:"我爷爷说过,人得讲理,打贸易战不也得讲理吗?该是中国的得归中国,该是美国的才归美国,这就是理。贵州那田'锅'是中国人,人家也说了想回来,凭什么非要被扣在美国?老太太沈桦的亲孙子在美国,凭什么装在我爷爷的盒儿里滞留在咱们家?把这理讲出来,就连美国人也不能不认吧?"

"那是那是……电视上也说了,对于中国内政,美国不能干涉。"他爸居然顺着他叨叨了两句,但被他妈一瞪眼,赶紧又说,"可话说回来,你去美国,换的却是人家的骨灰,明明是三家人的事儿,他们却让你在中间跑腿,这不是把你当傻小子了吗?"

那豆这才引用爷爷那话:"人哪,不能只想着自个儿,也得为了别人——"

然后结合实际情况:"为了别人,也等于为了自己,要不我爷爷也回不来。"

还质问他爸他妈:"否则你们给支个招儿?"

那豆说时把眼一横。然而一鼓作气,再而衰,三而竭,这一轮的"范儿"终于没起来。这也跟他爸他妈的态度有关——他们不仅不再搭腔,仿佛就连听他说话的精神头儿都没了。转眼之间,他们委顿地坐到桌旁,各自把头扎到碗里,一个劲儿地扒拉着炒疙瘩。他妈又开始满脸跑瘆子,他爸间或"吱溜儿"一口白酒。这是什么意思?没下文了?看着他爸他妈那专注的吃相,那豆竟自有几分心虚。他也坐到桌旁,面前摆个碗却不动;他愤懑而又刻薄地往左边扫一眼,又往右边扫一眼，轮番睥睨着对面那俩人。

而正当他酝酿着再抄起什么物件,照桌子来上一记"惊堂木"时,他爸却突然把脸从碗里拔了出来。这一抬头,就见他爸的眼神儿也变了。以前没看出来,他爸横着眼时也有一股狠劲儿。"那三刀"倒真变成了菜刀、剪刀和剃头刀。

他爸又捏起酒杯，一饮而尽，然后起身往院儿外走去。

胡同里传来了那辆"伊兰特"开车门的声音，却没打火儿，开了又关。等他爸回来，手上就抓了满满一把票子，从手指头缝儿里居然还漏出俩钢镚儿。他爸说：

"你也甭老跟我甩脸子。那是你爷爷，就不是我爹了？"

他把钱往桌上一拍："这是我这几天刚跑出来的。家里还有点儿，我也给你拿上——本想着车该大修了，但也只能往后拖拖了。"

"豆儿啊，你去你的。"他妈也附和起来，"鸟儿你别操心，我替你喂着。"

就连八哥都在窗外说：" 慢走——回见了您哪。"

二人一鸟，把话说到这个份儿上，便让那豆措手不及地心里一热。他同时还有些诧异，怀疑爷爷的那腔豪情穿越时空，不仅鼓动了他，也鼓动了他爸他妈。

而事后他爸解释："我拉着客人上机场，尽是爹妈送孩子的。就连好多中学生小学生都满世界地飞，张嘴大溪地，闭嘴大堡礁，说的那些地方在地图上都不好找。那时我就想，我有点儿对不起你，打小儿连趟北京都没带你出过。可你呢，浑归浑，却从没怨过你爸没本事,这又是你这孩子仁义的地方。这点儿你像你爷爷。将心比心,那我也仁义一把——这趟去美国,办得成事儿办不成事儿另说,只要你以后也不怨我就行。"

那豆就说:"您客气。您没本事我还没出息呢,我怨您干吗?"

他妈的说法则是:"其实你那点儿心思我也知道,不就想去见见阴晴吗?"

那豆的脸也一热,赶紧说:"您打住,这事儿跟她没关系……"

"不要羞于承认,这没什么好害臊的。"他妈飞了个眼风,痦子走位飘忽,"这么些年,有个念想不容易。过去一趟,念想就算断了也值了。"

19

不管出于何种解释,这就定下了去美国。

但等到真要去时,却远非说走就走那么简单。那豆到网上一查,那些五花八门的资料、证明看着就让人头晕,而那豆就连护照都没有,还得从头办起。在这个过程中,又是李固元搬了忙。听说了那豆的决定以后,李固元在电话里表示,既然是为了弥补他的那个差错,所以去也该他去。老派人就是这么爱讲面儿,劳模就是这么爱把责任往自己身上揽。人家仗义在先,那豆就更不能打退堂鼓了,他说:"您说得有理,不过我怕您在美国又晕了。"

李固元只好作罢,但又把他的女儿派了过来。他女儿是英语翻译,还负担着外事方面的责任,她们那个贸易公司的员工出国手续,都是她经手办的。她跟着那豆跑了几天,果然显示出了效率:虽然腿脚不利索,上车下车还得那豆搀着,但她在各个部门的各个窗口之间跑得轻车熟路,免去了很多无用功。为了应付最关键的面签,她还像考试猜题一样预测了签证官有可能问出的问题,又用最简易的英语教了那豆标准答案。

　　"你的事情跟人家解释不清,说了人家也不信,所以咬定去旅游就行。现在虽说贸易战,科技交流方面的签证收紧,但旅游还没受太大影响。美国人也不傻,愿意人家到他们那儿花钱去。"她还专门嘱咐那豆,"不过美国人最怕人家赖着不走,这叫'移民倾向',所以你千万别让对方产生这方面的联想。"

　　那豆说:"我赖在他们那儿干吗呀?要不是有事儿,我还不爱去呢。"

　　李固元的女儿说:"就是这个意思。适当的时候可以强调一下你们家在北京有房,还是城里。签证官也都是中国通,知道那地段的价值。"

　　不当不正的两间半,倒成了有去必有回的保障。那豆只好说:"破家值万金。"

　　李固元的女儿幽幽地感慨:"还真是值万金。"

　　她大概又联想到了定居北京的不易。他们一家人的目标,是从燕郊往里挪挪,搬到北京来,这样李固元的外孙女将来也能在北京上学，然而北京的房价却和燕郊差了好几倍，再换房就难了，要不是来回跑路，李固元也不会得"美尼尔"。说这话时，李固元的女儿正跟那豆在大使馆门口排队，前面一娘们儿踩了另一娘们儿的脚，双方戗戗起来，甚而要把架约到美国去。既然战争不便在本土展开，俩娘们儿又盘上了道儿，原来一个要去给孩子陪读，另一个要去给孩子坐月子，并且都在担心去了没地儿跳广场舞。说到这里，一笑泯恩仇："都是为了下一代。"这话竟让李固元的女儿眼圈儿一红。

她说："有我这么个闺女，我爸亏了。有他这么个爸，我赚了。"

听她这么说，那豆便又打量李固元的女儿。那对父女说是父女，但长相还真不一样：李固元矮，李固元的女儿高，李固元黑，李固元的女儿白。并且说话也有区别，李固元是保定口音，总会朝出其不意的方向拐弯儿，李固元的女儿则像南方人讲普通话，说快了"四"和"十"分得不大清楚。两相比较，那豆就出了出神。

李固元的女儿突然又问："我们家的事情，我爸跟你说过吧？"

那豆窘了一窘，半晌才说："也就提了两句，是李师傅他自己……"

话没说完，李固元的女儿却轻轻推了一把他的肩膀：原来是威严的武警打开栅栏，给奔赴美国的同胞们开了一道窄门。这就要去面签了，那豆赶紧跟着人流涌过去。李固元的女儿招了招手，给他打气："别紧张，正常发挥。"

她又说："我爸能把家里的事情告诉你，说明没把你当外人。他一辈子谨慎，到头来却出了这么一个差错，心里也难受。能不能弥补回来，就看你的了。"

说得那豆紧提一口气，屏着呼吸往里走。然后就进去答题，然后就签过了。不仅正常发挥，而且超常发挥。这也让那豆有些惊奇，他又想起小时候在烈士陵园发言，话都揣在心里，可到嗓子眼儿就是蹦不出来，而这次却相反，那些课本里学过、电影里听过的洋词儿噼里啪啦地往外冒。出来以后，就连李固元的女儿都觉得他运气好：

"原本还担心被问到'犯罪记录'呢——你不在表上写着进过看守所吗？没想到人家直接跳过去了。"

那豆也谢天谢地谢先人："多亏我爷爷保佑。"

一边庆幸，他还想着得给爷爷的灵位前再摆两盘水果点心。而这么计划着，他突然又想到了北屋灵位对面、摆在桌上的那个盒儿——如果真有"保佑"这回事儿，那么这次发挥作用的，没准儿就是那位老太太沈桦呢？爷爷没跟美国人打过交道，而老太太沈桦可是有个美国孙子的，在"保佑"方面，人家大概更擅于办洋务。

于是那豆回家就备了两份贡品，一份摆在柜子上，一份摆在了桌上的盒儿前，两者一视同仁。何大梁给爷爷供奉了阿尔巴尼亚油炸馅饼，他也给老太太沈桦供奉了稻香村的"自来红"，两家老人出去串门都没缺嘴。

也不知是不是供品生了效，运气果然又来了。这次是在钱的方面。

本来将家里的存折归拢到一块儿，外加上他爸修车的费用和他妈的几个体己，也只凑出了美国人所需要的"存款证明"——而听李固元的女儿说，因为那豆的工资卡流水太少，尚不足以证明他的"支付能力"，所以这笔钱最好不要挪作他用。那么还有机票呢，还有吃还有住呢，总而言之，这都要在钱上做好准备。比起从爷爷那儿继承来的一腔豪情，钱的事儿曾经显得不值一提，但现在又令人抓耳挠腮。那豆在网上卖了他的两个"至尊"级别游戏账号，这是他唯一的"资产"了，当然也远不够填上窟窿的。这时嘴上不说，他的心里就不免抱怨起了他爸的没本事和他自己的没出息。

他一边犯愁，一边又开始在院儿里绕圈儿，同时拿眼四下瞟着。

瞟得八哥心虚，又胡乱支招："量化宽松，资产变现。"

他妈驳斥八哥："屁，你看看还有什么可变现的——你爸那车？卖了他可就又失业了。你爷爷留下的这两间房？别说来不及了，卖了咱们住哪儿去呀。"

这也是他们这种北京人的实情：算上房子，搁美国大概都不是穷人，可他们也只配守着两间半破房子受穷。而更让他糟心的是，他爸这时居然露出了幸灾乐祸的神情：

"抓瞎了吧，你不是爱'起范儿'吗？"

那豆又横了他爸一眼。但横眼归横眼，他还是后悔当初的"起范儿"了。他又想到，黄耶鲁明明提出过给他预定头等舱和五星级酒店，可他偏让人家"少来这套"——难道现在还得翻回头去求人家吗？可这就不仅涉及他和黄耶鲁的关系了。想求黄耶鲁，还得通过阴晴，而在阴晴面前跌份儿，对于他就是莫大的折磨了。

说到底，范儿还真不能说起就起，起得越高跌得越狠。

然而正在一筹莫展，家里却又来了一位客人。看着眼熟，随后才认出来，居然是爷爷出了五服的兄弟，怀柔的虹鳟鱼养殖专业户。

这老头儿站在院儿里,门都没进,既鄙夷又同情地扫了眼他们家的两间半,然后盯着八哥看了两眼。他大概又回忆起了到树上粘鸟烤着吃的往事,居然还舔了舔嘴角。

八哥愈发受了惊吓,差点儿从杆儿上栽下去:"您别价——"

老头儿却嘿嘿一笑:"别价什么呀,你还替你们家主子客气上了?"

说完冲那豆他爸一使眼色,又从怀里掏出张卡,隔门递给那豆:"拿着。"

那豆一愣:"干吗?"

老头儿说:"不是要去美国吗?我们这些亲戚给你凑了点儿盘缠。"

那豆又一愣:"您怎么知道这事儿的?"

老头儿就说:"你爸那张嘴,兜得住什么啊?这两天一边开车,一边在群里跟我们叨叨,说你要去美国但没钱,还说你去美国又跟你爷爷有关。这意思还看不出来?无非是让我们大伙儿意思意思。那就意思意思,各家都掏点儿,我担着大头儿。这当然也不是因为受不住他叨叨,说到底还是为了你爷爷。你爷爷不只是你爷爷,还是我的老哥哥。当初闹灾,我在农村吃粗粮拉不出屎,只有你爷爷给我送了半口袋黄豆。他还带我上山粘鸟,我吃他却不吃,非要带回北京养着……你爷爷这人心善。"

老头儿忆及往事,说得那豆磕巴起来:"这钱算我借的,我回头还您……"

"有这心就行,我们也不指望。"老头儿又舔了舔嘴角,"你们家就这么个条件……"

他说完更不掩饰鄙夷和同情,背手儿往外走去。老头儿那个当了公务员或开了饭店的孙子还在胡同口的车里等着呢。他也不再唱上一段儿"我的老哥哥"了,甚而也不进屋给爷爷鞠个躬——反正掏了钱,就已经说明"意思"到了。

等老头儿拐弯消失在门口,那豆又把目光转向他爸。

他这才知道,他爸不仅给他求来了盘缠,而且一直跟他卖着个关子。真没想到,他爸的叨×叨×叨也有派上用场的时候。他也更没想到,他爸卖完关子却没趁机"牛×一把",而是露出了沉郁的神色,还伸出手来,揽住他的肩膀摇了摇,摇得那豆身上一紧。

"我也就能帮你到这儿了。"他爸的口气推心置腹,"你主意大,比我强,但脸皮儿薄,有时候管不住自个儿。在家什么都好说,但去了美国可不一样,那不是咱们的地方。我只希望你能收敛收敛脾气,记着家里还在等你回来。"

他妈也说:"夹着尾巴做人,来去平安。"

那豆被煽得眼圈儿一红:"你们放心,我再不瞎'起范儿'了。"

而还没等他去美国,这条保证就先应验在了另一件事上。当办妥手续又买好了机票,那豆才想起自己还是有份儿工作的。自从爷爷"薨"了,他就一直没去上过班,后续的半个月假也用完了。他们经理打了好几个电话但他都没接,估计早把人家恨得牙根儿痒痒了。原本那豆也觉得无所谓,然而这天却又想起了什么,于是一早儿骑车去了趟酒店。

去了就得面对经理的那张圆脸。苏式旧楼的一层，一个小仓库里满满当当都是人，权当会议室，前面还拿方桌拼了个主席台。经理端坐台前，斜眼儿看他，问这些天"哪儿浪去了"，他说他爷爷的"事儿"没办完。经理问你们家还想怎么大操大办，丧假都快赶上人家产假了，他说他就一个爷爷，必得伺候妥了才行。经理又问那现在总能上班了吧，他说不好意思，这假还得接着请下去。

经理一发严肃了起来。严肃也不是真严肃，而是表演性质的。这天正赶上年中总结会，不仅部门的人全到齐，上级还派了两位领导来旁听。当着众人的面儿，他们这位经理很需要表现一下自己是多么严于管理，管理得又是多么具有政策水平。一时间思如泉涌，文不对题，经理足数落了他半个多钟头，顺便还背了好几段新发的学习材料。而经理坐着说，那豆就站着听，间或恭顺地点头，甚而穿插捧哏：

"真是。"

"那可不。"

"您点醒了我。"

捧得经理都有点儿含糊了——他没准儿还在担心，这个原先总跟他皮笑肉不笑、说话夹枪带棒的北京孩子会突然发作，怼他两句呢，没想到那豆还真配合。既然如此，那就别怪别人瘾大了。经理喝了口茶继续发挥，大有把总结会变成个人秀的架势。

还是来旁听的那两位忍不住打岔："先停停，还得投票呢。"

那豆顺势又问:"那我这假——"

经理意犹未尽地一挥手:"待会儿再说。"

然后就投票,选去年的先进工作者。这是总结会的主要内容,也是那豆专门来一趟的原因之一。他寻思着,先进工作者也跟劳模差不多是一回事儿。当票发下来,就见顶头赫然写了经理的名字,后面才跟着两位普通员工,还都是没根儿没势的外地人,平日相当于隐形的存在。以前评先进,都是当头儿的关起门来内定,所以评出来的不是经理本人,就是经理的亲信,而今年强调民意测评,这才搞出了一个投票选举。不过看经理的架势,这回的先进仍然非他莫属——他这人虽然说话爱跑题,但目的总是很明确的。

那豆接过票,回座儿找笔,在纸上画了个勾。本来画完就可以交到台上去,但他却没有,而是转手把自己的票递给旁边那人。他还问:"您看看,没错儿吧?"

这就相当于把无记名投票变成了记名投票。旁边那人是行李组的李哥,黑龙江人,扫了眼那豆的票又瞥了那豆一眼。那豆却又道:

"劳您驾,写完了往下传。"

李哥就也画了个勾,又把两张票摞起来,递给再旁边一人。程序一变,就让现场稍稍一乱,很多同事本来要画钩却停了手,伸着头看向那豆这边,当然也看见了正在传递着的票上的内容。经理似乎察觉出了不对劲,不过碍于有旁听的领导在场,他又不好做出干预——谁也没规定投票必须分开投,不能看别人的。于是那叠 A4 打印纸裁成的选票就在几排座位之间来回折返,越传越厚,转了几圈儿才送回台前。

两位旁听者又充当了计票员和唱票员。片刻结果出来，选上的是那豆的搭班儿，那个总挂着小熊猫似的黑眼圈儿的湖南小姑娘。经理也得了几票，不过票数很悬殊，还不及人家的零头。小姑娘登时涨红了脸，百口莫辩似的说：

"别是弄错了吧？这怎么能——"

"怎么不能？"黑龙江的李哥搭腔，"部门里数你值的夜班最多，豆儿请事假这些日子，俩人的活儿你一人担了，去年我回家结婚，你还替我推了一个礼拜行李车。"

众人也纷纷附和，说小姑娘够格。甚而有人故意挑高了话音儿，掀起某种心照不宣的气氛。这时经理的脸已经黑得跟炭似的了，但毕竟是有政策水平的，他两手往下一压，稳住场面，先引用了两句"致敬""学习""不负使命"之类的固定语式，又宣布会为新当选的先进拍摄艺术照，挂到酒店大堂的光荣榜上去。

然后啪啪鼓掌，会议圆满结束。而等众人散去，那豆还没去找经理问请假的事儿，经理却先来找他了。圆脸僵着，半晌裂了条缝儿，挤出一句话：

"跟我使阴招子是不是？"

看见那豆抿嘴儿欲笑，经理又说："我往出掏坏的时候还没你呢——"

"真不是这意思。"那豆却收了他的皮笑肉不笑和夹枪带棒，变得前所未有的诚恳，他直面着经理，肃然说道，"过去我在街上混，是您这儿收留了我,我得谢谢您。您别的方面我没资格评论,但您时常背诵的那些话,我都往心里去了,并且觉得说的真对——这么说来还是您教育了我。您不光是我的领导,还是我的老师。"

经理继续黑着脸,似没恍过神来。那豆又从书包里掏出一个塑料袋,递到对方手上。那里面装着他的门童制服,洗得干干净净,熨得服服帖帖,一早儿来还没来得及换上。他继续道:"一直也没好好儿表现,这阵子又耽误了工作,按说您该开了我。但您没这么做,看得出您是个心软的人。刚才我也想明白了——其实早该想明白了——人哪,得对得起手上的活儿,哪怕看不上这活儿,也不能白占着地方拖累别人。"

那豆说完对经理点头致意,然后就往外走。经理一直没出声儿,绷着圆脸,既没表情又像有很多表情。虽然没"起范儿",但那豆觉得自己仍还有"范儿"。虽然他没如了爷爷的愿,"有个班儿上",但好像也不至于再让爷爷操心"你可怎么办"了。

晃晃悠悠出了酒店,拿手机扫开一辆小黄车的码,他又想抽根烟。站在街边的风口上,点了两下却没点着,这时忽然有一双手拢过来,帮他罩住了火苗。那豆叼着烟抬起头来,便看见了那个小熊猫似的小姑娘。

小姑娘的言语却在抱怨:"你可害了我了。原本是经理当先进,你却带头起哄,结果就变成了我——这不是挑唆着他记恨我吗?"

号召别人"串票"时,那豆可没想到这一层。可见北京孩子是比人家脑子简单。他不禁紧张起来,赶紧解释:"我真没这意思,我就想讨个公道……"

小姑娘却转而一笑："知道你没这意思,有个公道我也知足了。"

那豆又道："那我回头再跟经理说说去——"

"他还能永远是我经理?"小姑娘说,"你不干了,我也没打算长待。其实我跟餐饮部的老乡开了个小店,地方就在鼓楼附近的胡同里,专做湘味日本便当、腊肉寿司、剁椒天妇罗。单位店里两头跑,我本来也应付不过来,正准备下半年就辞职,结果走前还当上了先进——这是托你的福,到时我也把'先进照'挂到店里去。"

又是一个没想到。敢情小姑娘的黑眼圈儿也不光是值夜班值的,人家同时还当着老板呢。同是在酒店上班,那豆光学会跟头儿打岔了,人家还学会了做买卖。这时他又发现,这小姑娘其实也不总是当着经理那副闷嘴儿葫芦的模样,一说起话来也眉眼乱动,话音里还透着辣味儿,有点儿像八七版《红楼梦》里演王熙凤的那个女演员。他还发现,这个小熊猫似的王熙凤脸色一变,进而又成了稻香村的"自来红"。

小姑娘伸出脚尖儿,踢了踢那豆的车镫子："过两天你来,我请你吃饭。"

踢得那豆心里怦然一动,似乎重温了当年在鼓楼上的紧张。在阴晴走后,这还是第一次有女孩儿对他发出邀约。而他恍了恍神说："算了……"

小姑娘笑道："知道你们北京人的口味,爆肚刺身也能做。"

那豆也笑道："不巧我得出趟远门——去看个朋友。"

他说完蹬上车就走,但随即又停下:"等我回来,再到你那儿讨口饭吃去?"

这说的就不是打牙祭了,而是想问人家缺不缺个跑堂端盘子的,要不外卖员也行。小姑娘的角色转变也快,第一反应是"那敢情好",但立刻又拿出了老板嘴脸,说她们本小利薄,比不得大酒店,可不是养大爷的地方。

那豆便保证:"不一样的地方,自有不一样的混法。"

又一晃,等买好机票又换了点儿美元,这就到了那豆动身前的一夜。头几天他爸他妈紧着叨叨,这天俩人却不约而同闭了嘴,回到东屋也没再嘀咕,就连八哥和黄鸟都没了声息。满院儿寂静,竟有几分清冷。那豆却没待在他的小半间,而是在爷爷的北屋里收拾行李。护照等证明都装进了一个塑料袋,贴身揣着。自然更不能漏了桌上的那个盒儿,装盒儿的红布里又包着那块金属碎片。把东西塞进帆布包时,他改换了手势,不再是拿手指头勾着包袱扣儿打摽悠了,而是双手捧着,就像当初从殡仪馆里出来时那么恭敬。

这位老太太,劳驾您上路。也请您再接再厉,继续给我带来好运气。心里默念了几句话,那豆拉上了拉链,封包大吉。

然后他却还没睡。这一来是因为临行前的兴奋,二来也是因为阴晴跟他分享过一个经验:到达美国是在当地清晨,所以最好把觉留到飞机上,权当倒时差了。陡然无事可做,他便拿笤帚疙瘩扫了扫爷爷床头,又清点起了爷爷的遗物。自从爷爷"薨"了,北屋里还没收拾收拾呢,一直都在忙乱着,竟至忘了这么个环节。当然收拾起来也不复杂，一个搬缸工人又能留下什么？唯一与别人不同的，是爷爷那些老物件都放在床头的缸里。爷爷活着时，睡觉头就顶着那缸，缸上写了个"北"又写了个"酱"，早些年酱油厂停产，爷爷只要回来这么一个纪念，却不用来盛水盛米，而是把它当成了一样奇特的容器。

缸里东西如下——

两床被子、几身衣服，都不是什么好料子，唯一一套中山装还随着爷爷烧了。这底下是一个"大胖小子抱鲤鱼"饼干匣，掀开洋铁皮盖子，就见浮头儿摆着一个小小的木头相框。相框顶端刻着一行小红字：有利的情况和主动的恢复，往往产生于再坚持一下的努力之中。也不知是谁的名人名言，反正爷爷没跟他讲过。然而再看相框里的照片，那话又好像有了含义。相片是爷爷奶奶的结婚照和几张全家福。全家福总是残缺不全，前面的缺了那豆和他妈，后面的缺了奶奶。奶奶死得早，那豆都没赶上过见着真人，那豆他爸是爷爷一手拉扯大的，拉扯完他爸又拉扯那豆。爷爷坚持一下，再坚持一下，于是就坚持出了他们这个家——虽然情况一直不怎么有利，至今反而还越混越被动。除去照片，匣子里还有两张合同，落款的时间却相隔了十几年，证明着爷爷先是从酱油厂的工人变成了股东，又从股东变回了工人。字儿一签，酱油厂也就没了。而合同下面还露出了一本小册子，纸张早已松软泛黄，原来是五十年代识字班的教材。小册子里又夹了一张纸，就是那张劳模奖状了。

奖状上书爷爷的名字：那年枝。因是油印，字迹早已模糊，就连颁发它的单位都看不清楚了。这时那豆便想：原来这个缸里，装的正是时间本身。

那豆这么想着，却有倦意席卷上来。他撑不住，于是和衣在爷爷的床上躺了会儿，躺的方向与爷爷生前一样，头也顶着缸。半梦半醒之间，便有无数回忆纷至沓来。那些回忆自然是关于爷爷的，往事重现，又给那豆造成了一种幻象：他既像把和爷爷相处的这些年重新活了一遍，又像把爷爷的这辈子重新活了一遍。一时间，他不知道躺在床上、头顶着缸的是爷爷还是他。他也不知道究竟是他梦见了爷爷，还是爷爷在另一个时空里梦见了他。而睁开眼，本以为脸湿了，一摸又是干的，仿佛是在梦里哭了一场。

此刻，八哥和黄雀儿又扑腾了起来，枣树的树影映在窗上。那豆便也起身，拎包出门。出了北屋，他才回头，朝爷爷的灵位望了一眼。

20

谁承想临去美国，路上又多了一个疑问。

新的疑问却是关于老太太沈桦的。再说得具体点儿，事情又由那块金属碎片引发。那豆他爸把他送到机场的"国际及港澳台"出发口，起初一切正常，从领登机牌、坐小火车到边检出关，全没费什么周折。出了关就是最后一道安检，那豆把那个原先被他爸用来装改锥钳子、上面还印有汽修厂地址字样的帆布包往传送带上一撂，然后解了裤腰带，任由一个满脸青春痘的小伙子对他上下其手。

他还跟人家逗，"都是原装"。而这边人没查出什么破绽，那边机器就报警了。机器后面又站起一个戴眼镜的姑娘，警惕地指着从传送带另一头吐出来的包：

"这里面是什么？"

"是我爷爷的盒儿，当然装的也不是我爷爷……"那豆早有准备，跟人解释，"情况我就不细说了。我还查过，盒儿是让带上飞机的。"

为了增加说服力，他还从怀里掏出放护照的塑料袋，又从里面找出一张检疫证明。证明也是李固元的女儿事先带他去开的，以确保盒儿里的骨灰不会对美国产生"生物入侵"。黄耶鲁一家带着贵州人田谷多上飞机时，大概也经历过这么一套程序。

但戴眼镜的姑娘更警惕了："我说的不光是盒儿，还有跟盒儿一起的东西。"

那豆便又解释："那东西也不是手机打火机，更不是管制刀具……"

他说着就把东西从包里捧了出来，恭恭敬敬地解开红布。先亮出的是那盒儿，盒儿上刻着爷爷名讳，贴着爷爷照片。负责安检的工作人员却一发围上来，戴眼镜的姑娘戴上手套，这才从包袱皮里、盒儿的侧面夹出了那块金属碎片。她查看了一番碎片的边缘，又低声和别人商量两句，然后宣布：

"但它属于锐器，是有安全风险的。"

满脸青春痘的小伙子则建议："也不是什么贵重物品，别是装错了吧？扔了得了。"

那豆急忙摆手，带动着腰肢摇曳，裤子就滑了下去，成了国际巨星贾斯汀·比伯的着装风格，又重现了他小时候在学校大会上的造型，露着半个屁股。而他只好提溜着裤子继续解释：原本查阅了安检章程，并未发现禁止携带的物品里有这么一项，这才把碎片放进了包里。其实也怪他，早该想到碎片边角尖利，既然能给客服经理的秃顶罩上一块红布，那么还是应该提前报备，办理托运。但扔了是万万使不得的，因为这东西并不属于他，也不属于他爷爷，而是属于另一个人，也即盒儿里骨灰的主人……他说得前言不搭后语，让安检人员益发疑惑也益发警惕。好在他已经吸取了此前的教训，没瞎"起范儿"，神色又是可怜巴巴的，于是对方虽然不明就里，但却有些同情他似的。

最后还是戴眼镜的姑娘打断他："我们做不了主，问问领导吧。"

满脸青春痘的小伙子又补了一句："既然一定要带走，那么这东西究竟是什么，也必须得弄清楚。"

于是没过多久，那豆便提溜着裤子，跟着一个被电话叫来的中年人进办公室。那人穿了身更加笔挺的制服，领章花色也更繁复些，脸上有棱有角，大约就是领导了。至于随后的流程，首先是对他的随身物品进行了详细检查。对方一边有条不紊地操作着，那豆还看见了墙上有张"肛门指检"的示意图，于是他相当配合地往办公桌上一趴：

"需要脱的时候您叫我。"

中年人一笑摆手:"这就算了,你并没有藏毒的嫌疑。"

他们还是把注意力集中在了金属碎片上。中年人捏起那东西掂了掂,随即眉毛一扬。他把碎片啪地拍在桌上,又指了指对面的椅子让那豆坐下,问:

"说吧,东西哪儿来的,你带着它要去干吗?"

对方口气低沉,不怒自威,直让那豆肝儿颤。与此同时,他又感受到了和某种规范、某种体制打交道时的压力,他明白那些人都是"他们",在"他们"面前,他是那么渺小,那么势单力孤。但他也只能呜呜囔囔地说了起来,又是从头讲起——从爷爷"蔲"了到火化时出了差错,再到他是怎么联系上了何大梁和黄耶鲁,以及他是如何答应了要将老太太沈桦和贵州人田谷多的骨灰物归原主。

好容易呜囔完,那豆又偷偷窥视着这个中年人的脸。中年人却面不变色,好像那豆所讲的内容并不比金属碎片本身更加离奇。

对方只说:"还有这回事儿?你也真不嫌累。"

那豆说:"都是为了我爷爷,当然也不只是为了我爷爷……"

对方又扫了眼桌上的碎片:"但这类物品不能带进机舱,这是规定。"

那豆说:"实在不行我托运也可以,现在还有时间……"

中年人却说:"你想得太简单了。早几年我在部队时,也有战士想带两个子弹回家,结果临上火车就被截了下来,还让我们批评教育。过去我们也不理解,觉得人家多事儿,但后来自己干了这行,才知道规定就是规定。"

那豆的心一沉：小小一块碎片，怎么就扯到了枪支弹药？而人家的口气不容置疑，看来是较上了真儿。千算万算，却没算到东西带不走，这又让他陡然被一种充满玩笑意味的绝望感所笼罩。他咧了咧嘴，脸上的零件聚拢又分散，也不知是哭还是笑。而终于，他低下头来，暗自对着桌上的盒儿说起了话。

先是对老太太沈桦说：这位奶奶，不是求您保佑我吗，您再使使劲儿呗？

他又求助于贵州人田谷多：您都从埃及回来了，就不想再从美国回来？

他还对爷爷请罪，这时就不推卸责任了：都赖我，您孙子无能。

那豆对着三个方向说话，嘴里却没声儿，整个儿人一团静默。而对面的中年人又敲了敲桌上的金属碎片，笃笃作响："你几点的飞机？"

那豆这才醒过神来。与此同时，他的脑子里还回响起了阴晴的话——必得把老太太沈桦的骨灰以及金属碎片一并交还，否则黄耶鲁就不相信他奶奶是他奶奶。对于这一点，黄耶鲁曾经反复强调，俨然没有商量的余地。而既然如此，如果带过去的东西不配套，那不就是糊弄黄耶鲁了吗？黄耶鲁又是那么好糊弄的吗？倘若糊弄不成，巴巴儿地再去美国又有什么意义？那不真像他妈说的，成了只为看一眼阴晴了吗？

这么一想，那豆心里愈发杂乱。他脱口道："这玩意儿如果带不走,我就算上了飞机,怕也是屎壳郎碰上拉稀的——白跑一趟了。"

又道:"机票还能退吗?要收我多少钱的手续费?"

还道:"不过就算东西还不回去,我也得替人家收好了。"

他说时又伸出手去,企图把那块金属碎片拿回来。但当他按住了碎片一角,对面的中年人却没撒手。一时间,又再现了当初在殡仪馆里的一幕:金属碎片在俩人手底下徘徊、犹疑。而这一次,那豆却不是人家的对手。到底是当过兵的人,中年人手指头一运劲儿,轻易就把碎片重新捏在了手里。

难道不仅不让带走,还要现场没收?那豆陷入了更大的绝望。他无助地抬眼望着对方,望着那个抽象的、没理可讲的"他们"。

出乎意料,他却看见中年人一笑:"怎么着,想打退堂鼓?"

那豆不语,人家又道:"这才哪儿到哪儿呀,你先慌得跟拔了毛的鸡似的。就这心理素质,要在部队,手榴弹能扔到自个儿后脖领子里去。"

那豆只好再从头儿捋:"可要没了'证据',光带着骨灰过去,人家不相信我怎么办?不相信还是小事儿,他要非说我把骨灰弄丢了,烧了条狗搁进去可怎么办……"

人说鸡他说狗,听得中年人都一愣:"你的想象力也太丰富了。"

那豆抱怨:"您是没跟'那孙子'打过交道,不知道他有多'事儿×'……"

他还想往下说,中年人却抬手晃了晃表,似在示意时间紧迫。中年人接着又道:"我看你也不清楚这东西到底是什么,稀里糊涂带进来,说来不是你的错儿,但对于特殊物品的管理规定,你也得理解——不过还有一层,规定是规定,谁也没说规定就没操作的空间呀。如果把东西拿去做个鉴定,再请有关部门开具证明,那么虽说普通人不能随身携带,但还是可以通过专门的渠道办理邮寄。手续是繁琐了点儿,今天肯定来不及了,你如果信得过我,那就先坐飞机去美国,回头我办妥了再寄给你。"

听了这话,就轮到那豆一愣。他瞪大了眼,仿佛都不认识"他们"了。

中年人倒侧了侧头,将半边面目扭进墙边的黑影里:

"按说没必要给你出这主意,不帮忙也不算失职——但我想起了以前在南方海港带兵时的事儿。边防部队训练紧,打靶跟炒豆子似的,打多了难免出事故,有个兵的自动步枪炸了膛,半边脸给崩花了。来时挺帅一小伙子,回去不好找对象。就是那兵,退伍时揣了俩子弹,说既然挂过彩,好歹留个纪念。结果子弹没收了,后来给我打电话老念叨这事儿,明显心里有遗憾。你的情况特殊,我不想让你也有遗憾。"

然后他才又掏出手机:"加我个微信,咱们保持联系。"

这番波折的结果,是那豆背着个半敞着口儿的帆布包,包里揣着盒儿,火急火燎地跑向登机口。一边跑,一边裤子还往下掉,不时露出半个振翅欲飞的屁股,直到钻进一架"波音787"那满满当当的机舱,他才想起把裤腰带重新系回去。而金属碎片就留在了中年人手里——他竟信了人家,他也只能信了人家——同时也怪了,在他心里，对方突然从抽象的"他们"变成了具体的人。只记得这人的脸棱角分明，梳了个油亮的偏分头。微信头像上的照片就自然多了，是个刷子似的小板寸，还穿了身花花绿绿的迷彩服，背景则是一排椰子树和层层叠叠的海浪。但因为从办公室里走得急，那豆到底也没来得及问问人家，一块小小的金属碎片怎么就值得兴师动众，还得鉴定，还得开证明。

他只在往头顶放行李时摸了摸盒儿，又默念一句：好歹还能去美国。

然后飞机就起飞了。那豆昨天熬的那一夜也起了作用，当身边那些一嘴英语的中国人和一嘴汉语的外国人正在看电影、换拖鞋，他就蜷在经济舱的角落里睡着了。

一路上十几个小时，他差不多都是睡过去的。中间也睁了两次眼，却见机舱里全黑着，只有头顶的电子屏幕显示他正在飞临俄罗斯的某些地方。还有一次是被气流颠醒的，再看地图，竟到了北极。而虽然进行着实时定位，他的脑子却全是迷糊的，又虽然转眼接着睡去，但意识深处反倒活泛了起来。

梦又涌了上来。在这一轮的梦里，他仿佛还闻到了隐约的、清淡的槐花香味儿。

这是因为他梦到了阴晴。一梦到阴晴，也就梦到了阴晴她妈郑老师。

在那豆小时候，最爱看的女人就是郑老师。记得上小学时，他和阴晴背着小书包，戴着小黄帽，并肩在胡同里穿行。五月槐花开，随开随落，撒了一地白色的斑点。忽听背后传来"丁零零"的响声，接着就有一辆自行车超过了他们，载着车上的人影飘到前边去。那人就是郑老师，她穿着花裙子和白衬衫，去给小学生上音乐课。衣裳似乎总是那一身，富于变化的却是郑老师头上的帽子——有时是宽大的遮阳帽，斜插一朵红花；有时是软边礼帽，帽檐上珠光闪闪；还有时是带流苏的夸张造型，一道丝网遮住了额头。伴随着帽子的变化，郑老师也有时像奥黛丽-赫本，有时像伊丽莎白-泰勒，还有时变成了《乱世佳人》里的费雯丽，总之都是美国老电影上的女演员。当年过得晕晕乎乎的，从礼拜一到礼拜日常常记不清哪天是哪天，对于那豆而言，标识着日子流逝的，就是郑老师的帽子了。

郑老师也告诉过阴晴，对于女人的装扮而言，帽子是至关重要的。讲究人家的衣柜里，几十顶帽子随便挑，不同场合都有不同搭配。这说法也不是来自郑老师本人，而是来自阴晴的姥姥，一个从上海去了东北的老大学生。对于这种说法，阴晴并不认可，她宁愿梳个马尾辫顶着太阳出门，晒黑了就由它黑去——然而那豆深以为然。

他真觉得那么些帽子衬得上郑老师，也觉得郑老师配得上那么些帽子。

当自行车飘过，郑老师就一手扶着帽檐，对俩孩子温婉地一笑。阴晴当着外人也不怎么爱理他妈，但那豆却不觉"痴"了。他目送着郑老师的背影，嗅着郑老师卷起的槐花香味儿，甚而还会一头撞到贴满性病广告的电线杆子上。

在学校里，他最爱上的也是郑老师的音乐课。上课时，郑老师仍然戴着帽子，教孩子们唱《雪绒花》《月亮河》和《友谊地久天长》。别的老师都把那豆当累赘，只有郑老师会弹着风琴伴奏，专给他机会展示一把祖传的破锣嗓子和五音不全。看着帽子底下的郑老师，那豆觉得被人起哄也不算什么了。他还觉得当郑老师的琴声响起，自己好像也不在胡同里的小学校了，而是置身于什么高雅、华丽的场所之中。然而那些场所究竟是哪儿呢？这就不是"他们这个民族，他们这种人家"的孩子所能想象的了。他也只能努力回忆着郑老师在艺术欣赏课上给他们放的美国电影，再拿电影里的场景生搬硬套。那些电影都有年头了，不是《音乐之声》《出水芙蓉》就是《罗马假日》，画面都带着模糊泛黄的色调，反而更显出了高雅和华丽。哦，脑中所想和眼前所见进一步糅合，郑老师也不仅仅是阴晴的妈了，同时还扮演着一个歌唱演员、一个花样游泳教练和一个小国公主。

恰因如此，在很长时间里，那豆也想不明白，身边的人怎么就都看不上郑老师呢。

郑老师在学校里没朋友，从没见过她跟谁单独聊天。从学校回到胡同里，当那豆他妈正跟其他妇女满脸跑痦子，看见郑老师飘过来，也都立时噤声，半晌才互相挤出一个不尴不尬的笑。那笑不像笑，倒像岔了气儿的哼哼。她们哼哼完了还会纷纷侦查各家门口，如若谁家男人的眼神儿粘着郑老师，立刻摔锅摔碗。

这其中又以那豆他妈的立场最为坚定。有一回郑老师飘过去，那豆他爸恰好从停在胡同口的"黄海"客车里探了个头，他妈就不干了。不干了却先笑：

"豆儿他爸，我这儿有一盆儿，你用不用？"

他爸就问："给我盆儿干吗呀，我又不在街上洗脸。"

他妈咬着牙根儿说："你那俩眼珠子都快掉出来了，还不拿盆儿接着。"

他爸一拍大腿："冤哪我——我不爱看帽子，我就爱看痦子。"

因为这番对话，郑老师在胡同里也多了个外号，但不叫"帽子"，而是叫"盆儿"。倒好像郑老师头上戴的不是帽子，而是扣了一个又一个五颜六色的盆儿。更让那豆不能理解的是，不仅他爸他妈等人，就连阴晴也对郑老师不咸不淡的。他去找阴晴，只见过阴晴跟她爸阴大夫亲亲热热地说话儿，对郑老师则是外交礼节般的客气，简直不像是一家人了。还有时正在客气着，阴晴突然就冷了脸，噎得郑老师半天回不上话。

那豆就提醒阴晴："'盆儿'……哦不，郑老师可是你妈。"

阴晴打小儿就总说出不像孩子的话来。她望了望天，半晌才答："纸里是包不住火的，那火迟早烧上来。"

关于阴晴他们家的奇特关系，那豆也曾问过爷爷。爷爷给他的答复则是：

"过你自个儿的，甭管人家别人的事儿。"

爷爷心里从来装着别人，这时怎么就真把"别人"当成了"别人"？这让那豆感到矛盾。而矛盾归矛盾，爷爷又对那豆说：

"丫头就你一个伴儿，你可别让她落了单。"

的确，爷爷一如既往地贯彻着他的态度：阴晴上幼儿园时，他去把她和那豆一并接回胡同；阴晴上了小学，他一人兼着俩孩子的家长去开家长会；等阴晴和那豆都上了初中，他终于接受了那豆"不是块读书的料"，反倒去替阴晴咨询重点高中的录取条件。那豆家的烧饼夹肉和炒疙瘩也从来短不了阴晴的一份儿。日子一久，阴晴几乎把那豆家当成了她的家。

那豆呢，他固然习惯了身边总有个聪明一点儿、漂亮一点儿的同类，但也越来越为阴晴家的奇特关系而困惑。他看出阴晴不爱在家待着，尤其是和父母共处一室时，那气氛对她来说简直是活受罪。他也发现阴大夫和郑老师虽然不像他爸他妈那样动不动就吵，但也从来不在屋里背着人嘀咕——不吵不嘀咕，那不成了完全没话了？完全没话又怎么能叫两口子呢？而越是困惑，他就越感到郑老师被笼罩在了一层神秘的色彩之中。

又渐渐地，那种色彩不仅笼罩着郑老师，还传染到了阴晴身上。这是因为随着他们的长大，阴晴也终于不再是他的同类了。他变成了扁担般的瘦长个儿，阴晴则出落成了闪闪发光的少女模样。他的脸上不是在痴着就是在发狠，阴晴却总在往天上看，拿一双又黑又亮的眼睛去追寻着什么高的、大的东西。于是不光郑老师，就连阴晴对他而言也是一个谜了。他偏又觉得谜一样的女人才是梦里的女人。

他的确做过关于郑老师和阴晴的梦，醒了之后满身大汗呼哧带喘的那种。在梦里，他看见一个戴艳丽女帽的背影骑着自行车飘过，好像是郑老师。但当他追上去，蓦然回首的却是阴晴。梦里的阴晴冷眼盯着他，就好像揭穿了什么。

也正是在那以后不久，就像阴晴所说的，"纸里的火"终于"烧上来了"。

事情的经过，其实还和那豆有关。当时他们上初二，上市公司正在收购酱油厂，上面动员爷爷出让股份，爷爷不从，家里就来了土流氓和黑背狼狗堵门儿叫阵。跟土流氓不必计较，但姚表舅养的狼狗变节投敌，就让那豆咽不下那口气，于是清晨拎了砖头去打狗。打狗不成，反被狗咬，还是阴晴叫来了爷爷，这才把他救了下来。

但当时那豆只看见爷爷对狼狗打千儿，却没留意阴晴。后来当他满身是血地跟着爷爷走出酱油厂，才瞥见阴晴脸色煞白，直瞪着姚表舅住的那间小平房。小平房的窗户刚被那豆砸了，随风飘荡着一副碎花窗帘。再后来，阴晴告诉他，恰恰是窗帘一抖，暴露了屋里的秘密。从那波浪的缝隙里，闪出一顶女式帽子，斜插一朵红花。

除了郑老师，还有谁会佩戴这样的帽子呢？而此前那豆听见小平房里传出的那个女人的声音，"别开门"，无疑也是来自郑老师了。那天清晨，他和爷爷先回了家，反而把阴晴独自留在了酱油厂。阴晴如同灵魂出离，默默静立，与屋里的人长久地对峙，隔着一道纤薄的、摇摇欲坠的窗帘。

她的意思仿佛是：谁也别瞒着谁也别藏着了。

不知多久，明日高悬，郑老师才从窗帘之后现了身。

也是在后来，阴晴平静地对那豆描述了她和郑老师见面的情形。

当时姚表舅仍缩着头儿没露面,看热闹的土流氓早已一拥而散,连狼狗也不知窜到哪儿去了。小平房木门紧闭,那道碎花窗帘却呼啦一声,豁然开了。郑老师穿戴整齐,头戴女帽,娉婷地站在窗口。她隔着不存在的窗户,和她渐渐有了大人模样的女儿对视一眼,然后说:

"我还以为是你爸呢。"

阴晴说:"我会告诉我爸的。"

郑老师反倒释然地回答:"也好,你说比我说合适。"

俩人倒像达成了共识一般。而阴晴也确实信守诺言,把在姚表舅的屋里堵住了郑老师的事儿告诉了她爸阴大夫。这也造成了阴大夫和郑老师的分居——也没打也没闹,胡同里的帽子却就此消失不见了。直到此时,阴晴才找到那豆,在他面前唯一一次落了眼泪。从某种意义上说,是她拆散了自己的家,但阴晴哭的还不是这个。她的悲伤在于:原来在她动手去拆之前,她的父母早知道了这家要散。不仅阴大夫不为郑老师的行为而惊讶,就连郑老师也不为阴大夫的不惊讶而惊讶。这些年来,一家人仿佛共同揣着那个秘密,窗帘后面帽子底下的秘密。而秘密之所以是秘密,不是因为没人知道,而是因为没人说起。

那豆也问过阴晴:"那你又何必说呢?你要不说,郑老师也不会走。"

阴晴却反问他:"我看都看见了,再瞒着又有什么意思?"

这个态度也真像阴晴。爷爷说过"闷头儿过,偷着乐",阴晴却正相反，非要把一切摊在太阳底下——哪怕隐患就此变成外伤，暴露出了深可及骨、哗哗流血的刀口也义无反顾。在这之后她也疼她也哭，但她终于得偿所愿一般，倒像过了瘾了。

正是沿着阴晴的眼泪往上追溯，那豆也才渐渐得知了属于郑老师、阴大夫以及姚表舅的过往。那些事儿，有的是阴晴告诉他的，还有的来自他爸他妈的嘀咕。胡同里就是这样，一切私事都不仅属于你自己。至于事情发生的年代，就更加久远了。

那豆听说，郑老师的老家虽然在上海，但她自小跟着发配边疆的父母在东北长大。上海人又有一个特点，越是不在上海越会记得自己来自上海，从而不遗余力地强化他们身上的"上海"气息——只不过那气息往往也流于刻舟求剑，到头来变了味儿了。体现在郑老师身上，则是对繁琐的帽子和美国老电影的偏执爱好。考大学时，她本想考复旦，但分数差了点儿，仍然留在东北上师范。她锲而不舍，还打算一毕业就回上海找工作，但在上海又落不了户口，恰好那豆他们那所小学校过去招老师，这才歪打误撞地来了北京。来了却又不适应，嫌北京风沙大、炒菜不放糖，还说大杂院儿住着不如石库门。留北京的多了，人家都当成高攀一步，偏她当成了退而求其次，这就激发起了相当一部分胡同居民的集体荣誉感。石库门怎么了，石库门不也得倒尿盆儿吗？何况您还不是真正从石库门出来的，您家在北大荒呢。小学校的宿舍也在胡同里，当郑老师从公共厕所出来，一边踩着砖头躲开污水，一边抱怨胡同脏时，就会有人开导她：

"好歹不用撒野尿了对吧？听说东北冷，上茅房还得带小锤儿呢。"

人们背后还说:"装得跟阮玲玉似的,其实是单田芳的老乡。"

当然,此类评价往往来自女性胡同居民,男性胡同居民对郑老师的态度又有不同。当初郑老师可是不乏追求者的,首当其冲就包括了阴大夫和姚表舅。这也不奇怪:作为胡同杰出青年,他们不追大学生郑老师,难道还要去追肉店售货员、那豆他妈马丽莲吗?也只有那豆他爸才对痦子神魂颠倒,并拿他妈比附梦露。

毫无疑问,如果把两位追求者加以比较,姚表舅占据了优势。且不说姚表舅他爸是厂长,也不说姚表舅比阴大夫还年轻着几岁,单说姚表舅的长相和风度,就远非阴大夫能比——那片儿的女青年一听见姚表舅叫"表姐""表妹",没有脸上不开花儿的,其中又尤以那豆他妈为甚。也恰恰是姚表舅对郑老师的一往情深,加剧了"表姐""表妹"们对郑老师的敌对态度。经那豆他爸揭发,当年看见长发飘飘的姚表舅抱着吉他在郑老师的学校门口唱歌儿,"你问我要去向何方,我指着大海的方向",那豆他妈马丽莲就在肉店里神情恍惚,人家要买牛蹄筋,她却切了羊头肉,切错了还跟人家摔摔打打使脸子。

在这方面,那豆他妈也是个敞亮人,对于历史问题并不回避。她也引用了一句歌词:"悠悠岁月,欲说当年好困惑。"

而这句话不仅能形容那豆他妈本人的心境,同样适用于郑老师。

当年旁观者都看得明白,郑老师无疑是倾心于姚表舅的。在相当长的一段时间里,俩人已经出双入对了。当姚表舅用锃新的"长江750"挎斗摩托车载着郑老师穿过胡同,他们的形象有如金童玉女，令人想起挂历上的浪漫剪影。随着挂历缓缓翻篇儿，一方面不知有多少胡同女青年或以泪掩面，或迁怒于人，另一方面就衬托出了阴大夫的木讷、沉闷乃至寂寥。的确，阴大夫从来就是那么一个人。这种人从来又是有主心骨的，所以从那时起，身边的人就习惯了遇事儿找他拿主意。对于阴大夫，那豆他爸评价：

"我这哥哥，让人敬重——只可惜太让人敬重了。"

那豆他妈的说法则更直接："这人什么都好，就是没趣儿。"

偏是一个没趣儿的人，在郑老师身上却有了心，而他有心的方式还是那么令人敬重——他从不跟郑老师多搭话，但却记住了郑老师说北京空气干，每个月都有几天闹嗓子，于是到了起风沙的时候，他就会拿川贝雪梨和胖大海熬一服中药，装在罐头瓶子里送给郑老师。送完也不说话，只是随着瓶子附有一封"谈人生"的信，话都在那信上呢。不仅对郑老师，就连对待情敌姚表舅，阴大夫都是一如既往、一视同仁。那时姚表舅去参加文工团的招考，"不疯魔不成活"，裹件军大衣在人家门口一蹲一宿，回来发烧打摆子，还是阴大夫上门去给他打针。打完针，情敌就变成了"同情兄"，阴大夫跟姚表舅交心：

"我只想跟她做个笔友，希望你不要介意。"

弄得姚表舅也很感动："咱们'费厄泼赖'，交情还在。"

而再从旁观者的角度想来，姚表舅感动之余，是否又流露出了一丝得意的谦虚呢？只不过事后才发现，他的谦虚表示得有点儿早。忽有一天，郑老师就在"长江750"的挎斗里告诉姚表舅，那些日子她跟姚表舅"一道白相很开心",但"生活不能只为白相"。她还告诉姚表舅,她跟阴大夫已经"成了"。

郑老师的表态,不仅对于姚表舅犹如晴天霹雳,对于胡同里的其他人也是震撼性的新闻。但当着众人的面儿,郑老师果然开始和阴大夫筹备婚事了。他们做了大红缎子被套和组合电视柜,还把阴大夫在胡同口的两间小房粉刷一新。就连郑老师她妈也从东北来了,由阴大夫带着去吃了上海菜"美味斋",得到的评价是"蛮好,蛮好"。

对于这个戏剧性的转折,唯独那豆的爷爷自有解释:"有的人适合搞对象,有的人适合过日子。郑老师是个明白人。"

爷爷还捎带着表扬那豆他妈马丽莲:"在这方面,你也比较明白。"

言下之意,同时还在表扬那豆他爸。当时那豆他妈刚从精神恍惚的状态里缓过来,转脸儿也和那豆他爸"成了"。面对爷爷的举贤不避亲,那豆他妈却一如既往地敞亮:"我只是一时疏忽,被您儿子乘虚而入,得了手了。"

再说回郑老师和阴大夫,谁也没想到,俩人之所以"成了",其实另有原因。连爷爷也想错了。阴大夫不是作为"笔友"给郑老师写过信吗?除了畅谈人生,他在信里曾经偶然提及,自己在美国还有一窝儿亲戚。正是因为这窝儿亲戚,当年他的父母才受了连累,死得早,他也从小尽被特殊对待,考大学时没上成"医大"只上了个"医专",最后分配到酱油厂当厂医。不过阴大夫又励志,既然当上了医生,那就得对得起这身白大褂,不光要照顾好同事们的健康,也要照顾好街坊们的健康。这话不是虚的,身边还有个现成的榜样,就是"那爷"——人家搬了一辈子缸,不也照样受人敬重?

他还表态:"你是音乐老师,嗓子对你很重要,关心你的工作也是我分内的事。"

看了阴大夫的信,郑老师固然也表示感动。而在感动之余,她忽又转变了对阴大夫的态度。她原来有意无意地躲着阴大夫,这时就主动去找阴大夫了,并且还不只白天去,就连晚上也三番两次地登门造访。在窗前,在灯下,俩人又谈人生,从发光发热说回受连累,又从受连累说回美国那窝儿亲戚。说着说着,郑老师冷不丁地便问:"既然有亲戚,你就没想过去美国?"

面对郑老师眼中的光芒,阴大夫迟疑了一下:"想去当然也能去。"

而后来,阴晴这样评价她父母的婚姻:"一个动机不纯,一个撒谎骗人。"

诚如阴晴所言,郑老师之所以屈就于阴大夫,图的就是"去美国"。郑老师对存在于家族记忆中的"上海"念念不忘,但"上海"究竟又好在哪儿?归根结底,还不是因为那个"上海"更接近于"美国"——于是当美国摆在面前,上海也就算不得什么了。而阴大夫呢,他虽然沉默但却敏锐,一眼就看出了郑老师期待着什么。在郑老师试探、询问,并企图证实那个期待时,他起初保持了更加意蕴深邃的沉默。这反而激发了郑老师的想象,再参照那年头关于"去美国"的种种神话,一张空头支票就被越开越大了:阴大夫之所以没去,只是不好意思麻烦亲戚,而一旦开口,对方势必不能拒绝,因为他们不是连累过他、亏欠着他吗?并且如果要去,不仅是他,就连他的家人也能跟他一道去，因为美国人不都是家庭至上的吗？至于何时付诸行动，这只是个早晚的问题，因为那部名噪一时的纪录片里不都论述过，"黄色文明"势必要奔向"蓝色文明"吗？

渐渐地，就连阴大夫也被煽动了起来，半推半就地加入了对"美国梦"的编造。他的参与又让郑老师的梦越做越真切了。如果对阴大夫当时的心态加以考察，他很可能只是出于一个朴素的愿望：唯有如此，郑老师才乐于跟他多说几句话，从而使那令人心醉的瞬间尽可能长地延续下去。他也没想到郑老师会如此果决，转眼就和姚表舅一刀两断了。而直到木已成舟，阴大夫是否才会想起那句"费厄泼赖"呢？

反正姚表舅的表态是："我没输给你，我只是输给了美国。"

他又留给阴大夫一句祝福："祝你们在那边多刷盘子，多挣美元。"

然后，这个伤心人就结束了他的艺术家生涯，剪去一头长发，南下去了广东。只不过姚表舅那句温馨的祝福最终还是落空了。郑老师没想到，阴大夫身后的那个"美国"也不是货真价实的——那窝儿亲戚的第一代早死绝了，第二代以降又全是非常拎得清的那种美国人，他们压根儿没动过从中国空运过去两个穷光蛋以证明"血浓于水"的念头。或许阴大夫早就认识到了这一点，但他竟没告诉郑老师实情。在婚后的那几年，郑老师代表阴大夫进行了反复的联络、恳请乃至哀求，但人家或者虚与委蛇，或者干脆不理他们那茬儿。在此期间还播过一部电视剧《北京人在纽约》，这无疑更加戳着阴大夫的疮疤，以至于在他面前不仅不能提美国，就连提姜文、提王姬也不行，一提就瞪眼。

而当郑老师终于断了那个念想，阴晴已经出生了。

断了念想的郑老师却还在记恨。她记恨的不再是去不了美国，而是阴大夫骗了她。这也造成了阴晴从小就听着她妈的控诉，并认为自己是一个谎言的产物。

貌不合神也离，这家人居然熬过了一些年头。这些年里，一茬儿人逐渐老去，另一茬儿人则迫不及待地奔向青春。而再一次出乎人们的意料，当姚表舅灰溜溜地从南方回来，郑老师却在"上海梦"、"美国梦"纷纷破灭之后，做起了她的第三个梦。那是一个有关爱情的旧梦。试想当初，如果没有阴大夫，没有美国，她的生活又会是怎样一番景象呢？人到中年的郑老师不屈不挠地幻想着、不甘着、缅怀着。她头戴女帽飘来飘去，肉身像帽子一样不具有重量，但她却焕发出了令男人都自愧不如的行动能力——"有梦就要去追"，她用人生贯彻了这句口号。或者说，她懒得分辨什么是梦，什么才是事实。又或者，她一直酝酿着对阴大夫进行惩罚，而现在总算找到了恰当的方式。

至于姚表舅呢，也不知他当初是否记恨过郑老师，反正现在他连记恨的资格都没有。姚厂长留下的家底被赔了个精光，连小院儿都拿去抵了债，如果不是爷爷找厂里说情，他就得睡到大街上的水泥管子里去。因此，郑老师几乎是以圣母的胸怀接管了姚表舅。她给姚表舅的小平房里挂上碎花窗帘，赎回了那辆行将报废的"长江750"，并像当年一样坐进了摩托车的挎斗。胡同附近频频出没着一对饱经风霜的金童玉女，如果他们的剪影被印在挂历上，那副挂历必然早已卷起了毛边儿。与此同时，俩人毕竟不便大张旗鼓，所以在摩托车喷出的黑烟里，郑老师还用帽子欲盖弥彰地遮住了脸。

俩人到底是什么时候好上的，后来已不可考。不过在身边人的眼里，他们早就"虽说是亲眷却不相认，可比亲眷还要亲"了。那豆他爸也曾借着酒劲儿，跟阴大夫叨叨过这事儿，"她爱戴帽子让她戴去，但要愣把帽子往您头上扣，我先不答应"，但阴大夫只请求他"别让孩子知道，影响了学习"。那话说得悲切，也让那豆他爸少有地管住了嘴。而再想想阴大夫，他这么一个有主心骨的人，怎么到了自己身上就窝囊了、糊涂了？他是事到如今仍然自知理亏，还是真觉得只要掩耳盗铃就等于什么都没发生？

但阴大夫没想到，在家里把事儿挑开了的恰恰是阴晴。其实他长久以来都低估了女儿，对于那个秘密，阴晴也许比一切人先有感知——否则也不会对那豆说出那句"纸里的火"。而事已至此，阴大夫的主心骨反倒回来了。当郑老师搬出胡同，径直住进了姚表舅的小平房，阴大夫便客客气气地上门，又客客气气地商议起了离婚事宜。三位老朋友开诚布公，终于实践了"费厄泼赖"。时隔多年，阴大夫又还给了姚表舅一句祝福，"愿你们把失去的时间找回来"，并且将当年父母"落实政策"的一套三环外的居室给了郑老师，自己则仍留在胡同里。知道阴大夫这么做时，那豆他爸还颇不愤，"就不该离，拖着丫的，您不好他们也甭想好"，爷爷也本着老派人的原则"劝和不劝分"。而阴大夫说：

"我耽误了她这么些年，现在只是不想耽误阴晴了。"

离婚以后，郑老师就和姚表舅又去了南方——这次却不是创业而是享受起了候鸟生活，花的是转让酱油厂股份和出租房子的钱。阴大夫却仍深陷在当年的那段婚姻，或云那个谎言里不能自拔。正是出于这个原因，听到阴晴宣布想要"换个地方活着"时，他也未加阻拦。唯一让他别扭的是，阴晴要去的地方居然还是美国。不过不仅是阴大夫，就连那豆都能理解阴晴：如果她的家、她所住的胡同对她来说都是耻辱，那么她所费的一切力气也是为了远离这里——美国就足够远了吧。而到了阴晴去美国时，形势又和郑老师当年不同，不必依靠什么拐弯儿抹角的亲戚，只需拿出硬邦邦的成绩就行。

于是，那豆早就接受了阴晴要走的事实。他想，他能做的只有一件事，就是在阴晴走之前的日子里护好了她。这也是爷爷的要求，"别让丫头没了伴儿"。

自从家庭分崩离析，阴晴就变了一个人。她原先爱唱爱跳，此后却变得孤僻了。上了重点高中之后更是如此，除了每次考试必在班上拿第一，此外凡事与她无关。而这种孩子又一定是会遭到孤立的，那豆还发现，重点学校的人际关系其实相当阴暗，学生们表面上一个赛一个地乖巧，背地里却充满了歧视与欺凌。当他从职高里逃了课，溜达到重点高中去等阴晴，总能看见一些女孩儿围着她说三道四，还有人假装失手，拿汽水往她身上泼。

那些汽水瓶子每每被人凌空截住。女孩儿们扬起乖巧的脸，旋即看见了那豆发着狠的眼神儿。那豆将"中南海"烟屁吐进瓶口，晃了一晃又递了回去：

"我不跟女的动手，但我也有辙让你把它喝了。"

女孩儿们花容失色，逃走前还不忘骂一声"痞子"。而等过了一阵那豆再来，碰上的就是一群护花使者了。那些男孩儿有的是足球队的，有的是田径队的，他们摆开阵势，提出要跟那豆"聊聊"。但一聊又发现没什么可聊的——当那豆学着胡同里的"老炮儿"叫板，"口内口外，刀子板儿带"，那些孩子却压根儿听不懂。他们只知道晃悠着膀大腰圆的身子往前拱，像强行喂奶一样把胸肌凑到那豆面前。一有肢体接触，那豆反倒觉得省事儿了。他也看出那些孩子都是"雏儿"，全然不会打架，不像他，早计划好了该怎么封眼、怎么踹裤裆——这套在实战中掌握的技巧果然奏效，一旦施展出来，对方之中最高最壮的那个被迅速放倒，其他人都吓傻了。但在痛快之余，那豆还感到了乏味，这倒不是因为对方不堪一击，而是因为在这种时刻，他总会发现阴晴正沉默地看着他，神色出离，如同雕像。

片刻，阴晴转身就走。那豆也扔下被他"花了"的倒霉蛋儿，跟了上去。俩人一前一后，穿过二环路又经过鼓楼，往他们那条胡同里去。有一次，在鼓楼那高耸的城墙下，那豆突然唤回了他的豪情，于是邀请阴晴"上去看看"。他还告诉阴晴，爷爷跟他说过，什么时候徒手爬上了鼓楼，什么时候就算长大成人了。

阴晴瞥他一眼，反问："你就那么想当个大人？"

噎得他一愣。但她又说："到了该上去的时候，我会叫你。"

而在后来，上述暴力事件不时上演，逐渐升级，终于达到了高潮的一幕。

那一幕里,那豆的对手却不是人。阴晴学校里的"硬茬儿"几乎让他打遍了,再没人敢轻易挑衅。然而那些孩子却又会远远地盯着他们,不知憋着什么坏。一天又到放学,当那豆插着兜,晃晃悠悠地跟在阴晴身后,就听见左近瓶了个汽水瓶子。那瓶子却不是朝他们飞来,而是直奔路边的垃圾桶,从那后面惊起了一条狗。看见那狗,那豆的第一反应却是熟悉。原来它还活着:半人多高,体格如驴,一撮儿黑毛从头顶连到后背,正是姚表舅养过的那条黑背。记得姚表舅离开之前,就把它给扔了,而且扔得还很远,说是开着"长江750"去了潮白河边,连车带狗都撂在野地里了。后来车没回来,狗却回来了,不时又传出妇女被它拱了下体的传闻,派出所还专门组织人去打过它。

看来打却没打死,只给那狗的头上留了道疤,掉了半个耳朵。遭受过丢弃和围猎过的狗都会变得加倍的凶残——比如现在。这已经是一条老狗了,但它仍鼓足力气,像当年一样嗷嗷乱叫,助跑冲刺,一跃而起,只不过它扑向的不是那豆而是阴晴。

转眼间,和汽水瓶子一样,那狗也被凌空截住了。那豆早挡在了阴晴面前,单臂伸出,不偏不倚,恰好卡住了狗脖子。虽然事发突然,但他隐隐觉得自己早就盼望着这一幕。而此刻,双方的力量对比已经发生了逆转,那豆还将他的左臂向上高举,令那狗一时悬空。随着他扼住狗的喉咙的手越来越紧地运着劲儿,那狗刚开始还在前爪乱抓后腿乱蹬,后来就因为无法呼吸而逐渐软了下去,两眼也像瘪了的灯泡一样行将熄灭。一人一狗，四目相交，人的眼神儿像狗一样疯狂，狗却在恍惚中多了些人的感慨。那狗大概也认出了那豆，因此它竟放弃了挣扎，身子一垂，只等着吐出最后一口气了。

君子报仇，十年不晚，这场遭遇战的胜利不仅一雪当年之耻，甚而还让那豆觉得，就连爷爷乃至阴大夫的憋屈都被他代为一扫而光。然而这时，他又瞥见了阴晴。这时的阴晴就不像一尊雕像了，而是轻声唤着他，嗓音里藏着惊惧：

"豆儿……豆儿。"

叫得那豆一凛，随即松了手。那狗重回地面，好容易喘匀了气儿，却先抬头看了那豆一眼，似在致意，然后才转身跑走，消失在鼓楼下乌泱乌泱的人群与车流之中。那豆回身，甩了甩布满血道子的胳膊，对阴晴咧嘴笑了。

他对阴晴说："当初姚表舅就说要毒死它，但我爷爷说了——大小是条性命。"

自此以后，那豆就再没见过那狗，同样也再没见过姚表舅和郑老师。而单臂制服黑背的事迹却让他名声大噪，一时间只要出门，总有大大小小的孩子打量着他，退避三舍又满脸佩服。那豆也有意袒露着他那条涂满了紫药水的胳膊，从而落了个"鼓楼花臂"的名号。后来伤全好了，为了让那名号货真价实，他便找了家文身店，给自己文了一条斑斓的花臂。文身的价格不便宜，不过人家愿意奉送，条件是如有麻烦那豆得去"撑个场子"。这也是"顽主"的待遇，自此他算是在街面儿上有一号了。

关于文身的图案，那豆也和阴晴商量过。见面却先问："你是不是看不起我？"

阴晴说："我要看不起你，还让你天天接我放学？"

俩人就一笑。然后那豆才讨论起了文身问题："老虎豹子，关羽张飞，日本鬼头——你看哪个好？"

阴晴说："都太土，没一个合适你的。"

那豆说："那你给个主意呗。"

阴晴说："我看就黑猫警长葫芦娃，哪吒闹海孙悟空吧。"

说完俩人又一笑。那豆想起了久远的一幕：小学的暑假，阴晴来找他，俩人先在枣树底下做作业，阴晴写，他抄阴晴的。写完以后他们就挤在小半间里，脑袋并着脑袋看电视。那豆头大如斗，阴晴扎着个马尾辫。多少年来，给孩子们的假期预备的老是那么几部片子，有些他爸他妈小时候就有了，有些甚而连爷爷都看过。然而到了他们这辈儿也不觉得过时，看得还挺带劲。阴晴这时说起那些动画片，该是在开玩笑吧，但那豆竟把玩笑当了真。他似乎想以此说明，只要在阴晴面前，他还是当年那个头大如斗的孩子。

而后来，当年的孩子终于上了鼓楼。而现在，那豆来找阴晴了。

经历了漫长的翱翔，飞机终于离开了平流层，在太平洋的另一端开始下降。那豆也激灵着醒了过来，抬起胳膊伸了个懒腰。他的花臂斜探出去，引起了隔座一个外国老太太的兴趣。对方也刚睡醒，吧唧着嘴，带着美国式的天真研究着那些图案，又用美国式的漫不经心称赞了一句什么。那是洋文他不懂，这是"国潮"人家也不懂。

在机舱里响起的中英文双语广播声中,他紧了紧手脸,又透过舷窗往外望了望。

飞机翅膀下,大陆无边无际,城市密密麻麻,远看和他来的地方竟很相似。时至今日,他仍有些错愕,还有些茫然。

尾声

一 上

在后来的印象里，美国之行却又一蹴而就地收了场。

当然，这也只是那豆的个人感受，而事实总和感受有所出入。且不说别的，单说他等候和黄耶鲁会面，就空耗了将日复一日的时间。只不过那等候过于沉闷也过于困顿，随后的那场弥天大祸又发生得如此突然、迅猛、猝不及防——两厢一对比，在那豆的记忆中，似乎他在美国的经历就只剩下了短短几分钟的惊心动魄。

而实际上，当他走进位于芝加哥城郊的"奥黑尔"国际机场时，神色还显得有些优哉游哉的呢。虽然梦多，好歹觉是睡足了的，入关也痛快，小格子里啪啪一盖章，那豆就算从法理上正式踏入了美国领土。这期间，行李还要再过一遍仪器，而他又得感谢身处太平洋另一头的那个中年人了——也没人询问什么，也没人盘查什么，一个同样制服笔挺、有棱有角的美国安检人员威严地甩了甩下巴，让他迅速通过。而试想如果金属碎片还带在身上，在美国人的监视下又报了警，那豆还真不知该怎么跟人家掰扯。

机场不大，比起北京的机场甚而有些陈旧。钢筋和玻璃组成的幕墙之外，是一片阴沉但又通透的天。他没过多会儿就见到了阴晴。

原来阴晴还是那个阴晴，起码一眼就能认得出来。她远离接机的人群，站在一扇落地窗前，手插在磨旧洗白的牛仔裤口袋里。她身上的棉布方格衬衫和双肩背包都是学生样式，脑后仍然垂着那条马尾辫。望见阴晴率先挥起胳膊，那豆觉得，仿佛他们昨天才刚见过面。那豆便晃了过去，俩人互相看看，先比了比个儿。

他觉得阴晴又长高了，肤色却有些苍白，一双眼睛倒比他这个远方来客更加透出倦意。她手里拿着一本皱巴巴的厚书，衣裳也皱巴巴的，仿佛在美国倒把自己给活旧了似的。那豆还注意到，在阴晴的双肩包背带上，别着若干个塑料徽章，它们的大小形状各异，上面的图案也各异。有些是人像，比如戴船形帽的拉美大胡子或者干瘦的印度老头儿，根据在南锣鼓巷买文化衫的经验，他记得这俩人大约名叫切·格瓦拉和"圣雄甘地"。另一些徽章上连人像也没有，而是小飞机形状的简笔画和歪歪扭扭的手写英文"我们是百分之九十九"，这些那豆居然也略知一二，他在网上听人解释过，前者象征着反战，后者则来自一场名为"占领华尔街"的集会游行。记得在过去，阴晴从未往身上挂过零零碎碎的小物件，但这些小小的变化也没让那豆感到多么突兀：就像人不能两次踏进同一条河流，他也没指望能见到和过去一模一样的阴晴。

似是出了会儿神，阴晴才先开口："你倒没变样……"

她的口气低沉，如同叹息。随后，俩人就坐上年久失修的"红线"

铁路，驶向大学所在的芝加哥南区。在咣当乱响的车厢里，阴晴像个公事公办的讲解员一样介绍了种种注意事项，诸如在有房顶的地方不能抽烟、买酒精饮料先要出示证件……她还递给那豆一张二十美元的绿票子，让他用来应付随时有可能发生的抢劫案。

"别跟人瞎'起范儿'。"她专门叮嘱那豆。

说完这些，阴晴又从书包里掏出一只正中间印着个"B"代表波士顿的棒球帽，送给那豆作为"访美纪念"。她在波士顿上的本科，却在芝加哥把这顶帽子赠予那豆，这也让那豆稍感错乱。但关于爷爷、关于盒儿里的东西，他们却只字未提。仿佛存在着一种默契：既然来了，那就莫谈过往也莫问前路。

交代完毕，俩人默然坐着，身体时而发生步调一致的倾斜，就像两个并排摆放的不倒翁。当轻轨驶过一片广袤的丛林，阴晴才瞥向窗外的几栋建筑，重新开口：

"都说芝加哥治安不好，可唯独这块地方夜不闭户——很讽刺吧？"

随着她的目光，那豆也看见了那些城堡般的住宅，以及堪比足球场的花园草坪。房子堂皇而古旧，门口阒无人迹。而自从和阴晴接上了头，那豆就发现，她总爱用"讽刺"这个字眼儿来对某些事物加以评价。房子又有什么"讽刺"的呢？难不成它们都是国内常常爆出的豆腐渣工程，转眼就塌吗？他怕露怯似的没开口问，阴晴却自顾自地解释了起来：这些兴建于几十甚至上百年前的豪宅很少有人居住，但却加装了最先进的安全警报系统——与之相反，人满为患的贫民区则面临着严重的警力匮乏……

那豆还发现，说这话时，阴晴的口吻是淡漠的，仿佛所说的事儿与己无关。她过去就常显露从世间出离的神态，只不过出去了还有回来的时候，而现在，她似乎学会了以纯粹超然的态度隔岸观火。这个发现反倒让那豆有几分心惊。他呆望窗外，不由得出起了神。随即，阴晴的另一句话引起了那豆的注意：

"不出意外的话，黄耶鲁就住这儿。"

但没等那豆再细打量，那些住宅已经消失在重重苍翠之中了。转眼就进了城，城里对于那豆而言反倒熟悉：无非是些高耸入云的摩天大厦。一座桥头，人群像蚂蚁般攒动，原来也是乌泱乌泱的。阴晴又告诉他，这儿被称为"华丽一英里"。但他们仍未下车，继续前进，不久之后便行驶在了一片烟波浩渺的湖边。湖面广阔，远超目力所及，湖边的建筑却陡然矮了下去。公路把建筑物分割成截然不同的街区，其中一些还好，另一些却是毫不掩饰的衰颓，许多小矮楼都是铁皮屋顶，污渍斑驳的木板墙上画满涂鸦。

这儿也就是那豆的落脚处了。阴晴领他下了轻轨，把他带进那些寒碜的小矮楼里格外寒碜的一栋。小楼的主体分为两层，再往上还有一个阁楼，那儿有提前为他收拾出来的一个房间。听阴晴说，阁楼原来的住户也是一个中国女留学生，最近恰好不住这儿了，于是房东同意临时短租。对于那豆拒绝了黄耶鲁的五星级酒店什么的，她无疑持一种默默赞许的态度。她本人也住在这栋小楼里，但也不是一楼二楼而是地下室，挨着隆隆作响的洗衣房。阁楼大约十平米，屋顶极低，呈四十五度角倾斜，那豆也只有在房间一侧才不至于被磕了脑袋，如若往另一侧挪两步就得大幅度地佝偻着，甚而还得四脚爬行。这就相当于只剩下了一半空间，但不是面积上的一半，而是高度上的一半。

跟阴晴倒不必见外，他说："在北京半间房，在美国也半间房。"

阴晴嘴角一抿，言下之意似乎是在提醒他，"条件也就这么个条件"。

"反正待不长，怎么凑合不是凑合。"那豆还得替阴晴宽心，又问她，"对了，你还没跟我说过，你来这边上学，学的又是什么呀？"

阴晴反问他："你觉得我该学什么？"

那豆说："爷爷说过，学好数理化，走遍天下都不怕……"

阴晴却又似笑非笑，接着就讲起了她在美国大学里的专业方向。那门学问名叫"符号传播学"，具体到阴晴，研究的是她背包带上那些徽章图案的源头、流变与影响。而要想弄清"符号"本身，又不可避免地涉及它们各自产生的社会背景，为此，她不仅要泡在图书馆里查阅资料，此外还得开展"田野调查"。比如最近，她正在准备一篇和美国"阶层分化"有关的论文，这就需要她对这个国家的种种社会问题深入了解，此外还得紧密跟踪各处此起彼伏的抗议示威。敢情还有研究这个的，那豆固然听得一头雾水，但恰因为此，他才更加"不明觉厉"。他在中国还没活明白呢，阴晴却开始替美国人操心了。也和小时候一样，当他由衷地吹捧阴晴，就连自己也"与有荣焉"了似的：

"我就说——到哪儿你也得是学习委员。"

阴晴的脸上突然划过一丝冷笑,随即又归于淡漠。她低声嘟囔了一句:"不过一点儿用处也没有……这也很讽刺吧?"

她的"讽刺"不仅指向别人,也指向自己。这一刻,那豆又觉得阴晴不是过去的阴晴了。当然,阴晴并没冷落了他,她还亲自下厨房,给他做了两个美国劳动人民常吃的煎肉饼,吃饭时话也照说,但给那豆一种感觉,通过那些不相干的就事论事,她将自己包裹了起来。如此这般一个阴晴,无疑给那豆带来了新的疑问。而除此之外,那豆还被更多的疑问困扰着。当他吃饱喝足又补了一觉,自然就琢磨起了一件事儿:盒儿还被放在阁楼房顶和地板之间的夹角里呢。终于按捺不住,那豆提醒阴晴:

"'那孙子'怎么还不露面?他巴巴儿地让我来的。"

阴晴这才道:"我也催过黄耶鲁,可他说现在不方便跟你联系——另外,他还表示可以在'特朗普大厦'给你定个套间,吃饭也签他的单……"

"还是那话,少来这套。"那豆烦躁而硬气地回绝,"他当我打秋风呢?"

于是他也只好穷且志坚地滞留在阁楼里。这貌似满足了他和阴晴独处的私心,但很快,连这个念头也落了空——随着"春假"结束,一场风起云涌的抗议席卷了美国中东部,各路"白左"风餐露宿,或奇装异服或赤身裸体地在各大院校里宣扬"普世价值"。机不可失,除了上课,阴晴还得继续进行"田野调查",搜集那些新近被创造出来的标语符号，因此回来的时间就更少了。有时那豆感到，他简直像个被丢弃的孤魂野鬼。

那栋小楼他倒是摸了个门儿清：一楼两个房间，二楼三个，住的都是华人留学生或访问学者。人家也像阴晴一样繁忙，每天一大早就都出了门。相形之下，那豆成了方圆几里最无所事事的中国人。阴晴怕他在阁楼里待着憋屈，把她那间地下室的钥匙也给了那豆，于是他可以白天进去上上网什么的。那豆本想借机搜寻一些关于阴晴的蛛丝马迹，然而一无所获。在阴晴那间没有窗户的斗室里，除了两样简单的家具，此外堆放的就都是书了——英文的他不认识字，中文的字不认识他。光溜溜的桌上扣着一台笔记本电脑，不仅没有阴大夫和郑老师的照片，就连她本人的也没有。仿佛屋里住的是个没有过去的人。

而在室内，那豆唯一一次与陌生人的狭路相逢，发生在某个晚上。在芝加哥南区，天黑以后尽量不要出门，但因为旷日烦闷，那豆又犯了烟瘾，再想起阴晴关于抽烟的告诫，便硬着头皮从阁楼上爬下来，打算到外面找块空地。他才刚下到楼梯半截儿，忽听脚边一声惨叫，再一扭头，便见有个胖姑娘站在二楼过道里，牛奶麦片泼了一地。

还没等他打招呼，对方已经飞快地闪进了房门。那神情真像见了鬼似的。

经历过这次偶遇，那豆倒在屋里耗不下去了。当白天来临，他就像只钻出下水道的老鼠，开始尝试着探索一墙之隔的外部世界。他记住了"五十七街"那栋小矮楼的门牌号，又在手机地图里标注了定位，这可以保证他不至于迷路。在湖边的防波堤上，他检阅了由松鼠、鸭子和水鸟组成的陆海空三军；在"科学博物馆"，他伙同一群小学生跟机器人对话，并像他爸脏了八哥的口儿一样教会了机器人说"你大爷的"；在通往大学的林荫干道上，他也曾费力寻找过黄耶鲁的那辆加长"林肯"，一天还真碰上路边停着辆类似的，但等扒着窗户往里看时，见到的却不是司机保姆，而是一个相当浪漫的场面：后座上，两条金发大汉相依相偎，缠绵热吻。那豆撒腿就跑。

而在天擦黑时，他的游荡则会以去学校接阴晴而告终。以前他就接她下学，现在还是。他在图书馆的拱门下等她，在人影憧憧的草坪空地上等她，在流动餐车前买好了一份"垃圾三明治"等她，等着了就径直往回走去。

路灯闪烁，街道却仍昏黄。一路上，阴晴步履无声，一脸淡漠，但在这种时刻，那豆又觉得她并不像她所表现出来的那样沉静了。她有如雕像，但却质地纤弱，仿佛一碰即碎。而不久以后，那豆的直觉也得到了印证。一天，他们刚钻出那座轰鸣的铁路桥，路边却响起一阵更聒噪、更有节奏感的轰鸣。一辆破旧的"雪佛兰"轿车缓缓驶过，播放着震耳欲聋的英语数来宝。只一晃神，他却发觉身边陡然空了，再回过头，就见阴晴呆立在几步开外，一动不动。她满脸煞白，喘着粗气，一手捏住衬衫前襟。在湖面刮来的硬邦邦的风里，她好像被人当胸狠捶了一拳。

那豆走回去问："你怎么了？"

阴晴在一瞬间恢复如常，迈开步子："没事儿。"

那豆拽了把她的双肩包,又问:"你到底怎么了?"

加了一个"到底",问的就不是眼前的事儿了。而他清晰地看到,阴晴眼里划过一道光,冷得瘆人。他还听见阴晴反诘他,口吻突然也变得怒气冲冲:

"我跟你说了又有什么用?"

凭空一怼,那豆竟不知如何作答。他过去在人和狗的双重袭击下护住了阴晴,现在却被她看成是没用的了。当他看着阴晴木然又往前走,也只好无声地跟了上去。回了小矮楼,一个往上,一个往下,各自藏身。后来的几天,也没提起那事儿。

在这期间那豆唯一的收获,是那块金属碎片又回到了他手里。

虽然此前得到了机场工作人员的保证,但当一份来自北京的特快包裹送上门来,那豆心里还是莫名一跳。刚到美国,他就用微信把阴晴的地址发给了那个中年人,对方也只回了一句"在办"。忽然一天下午,那豆出门,在台阶上踢着了一个包裹,而美国快递员早开着卡车跑没影儿了。包裹外面写着英文地址,还有他的姓氏拼音"Na",里面除了用塑料袋包好的金属碎片,还附有此前提到过的"鉴定证明"。开具证明的部门不止一家,除了机场安检,还有邮政系统,此外又包括了警方的什么下属单位。这阵势更加深了那豆的疑问,他反身回到阁楼,在细读那份鉴定之前,不禁瞥了瞥房顶和地板夹角中的盒儿。

三言两语,转眼看完。那豆又朝那盒儿投去一瞥。

鉴定上白纸黑字,写得很清楚,原来那块金属碎片属于"弹片"。

专业人士还指出，该弹片采用精炼钢铸造，可随冲击波飞行上千米，对战场人员实施杀伤——当然，那种可能性只有在炸弹被引爆的情况下才会发生，孤零零的一片并不具备军事意义。因此给出的结论是"经批准后可以邮寄"。

惊愕之余，那豆便想起了李固元描述中的老太太沈桦。李固元说过，在照片上，他那位"姨儿"面目清瘦，怎么看怎么斯文。而现在，因为知道了金属碎片是弹片，那豆不由得猜测，老太太沈桦有过不同常人的过往。他又有话想对那盒儿说说。

这次说的是：奶奶，您受苦了……没想到您还挨过炸弹。

说完这话，那豆原本被悬置的焦躁又变得一发不可收拾。数数日子，在美国已经待了快半个月，该办的事儿却毫无进展。当初弹片带不上飞机，他担心会"屎壳郎碰上拉稀的"，现在弹片从国内寄来了，仍然面临着白来一趟的风险。而说来说去，还是要赖黄耶鲁。连那豆这个外人都远渡重洋，他却依然踪影全无。再想想老太太活着时遭过的罪，"那孙子"还配叫个孙子吗？

然而急也是一头儿急。在这种心境下，那豆能做的也只有绕圈儿。

这时再绕，却在湖边。他出门穿过铁路桥，把那顶带着个"B"的帽子往草地上一扔，扎了个姿势，脚下游走不休。桥下有一黑人在敲桶，而那豆伴着那急促的节奏，兴之所至，还会来个侧手翻。他心里响的是"啷里格啷"，身上演的是"锵了个锵"。不知折腾多久，他才略喘口气，脑袋顶上升腾出一团薄雾。又弯腰捡起帽子，却见里面多了几个钢镚儿。敢情有人以为他在搞"街头艺术"呢。再把这点儿收获放在国际关系里来衡量，不知会不会增大中美之间的贸易顺差。只不过在现行经济秩序下，中方赚取的外汇每每又会回流到美国——那豆晃悠到铁道桥下，将那些钢镚儿扔进了黑人脚边的一只破桶。

然后，他回到湖边眺望片刻，等天渐渐黑了，这才溜溜达达地去接阴晴。

进了校园，便碰上嘈杂的抗议人群：无非发发传单、举举招牌，还尽是弹着吉他唱歌儿的。胖保安们也不紧张，端着纸杯咖啡远远儿看着。当然他也听阴晴说过，这种做派只属于"白左"，如若赶上哪个神经病制造了枪击案，那就连"国民警卫队"都得出动了。那豆逡巡许久，也没找到阴晴，等天色又黑了一层，才接着了阴晴的电话。阴晴告诉那豆，她已经提前回了住处，还让他也赶紧去跟她汇合。

他又听见阴晴说："黄耶鲁来找你了。"

也很奇怪，这消息并没让那豆欣喜若狂，反倒让他半天没缓过神儿。那豆脚下一路狂奔，当他回到"五十七街"，果然见到小矮楼的门口站着一人。

先看见的却不是人脸，而是一顶歪歪斜斜的棒球帽，帽子上赫然印了个硕大的字母"B"。恍惚之间，那豆不禁抬手扶了扶自己头上的帽子。这时才见对面的帽檐略微扬起，露出一张年龄与他相仿但质地截然不同的脸——那脸又白又软，脸上的零件一律都小，小眼睛、小鼻子、小嘴巴，小得混沌不清，两腮上还各挂了一嘟噜婴儿肥,眉毛则是又黑又短,乍看倒像两只毛毛虫爬上了一个糯米团子。

这就是黄耶鲁了。他像只拔了毛的肉鸡,支棱起两条短胳膊,屁股斜靠在一辆汽车的发动机盖上。车却不是"林肯",而是"保时捷"。他眯着本来就是一条缝儿的眼睛,眼神先冷后热,迸出一句"感冒味儿"的北京话:"兄弟,你可算来了。"

那豆反盯黄耶鲁,眼神先热后冷,也道:"你可算来了。"

接着,黄耶鲁还向那豆伸出手来。伸手却不握手,而是五指攥拢,顶到那豆面前,意欲来上一记美国黑人式的撞拳。那豆又注意到,黄耶鲁的手上还套着个图章似的镶钻大金戒指。这件首饰也和黄耶鲁那身 blingbling 风格的嘻哈装束相搭配,而后来那豆才知道,它居然是一枚货真价实的芝加哥公牛队总冠军戒指。

初见之下,那豆却对黄耶鲁的示好无动于衷。他无疑还在跟对方怄气,冷着脸一扒拉,就把黄耶鲁的手扫到了一边,又拿眼瞥向门廊里的阴晴。阴晴的"讽刺"进而传染了他,于是他的腔调更加不阴不阳:

"劳您的驾,还得亲自来接您奶奶的骨灰。您可真是受累了。"

黄耶鲁却毫不发窘:"可不吗,你不知道我来一趟得有多难,移民局成天盯着我呢。你这儿又不好找,芝加哥整个儿就一大农村⋯⋯"

接着他抱怨起了贫民区的脏乱差——由此可见"美国已经衰落"。他的表现倒让那豆犯起了含糊:不会碰上了个傻小子吧?怎么连好歹话儿都听不出来。而说了好一通,黄耶鲁的碎叨才戛然而止,糯米团子般的脸上堆起了笑:

"兄弟，东西带了吧？"

"东西"指的是什么，自不必说。那豆也不答话，径直进门，噔噔噔上楼，又噔噔噔下楼，回来时手上便多了一盒儿，那块弹片也一并捏在手里。他又和阴晴对视一眼，这才把东西往"保时捷"的车屁股上一蹾：

"你看看，对不对。"

而那豆心里一含糊：这就到了交接的时刻吗？黄耶鲁便凑上来，总算换上了肃穆的神情。贫民区的街头，豪华汽车，现场验货，这场面又好像黑帮电影里的贩毒场面。好在黄耶鲁没有把盒儿打开，再把里面的东西擦到鼻子上吸两口，他的注意力只集中在那块弹片上——把它捧在手心，凝视良久，半张着小嘴儿呼哧直喘。而确认了弹片，也就确认了盒儿里装的是谁，尽管盒儿上刻的是那豆爷爷的名讳，贴的是那豆爷爷的照片。与那豆异曲同工，他也对那盒儿说起了话，而且还出了声儿：

"奶奶，这东西总算给取出来了……可惜您看不见了。"

与刚才的没心没肺相反，此刻黄耶鲁呜呜哼唱，貌似力图挤出眼泪。当然这也很难实现，那豆想提醒他，哭不出来就别硬逼。而他还没开口，却见黄耶鲁一拍巴掌：

"得嘞，齐活。"

他打开"保时捷"的后备厢，就要把东西往里放。那豆赶紧拦住他："怎么就齐活了——我要的东西呢？"

黄耶鲁眨了眨眼："哦对，就是那个贵州人，田……什么来着？"

那豆说："田谷多。你得拿他来换你奶奶，我才能拿他去换我爷爷。"

黄耶鲁又眨了眨眼："我没带。"

他的脸上一派孩子般的坦率，这就不知是真傻还是装傻了。那豆登时急了，花臂一抬，两个指头对准黄耶鲁的小肉鼻子，发出一声"呲"：

"孙子，你要我呢是吧？"

黄耶鲁则脖子一缩，仿佛是被那豆的狠劲儿给吓着了。他结结巴巴道："你先别急，听我说呀……这趟出来得匆忙，你要的东西又没放在我住的那个家里，而是保存在另一个家里。我好不容易才溜出住处，又急着跟你见面，就没来得及过去取。你也不必信不过我，咱们现在就去我家，到了地方就把东西给你。只要你不怕麻烦，我也不怕麻烦。"

而听了黄耶鲁的说辞，那豆首先疑惑的，却是黄耶鲁在美国到底有几个家。其次他还纳闷，黄耶鲁从自己家里出门为什么要"溜"？最后他又埋怨：

"既是说好了，你就该把东西提前备好了呀。"

黄耶鲁又道歉："这事儿赖我……不过情况特殊，我就不多解释了。"

"你说了我也懒得听。"那豆话不离题，"东西到底放哪儿了？"

黄耶鲁说："就在芝加哥。幸亏不用再跑一趟纽约的家。"

那么事到如今，又该如何？是听黄耶鲁的，跟着"这孙子"跑一趟，还是索性按兵不动，让他自己去把东西取回来？前一种方案无疑让人心里没底：这儿是异国他乡，大黑天的，黄耶鲁又不知根知底。但后一种方案也不靠谱——万一"这孙子"再来个一去无影踪，他又有那么多的家，到时候就真不知该到哪儿去找他了。这就两难了。而说到底，那豆比谁都急于完成那笔"交易"，因此他气得要炸，几乎想照着那个糯米团子来上两拳。这时他还得提醒自己别冲动——出门前毕竟答应了他爸他妈，不瞎"起范儿"。

正在瞪眼运气，黄耶鲁却拉开了跑车后门，顺势把腰一躬，摆出了个"请"的姿势。如此贴心的服务，也是那豆在北京的酒店门口常对客人做的。

不仅邀请那豆，黄耶鲁还问阴晴："小姐姐也一块儿去吗？"

那豆又和阴晴对了对眼神。阴晴沉着脸，盯了一眼黄耶鲁，率先坐进了"保时捷"那并不宽敞的后座。这也让那豆稍微定了定神。有阴晴在，他就有了主心骨。并且连阴晴都决定动身，他又怎么能不去呢——哪怕只是为了护着阴晴。

那豆便也走向车门。而虽说不想"起范儿"，在临上车前，他还是和黄耶鲁发生了一点儿小摩擦：黄耶鲁再次拿起盒儿和弹片，想要放进后备厢，那豆也再次拦住他，一把揽住了盒儿的边缘。黄耶鲁下意识地不撒手，那豆也下意识地较上了劲。那些东西便在俩人手上徘徊、挣扎，俩人头上的"B"也针锋相对，一时僵持不下。又一转眼，那豆就在这场争夺战中大获全胜了。哪怕有NBA总冠军戒指的加持，小嫩手儿终究不敌鼓楼花臂。黄耶鲁踉跄着后退两步，嗓子里拖出哭腔：

"这可是我奶奶……"

这时就看出了黄耶鲁的不舍，还有无助。那豆则把盒儿夹在腋下，又把弹片揣进兜里，冷冷道："你们团聚也不差一时半会儿。"

黄耶鲁瘪了瘪嘴，没声儿了。那豆的姿态也表明，他信不过黄耶鲁。在"交易"过程中，他不自觉地承袭了何大梁的多疑和执拗。而实际接触起来，他就发现黄耶鲁可比何大梁好对付多了。都说北京孩子长不大，那豆觉得，这个开着跑车的阔少儿乎是个巨形婴儿。老虎吃鸡，鸡吃虫子，何大梁、那豆、黄耶鲁处在一条食物链上。也正是因为那点儿优越感，对于这趟不知深浅的夜行，那豆突然又生出了几分古怪的自信。

于是就出发。六汽缸涡轮增压的"保时捷"不是吃素的，当黄耶鲁狠踩一脚油门，那豆和阴晴便被紧贴在了真皮座椅的靠背上。余光中，破败的街道旋即变成湖岸，片刻上了高速，一路往北去。天幕笼罩大地，近处云团涌动。在这期间，那豆再现了当初在"金杯"上的坐姿，腰背挺直，两臂夹紧腋窝，一丝不苟地捧着盒儿。阴晴也一言不发，脸却不知何时变得煞白。那豆便又想到了阴晴此前的失态：她在慌什么？怕什么？但那豆还想到，她虽然慌，虽然怕，可却先他一步上了车，这是因为她把他的事儿当成了自己的事儿，并且也知道事不宜迟。

这想法让那豆心里一暖。他还想拉一拉阴晴的手，让她知道没什么可怕的。然而他努了努劲儿，这个冲动还是没实现。就和当初在鼓楼上一样。

"保时捷"的前座上,黄耶鲁却忘了方才的不快,兀自聒噪起来,好像片刻沉默对他来说都是莫大的折磨。而他说话的逻辑又十分单调——那就是随时随地都要论证"美国不好"。经过黄不溜秋的"唐人街"牌楼,他就说这儿的中餐不地道;经过红不溜秋的"百老汇"广告牌,他又说他在"卡内基"音乐厅看过演出,那儿又老又旧,还一股霉味儿;又经过一个花不溜秋的购物mall,他还说他也逛过,里面的东西可不像三里屯那么全。此外还有美国的快递不够快、美国的社交软件不如微信好使、美国花钱居然还用现金……而归根结底,又能总结成一条——

"美国嘛,正在衰落。"

说时他把手一挥,带动着方向盘晃动,连"保时捷"都在公路上颠了一颠——这无疑又是"美国基础建设落后"的有力证据。那么问题来了:连美国都不好,哪儿才称得上"好"呢?听黄耶鲁的口风,当然是北京好了。讲到这里,黄耶鲁还跟后座的那豆交流起了帽子上的那个"B":"B"是一个"B",但那豆的"B"来自波士顿,而黄耶鲁的"B"却代表着北京。随时戴着这顶帽子,也正是为了抒发他的思乡之情。

他说着还哼歌儿:"洋装虽然穿在身,我心却依然……"

并且还切换:"……最爱哎哎哎,我的北京。"

很显然,黄耶鲁的"北京"和那豆的"北京"不尽相同,他好像压根儿不知道"北京"除了大饭馆、大剧院和大商场,还有胡同里的两间半。而黄耶鲁的论调当然也不稀奇,网上随处可见。就像倒退若干年,阴晴他妈郑老师把美国想象成遍地黄金,那也曾经是某一类人的坚定信念。对于那豆来说,他一边听得头疼,一边问题又来了:既然在美国叫苦连天,黄耶鲁当初干吗非要跑过来呢?

不仅来了,还来得那么急,连在殡仪馆烧他奶奶都得加塞儿。

那豆正在生疑,却听见阴晴冷冷"哼"了一声。阴晴好像回过了魂儿,又露出了她的"讽刺"。她还说:"你闭会儿嘴行么?"

黄耶鲁就有点儿不愤了:"管得着么?这可是我的车……"

那豆却弹了弹手里的盒儿,又作势把车窗摇下一条缝儿,让风呼呼地灌进来:"这也是你奶奶,对吧?"

他说得轻描淡写,但好像要把盒儿里的内容扬到外面去。这招儿也是从何大梁那儿学来的,对付那豆就很有效,对付黄耶鲁则更有效。黄耶鲁又瘪了瘪嘴,满脸委屈,不吭声儿了。他就像一只气球,一戳就漏。看穿了对方的底细,那豆都有点儿不好意思欺负"这孙子"了。他只对阴晴浅笑一下,略微扬了扬眉毛。但没过一会儿,那豆那小小的得意却被另一个插曲打断了。随后的节外生枝,也让他们这段旅程变得愈发深浅莫测。

事情的开端是这样的:"保时捷"正飞驰在高速上,忽然叮叮当当地报起警来。黄耶鲁不得不松开油门,手忙脚乱地看了眼仪表盘,然后说:"没油了。"

那豆不禁又烦躁:"你有谱没谱?出门不先检查一下吗?连我爸都说过……"

"我哪儿知道司机偷懒了。"黄耶鲁也烦躁,可对那豆依然赔着小心,"再说不是走得急么……家里好几辆车,我随便开了一辆就出来了。"

也没辙,只好先去加油。他们刚才恰好见过一个加油站,和一家小超市连为一体,距离并不很远。黄耶鲁把车靠向外道,慢慢绕下高速。车虽然开始哆嗦,但总算坚持到了地方。美国的加油站基本是自助,黄耶鲁却不会使油枪,只得找人代劳。而好容易把屋里唯一的工作人员招呼过来,却又发现这个美国前总统奥巴马的校友连句英文都说不完整。黄耶鲁手舞足蹈地乱蹦,人家也手舞足蹈地乱蹦,看上去简直像要打上一架似的。后来还是阴晴摇下车窗,解释清了那个扎着小辫、满脸胡子的白人老头儿的问题:

"他问你要加汽油还是柴油。"

"这个型号的跑车,都得加高标号汽油,他懂不懂啊他?"语言不通反倒让黄耶鲁有恃无恐,对老头儿翻了个白眼儿,"穷×。"

骂完"穷×",他又揉揉肚子:"对了,你们饿不饿?"

那豆这才想起,晚上还没吃饭呢。但他说:"没这闲工夫。"

黄耶鲁却一捂额头,呻吟起来:"哎哟,我晕。"

其症状倒和殡仪馆的客服经理,以及李固元颇为相似。不过虽然都是晕,他却是据说有低血糖,必须补充营养,否则就有倒地不起的危险。弄得那豆哭笑不得:怎么碰上这么个货。他和阴晴也只好下车,看着黄耶鲁把"保时捷"停到加油站侧面的空地上,再一起走进超市。店里居然还有一个小吧台,出售简易快餐,磕磕巴巴地念着菜单,黄耶鲁又开始抱怨"这饭不行",而后再把白人老头儿招呼回来,叫了三份火鸡三明治。

而吃饭得先结账,按美国的规矩还要给小费,老头儿虽不明说,但却提示性地瞟了黄耶鲁一眼。黄耶鲁又翻了个白眼儿,还对他的两位同胞宣布:

"既然在打贸易战,这个亏咱们可不能吃。"

然后他像赶苍蝇一样挥挥手,把老头儿轰到一边儿去,自顾自地享受起了这轮经贸会谈的成果。火鸡肉又柴又冷,确实不如烧饼夹肉,不过因为饿了,那豆也啃得吭叽吭叽的。吃饭时,那盒儿就摆在吧台上,黄耶鲁倒安静了下来,怯生生地瞄一眼他奶奶,又瞄一眼他奶奶。而没过一会儿,门外又有了动静。灯光闪烁,一辆蓝白相间的伊利诺伊州警车停在了加油站对面。再一转眼,进来俩警察,一黑一白,明黄色的马甲上各带一个字母"P"。黑的在门口站定,手按在腰间的枪上,白的径直向吧台走了过来。

店里没别人,人家明摆着是冲他们来的。俩"P"对俩"B",那严阵以待的架势让那豆一激灵,再看旁边的黄耶鲁,腿都直打哆嗦。这时还是阴晴沉得住气,她先低声让那豆"别瞎动,更别掏兜儿",然后才用英语问警察有何贵干。

警察说了一句什么,指指窗外。阴晴便转向黄耶鲁:"刚才你把车停哪儿了?"

黄耶鲁懵懂地回答:"就车位上啊,都画框了。"

阴晴说:"那是残疾人车位。你就算不认字儿,人家也有图啊。"

黄耶鲁便叫屈："谁会留意这个——我在北京……"

阴晴不禁又露出了"讽刺"："北京是北京，美国是美国。"

也就是说，规矩全球统一，只不过人家这边儿执行得格外严苛。但也不免令人纳闷：此处荒无人烟，此时夜阑人静，就算美国警察执法的积极性很高，又是怎么恰好知道的黄耶鲁把车停错了地方？这时再往收银台看去，就见那个白人老头儿幸灾乐祸地朝他们投来一瞥，手边正好有台电话。敢情是经济目的得不到满足，他就发起了一场行政诉讼。

黄耶鲁涨红了脸，这回骂的就不是"穷×"了，而是"刁民"。那豆则又催："该掏本儿掏本儿，该罚款罚款。咱们还有事儿呢。"

但没想到，黄耶鲁的脸色又由红转黄，好像糯米团子换成了山楂糕，接着又端上来一盘驴打滚儿。他的眼珠子却在乱转，目光无根，片刻才对阴晴小声道："你能不能跟他们说，刚才不是我开的车？"

连阴晴也纳闷："刚才不就是你开的车吗……"

"但我没有美国驾照啊。"黄耶鲁一摊手，"你们有吗？"

敢情"这孙子"是无照驾驶。这也难怪，人家平常都用司机嘛。那豆和阴晴自然也没有驾照，因此无法顶替他出示证件。黄耶鲁又语无伦次地解释起了问题的严重性：在美国，这种行为属于犯罪，而他本人正处于办理移民的关键阶段，美国虽然很欢迎带钱入籍的公民，戴罪入籍却是万万不能的，倘若闹到那一步，再贵的律师也帮不了他……

听了这话，那豆脑子里不禁冒出一句"讽刺"：反正您对美国也

是怨声载道,那就别跟这儿"衰落"了。可黄耶鲁又补了一句:

"他们要是把我拘留个十天半个月的,咱们的事儿可就……"

此言一出,便迫使那豆转了口风:"当然不是你开的车——不能够哇。"

他说完又对阴晴挤了挤眼。阴晴问:"可又是谁开的车呢?这儿就咱们几个人。"

那豆还得替黄耶鲁圆谎:"你就说咱们是打车来的,要不徒步露营也行——美国人不是好这口儿吗?至于那辆车,也不知哪孙子不长眼,瞎他妈停……这地方这么荒,估计也不会有摄像头,不像咱们国内,就连殡仪馆里都监控无死角……"

也不知阴晴到底怎么跟警察杜撰的,反正噼里啪啦一通,白警察就露出了一丝心照不宣的笑,黑警察却把手从枪上放了下去。他们转身走到门外,却不离开,而是围在那辆"保时捷"周围,揪着领口,用对讲机说着什么。阴晴就解释:按照法律程序,既然没看见黄耶鲁坐在车里,警察也不能愣把罪名摊派给他,不过人家有权将车扣留,拖回去慢慢调查。这也让黄耶鲁放松下来,一拍巴掌:

"那就简单了,到时让司机过来顶包呗。"

他又对窗外招呼,也不管人听得懂听不懂:"别刮了漆,你们赔不起。"

当警察们又叫来一辆带拖钩的皮卡,把"保时捷"挂在后面拉走时,已经吃饱喝足的黄耶鲁还坐在吧台上摆弄手机。他试图用"优步"叫车,然而因为地处偏僻,半天也没人接单,加钱也不行。"美国人就是死性,有钱都不知道挣。"黄耶鲁又开始控诉。

那豆则问他:"你不是有司机吗?让他接一趟不就得了。"

黄耶鲁却吐了吐舌头:"司机和保姆都是我爸派来监视我的。我好不容易才把他们甩开,要再自投罗网,那就出不来了。"

因此有车也不能用——在黄耶鲁那儿是"自由诚可贵",在那豆这儿则是怕"交易"半途中断。这时,那个白人老头儿偏又走了过来,一边快意恩仇地抹着桌子,一边嘀咕了句什么。阴晴翻译道:"他说他要关门了。"

于是,仨人便被"穷×"兼"刁民"撵了出去,面对川流不息的公路,背对漆黑一片的旷野。现在又该怎么办?在美国电影里,远行的少年倒是可以拦车,大拇指一竖就去了阳光灿烂的加利福尼亚——但那都是在低级别的乡间公路,在高速路上这么干就等于玩儿命了。而原想着也就是坐车跑一趟的事儿,居然生出这么多波折,这就再次挑战了那豆的心理底线。他连责怪黄耶鲁的劲头都没有了,脚下发痒,只想绕圈儿。

还没开始绕,黄耶鲁却又一点手机:"有了。"

那豆问:"有车了?"

"那倒不是。"黄耶鲁说,"我看了看地图,这儿恰好离我的另一个住处很近——当然那儿就称不上'家'了,只是我爸钓鱼的地方。不行的话,咱们先过去凑合一夜,明天再到城北取东西,你们看怎么样?"

他说着又把手机展示给那豆和阴晴。在屏幕上,那豆果然发现他们位于芝加哥东面的一条公路旁,前不着村后不着店,只在不远处的湖边有个小小的码头。黄耶鲁还点出了此行的目的地,也即他在城北郊外的那个"家",那儿却出奇地遥远,步行的话,没准儿得走到天亮。再考虑到传说中的芝加哥夜间治安状况,以及那豆还捧着个盒儿,后一条路线就更不现实了。然而那豆却还不甘:

"不是有地铁吗,要不公共汽车也行,我们找个车站坐过去。"

他还说:"倒也不是耽误不起这一晚上,而是夜长梦多……"

捎带着他又怪黄耶鲁:"你个扫把星,谁知又会招来什么祸害。我是怕了。"

黄耶鲁不敢回嘴,但仍否决了那豆的设想:"可我家那片儿……不通公交。"

那豆便问:"合着你是个'山炮儿',住到农村去了呀?"

还得阴晴来替黄耶鲁解释,说时当然又含着"讽刺":美国的富人区经常发扬自治精神,集体投票,把规划中的公交线路砍掉。至于这么做的目的,则是为了避免"贫困人口"涌入该社区。现在倒好,富人自己也回不了家了。

没辙,那豆只好哼一声,勉强同意前往黄耶鲁所说的住处,先落个脚,明天再做打算。出了加油站,他们背对公路而行,没走多远,就发现这段路途看似很短,其实也相当艰辛——地图上,他们与湖边码头之间隔着一团绿色的斑块,而那不是草地,竟是一片繁茂的森林。头上树木参天,脚下盘根错节,走得深一脚浅一脚的。车声渐渐被屏蔽,暗处不时传来什么动物的鸣叫。行进途中,那豆又在担心阴晴，遇到沟坎时，本想伸手托住她的胳膊肘，不料阴晴全不在意，像鹿一样腾挪跳跃。借着树杈间的一轮明月看去，她的侧脸泛着红晕，额头微微冒汗。在自然环境里，阴晴倒比和人相处自在得多。

越往深处走，树木越发密集。那豆和阴晴都没说什么，黄耶鲁却又开始喋喋不休了。这次针对的倒不是美国，却是他爸——他说他爸安了那么多"家"，尽在鸟不生蛋的地方，而家里的房子他大多没去过，宁愿窝在市中心的公寓里。"什么'桑麻之乐'，整个儿一土老财。亏他还上过耶鲁的博士后。"他进而道。

阴晴又问："你爸给你起名黄耶鲁，是因为他上过耶鲁？"

"好多人都这么想，其实不是。"黄耶鲁说，"这名儿是我自己起的。来美国之前，我们全家都得改名。比如我爸原来叫黄……算了不说他了，还是说我吧。耶鲁也就是 yellow，黄色的意思，咱们不是炎黄子孙吗？我比我爸强，不忘本。"

怪不得那豆先前在网上查不着"黄耶鲁"。移民之前举家改名，也可见走得多么决绝，八成是不打算再回去了，以新的身份迎接新的人生。偏偏黄耶鲁却还那么热爱他的北京。他正在走神，黄耶鲁却又问他：

"对了，你叫那豆，是因为小时候爱放屁吗？"

"这孙子"脑袋里缺根弦，在下三路上倒挺灵光。连阴晴都"扑哧"一声，终于露出了一个不含"讽刺"的笑。而那豆正臊着脸不好发作，却见黄耶鲁突然矮了一截儿。随着他"嗾"的一声，从草丛里惊出几条啮齿类动物的黑影。

那一瞬间,那豆还以为黄耶鲁踩上了一只捕兽夹子呢。再一定睛,原来是像侯宝林说的,"掉沟里了"。大概是什么小动物在地下筑的巢,让他一脚给踩塌了。饶是如此,仍然遭到重创,等把腿拔出来,脚脖子已经肿得跟馒头似的了。平常黄耶鲁就无风三尺浪,此刻更是有风浪滔天,他歪在地上震耳欲聋地哀号着,搀都搀不起来了。

那豆还得提醒他:"你小点儿声,别再把熊给招来。"

黄耶鲁这才止住号,但仍断断续续地哼哼。眼见他是走不了路了,那豆只好把盒儿递给阴晴,俯身蹲下,向黄耶鲁亮出脊背:"上来。"

他便驮着黄耶鲁,继续在密林中行进。作为一只圆滚滚的糯米团子,黄耶鲁的分量无疑不轻。更烦人的是黄耶鲁还在抱怨,说自己本不想来美国,但他爸不听他的;他不是自己掉沟里了,是被他爸领到沟里了。那豆被叨叨得脑仁儿疼,又恐吓他:

"再废话把你扔下喂熊。"

仗着是伤员,黄耶鲁便回嘴:"扔下我,咱们的事儿可就……"

到这时,那豆可就不吃这一套了:"大不了不换了,反正换回来的也不是我爷爷。"

胜负立判。黄耶鲁只好闭嘴,干忍着疼。就这样,俩男孩一个背着一个,旁边是个捧着盒儿的女孩,影影绰绰地穿越丛林,步履飘忽。走不多远,那豆还感到耳根子一热,又听见黄耶鲁吭吭叽叽地吭泣起来。

他心一软:"疼就哼哼两声吧。"

黄耶鲁的声音像从很远的地方飘来："我奶奶说过，当年就是有人背她走了二十里山路，她才活了下来。"

黄耶鲁又说："我来美国，没有一个朋友，国内的熟人也都断了线，不能再联系了。我其实孤单得很。兄弟，能碰上你们，我挺高兴的。"

那豆没答话。他抬头看向前方，忽然被一片闪光晃得睁不开眼。几棵粗壮的树干之外，一排游艇在码头里荡漾，亮着彩灯，半江瑟瑟半江红。

一 中

后来那豆还回想，如果没有那天的湖边夜宿，也就不会有他和阴晴的通宵长谈。如果没有那番长谈，也就不会有他次日的壮举。

还是李固元的那句话，"事儿都拴在一块儿了"。

而在当晚，当仨人眼前豁然开朗，朝那个游艇码头奔去时，都有绝境逢生之感。趴在那豆背上的黄耶鲁还夹紧双腿，高喊"驾，驾"。那豆三步并两步跑到湖边，但站在木板架设的桥头，心里才又生疑：此处并无可供投宿的酒店，只有一个工厂模样的小船坞，还紧闭着门。那么他们今晚住哪儿呢？

黄耶鲁像猜到了他的担忧，又把手一挥："就那儿。"

他指的是湖畔游艇中最大的一条：甲板之上耸立着两层船舱，桅杆上猎猎飘扬着美国国旗。何止是条游艇，说是军舰都有人信。

如此一艘大船，别说住仨人了，开个泳装派对也不在话下。黄耶鲁又介绍，他爸经常带着女助理驶往密歇根湖深处，并自比"范蠡浮海出齐"，只不过他妈却诅咒这船变成下一艘"泰坦尼克号"。

船舷上的字样却没那么引经据典，既俗气又吉利：伊利诺伊888。不用钥匙，指纹认证，片刻之后，那豆搀着黄耶鲁进了船舱。船里自带供电设备，一楼布置成客厅模样，沙发地毯一应俱全，恒温酒柜里塞满了瓶子，此外还连通着开放式厨房和一个幽暗的房间。侧面那个房间深处，隐约可见一张红木条案，上面伫立的却不是钟馗捉鬼，而是一尊喜笑颜开的弥勒佛。那豆耸耸鼻子，还闻到了一股淡淡的檀香味儿，那来自条案前的铜制香炉——当然也不是从琉璃厂花二十块钱淘来的。看到那豆打了个喷嚏，黄耶鲁便介绍，那可是附有"苏富比"鉴定书的"宣德年间老货"：

"用我爸的话说，瞧这包浆，再瞧这纹路，绝对的'大开门'。"

阴晴则又"讽刺"了一句："你们家人还挺有信仰。"

黄耶鲁回答："那是，我妈还捐助过俩教堂呢。"

说完他又用小品《卖拐》里赵本山的步态四下检阅，顺手开了瓶红酒，晃悠着高脚杯："酒体很饱满，单宁含量适中，可惜那个年份、那个纬度的雨水偏多。"

随即他哈哈一乐："也是跟我爸学的，他喝什么酒都那套嗑儿。"

黄耶鲁的自在倒让那豆不自在起来。他问："你们家人不会来吧？"

"放心。"黄耶鲁说，"这几个月我爸都在纽约，我妈让他气到洛杉矶去了。"

他接着问那豆，想不想体验一下底舱的娱乐设施："全套丹麦发烧音响，放音乐都浪费，必得听瓶玻璃声儿才能显出穿透力。"这无疑是黄耶鲁他爸的另一套嗑儿。他还向那豆介绍了手上那枚 NBA 总冠军戒指，这回总算没再引用他爸的嗑儿。

而那豆一概不感兴趣："你是骑着我来的，我可累了。"

再看看表，已经过了午夜，他和阴晴一致提议睡觉，这也让黄耶鲁相当遗憾，"夜生活不才刚刚开始吗"。指引俩人上楼时，他那张嘴又犯贱：

"上面有两间卧室——当然啦，你们也许用不着两间……"

阴晴面无表情，那豆的脸却腾地红了。他又对黄耶鲁"咄"："你丫说什么呢！"而黄耶鲁一边拐着钻进底舱的影音室，一边嘻嘻哈哈道：

"不要欲盖弥彰嘛。"

留下那豆和阴晴，俩人摸黑拾阶而上，站在紧邻的两道门前告别时，只说了句"明儿见"。转身进屋，那豆却发现他这间大概是女助理的闺房，少女风的大粉色调，连床罩都缀着蕾丝。泥腿子滚上牙床，他把枕头按在脸上，似乎是要自己闷死自己。

船身沉稳，湖水静谧，似有浪在一起一伏。那豆躺了许久，偏又睡不着——他突然想起，自从来了美国，和他爸他妈倒是打过两次电话，却还没和何大梁通过气儿呢。就算没必要向何大梁报平安，可关于事情的进展，或许也该知会何大梁一声。并且那豆还觉得，正如爷爷、贵州人田谷多和老太太沈桦之间的联系，他、何大梁和黄耶鲁，这仨人也构成了一个等边三角形，缺了一角就不稳了。他起身开灯，掏出手机，拨通了何大梁的微信视频。芝加哥比阿尔巴尼亚慢了几个小时，所以那豆的深夜仍是何大梁的凌晨。屏幕上出现的还是那张见棱见角、满是油污的脸，嘴里嚼着个馒头。

这次没等何大梁问"里摘喇"，那豆就先问："你猜我在哪儿？"

何大梁却说："你钻到哪个女人的床上去了？"

那豆把粉枕头坐在屁股底下："我是说——我在美国呢。"

他说时甚而有些显摆。何大梁却俨然被噎着了："你真在美国？"

那豆只得故技重施，用微信发过去一个定位："信不过我？那你自己看看。还用我出去找俩美国人作证吗？只可惜这儿太偏，挨着湖，连个渔民也……"

他说这话时，何大梁就点了点屏幕，旋即脸上一僵，如同结了壳儿："那当然不用了——我只是没想到，你还说去就去了。"

那豆又气不打一处来："废什么话呀，不是你让我来的吗？"

接着，他便看到何大梁脸上的壳儿缓缓开裂。对方哑着嗓子道："兄弟，你是个实在人。"

这"兄弟"竟像在叫真的兄弟，叫得那豆不知如何作答。这俩人以前一见面就斗心眼儿、互相要挟，现在却直眉瞪眼地隔海相望，仿佛想从对方的脸上认出自己。愣了一会儿，那豆才开始汇报他的行程：怎么见了阴晴，怎么被困在贫民区的阁楼里，黄耶鲁又是怎么找上门来……直到怎么出发去城北豪宅，又怎么先在船上落了脚。

虽然一路上颇多意外，但前景还是值得期待的——明天，只等明天，当太阳从地球的这半边升起来，他此行必将功德圆满，田"锅"也必将回到中国，和他爷爷进行最后的交接。

"不过还有一事儿，"他顿了顿又问："你不是说你田'锅'的骨灰里有个'证据'，能证明你'锅'是你'锅'吗？那玩意儿到底是什么，最好告诉我。"

他还解释："我倒不是套你的话，而是为了对付那个黄耶鲁——他跟咱们不是一路人，我心里必得先有个底，明天才好查验，防备他再整出什么幺蛾子。"

听那豆这么问，何大梁却把眼一垂，脸上除了暖意，似乎还有歉意。就像那豆说的，来美国是他的主意，但当那豆真来了美国，他反倒过意不去。而何大梁叹了口气，这才开腔："你也别怪我，当初我非强调这个'证据'，其实就是因为信不过你。我想着，你万一动了歪心思，用别的什么东西冒充田'锅'，那事情就更麻烦了……倒不如提前预防，让你知道骗不了我。而现在得承认，我拿小人之心度了君子之腹。田'锅'是我'锅'又不是你'锅'，你却为他费心费力，能这么干事的人不多……"

他不仅自责，而且把那豆比作"君子"。如此高度评价，也令那豆两颊发烫："话说大了。我也是为了我爷爷……人嘛，都是自私的。"

正在遮掩，那豆又听何大梁道："至于那样'证据'，也不稀奇，就是个螺丝。"

那豆重复："螺丝？"

何大梁把头一点："我们这种人，平常接触的也就这类东西。不过螺丝也不是一般的螺丝，桥梁专用，分成许多型号，大的有胳膊粗，小的也和小手指头差不多。无数个螺丝各就各位，分头咬紧，桥才结实耐久。螺帽上还有专门的编号，田'锅'死时，正好用到了两年前从徐州出厂的一批，所以数字里就有2017，结尾字母是XZ。"

然后又说起螺丝怎么就到了田"锅"体内。当初贵州人田谷多上桥施工，加固标语牌，工序里除了要走一圈儿电焊，碰上有些地方的螺丝松动坏损，还得拧下来换上新的。唯有如此，标语牌才能抗住大风，庄严地迎接领导视察。又毕竟不是桥梁主体的承重部位，所以螺丝用的就是最小号的，将来拆卸也方便。而田谷多还有个习惯，将要使上哪个小零件，就先把它叼在嘴里，到时不必腾出手来掏兜。偏在这时遇上了横风，人掉下去一张嘴，还没喊出来，螺丝却随着惨叫被吞了进去。后来还是到医院照X光，才在食道里发现了这个异物，不过别处的伤势更严重，也就顾不上它了。而何大梁却看了片子，又听援助埃及的中国医生介绍情况，这就知道了田"锅"身上有个螺丝。再后来，田"锅"的遗体被运回国内火化，这个螺丝也随同着一块儿进了李固元的国产旧炉。

听他这么说，那豆又想到了老太太沈桦身上的弹片。有了这螺丝和弹片，几位逝者虽然都化成了灰，装盒儿时又出了差错，但仍能确切地分出谁是谁——这就不知是幸运还是不幸了。这时那豆还想起，田"锅"曾经托付给何大梁三件事，前两件他也知道了，唯独第三件，何大梁还没告诉自己。但他有心想问，偏又无从开口。

他好像随着何大梁的话音神游，一时间，俩人仿佛通了悲欢。

不知多久，屏幕背景里响起了上工的哨声，这才打断了何大梁的追忆。他霍地站起身来，到工棚一角的脸盆架子旁洗了洗。虽然也就一抹，总算不是斑马脸了，他眉目登时清秀了许多。那豆却仍痴着。

"只能说到这儿了。"何大梁道，"今天大桥'合龙'，我得去现场待命。"

那豆便呜哝一声"好"，但他又说："你说的事儿我明白了……放心。"

何大梁说："兄弟，谢谢你了。"

那豆鼻子一哼哼："没劲了不是？"

说得何大梁也不好一脸郑重了。俩人各自一笑，挂了手机。而那豆仰面躺在那张香艳的粉色大床上，半晌却仍睡不着。他再一睁眼，却又听见隔壁的门咯噔响了一声，接着有人轻轻敲了敲他的门。是阴晴在叫他，那豆眼前跳出了她那张惨白的脸。但又接着，门外细碎而黏滞的脚步声却又逐渐飘远了。

屋里重归寂静，令人怀疑刚才的声音并未响起过。但那豆也翻身下床，像只瘦猫似的踮步而行，开门出了房间。二楼船舱里，走廊空无一人，另一扇门也紧闭着。斜对面却有一道原本关闭的舷梯门被打开了，舷梯延伸到舱室之外去，通向与一层地面齐平的甲板。那豆便又沿着那梯子，轻手轻脚地爬了下去。陡然暴露在夜风里，被吹得浑身一耸，随即看见天高无限。跳下甲板，能从外面看见客厅，那里也空着。那豆绕过房间,走向船头,船头三面围有护栏。在紧靠着湖的一侧,阴晴正静静地站着,披着无遮无挡的月色。

她的姿态让那豆揪心。随即,他还看见阴晴从背包里掏出一板药片,捏出两粒送进嘴里。她又拿出一瓶矿泉水,想把药送下去。瓶盖很紧,铆了铆劲儿却没拧开。

这时那豆也到了阴晴身旁,接过瓶子替她代劳,同时问:"你找我?"

阴晴不答,像尊雕像。

那豆便又指指她手里的药:"你这是感冒了还是补钙呢?"

他尽量让自己的口气轻松。而阴晴喝了口水回答:"没大事儿,吃点儿精神维生素。"

敢情灵魂也需要"果味VC"?那豆又道:"没大事儿也是事儿,说说吧。"

阴晴却道:"我有别的事儿想跟你说。"

那豆执拗地打断她:"先说你。"

阴晴反问:"关于我,你想听什么?我知道你想问,我这几年是怎么过的,可太宽泛的问题没法儿回答。咱们很久没见,想说的话三天三夜也说不完,但再一想,又好像一句也不值得说。同样的问题来问你,你大概也是这个感觉吧?"

阴晴讲话还是那么让人似懂非懂。但那豆看出,她又在搪塞了。不仅此刻,自从见面以来,她话里话外的"讽刺",她卖弄的那些专业术语,在那豆看来其实都是搪塞。那豆想,我想问的其实是,你是怎么变成了今天的你？可再一开口，他却把话头拽了回去："就说说你吃的什么药，还有干吗要吃药吧。"

"你别瞎担心。"阴晴仍像在打机锋，"刚才说了，又不是什么治病的药。"

那豆便作色："我没你聪明，可也没那么傻。"

这么说时，他把眼一横。虽然把眼一横，但却按捺不住满脸的焦躁。阴晴凝视那豆，突然笑了一笑，终于没再把话岔开。她的语气变得坦率，解释起了那豆的疑问。湖面的风变了个方向，令她的头发凌乱地舞动，但更显得她面色沉静。她说起自己时，就像在说别人了——而那事儿里，的确也涉及一个未曾谋面的别人。

阴晴问那豆："你在'五十七街'住的那个阁楼，原来的租户也是个女留学生，知道她为什么搬走了吗？"

那豆说："不知道。反正别人看见我从那屋出来，吓了一跳。"

阴晴说："他们不是被你吓着了，是对那间屋子有忌讳。原来住的女孩也是北京的，中学离我还挺近，先上了国内的本科才来的美国。在波士顿我们就是邻居，我念社会学，她读经济，后来又一块儿考到了芝加哥。她属于那种目标特别明确的人，念书也是为了将来能进华尔街的投行，这就跟我不一样；我还糊里糊涂的，不知将来能做什么。不过她的性格挺随和，待人比较热情，我呢，从小就'独'，没想到在异国他乡倒多了个朋友。总之处得不错。但搬到芝加哥没多久，她就出了事儿——一场抢劫案。案发地点在从图书馆回去的路上，时间也在夜里。那些人是开车来的，头上都戴了面罩，但能看出岁数不大。他们抢了她的手机和电脑，又拿枪顶着她的腰，让她到旁边的提款机上取钱。取的时候，这女孩就失禁了，流了一地。而这也救了她，那些人本来还逼她上车，这时嫌她脏，甩下她走了。等人走了，她就在街上抱腿坐下，蜷成了个没刺的刺猬……总之案子算是结了，校方还把她的遭遇编进了'治安通报'，提醒大家夜里别走'五十七街'。不过对那女孩来说，难受的日子才刚开始。她在屋里闷了两天，再一开口就开始说胡话，还要点火烧房子。全屋人吓得不敢睡觉，只好再报警。后来经医院的精神科确诊，属于创伤应激综合征，跟好多美国老兵一样。书是不能再念了，家里人把她接回了北京，现在人在'安定'，据说恢复得还行。走时我没去送，但后来她在微信上找过我，问了我一句话：为什么是我而不是你？"

最后一句让那豆一凛："她干吗这么问？"

阴晴的脸色变得僵硬："出事儿那天，我是跟她一路走的，但那些人把我们截住，只挟持了她却放过了我。可能是因为她穿得比我讲究，又拿着一台苹果电脑吧……她毕竟是经济系的，总得跟着导师出席什么场合。他们让我把手机交出去，我就交了，他们又让我走，我就走了。走了几步又回头看，他们还让我走远点儿。闷头小跑了一段路，转过街角，我才醒过味儿来，赶紧找个公用电话报了警。但从她的角度看，也可以算是我把她丢下了……过去你就不会这样。豆儿，我不如你。"

那豆却想，北京的小玩闹和芝加哥的持枪劫匪，那是一回事儿吗？并且他能理解，阴晴当时是全然蒙了。人在某种状态下会丧失意志，变成待宰的牛羊。一只牛羊目睹了另一只牛羊的厄运，等翻回头来，她的同伴却问她：为什么是我而不是你？或许这才是牛羊之为牛羊的原因。那豆还想向阴晴指出，她的行为没什么可害臊、更没什么可自责的，和失禁一样，都是生理反应。想当年他被狼狗扑在身下，还是阴晴叫来爷爷救了他，这也说明阴晴不是她所鄙夷的那种人。所以他宽慰她，当然也只是宽慰：

"碰上那种事儿，你又能怎么做？难道你还能替她被枪指着？"

阴晴摇头："现在说这些都没用了。再说说我的药吧，是抗抑郁的。作为当事人之一，学校建议我进行心理干预，这在美国是必要的程序。没想到，没诊断出创伤应激综合征，医生倒宣称我抑郁了……他还问我是不是会突然惊恐，是不是怕见人，是不是有时失眠有时昏昏欲睡——所有症状都对上了号，于是就给开了药。你可能还想问，我抑郁的原因又是什么呢？我心里其实清楚，也分析过自己，只不过从没想到那会变成一种病。你想听吗？想听我可以告诉你，前提是你不能笑话我。"

那豆当然说"想听"。他又道："你说到哪儿去了。"

阴晴深吸了口气，似乎说到肯节儿上，她的抑郁恰好发作了。那豆心又一揪，却见她转过身来，背靠栏杆，两臂撑着身子。那副陡然放松的模样，仿佛正在享受一次游艇度假。莫非是她刚吃的药起了作用？疗效来得还挺快。

而阴晴继续说："这就要讲到更久以前了。也真是讽刺，我从小跟我妈不亲，但骨子里却跟她是一类人。我们都看不上眼前的日子，又老觉得更有意思、更有意义的东西正在远处等着自己。我之所以来美国,也跟我妈有关系——但不是想替她实现愿望,我没义务把她想活的日子活一遍;我承认我挺自私的,我是为了我自己。既然她没给我一个家,还把她的过去压在我身上,让我既抬不起头又喘不过气来,我为什么不能给自己找一个地方,到那儿去活得无拘无束、理直气壮一点儿呢?又既然人们都觉得美国是这样的地方,那我也来好了。可来了才发现,这儿和我妈想的不一样,和我想的更不一样。我过去就存着许多困惑,不知怎么该活着才对,来美国以后,困惑反而越来越多、越来越大了。不过这也没什么,我不是来上学的吗?上学的目的不就是解决困惑吗?那好,我索性到书本里去找答案。我念的是个冷门学科,但却好像能帮我弄清一件事,那就是我们这个世界为什么会变成今天的样子?然而书越念越多,原先的困惑仿佛被冲淡了,新的困惑却又来了——即使知道了'世界为何如此',我又能对世界做些什么呢?就像我跟踪的那些抗议人士,他们明知道有不公平,但也只能远远儿地喊两嗓子,甚至他们的喊两嗓子本身也是不公平,因为别处的人连这两嗓子都喊不出来。又像发生在阁楼里那个女孩身上的抢劫案,当有人用枪挟持了她,我也只能掉头走开,人家让我走多远我就走多远……说到底,我觉得自己没用。我越念书就越觉得自己没用,于是只能接着念书。这是一个死循环,让我充满无力感。也正是这种无力感让我抑郁……也许我想得太多了?也许我想要的太多了?也许我这种人注定不能如愿以偿?而更讽刺的在于,我妈现在居然过得乐不思蜀——她来看过我,是跟团到美国旅游的路上临时起意——她对我说，如果早知道美国不像老电影，她当年才不想来美国呢。可她如果不想来，又怎么会找了我爸？如果她不找我爸，那我又在哪儿呢？"

那豆没想到，阴晴会一气儿说上这么多。她的话音绵密，好像湖畔的浪。在他们脚下，浪也的确正在翻腾。涨潮了。而他也只能宽慰她：

"你和郑老师见了面，这就挺好……她毕竟是你妈。"

阴晴则问："我的话你懂了吗？"

那豆说："没全懂。我不傻，可到底不如你聪明。"

阴晴一笑，眼中光晕流转，神色蓦然间变得柔软极了。这又像是小时候了：当他承认"我可比不了你"，阴晴反而会表现得近乎怜爱。又很显然，此刻她并不指望那豆真能听懂什么，她只需要对一个人进行独白。那豆听到她喃喃道：

"关于我，想说的也就是这些了……不管怎么样，都要谢谢你。医生告诉过我，治疗抑郁除了吃药，精神干预也很重要，我得弄明白自己抑郁的发作过程，再把憋在心里的话跟人说出来。但从小到大，我说话的对象也只有你——恰好你来了。"

这话让那豆惭愧，但还有点儿不甘似的。沉默半晌，他掏出烟来点上，抽了两口又掐了："对了，刚才不是说过，你还有事儿要告诉我吗？"

阴晴就点了点头，回身打开背包，从里面拿出一样东西，递给那豆。薄薄一叠纸，质地却颇坚硬。而借着月光和船舱里的灯火，他便看清那是本小册子,比当初见过的殡仪馆宣传材料还要精美得多,其内容用中文写成,是对坐落在河北某市一处"高新产业开发区"的规划介绍。小册子里宣称,在当地的政策扶植之下,随着民间资本的涌入,这个资源枯竭的原煤产地必将完成产业升级,不仅能建成另一个中关村,甚至有希望取代美国硅谷。愿景辉煌,气势磅礴。没想到除了客厅一侧的佛堂,在这艘美国船上还能见到另一种形式的"中国元素",而那豆却讶异于这样一副中国图景为什么会出现在美国的荒郊湖畔。

阴晴则解释:"这是从我那个屋里的床头柜上发现的。类似的东西还不少,除了宣传手册,还有招股说明什么的。我猜那一定是黄耶鲁他爸的房间。"

那豆嘟囔:"看这意思,他们家虽然要变成美国人,但还在中国做生意?"

阴晴说:"还不止如此。我之所以单把这本小册子拿出来,是因为恰好听说过它上面提到的那个开发区。原先住在阁楼上的女孩不是学经济的吗,她做过关于'庞氏骗局'的论文——这又是个专业术语,不过意思也很简单,无非是找个幌子吸引投资,只要能用新投资来支付旧投资的利息,雪球就会越滚越大。由于并不实际生产什么,完全是金融游戏,所以资金链迟早会有断裂的一天,只不过在此之前,坐庄的人已经把钱捞足了。这其实跟传销差不多,但包装得非常高级,更讽刺的是,它往往还完全合法,甚至能把银行和专业投资机构也裹挟进去——美国的'雷曼兄弟'就是这样。而类似的情况在中国还有一个特点，就是特别爱找政府'背书'，最后把一屁股烂账甩给政府。说巧也巧，那女孩跟我聊起那些事情时，举的例子就是河北的这个项目，所以我一见就想起来了。你没发现宣传手册上的时间就在半年多以前吗？再到网上去查一查，就能知道所谓的'河北硅谷'已经烂尾了，上面派了调查组进驻，地方政府还得防止被割了的'韭菜'们聚众闹事……更巧的是，我还在网上找到了一个受骗上当的投资者的维权讨论群，在那里面有人公布调查结果，说推动开发区项目的那家公司虽然正在面临起诉，但有个姓黄的实际控制人却已经套现跑路了，因此损失很难追回。如果没猜错，这事儿八成和黄耶鲁他们家有关系。"

那豆听了就一愣。但关于黄耶鲁家一直以来的蹊跷表现，他也立刻和阴晴的话对上了号——怪不得烧他奶奶还得加塞儿，只求赶紧把骨灰带走，又怪不得行踪如此神秘，别说通过殡仪馆联系不上人，就连到了美国都狡兔三窟。但他又问：

"要在中国惹了这么大的事儿，他们还能说走就走？"

阴晴道："恰恰是在中国出了问题，所以才要变成美国人。正所谓未雨绸缪，人家也许早就计划着办理移民和购置海外资产了。网上的帖子还说，像黄耶鲁他爸这样的'隐形富豪'往往只在幕后操盘，并不抛头露面，所以就算出了事儿也能及时脱身，火再旺也烧不到他们身上——等避过风头，没准儿还能重新收购空壳公司，开始下一单生意。"

这些事情闻所未闻，那豆只有吐舌头的份儿。真是人不可貌相，黄耶鲁这么一个糯米团子似的巨形婴儿，居然还有那样一个神通广大的爹。也不知老太太沈桦在天有灵，又会对后人的丰功伟绩有何感想。只不过那豆还是有点儿想不通：阴晴干吗要专门对自己说这些呢？说的还是那么认真，那么煞有介事。而他来美国，归根结底是为了死人的事儿，至于没死的人，各有各的活法，他管得了那么多吗？

于是那豆说："他们阔他们的，跟我可没关系。"

他还说："这年头有人爱仇富，但我不至于——反正我又不想花人家的钱。"

但阴晴冷冷地问："可你还记得酱油厂吗？"

这个当然记得：爷爷在那儿搬了一辈子缸。不光爷爷，那豆他爸那三刀和阴晴他爸阴大夫也曾是酱油厂的职工。而酱油厂早就没了。招商引资，股份改制，人走茶凉，不了了之。如今厂子的原址还在，但经过一次又一次的挂牌更名，居然成了一片荒地，突兀地戳在城市中心。不过据说每次挂牌、每次更名都让买了酱油厂股份的公司挣足了钱，而等"上面"发觉事情不对，那家公司却恰逢其时地宣布破产了。最后倒是逮出俩"苍蝇"，又给某只"老虎"增加了一条罪状，但本主儿早没影儿了，案子也成了无头案。在这一刻，那豆的脑子里就不像推磨而像过电了，他继而浑身一颤，好像刚撒完尿的哆嗦。

他哆嗦完才问："你是说，酱油厂也是黄耶鲁他爸搞垮的？"

"这还不好说。我又把床头柜上的材料翻了几遍，但没找到证据。

不过从操作方式来看，先打着高科技的名义骗取政府信任，再利用傀儡公司炒地皮、吸收投资，最后金蝉脱壳，这些手法如出一辙。而网上的消息还说，黄耶鲁他爸这么干过不止一次……其中也包括在北京。"说到这里，阴晴面如湖水，渗出寒意，"因为有了这个猜测，对于我们手里的这样东西，我想请你做个选择。"

那豆的心提得更高了，阴晴则盯了他一眼，手上突然有了动作——她又从双肩包里拿出一样东西。那包原本沉甸甸、鼓囊囊的，从视觉上也能感受到它的分量，而这一掏，就几乎把它给掏空了，转眼轻飘飘地落到甲板上。那豆看到，阴晴手上多了个盒儿。虽然盒儿还裹着块红布又系了个扣儿，但他知道，那上面刻着爷爷名讳，贴着爷爷照片。他还知道，盒儿里装着老太太沈桦，那是黄耶鲁的奶奶。他也记得，昨天在树林里为了背着黄耶鲁，他就把盒儿交给了阴晴，到了船上也没要回来——之所以如此，是因为把阴晴当成了自己人。他想，既然阴晴也管爷爷叫爷爷，那么由她保管也一样。

但随即，那豆还从阴晴的嘴角察觉出了一抹笑容。他从未见阴晴如此笑过——诡秘、果决而又带着某种"豁出去了"的气概。这就让那豆连哆嗦都哆嗦不出来了：

"怎么个选择法儿……你到底什么意思？"

阴晴却两眼发亮，眸子灼灼放光："你可以在明天把它交给黄耶鲁，就像你们商量好的一样，但也可以不履行那场'交易'——不仅如此，我们还可以把那块金属碎片和骨灰一起带走……然后让那些做'田野调查'时认识的朋友帮我们找个地方躲起来。至于在这之后,我会主动联系黄耶鲁,跟他问清楚,酱油厂的事儿到底是不是也和他爸有关。"

转瞬之间,气氛变了。密歇根湖上的风仿佛凝结成了固体,扼住了那豆的喉咙。他这才意识到,他的发小儿与其说是让他做选择,倒像是宣布了一个计划,并且鼓动他一齐参加。而如果答应了对方,他这趟美国之行的目的也将彻底改变。他也是这时才明白,阴晴半夜出门,为什么要先吃药——她得克服紧张。那豆又往阴晴身边蹩了蹩,还发现在她脚下不远处的栏杆背后,有道缆绳结成的备用舷梯垂了下去,通向紧靠岸边的另一艘小船的船尾。那梯子无疑是救生用的,而他们正好可以利用它悄悄溜走——带着那盒儿,就此一去不回。但更让那豆感到不可思议的是,对于阴晴的"计划",他并未感到不可思议。正相反,他的思路还不由自主地被它拽着走了。

于是他的话也和那个"计划"本身有关了:"可我觉得,你把事儿想简单了。"

阴晴也朝那道逃生梯扫了一眼,但她仍然保持着镇静,进而饶有兴致地一笑:"怎么简单了?你说说,我听听。"

像配合着阴晴一般,那豆尽力让自己的脑子转得快点儿,再快点儿。这么做时,他仍缺乏自信,但还是硬着头皮开了口:"你拿了黄耶鲁他奶奶的骨灰,他就一定得听你的?可他如果压根儿不在乎呢?你不就白折腾一趟了吗?"

阴晴道:"那不可能。我承认,如果是对黄耶鲁他爸,我的计划多半儿没用——那种人太有'经济理性'了,在乎的只有钱。不过你没发现，黄耶鲁跟他爸不一样吗？他看起来有点儿傻，但对他奶奶的感情却不像装出来的。"

回头一想，果然如此。那豆又说："可如果黄耶鲁压根儿不知道他爸干过什么呢？你也说了，他有点儿傻，没准儿就知道花钱却不知道钱是怎么来的。"

阴晴说："不知道可以去查。他爸大大咧咧地把这些材料搁在房间里，这就说明他自以为跑到美国就有恃无恐了，黄耶鲁做这种事儿想必比我更容易。"

那豆还问："如果酱油厂跟他爸没关系呢？你会把盒儿还给他们吗？"

阴晴低头看了眼手里的盒儿，话音不紧不慢，但却更硬更冷："当然也不可能。比起酱油厂，黄耶鲁他爸干过的其他勾当，害的人更多也更惨。网上那个群里有妻离子散的，有欠了高利贷背井离乡的，有生病买不起药的……情况跟那些P2P'暴雷'没什么两样。所以把话说开了吧，对我而言，酱油厂其实没那么重要，我想利用这个机会，让黄耶鲁把他爸的所作所为都公布到网上去——同时包括他们在美国的各处住址和银行账号。那样的话，被骗了的人就能找到他们。再退一万步讲，就算我高估了黄耶鲁的孝心，他没揭露他爸反倒向他爸揭露了我，我还可以把他奶奶的骨灰扬到湖里去，同时拍个视频给他——那样的话，创痛会伴随他一辈子，他也会抑郁甚至还会发疯，而这也是他们那种人应得的惩罚。说了这么多，你还想问什么？问我怕不怕报复？关于这个问题，我也可以回答你——

如果那么干，相当于拿身家性命开玩笑，他们恰恰不敢把事儿闹大。"

至此，那豆的质疑被堵了个严实。也至此，他才算听懂了阴晴的全部"计划"。他不得不承认，它不仅是那么痛快，那么解气，并且从理由、过程直到结果都能自圆其说——或许所有陷入疯狂的人都自有一套缜密的逻辑，因为他们本来就比别人更热衷于思考。又或许，只有疯狂才是面对"这个世界"的正确姿态？那豆还意识到，在阴晴心底，也许一直隐藏着某种无法自控的力量，如同大湖底部的暗流涌动不休；而这一刻，它终于借助理智突破了理智本身的屏障，畅快淋漓地喷涌了出来——若非如此，阴晴为何突然扑哧一声，进而露出了迷醉而又甜美的笑容？

她的笑声不可遏止，像串风铃，在湖面纵横穿梭。

那豆承受着那笑声，还得让他们的对话继续下去："你的意思是，为了替天行道，我们就能要挟别人？"

阴晴说："要看要挟的是谁。"

那豆又说："可爷爷呢？要是听了你的，爷爷可就回不来了……"

他说到这里，心里一疼。然而阴晴的答复更加出乎他的意料："人死了就是死了，无非一堆渣滓——原谅我这么说，但事实如此。如果说人这辈子还有意义的话，得看他活着的时候想过什么、做过什么。爷爷老说人得讲理要脸，他就愿意看见这世界上有些人为所欲为，其他人只有忍气吞声的份儿？如果爷爷此刻也在这里，他知道了我的想法又会是什么态度？豆儿，我跟你一样，都是爷爷带大的……说到底，我也是为了爷爷。"

阴晴的嗓子终于一哽。然而她的姿态也随之一变：一手平摊，托着那盒儿，缓缓高举，一直举过了肩头。她的一侧就是栏杆，栏杆之外就是波涛滚滚的湖水，因此这个姿态让那豆的心也悬了起来。而他也明白，阴晴与其是在让他"选择"，倒不如说是正在怂恿他，说服他。也怪了，他的心底又升起了新的疑问：难道阴晴比自己更懂爷爷？伴随着这个疑问，那豆还怀疑，也许再想下去，他没准儿会认同阴晴——倒不是小时候那种未加思索的顺从，而是蓦然发现，他也被传染了阴晴的无力感、阴晴的不甘心和阴晴的抑郁。

阴晴有如雕像，身披的不是月光的皎洁，而是火焰般的浓烈。

她一边怂恿着那豆，说服着那豆，此时却道："豆儿，到底怎么选，你说了算。"

那豆呆望着她，再不作声。在那一刻，他蓦然发现，这个漫长的夜晚行将结束——东方既白，残月稀薄，天边露出朝阳。自然之光淹没灯火，湖面像染了血。

然而随即，那道选择题也不得不被放到了一旁。

这是因为当那豆又一晃神，却看到阴晴好像陡然换了一张脸。与此同时，从她对面、那豆身后，传来了另一个人的声音。那豆回过头去，就见黄耶鲁从船舱里跑了出来。他的腿还瘸着，踩出了轻重相间的节拍，还伴随着高保真的甄玻璃的动静——从二楼爬下来时，那豆曾经听见底舱的隔音门下传来了这种声响，虽然若有若无，但却由此猜测黄耶鲁睡不着觉，一直都在摆弄他爸那台发烧音响。而他还发现，阴晴并未察觉到黄耶鲁也一夜未眠，原因还是她太紧张吧。正是由于阴晴的疏忽,她的计划才暴露给了黄耶鲁——如果甲板上的人能听见音箱里的瓶玻璃,那么甲板下的人也同样会被头上的人声所吸引。

而那豆发现了阴晴的疏忽却没提醒阴晴,这到底说明他一直都在犹豫、迟疑,还是早就做出了选择?这么想时,他几乎不敢去看阴晴的脸。

现在底舱大门洞开,碎裂之声穿透耳膜。碎裂的不止虚幻的玻璃,还有真实的"计划"。黄耶鲁死盯着阴晴手里悬在船头之外的盒儿,一边以赵本山的姿态跑向她一边号叫:

"你——要——干——吗?"

那叫声像个被欺负狠了的孩子:"我跟你拼啦——"

偏在这时,随着水面的波浪越涌越高,船颠簸了起来,像只巨兽在睡梦中打了个冷战。于是在下一个瞬间,甲板上的仨人各自发生了一次仓促的位移:黄耶鲁疾行几步,脚下打绊儿,顷刻拍在地上,啪啦一声就不像个糯米团子了,而是变成了摔碎了的瓷娃娃;阴晴跟跄着撞到栏杆上,面向湖水,捧着盒儿斜伸出去的胳膊一抖;那豆则貌似朝她扑了过去,但又一转眼,却见他撅起屁股,半个身子消失在了栏杆外侧——换个角度看去,还可以发现他像根扁担似的搭在船头,随着波浪的荡漾摇摇欲坠。

这时就轮到那豆喊出声儿了:"拽我一把,拽我一把——"

这样吼叫时,他还在担心身旁的两位伙伴——或者说是对头——会对他坐视不管。好在阴晴旋即抓住了那豆的裤腿,黄耶鲁也像条肉虫子似的蠕动过来，抱住了他的另一个膝盖。在这个当口，那豆又担心起了自己的裤腰松动。也幸亏这次运气不错，他感到自己的躯干慢慢升高，就像一根断了又接上的扁担。于是，那豆的上半身重新露出甲板，他的右臂则保持着僵硬的伸展。

手臂顶端，两指如钩，上面挂着个裹了红布的盒儿，正在随风打着摽悠。

当他呼哧带喘地站回船头，先把盒儿揽在了怀里。它硬硬的还在，并未缺斤短两。那豆扫了一眼阴晴，阴晴垂下眼睛，若有若无地叹了口气，仿佛充满遗憾。黄耶鲁却还四脚着地，扬起脸来死盯着他手里的盒儿。"这孙子"挂着一脸汪洋恣肆的鼻涕、眼泪和哈喇子，也破天荒地露出了狠劲儿，就像一只龇出獠牙的小型肉食动物。或者这才是他和他爸"这种人"应有的面目？

黄耶鲁歪斜着爬起来，怨毒地对阴晴说："你要对我奶奶干吗？你知道我爸是谁吗？"

阴晴毫不相让地逼视黄耶鲁："那你说说，你爸是谁？"

那豆却像没事儿人似的打圆场："东西是我管她要的，船上风大，她没拿稳。"

黄耶鲁当然不信，不依不饶："谁信呀，我亲眼看见……"

那豆便照着黄耶鲁的屁股踢了一脚，轻蔑而又伴着两分亲昵。想当年在学校门口，在鼓楼底下，他也常对那些被他撂倒在地又懒得与对方结仇的小混混儿们做出这种举动，然后号令一声"各回各家，各找各妈"。而此刻，他对黄耶鲁说的是：

"赶紧叫车去,咱们还办不办事儿呀?"

一下

路在脚下,那就把路走完吧。别走神儿别松劲儿,既然"有利的情况和主动的恢复,往往产生于再坚持一下的努力之中"。那豆的脑子里突然蹦出这么一段话。而这话又是在哪儿见过来着?他回忆起临来美国之前,曾经整理过爷爷的那口缸。

缸里有个匣子,匣子里有个相框,相框上除了全家福,还印着这么一行字儿。

当红日高悬,像个水汪汪的气球向天空正中爬升,仨人又坐在了一辆硕大无朋的"别克"轿车里。到了白天,"优步"司机终于敢来荒郊野外接单了。车到时,黄耶鲁又来了脾气,拒绝让阴晴上车,而那豆却表示"没她我也不去了",所以黄耶鲁只好恨恨地吃了个哑巴亏。开车的是个头上缠了一团白布的印度人,车里播放的也是那种喜气洋洋、适合载歌载舞的南亚音乐,从而更衬出了黄耶鲁和阴晴铁板一块的表情。这俩人还持续着敌意,一个坐在前座一个坐在后排,互相之间不看一眼但又充满戒备。

车子沿着镶满金光的大道疾驰,路过好几家刚开门的快餐厅,黄耶鲁也没再要求停车吃饭。出了早上那一档子事儿,他的低血糖也不治而愈了。而对那豆,他倒显露出五体投地的感激,低声道:"还是你够哥们儿。"

前面的阴晴扭头投来一瞥,他又立刻"哼"。也是爱憎分明。

那豆本想回一句"谁跟你是哥们儿",却也懒得重申立场了。他只把双臂在腋下夹紧,腰背挺直,肃然捧着那盒儿。其姿态和当初坐在从北京驶往河北的"金杯"车里时一样。这令黄耶鲁更加折服了,还欲哭不哭地抽了抽鼻子。

黄耶鲁又对那豆说:"我替我奶奶谢谢你。"

那豆却还不理他,转脸看向窗外。"别克"轿车早已把湖区甩在身后,又绕过"华丽一英里",开进了芝加哥北部郊外一个孤零零的小镇。几十公里的路,半个小时也就过去了,让人难以相信,昨天夜里他们还寸步难行。越往北走,路越空旷,景致也变得优美壮阔:造型典雅的房屋门前绿草如茵,背靠深不可测的丛林,不时还有叫不上名儿的鹿科动物从溪流边一掠而过。记得刚来的时候,阴晴曾在轻轨上说过,黄耶鲁家多半儿住在这片"伊利诺伊州最奢华的富人区",看来她还真没猜错。

而那豆之所以四下张望,是因为车子原本平缓地前行,突然间却慢了下来——当然不是因为有人烧麦秸秆,而是前方出现了一支花花绿绿的队伍。

那些人他居然也见过,是这些日子在大学校园里碰到的抗议人群。他们有男有女也有不男不女,或者步行,或者推着山地自行车,或者身披写满口号的横幅,或者干脆袒露出刷了油彩的大块皮肉。再算算从破败的"芝加哥南区"来到这片世外桃源的距离,这当然已经是一支疲惫之师了,人们歪歪斜斜地挡住了道路,听到背后有车才懒懒散开。这样一支队伍为什么会出现在这样一块地方?无非是"运动"的深入发展喽。可惜四下空寂,缺少观众,只有花园泳池前的佣人偶尔停下活计,见怪不怪地打量一眼。不过这也没什么,他们一边行进,还一边举着手机,进行网上直播。在现实里无人喝彩,在虚拟世界中没准儿就是声势浩大的洪流了。阴晴还摇下前车窗,和她做"田野调查"时认识的一个大胡子"托洛茨基主义者"打了个招呼,互相击掌"give me five"。

而后阴晴对那豆说:"这些人早就说要来富人区,抗议这儿的居民破坏环境、买空卖空、在第三世界国家开设血汗工厂……没想到让咱们碰上了。"

她说得就事论事,但却额外盯了那豆一眼。她的言外之意那豆也知道。

那豆耳中嗡鸣,一时有了恍然大悟之感:在一定程度上,她也变成和她的那些"调查对象"相类似的人了吧。通过观察他们、了解他们,她被他们潜移默化了。要不是认同了抗议者们的观念和主张,她也不会凭空冒出那个疯狂的念头。那豆还替阴晴感到庆幸:幸亏她身在美国密歇根湖畔的校园而非北京胡同里,否则她会被人认为真的疯了。如果说何大梁是个矛盾体,黄耶鲁也是个矛盾体,那么阴晴的矛盾更加深邃,并且处在人格光谱的某个极端——尽管嘴上承认自己"没用",但她仍在想尽办法变得"有用"一点儿。她相信正义在手,并期冀着能让那些苦涩的"讽刺"调转矛头,指向"这个世界"的始作俑者。而对于阴晴来说,她是否还认为这相当于一次奇特的治疗,从而有可能使她的抑郁一了百了?倘若如此,这个百转千回的阴晴并不让他心惊,反而让他心疼。

他心疼的对象还包括爷爷,并且他又从爷爷想到了自己。那么问题重新来了:阴晴的活法是对了还是错了?他的活法又是对了还是错了?

如果不知对错,他们又该怎么活着才是恰当的?

那豆嘴上没话,心里却在自问自答。阴晴却再没什么话。倒是黄耶鲁翻了个白眼儿,但还没等他骂出那句"穷×",那豆又把眼一横,封住了他的嘴。

车里空气凝滞,车外的人群却有了新的动静——两辆警车开了过来,不打警笛,只是不远不近地监视着路上的动态。那些抗议者反倒感到光荣似的,有人对警察比划出了"V"的手势,还有人围着警车弹起吉他唱起歌来。那歌儿那豆也听过,还是过去送阴晴上英语班时听她哼的,"答案在风中飘"。答案依然在风中飘。

而随着印度司机轻踩一脚油门,在通往一座山丘的转弯处,便有处庞大的宅院赫然显露了出来。对于那座豪宅究竟是多么宏伟、多么精致,后来那豆却没有什么具体印象了。他的脑子里仍然一锅粥,推着磨绕着圈儿。黄耶鲁则吧唧了一声嘴,宣布"到了"。

草坪尽头,铁门大开。黄耶鲁挥手示意司机径直开进去。他近乎讨好地对那豆说:"这儿没中国人,就几个墨西哥勤杂工,所以没人会跟我爸通气儿。"

那豆便耸了耸肩膀,坐得更直。他还伸手掏兜,把那块被证实是"弹片"的金属碎片拿了出来,摞在盒儿上——东西都在这儿了。漂洋过海,总算等到了这一刻。就连阴晴也从前座探过身来,对他眯眼笑了笑,笑得辛酸而疲惫。

然而这时,车停下了。还没等问,印度司机指了指车头前方,用曲里拐弯的英语说了句什么。他们随即看到,就在花园里那条主干道的正中央,横着一条松松垮垮的塑料带子,两头挂在高帽子似的隔离墩上。

那豆就问:"什么意思?"

黄耶鲁也问:"什么意思?"

阴晴又让司机重复了一遍,这才说:"他说进不去了——这房子好像被封锁了。"

乍听之下,这样的措辞无疑有些夸张,然而那根随风摇摆、闪闪发亮的塑料带子却又充满着来自公权力的警示意味:不得入内。塑料带子上还印有缩写字母,听阴晴说,好像代表着某个和经济事务相关的特殊机构。至于究竟是哪儿,就来不及在网上现查了——这是因为从几十米开外的黄铜大门里可以望到,这个富人区还迎来了另外一些不速之客——都是身材魁梧的白人,穿着黑西服戴着墨镜,模样就和电影里的特工差不多。007、杰森·伯恩以及《碟中谍》,哥儿几个凑全了。这时他们还发现黄耶鲁家那绿草如茵的空旷院子里,停着几辆粗壮的"雪佛兰"越野车。

那豆又问:"怎么回事儿?"

黄耶鲁也问:"怎么回事儿？"

当他们从"别克"车里钻出去，本想跨过那条隔离带，却被黑衣人中的一个厉吼一声，不由得止住脚步。那人又以百米冲刺的速度跑了出来，对他们说了串儿什么话。只有阴晴听懂了。她瞪着眼睛，如同不可置信，脸上突然划过一丝冷笑——在这个节骨眼儿上，她先想到的似乎仍是"讽刺"。她看向黄耶鲁，腔调还是冷的：

"你爸在美国也吃官司了？"

黄耶鲁那糯米团子般的脸呈现出一片惨灰："我哪儿知道我爸的事儿，这段时间我都没见过他——"

他那气急败坏的模样，好像正在迫切地撇清责任似的。真是个好儿子。而无论如何，那豆的美国之行又面临着另一个意外——就在一切看起来都要结束的时候。警戒、封锁、吃官司，这对黄耶鲁而言意味着飞来横祸，对他来说居然也有在劫难逃的色彩。他怔怔地站在花园草坪之外，眨巴了几下眼睛。

至于阴晴，则刻意保持着客观的语调进行陈述：在美国开设分公司的过程中，黄耶鲁他爸涉嫌恶意的"资产漏报"。监管机构怀疑他雇佣地下钱庄，把大笔现金从墨西哥、加拿大甚至哥斯达黎加的匿名账户转移到纽约的银行，再通过一连串令人眼花缭乱的虚假交易洗白。也就是说，现在不止在中国，他在美国也被人盯上了。目前相关部门正在查账，还申请了搜查许可，到他的各处住宅里寻找证据。

当阴晴说完，俩人就沉默地瞪着黄耶鲁。黄耶鲁却无师自通地学会了那豆的动作,原地绕起圈儿来。他一边绕圈儿,手也不闲着,还掏出手机来打电话。拨了一个不通,拨了另一个还不通。他一定尝试着联系他在纽约的爸、在洛杉矶的妈乃至芝加哥城中公寓里的广东司机和河南保姆。但有些没人接,有些干脆关机了。

阴晴提醒他:"别费那功夫了,你爸八成被控制起来了。"

那豆则问:"那咱们的事儿……"

他说完又把手里的盒儿和弹片往上一捧。这么做时,他不禁有点儿过意不去——人家"摊上事儿了",他却还在催促那笔"交易"。果不其然,黄耶鲁破天荒地横了那豆一眼,但那股狠劲儿不只是冲着他来的,还是冲着家门口的隔离带、冲着穿西服戴墨镜的美国白人去的。黄耶鲁停止了绕圈儿,两腿却又哆嗦起来,还甩着脑袋打了个激灵,那副模样真像只刚从水里捞上来的丧家狗。他尖声尖气地叫唤了一嗓子:

"那是我奶奶,我不管她谁管她?"

话音未落,他蹬开隔离带,连塑料墩子都拽倒了一个,既昂首阔步又一瘸一拐地往宅院深处走去。当然,他的这番尝试转瞬也以失败告终了。穿黑西装的白人一把薅住了黄耶鲁的脖领子,像拎小鸡一样把他拎了回来,又抡圆了胳膊一甩,就让下盘不稳的黄耶鲁轱辘到了地上——然后居高临下,威严地重申"不得入内"。

黄耶鲁两腿乱蹬,施展"坐地炮":"孙子们,跑我们家撒野来了?"

他还叫唤:"私有财产不可侵犯,这不都是你们说的吗?"

他又叫唤:"这还有法律吗,这还有人权吗?"

对于这番由北京方言表述但却完全符合"普世价值"的控诉，美国白人则露出了一派懵懂。还得阴晴对他解释：这是黄耶鲁的家，他认为他可以在这儿行使主权。而也不知阴晴是怎么表述的，不说这个还好，一说就让对方那美国式的懵懂变成了美国式的傲慢，他又用美国式的公事公办宣称了一些什么，随后示意阴晴翻译给黄耶鲁。

大意如下：第一，根据相关规定，办案人员有权对这幢房屋进行查封，并禁止闲杂人等入内；第二，尽管黄耶鲁原本住这儿，但考虑到他与案件嫌疑人关系密切，为避免破坏证据，因此也要回避；第三，如果黄耶鲁还有异议，可以通过律师提起申诉，但在律师到来之前，一切过激行为都将被视为妨碍公务。

这么说完，那男人还通过耳朵上的对讲机呼叫了两声。未几，又有几个黑西服百米冲刺了出来，齐刷刷地戳在仨人面前，形成了一道冷峻的人墙。但如此严阵以待，对付的就不是区区一个黄耶鲁了，而是那豆等人背后的人群——不知何时，那支旌旗招展的抗议队伍也蠕动到了庭院门外。他们本来还在缓缓前进，这时却不约而同地站住。这当然也是"运动"的题中应有之意：既然来了，就得在富人区里最大最贵的那栋豪宅门口折腾一番。又或许，他们中的一些人认出了阴晴，于是认为自己有义务加以声援。

果不其然，抗议者们刚一列好阵势，就开始对那道黑西服组成的人墙比划着手势、摇晃着标语——但嘴里喊的口号却跟贫富分化、跟环境保护无关了——阴晴抽空告诉那豆，他们正在"替少数族群申张权益"。这又是哪儿跟哪儿？那豆稍后才反应过来，大约是惨遭暴力执法的黄耶鲁那糯米团子般的肤色博得了一些同情。只不过那豆又想，如果知道了黄耶鲁正是豪宅的主人，抗议者们又会作何感想呢……好像也有点儿"讽刺"。

总而言之，场面就变成了一种古怪的对峙：黑西服们面朝着仨北京孩子，仨北京孩子背靠着抗议人群，抗议人群后面则又跟着两辆警车。螳螂、蝉、黄雀。蚌、鹬、渔夫。无论是黑西服们的警惕、抗议者们的示威还是警车的监视，似乎都显得驴唇不对马嘴，但这些角色却都在尽心尽力地警惕着、示威着、监视着。

相形之下，反倒是那豆显得置身事外。虽然他在北京也是个看热闹不怕事儿大的主儿，但眼前的这场美国热闹却让他心里发虚。更要紧的是，他这时还远远地望到，从庭院深处的大宅里，又走出了几条人影——也都穿着黑西服，但却不像门口的这几个黑西服那样整齐划一。相反，他们有胖有瘦，有老有少，男人之中还掺杂着两个女人。如果外面的黑西服负责的是站岗放哨，那么新冒出来的这些黑西服看起来才是"执行公务"的。他们还簇拥着一辆酒店行李车似的小推车，走近了才看清，车上堆着两台电脑、七八个手机平板、厚厚几摞合同或银行单据……这大概就是办案所需的信息资料吧。

而那些人把小推车拽到草坪上的一辆"雪佛兰"附近，又开始了一轮详细的清点。他们从车里取出透明塑料袋，将电子产品和印刷制品放进去，还写了标签纸贴在上面。这期间，门口的骚动却发生了升级：一个抗议者突然脱掉裤子，对着黑西服、对着黑西服所保卫的豪宅亮出了屁股。在鼓掌叫好中，又是那个曾对黄耶鲁"暴力执法"的男人提出了严正警告。但抗议者们一定声称这是一个自由的国家，他们拥有自由地露出屁股的权利。于是人群中又绽放出了颜色各异、大小不同、肥瘦相间的几个屁股。

在花团锦簇的屁股里，那豆却不合时宜地痴了。但只片刻，痴了又醒了。他对阴晴说："你问问那些把门儿的……等他们完事儿，我们能不能进去？"

阴晴斜了他一眼，好像他问了个极其幼稚的问题。不过在那豆恳求的目光下，她还是走向那排黑西服，和对方交谈起来。这期间又有抗议者拍着那豆的肩膀，要和他击掌撞拳，还挤眉弄眼地搂着吉他对他大肆扫弦。而那豆烦躁地躲开：

"你们丫就不能消停会儿？"

对方不以为意地耸耸肩，好像他这人怪没劲的。那豆也承认了自己没劲，但却突然对这些家伙有了新的看法：他们，或者起码是他们中的一些人，并没有阴晴所以为的那样认真。对"这个世界"的态度或许只是幌子，而他们想要的就是宣泄、胡闹和荷尔蒙大爆发，仿佛把一切搞乱，他们就能有劲了。如果有工夫聊上两句，那豆还想跟他们掰扯掰扯：对人而言，怎么样才算"有劲"呢？

这又回到了那些问题：谁的活法对了？如果不知对错，又该怎么活着？

然而关于这些，也来不及多琢磨了。他留意到，面对阴晴的询问，刚才那个黑西服一边虚张声势地答话，一边却不住地把眼神儿瞥向她背包带上的几个徽章：切·格瓦拉、"圣雄甘地"和"百分之九十九"。可以想见，这些"文化符号"让对方把阴晴也当成了抗议者们的同伙，因此他有理由对这个貌似文静的亚洲女孩抱有一视同仁的警惕。随后，黑西服一甩胳膊，转身走向"雪佛兰"。他又去和一个正在指挥手下清点"证据"的大胡子男人说了些什么，然后再把那人的话转告阴晴。这也是美国式的尽职尽责。

听完之后，阴晴便朝那豆走了过来。她的口气仍然平静：

"问明白了。黄耶鲁他爸买这栋房子时动用的是非法账户，所以它本身就相当于赃物。调查人员带走相关证据以后，安保马上就会进驻，此外还会征用房子里自带的防盗系统，用电子眼进行二十四小时监控……总之咱们今天是进不去了。"

那豆便问："今天不行，那以后呢？这房子难不成要一直封下去？"

阴晴说："听那些人的意思，房子在理论上当然有解封的可能性，但也只存在于理论上——得等黄耶鲁他爸的官司结束，才能对他的财产加以处置。不过问题又牵扯到了官司的进程，黄耶鲁他爸除了非法资产还有合法资产，他一定会请律师为自己辩护，即使打输了还可以再上诉，最后的结果和我告诉过你的一样，无非是拖。他会住在别处的家里，享受着美国政府提供的保护，日子该怎么过还怎么过，而这栋房子就权当不要了。"

那豆又问："可拖的话……能拖到什么时候呢？"

"天知道。三年五年也有，十年八年也有，还有一拖就是一辈子的。在美国有很多犯了事儿的富人都是这样，其中也包括不少中国人——这几乎是常识了，不用问办案人员，看看新闻就能知道。"说到这儿，阴晴的脸上终于有了表情。那表情复杂而又晦涩，除了一如既往的"讽刺"，还有同情、感慨和某种劝慰的含义。

那豆却还在问："房子封了，但房子里的东西呢？骨灰呢？你有没有告诉他们，那东西不是黄耶鲁他们家的而是别人的……"

话说一半，就没问完。他的嘴唇微微打战，仿佛对问题的答案害怕了起来。

而阴晴叹了口气："他们说，房子里的东西都得一并封存，这是因为那些物品过于贵重，而他们既搞不清楚东西到底是谁的，更搞不清楚买东西所用的资金来源是否合法。关于骨灰的事儿，我刚才已经跟他们提过了，我也说了我们是干吗来的。可他们的答复是爱莫能助。他们只在乎案子，不在乎其他情况。他们还说，既然相关物品都有可能涉及案情，他们也只能照章办事，只要案子还没判决，它们在法理上都暂时属于美国政府。"

那豆说："可你刚才又说，这案子可能永远都不会……"

阴晴说："所以豆儿啊，算了吧。"

说出这句话时，阴晴嗓子一哑。算了吧。这是她的劝告，同时也是论断。

那豆就一激灵，仿佛被迫认清了这趟美国之行的结局。案子结不了，房子进不去，房子里的东西拿不出来，其中也包括田"锅"

的骨灰。千万里我追寻着你,可到了儿还是"屎壳郎碰上拉稀的"——白来一趟。他呆立在人群当中,耳中的一切声音归于虚无。他的手里捧着个盒儿,在他面前的那栋房子里还有一盒儿,盒儿里的东西原本属于贵州人田谷多,后来被误认为属于黄耶鲁他奶奶,现在却属于美国政府了。这其中的逻辑是荒唐的,但又板上钉钉、不容撼动。而他还发觉,昨夜沉浸在疯狂中的阴晴,此时却变成了理性的代言人。也许疯狂或解脱只属于夜晚,当太阳照常升起,她只能面对无处遁形的抑郁。她的疯狂逻辑清晰,她的理性无可奈何。

"算了吧。"阴晴再次劝他。那声音又让他恢复了听觉。

与此同时,那豆却瞥见,从远处的房门里,还出来了另一辆小推车。这次就没有那么多黑西服围着了,只有俩人一前一后。当车被拉进草坪,来到与庭院大门只隔了几丈远的一辆"雪佛兰"附近,那豆却发现这次搬运的物品蔚为壮观:大大小小的画框,既有中国山水也有西方油彩;高高低低的古董,既有瓷制容器也有金属盔甲;形形色色的动物残骸,既有老虎脑袋也有整根象牙⋯⋯看来哪儿的抄家都是一个路数,抄家者很知道应该抄些什么。大概是看出了这些东西价值高昂,那些黑西服才决定把它们带走,专门存放。他们小心翼翼地扶着画框托着古董,没准儿还在感叹着黄耶鲁他爸那口味庞杂的恋物癖。而瘫坐在地的黄耶鲁却突然一伸脖子,拉着长声儿吆喝了起来。他还引用着他爸的那套嗑儿:

"画儿别见光,元青花得戴上手套再摸——弄坏了你们可赔不起呀。"

也正是随着黄耶鲁的吆喝,那豆看见了那盒儿。它就撂在小推车上,位于一座由首饰盒、手表盒、器皿盒和保险柜组成的小山顶部。它的形状与大小都和那豆手里捧着的盒儿相似,但全用红木打造,不仅色泽光润,上面的图案也繁复无比。也许因为那盒儿本身就称得上是一件精美的工艺品,再加上美国人压根儿不知道中国人对于盒儿的用途、讲究和品位,所以办案人员才将其混同为细软财物,打算把它和其他东西一起搬走——尽管盒儿上刻着黄耶鲁他奶奶的名字,镶着黄耶鲁他奶奶的照片。

而那豆就又一激灵:偏在这时遇上了它。假如说片刻以前,他已经不得不接受了那句"算了吧",现在他好像又想起了自己到美国到底是干吗来的。

这让那豆再次痴了。痴了又醒了,眼神儿发直,喉头咕咚一跳。

阴晴也看见了那盒儿,她转向那豆,眸子里闪过一丝惊惶。她这个人仍然如同一尊雕像,但不再是出离的神色,而是活生生地担忧着他,这让那豆感到了两分欣慰。而在下一刻,那豆却躲开阴晴的目光,先走向了黄耶鲁。后者仍然四仰八叉地坐在地上,揉着伤腿,扬脸望着他;那张脸上挂着不知是哭是笑、近似于痴呆的表情。

那豆对黄耶鲁说:"答应我件事儿,以后别找那姑娘的麻烦。"

黄耶鲁像听不懂人话似的:"啊?"

那豆又踢了他的屁股一脚:"痛快点儿。"

黄耶鲁就回了一声:"啊。"

那豆便点了点头,蹲下身去,将手里的盒儿往对方面前一递。

盒儿都是盒儿，这个盒儿可就比小推车上面的那个盒儿寒酸得多了，盒儿上刻的是爷爷名讳，镶的是爷爷照片。但它却是黄耶鲁心心念念想要的——恰有那枚弹片为证。黄耶鲁却愣了，竟不敢伸手去接，直到那豆硬塞进他怀里，这才颤颤巍巍捧住。那豆还扶了扶他的胳膊，仿佛在示意黄耶鲁如何才是孙子捧盒儿的正确姿势。

那豆然后道："你的奶奶还给你——咱们之间就算了了。"

黄耶鲁又发出一声"啊"，这回就听不出话音儿是往上甩还是往下沉了，更听不出对于那豆的提议，他是措手不及还是如愿以偿，是头脑发蒙还是五味杂陈。反正那豆是没工夫再理他了。那豆站起身来，重又走回阴晴身边，做了一件当年在鼓楼上想干而又没干成的事儿：拉住了阴晴的手。对于阴晴，他就这么点儿念头，此外再没别的。这点儿念头却要辗转到太平洋的另一边才能实现，真是亏了也真是值了。阴晴的指尖冰凉，掌心湿漉漉的都是汗，他担心自己攥得太使劲了，以致捏疼了她。他还担心阴晴会挣扎，会躲闪，但却发觉自己的手也一紧，阴晴的手反而呼应地箍住了他。

而随即，那豆却又松开了阴晴。阴晴目光一凛，他龇牙一笑，满脸鲜花绽放。

他说："你好好儿的。"

阴晴如有感应："你也好好儿的。"

"我？"那豆说，"我得'起个范儿'了。"

那豆说完就朝那庭院的大门走了过去。紧接着，不只是阴晴，在场的所有人都目睹了如下一幕：当两个办案人员打开"雪佛兰"

的后备厢，正要把手推车上的宝贝们也装进密封袋，忽然就有一条人影晃到了他们近前。人影瘦长，腰背弯曲，像根扁担。在那段距离里，那豆走得镇定而又轻松，绕过人墙时看似漫不经心，以至于负责警戒的黑西服们几乎没反应过来。而当那豆把手伸向那座由箱子和盒子堆成的小山时，身边那俩美国白人自然高叫一声"no"——这是洋文，但他也懂——同时一左一右想要抓住他的肩膀。那豆却手形一变，将一个半人高的"雨过天青"瓷瓶子推向一个白人，又将一副丰乳肥臀的西洋裸女画像推向另一个白人。不出意料，俩白人都条件反射地去接瓶子和画，他们也知道"赔不起"。趁这个空当，那豆已经将那个红木雕花盒儿抱在了怀里。

然后的路线就不在那豆计划之内了，而他本人也吃惊于自己的反应之敏捷、动作之矫健。又有两个黑西服向他紧逼过来，他晃动过人。曾经撂倒黄耶鲁的那个男人想对他故技重施，他背转身摆脱。一个鸡窝头女人在慌乱中折断了鞋跟坐在地上，他高高跃起，从对方头顶跨了过去。无意之间，他再现了芝加哥传奇巨星迈克尔·乔丹的风采，腾空时还夸张地吐了吐舌头。当然，他没有像乔丹一样把手里的东西投出去，而是始终端正地捧着。他在宽敞的草坪上兜了一圈儿，时而蛇形时而加速，又甩开了几个"尾巴"，然后趁着这股势头，直朝庭院门口的人墙冲去。这次迎面而来的是五六个体壮如牛的糙汉，竟也被他一头撞开，纵身突破——后来才意识到，这就不是他一个人的功劳了，而是抗议者们帮了个忙。那些人如同受到了感召，也一发向门里涌了进来。他们在围墙上涂鸦，掏出酒壶相互碰杯,还有人居然想利用庭院里的喷水器露天洗澡。更要命的是,他们中一些人也露出了趁火打劫的迹象,三番两次地想要染指那座宝藏。为了避免更大的损失,黑西服们顾此失彼,队形大乱,也就来不及阻拦那豆了。

于是在一刹那,那豆眼前空空荡荡,只剩下一条笔直的大路。

他身后传来阴晴的声音:"豆儿——"

抗议者们也在呼喊,喊的却是另一句经典台词:"Run, Forrest, run——"

那豆果然跑了起来,跑得忘乎所以,以至于当他跑出很远,也没发现身后还跟着一支浩浩荡荡、杂乱不堪的队伍:那里面既包括黑西服,也包括抗议者。黑西服追逐的是盒儿,抗议者追逐的是他。Run, Forrest, run——曾经阵垒分明的人群彼此交融,再现的是《阿甘正传》里的一幕,只不过领头的傻小子却从美国白人变成了黑头发黄皮肤。那豆只感到地面在脚下变软,风声在耳边呼啸,他仿佛腾云驾雾。但和那位一往无前的 Forrest 不同,他一边跑着,一边却又知道自己是跑不掉的。他必将迎来一场失败,恰如他个人历程中的一场又一场失败。可从小到大,他从来没有如此不甘心承认失败。

因此他不得不跑。做出这个决定,既是为了自己,也是为了爷爷;既是为了贵州人田谷多,也是为了老太太沈桦;既是为了何大梁,甚而还是为了黄耶鲁。不止如此,他所"为了"的人在这一路上由少变多,有些面目清晰有些身影模糊,有些他打过交道有些他压根儿就没见过,但他们都加入了进来,壮大了这条奔涌的人流。

眼前时空交错，他好像还回到了北京的胡同。在弥漫的薄雾里，前面有拎着鸟笼子的爷爷给他带路。嗯，您在我就踏实了。您就瞧好儿吧。

也怪了，重又见到爷爷，那豆的奔跑便褪去了悲壮的、以命相搏的气势。他的神色恬然，步履欢快，嘴角甚而挂上了婴儿般的笑意。当然，他也没发现在路的另一侧，又有两辆警车绝尘而来，一辆横到他前方，另一辆截在他身后。直到警车构成了一个小小的包围圈，他才察觉到车上下来了个人，手里也像他一样捧着个什么东西，嗷嗷乱叫着向他冲过来。他一躲，想把那人闪开，但那人的身体却诡异地往边上一歪，自己先倒了。不仅倒了，而且团着身子轱辘，就把那豆也给绊倒了——说到底还是大意了，再加上昨天一夜没睡和刚才那阵狂奔，那豆的力气也被消耗得差不多了。而当那豆失重般地腾空，像枚导弹一样沿着公路的大下坡冲出去时，还看见手里的盒儿正在滑翔、旋转、越飞越远。那个瞬间仿佛被无限拉长，他甚至能看清盒儿上照片里的老太太面目清瘦，透着斯文。他曾经在急刹车的"金杯"车里护住了盒儿，在船头的湖面上捞起了盒儿，现在却只能眼看着盒儿不紧不慢地脱离了他的视野，就此消失不见。

而当这段慢镜头终于结束，那豆才意识到自己已经趴在地上，摔了个狗吃屎。不管多么壮丽的失败，对于失败者而言都是一记狗吃屎。好在他动了动下巴，狗嘴里总算没摔出象牙来。那豆又撑起火辣辣地疼痛着的肢体，往后望了一眼，却看见了黄耶鲁。刚才绊倒他的原来是黄耶鲁。居然是黄耶鲁。那豆骂了声"孙子"，又往前望了一眼,这才发现两个美国警察站在敞开的车门前,正以标准的姿态半蹲着,双手持枪瞄准了他。

敢情黄耶鲁不是阻拦他而是搭救了他。如果他迎着枪口撞向美国警察,天知道对方会做出什么反应。这时再看黄耶鲁,竟也不复是原先那个糯米团子了。"这孙子"连滚带爬地站起来,一腿不能撑地,以滑稽的姿态保持着平衡。他的一只手牢牢地搂着个盒儿,盒儿上裹着红布,另一只手却迎风一指,俨然立马横刀:

"冤有头债有主,他来美国是为了我奶奶,有什么你们冲我来——"

只不过,人家当然不可能"冲他来"。事态的焦点仍是那豆。从道路后方的那辆警车上,又下来仨人:一个是阴晴,另外两个还是警察,一黑一白。阴晴也想跑向那豆却被警察拽住。在对面同伴的持枪掩护下,这俩警察谨慎地走向那豆。伴着一声暴喝,白人警察将他重新按倒在地,黑人警察却走进路边的草丛,把那个红木雕花的盒儿捡了起来。这中国孩子制造了一场弥天大乱,就为了这个?虎背熊腰的黑人警察充满好奇地举起那盒儿摇晃了起来,进而拿手去抠盒儿上的盖子。

那豆还得提醒对方小心点儿,放尊重点儿。因为来不及再让阴晴翻译了,他只能用他那极为贫乏的英语解释了起来。他喊的是:

"Bone, bone——"

话音才落,就见黑人警察警察"嗷"地叫了一声,把盒儿一扔,飞身一跃扎进了草丛。与此同时,按着那豆的白人警察则双手抱头,用比那豆还要正规的姿势卧倒在地。警车边上另两个警察的瞄准动作也从蹲姿变成了卧姿,并且奋力地对着道路的上坡挥手,命令刚刚停止奔跑、正愣在不远处的那豆的追随者们也立刻趴下。面对突发状况,美国人还真是训练有素,不要说黑西服,就连抗议者们都很听话,一时间如同多米诺骨牌又如同被割倒了的麦子。在这片匍匐的人海中,只有仨中国孩子或坐或站。黄耶鲁茫然无措地四下打量,那豆也纳闷地和黄耶鲁对了个眼神,阴晴则定定地望向那豆。

然后,阴晴就对那豆刚才的英语发音进行了更正,带着哭笑不得的口吻:

"It's not bomb, it's bone, boneash."

人们这才明白,那豆把"骨灰"说成了"骨头",又把"骨头"念成了"炸弹"——偏巧那俩词儿在英语里非常相似。立刻有个警察用英语问她:"你确定?"

阴晴用英语回答:"当然确定。"

阴晴又招呼了一声那豆,俩人现场演示了一番英语课上的"跟我学"。阴晴念:"Bone, boneash."那豆也念:"Bone, boneash."随着他的发音变得正确,这场意外才得以收场,从而没把直升飞机和反恐部队也给招来。黑人警察从草丛里爬出来,重新捡起那盒儿,白人警察则再次按倒了那豆。经过刚才那番折腾,对方无疑对那豆有些恼火,于是他采取了一个更加粗暴的操作方式——反拧着那豆的胳膊,单腿跪下,用膝盖死死顶住了那豆的脖子,进而将两百多斤的分量全都压了上去。

这滋味自然难受极了,那豆便又叫唤了起来:"我喘不过气儿来啦。"这次他就不敢自以为是地说英文了。而如果加以翻译,他所呼喊的话语,却和一年以后响彻美国大地的那声哀鸣完全一致。

那个名叫弗洛伊德的黑人也将这么喊道:"I can't breath."

而后来看到那条新闻,那豆却也没心思感叹历史总是如此雷同。在他的记忆里,在那天的那条路上,他所反复回味的是许多个意外之后的最后一个意外。

当时他打着挺,抽搐着,好像一只因为弯折而不断反弹的扁担。背后那个白人警察总算意识到了其动作的危险性,把膝盖往下挪了挪,但还顶在他的背上。于是那豆也得以扬起头来,看向斜上方的黑人警察——排除了爆炸的风险,后者又锲而不舍地对付起了那盒儿,以完成对"涉案物品"的例行检查。这时所"涉"的"案",就不是黄耶鲁他爸的经济案件了,而是那豆引发的治安案件。作为英勇地制止了突发混乱的执法人员,这几个警察大概也需要提交一份详细的报告,从而使案情不要显得那么没头没尾。人群里又冒出了两个黑西服,似乎是在抗议警方乱动他们的"物证",但警察可不吃那一套,三言两语就把他们怼了回去。两台国家机器各有各的条例,最后还是有枪的压倒了没枪的。而大约是因为心有余悸,这回开盒儿之前,黑人警察先做足了准备工作:戴上手套和塑料面罩,又从警车上取出一个金属探测器,对着那盒儿扫了一圈儿。

都说是骨灰了,boneash,难道他还担心有什么危险物品吗?那豆纳闷。

探测器却没响,可何大梁不是说过,盒儿里还有个螺丝吗?那豆又纳闷。

正在纳闷,就见黑人警察又掏出一把瑞士军刀,对着盒儿上的缝隙撬了起来。费了好大劲儿,他的手里终于发出咔啦一声。那豆则瞪大了眼睛,瞪得眼眶子都快裂了。黑人警察掀去了盒儿上的盖子,却露出了更加莫名其妙的表情,然后把那盒儿调转了个方向,向人们展示着其中的内容。

那一刻,那豆魂飞魄散。

他看到,盒儿里没有骨灰,更没有螺丝。空空如也。

尾声的尾声

薄雾散尽,阳光正好。

春天过去,天亮得比先前更早了些。枣树熠熠发光,小院儿阒然无声。门开了,小半间里晃出个人影。人影瘦长,如同一根扁担。趿拉着片儿鞋,左胳膊袒露着半截花臂。手上拎俩鸟笼,左黄雀儿右八哥。黄雀儿叽喳不休,而八哥说的是:

"哎呀我的妈呀,事儿咋整成这样了呢?"

八哥还说:"猴赛雷。奥利给。"

这学的就不是新闻里的大词儿了,而是"快手"小视频,基本一嘴东北话,外加几个网络用语。由此可见在那豆出门期间,八哥跟他妈沾染上了怎样的趣味。当然这也不算"脏了口儿",又可见这段日子里,他爸没再喝酒骂街。

不仅如此,他爸去机场接那豆时,还表现得兴致高涨,好像对于儿子被"遣返"毫不在意。又好像对于他们家人来说,"遣返"跟载誉归国也差不多。记得若干天前的那个早上,当那豆结束了十二个小时的飞行，背着帆布包走进机场大厅，撞入眼帘的恰好是一道巨大的横幅，上面写着"我们欢迎你，我们想念你，我们永远都爱你"。横幅之下，一群小姑娘手捧鲜花，欢呼雀跃地对他尖叫。祖国人民如此热情，弄得他都不好意思了。而他也只好尽量矜持地对同胞们报以微笑，颔首致意。

随即有几个穿黑西服的男人把他扒拉开："劳驾让让。"

这就不是美国特工，而是中国保镖了。从那豆身后，几个助理簇拥着一个远看不知是大人还是孩子、近看不知是男的还是女的、脸被口罩墨镜蒙了个严严实实的人影闪了过去。敢情碰上一块"鲜肉"，人家跟他前后脚下的飞机。那豆不免愣了愣，一转眼才又看见他爸。有如退潮，当人群涌向别处，他爸那身出租车司机制服就像一团被丢弃在海滩上的塑料袋似的露了出来。而他爸还挺会因地制宜，突然说"别动"，随即掏出手机给那豆照了张相，正好借了旁边鲜花和横幅的景。

那豆便被定格，似乎这才证明他踏上了太平洋的这一端。

"反正不都回来了吗，全须全尾儿。"在堵得和停车场差不多的机场高速上，他爸一边开着"伊兰特"，一边这样说。

"回家是炒疙瘩还是烧饼夹肉？你妈都预备好了。"他爸还说。

他爸偏不提那豆在美国的经历。为了转移注意力，他爸还叨叨起了别的：在李固元的协助下，他们家和殡仪馆的纠纷已经有了分晓。人证物证俱在，事实不容置疑，因此还没等他们请律师打官司，对方已经怀着十二分的诚意登了门。前来拜访的又是那个客服经理，表示除了该赔的赔，还有什么要求也尽可以提。比之于最早开出的条件，这说法好像没什么变化，然而他爸他妈挺满意。满意是因为态度变了，不再是施舍性的"你说个数儿"，而是心惊胆战地认了错儿。只不过具体该说出个什么数儿，他爸他妈正在合计，他们很为此类事件没有先例而烦恼。至于其他条件，同样颇费思量——他爸本想让殡仪馆给李固元送块锦旗，以此借花献佛地表示感谢。他妈还想让殡仪馆登报道歉，从而昭告整条胡同，爷爷的秘不发丧不是他们家的过错——然而再一想，都不妥。不管锦旗还是登报，这不都是打人家李固元的脸嘛。事到如今，他们又怎么舍得打李固元的脸。

所以思量的结果，就是那豆他爸对客服经理说："干脆这样吧，关于这事儿，咱们谁也别往外说——你们丢不起这个人，我们也丢不起这个人。"

这正是对方求之不得的。客服经理脑门儿涨红，握着那豆他爸的手说："体面，厚道，大人有大量。"

那豆他爸撇了撇嘴："也不看看我们是什么民族，什么人家……"

但对于李固元来说，最在意的倒不是能否保全劳模的名声，而是能否纠正那个差错吧。爷爷、老太太沈桦、贵州人田谷多，他们是李固元送走的最后一拨儿逝者。坐在车上，那豆这么想着，掏出手机给李固元发了个短信。

他说的是：李师傅，我回来了。

李固元回：办得怎么样？对于那豆的被"遣返"，有关部门只通知了管片派出所，派出所又只通知了他家里人，因此李固元并不知情。

那豆又回道：还没办完。

李固元还没再有回音，车就钻胡同到了家门口。那豆他爸在"伊兰特"的轮胎外侧竖了两块木板，以防止猫狗滋尿，然后才跟着儿子进了北屋。北屋里模样没变，桌子柜子和床都在，床头还顶着缸。恰因为事儿"还没办完"，所以爷爷屋里的东西不能动。随着那豆他爸，那豆他妈也从厨房进来了，手上端着俩盘子。而他们看见那豆在爷爷的遗像前站定，缓缓鞠了仨躬，然后从帆布包里掏出一盒儿。

盒儿上裹着红布，和带走时一样。那豆将这盒儿摆在桌上，继续掏包，转眼又掏出一盒儿。这回是个红木雕花盒儿，色泽光润，造型精美。然而它的长相却和那豆在美国狂奔时抱着的那个盒儿有所区别，除了雕龙画凤变成了梅兰竹菊，更主要的是盒儿上并没刻着谁的名讳，也没镶着谁的照片。将这第二个盒儿放好以后，那豆却还没停止动作，紧接着又掏出了第三个盒儿。这回就不是有特殊含义而是通常所说的那种盒儿了，其体积也要小得多，实木打造，一拃来宽，盒盖上还印着几个英文字母。他爸他妈居然也认识，NBA，是美国职业篮球联赛的意思。可那豆依然一脸肃穆，对待这个小盒儿的姿态，也和对待前两个盒儿毫无二致。

那豆他爸就一愣："不说是要换吗，怎么又多了俩？"

他妈也说："这盒儿还有大有小……装的都是什么呀？"

就连八哥都说："哎哟，我晕。"

那豆还没答话，却又听见手机一响。这次不是短信的叮的一声，而是微信的咕噜一声。那豆拿起看时，不是李固元，而是阴晴。北京的白天正是美国的深夜，阴晴是否还惦记着他到没到家？记得他当初拉住阴晴的手时，只觉得她指尖冰凉，然而这时那豆的手上却泛起了余温。他的人又痴了，回忆着在美国与阴晴的最后一次见面。

那是在美国的警察局里，或者是看守所？反正人家的机构全搞不清楚。反正他算是又睡了一趟美国的"板儿"。大洋两岸，睡"板儿"的方式却基本雷同：一个逼仄的小屋，三面水泥墙，斜上方开了扇斗窗。屋里三四个人，有黑有白，模样可比北京的"板儿"上凶悍得多，不是光头就是长发披肩，人人一胳膊文身。不过待久了也没什么可怕的，那豆紧张地打量着人家，人家也紧张地打量着那豆。没准儿把他的花臂当成什么华人帮派的特殊标志了。有了黑猫警长和葫芦娃护体，他在浴室里也可以相对放心地"捡肥皂"。

这么耗了几天，那豆终于见到了阴晴。隔着道钢化玻璃屏障，一人一个听筒，面对面地打电话。半晌无语，那豆的眼皮子往下垂着，却感到阴晴的目光像锥子一样，直戳到自己脸上。那是责怪还是心疼？好像都是又都不是。阴晴似乎正在孜孜不倦地探究着他，对他充满好奇。而刚到美国时，他也曾以同样的好奇探究过她。

过了一会儿，阴晴才开口。她先介绍了那豆的处境：暴力抗法，肇事逃逸，这在哪儿都是天大的罪过。警察没开枪都是万幸，就算把他当场击毙，恐怕也是照章办事。而既然被抓进来了，驱逐出境在所难免，此前还得先在美国接受处罚。没准儿得坐牢，至于刑期，就得看那些黑西服所在的机构要以什么名义起诉他了。

"你还是长不大……当然我也没资格说你。"她叹了口气，"说到底，都怪我。"

那豆说："这事儿跟你没关系。"

阴晴执拗地摇头："要不是我在船上……"

话没说完，阴晴嗓子一哽。那豆便明白，她还在为了自己让那豆做的"选择"而后悔。她没想到她的疯狂过了劲儿，那豆却以加倍的疯狂呼应了她。

那豆又重复了一遍："我说了——这事儿跟你没关系。"

阴晴继续盯着他："那你到底为什么？"

"为什么？"那豆还在学舌似的重复。关于那个"为什么"，他现在又有点儿说不清了，于是他说，"时间要够的话，你听我说点儿事儿吧。"

阴晴抬眼看向那豆身后的看守，又指了指手腕。对方冲着墙上的石英钟一歪眼。然后她才重新看向那豆："你想说的事儿，是关于爷爷的？"

那豆点头又摇头。阴晴还是了解他的，但还不够了解他——就像他对她一样。正因为此，他们这对发小儿才需要互相探究，也需要向对方袒露自己。而这一次，探究和坦露却是反方向的，以前是阴晴说他听着，现在变成了他说阴晴听着。

那豆就先说到了李固元。关于李固元，却不仅是怎么怀疑李固元烧了爷爷、怎么跟踪李固元、怎么证实李固元出了差错，还包括李固元是怎么当上的劳模。那事儿也是李固元告诉他的，就在一次他从胡同送李固元去公共汽车站的路上。当时俩人有一搭没一搭地说话,那豆先说了爷爷是劳模,不过劳模的级别可没李固元高,李固元却谦虚,说爷爷的劳模当得早,而他是在十多年前才评上。那是2008年了,正等着看奥运会,结果四川地震了。各省都要去支援,有的行业是为了活人去的,李固元这个工种则是为了死人去的。多少具遗体等着烧呢,同样不能拖延。派他去的原因,一是因为李固元技术娴熟,能同时操作几台国产火化炉,二也是因为他无家无业,没有负担。而到了地方,就发现李固元干起活儿来又与别人不同。火葬场里堆放了密密麻麻的遗体,别的司炉工也就是抓紧烧,李固元却在烧之前,先把遗体的面目擦拭干净。有的遗体脸都被砸烂了,他也把人家的手脚清理一遍。白天没时间进行这道工序,他就在晚上干,借着星光和远处抢险的灯火,端着水盆拎着毛巾。别人都躺着,唯有他的身影缓缓晃动,仿佛代表了世间所有的活人。他在擦拭完之后,还会对那些逝者鞠一个躬,口中默念:

"'收儿',您走好。""姨儿,您走好。""兄弟,您走好。""大侄女,您走好。""大侄子,您走好。""侄孙女,您走好。"……

有了这套工序,便能让逝者们走得干净,也算完成了对那些没有家人告别的逝者们的告别。也恰因这套工序,李固元还发挥了一个作用:当有一些幸存者拿着照片寻找家人下落,他也能帮他们认领遗骸。凡烧过的遗体他都看过,并且做了详细的编号。为此,有家属给上级写了表扬信,李固元就评上了劳模。而他帮过的人里,也包括他后来的"女儿"——那是个四川的中学生,妈早没了,跟着爸过,地震来时自己被压在了学校宿舍底下,等被抢险队救出来,爸也找不着了。是李固元把他爸的骨灰指认了出来，又看那女孩无依无靠，腿还落下了残疾，便在此后几年里供她上完了大学。本来俩人也就是电话联系，结果女孩毕业以后，找工作又去了保定，进到家里先做饭，吃着饭就说：

"您管那么多人叫过亲戚，自己却没亲戚。以后我就管您叫'爸'得了。"

从此俩人搭伴过。再后来女孩结了婚，生了个更小的女孩，又变成了一家人搭伴过。李固元的宿舍拆迁，是女儿女婿给他买了商品房，女儿换了工作，又是李固元提议卖房搬到燕郊，将来再让外孙女到北京上学。他们享受着一家人的乐趣，也享受着一家人的烦恼。而那豆说完这些，阴晴并不接话，仍盯着那豆。那豆舔了舔嘴唇道：

"除了李固元，还有一事儿也想说说。"

他接着又说到了何大梁，以及何大梁他"锅"田谷多。关于这俩人，那豆的表述就比说起李固元简短，只集中在上次跟何大梁视频通话时的情景。在游艇舱房里的粉色大床上，他刚与何大梁互称"兄弟"，然后意念漂浮，听着何大梁说：

"原先说要把你爷爷的骨灰撒到河里去，其实要不是你找到了我，我还真打算这么干了。当然撒的不是你爷爷——还记得我跟你说过，田'锅'托付给我三件事吗？那第三件事，正是把他的骨灰撒进老家那条河。他说他从小长在河边，进了那条河，就算回了家。你要能把田'锅'的骨灰带回来，就算帮我实现了他的愿望。不过这还只实现了一半，还有一半愿望，你就帮不上忙了。田'锅'还说，撒骨灰得挑日子,得在河上的一座桥竣工时再撒。他修了一辈子桥,还到世界各地去修,可他小时候每天经过的那条河上,现在仍然没有桥……因为没有桥,学校里的孩子就得往下游走十几里山路,蹚过浅滩去上学……他说学校的老师对他有恩,送他出去学会了修桥,那么老家河上的那座桥,理应由他来修。现在田'锅'死了,那桥他修不了了,理应由我来替他修。"

说到这里,那豆一顿。而阴晴忽然说:"明白了。"

但她眼中流光一漾,没再说什么,那豆却刹不住车似的又讲了下去。

他要讲的第三件事儿,就是关于黄耶鲁和他奶奶了。那豆这才告诉阴晴,当自己刚被抓进美国的专政机构"睡板儿"时,黄耶鲁曾来看过他。这时阴晴也许还在跟警察申请探监呢,没想到黄耶鲁的路子却比她野得多,只不过他仍对阴晴抱有戒心,也就没叫上阴晴一起来。黄耶鲁来时,却又不是一个人,还带了个律师,也是中国人,和那豆在北京的"板儿"上见过的那位律师一样,都是一身"阿玛尼"。在这人用伦敦腔的英语和美国人交涉期间,黄耶鲁大大咧咧地瘫在钢化玻璃外面的椅子上,脚边放着一只硕大的"路易·威登"旅行包。直到对方点头示意"可以开口"时,他才对那豆说:

"这是我爸的御用'讼棍'——在里面受了欺负尽管说,他能把警察局告破产了。"

然后他一竖大拇指,对那豆的行为做出了迟来的评价:"牛×,'起范儿'。"

那豆只好说:"你也还行……说来我得谢谢你。"

黄耶鲁却突然直起身来,将一张糯米团子似的脸贴在钢化玻璃上,鼻子都变成猪鼻子了。这时他却褪去了混不吝的神情,而是像后来的阴晴一样,探究地盯着那豆。他也问出了后来阴晴问过的话:"可你到底为了什么呀?"

面对同样的问题,当时那豆却说:"关于为什么,我得问问你。"

黄耶鲁一含糊:"你问。"

那豆说:"你奶奶身上那东西是块弹片,这你知道吗?"

黄耶鲁一愣:"当然知道。刚建国没两年,她上过战场……"

那豆接茬儿道:"挨了美国人的炸弹?"

黄耶鲁又一愣:"我奶奶的事儿,你是怎么知道的?"

那豆便告诉黄耶鲁,当初来美国时,这块弹片没让带上飞机,还得专门开具鉴定材料。而收到材料之后,他又好奇于什么人才会身上带着个弹片,于是在网上搜了搜。一搜就搜到了不少关于战争亲历者的报道,各个年代都有,其中也包括一篇对老太太沈桦的采访。原来和李固元一样,老太太沈桦也上过报纸,然而如果不是留意查找,一般人也不会看见。新闻不新,写在几年前,写法也很旧,无非煽情加口号。那上面说,因为体内的金属总会触发警报,所以老太太沈桦坐飞机都得单独安检,还说这块弹片折磨了她几十年,不时会压迫神经,引发剧痛,医生就给开了大剂量的吗啡,但怕麻醉品影响工作,她愣是不用,整夜整夜地硬扛。报道中除了附有老太太沈桦的肖像,还有一张照片吸引了那豆的注意。那照片是远景,相片里的人也是背影，表现的是一个胖乎乎的半大小子搀扶着她，正在北京郊外的一处无名烈士墓前献花，祭拜生前的战友。

那豆又问黄耶鲁："你是不是还跟你奶奶去过陵园？"

"可不吗，每年清明都去。"黄耶鲁说，"记得很久以前的一次，正好赶上一个学校也来扫墓，有个二傻子发言的时候忘词儿了，还在上面跳脱衣舞。后来学校的老师来跟我奶奶道歉，我奶奶反而咯咯笑，说这孩子太逗啦……"

就着这个话头，黄耶鲁也说起了他奶奶，说时喉头一颤，眼里有光在闪。他说，当年他奶奶二十出头，还没从医学院毕业，听说前方打起了仗，伤亡惨重，于是报名参了军。新组建的战地医院从北京出发，走前还在鼓楼附近接收了一批物资，然后径直开过了鸭绿江。到了战场上，不断有人牺牲，又不断有人加入进来，不要说部队番号已被打乱，就连战友之间都互相认不得了。仅凭一声"自己人"，大家各司其职，医院始终还在。然而一天正在转移，突然遇上了空袭，一颗高爆炸弹落在院部，剩下的几十个人几乎都没跑出来。他奶奶虽然幸存下来，又被战友送到别的医院，但也负了伤，胯骨上嵌进去一枚弹片。上级安排她回国做手术，但她不答应，只做了简单的防感染处理，硬是带伤坚持到了停战。其间救治过又送走过多少伤员就数不清了，而等战争结束再想治伤，却发现弹片已经和骨头长在一起，还粘连着血管，取出就会有生命危险。于是拄着拐过了一辈子。此后一直在卫生系统任职，也结了婚生了孩子，不过在"运动"中又离了。晚年生活倒比较安稳，就是有些孤独。黄耶鲁他爸忙着做买卖，偶尔照面也和老太太沈桦说不到一块儿去，俩人互不认同对方的活法。他爸私下还说，老太太"这辈子白活了"。再后来，他爸的生意越做越大，却也越发身不由己，他背后还有一些势力在催他逼他，只能往险路上走，具体的事情就是家里人都不知道的了。老太太沈桦原本跟孙子亲，但孙子也不能常来陪她：黄耶鲁从小在贵族学校寄宿，并且早晚也得被送出国去。等黄耶鲁他爸出了事儿，火急火燎地要去美国，老太太恰好就去世了。去世了还得加塞儿火化，把骨灰带走，也算一家团聚。

而听到这里，那豆嘟囔了一声："这就对了。"

他之所以这么嘟囔，是因为除去那则报道，黄耶鲁所说的他奶奶，也和那豆记忆中的一些事儿对上了号。那些事儿还是爷爷跟他讲过的，当时爷爷也就一说，他也就一听，此后就尘封在了杂乱的时光里。但虽然常年尘封，却如同一条潜流，伏延千里，终于又从太平洋的另一端露出头来，与另一条潜流交汇在了一起。

这个过程，又像李固元说的，"事儿都拴在一块儿了"。

那豆记得，他小时候被学校组织去烈士陵园扫墓，阴晴推荐他发言，他却说不出话来。不仅说不出话，而且当众拽掉了裤子，露出半个屁股。后来爷爷就替他去交道口的图书馆查阅资料，回来告诉他：那个陵园纪念的是些无名烈士，隶属于不同的医疗队，队伍被打散后又整编进了一所从北京出发的战地医院，最后在空袭中几乎全部遇难。还说有关方面也寻访过仅有的几位幸存者，但当时形势紧急，很多人没报到就投入工作，所以直到牺牲也不知道他们是谁、来自哪里。那豆也记得,爷爷还告诉过他:当年成了劳模的那一夜,爷爷搬了二百多口大缸,搬完了就坐在鼓楼城头望着队伍开拔;本来就是一队拿枪的兵,走不多远又加入进来一队不拿枪的兵,有男有女,岁数比爷爷大不了多少,领头的举了一杆旗,白底儿上印了个红十字。那豆甚而还记得,当年他被老师从陵园的台阶上拽下去,却看见纪念碑前除了小学生们敬献的花圈,还有一捧先前别人放上去的花束。花束底下的落款是否写了"沈桦"俩字?远远的是否还有个老太太正望着他咯咯笑?这却记不得了。

上述记忆交织,拼接成了一副完整的图景。而那豆正在犹豫着是否承认自己就是当年那个"二傻子",黄耶鲁的讲述却还在继续。他的嗓音愈发僵涩,又说到了他奶奶是怎么在空袭中幸免于难的。当时她昏了过去,等醒过来,就发现自己被一个兵驮在背上,一步一步绕过满是弹坑的山路,往山的另一边爬去。那兵也负了伤,断了条胳膊,愣是用绑腿把黄耶鲁他奶奶和自己捆在了一起。俩人不时摔倒,但又被那兵撑起来。

黄耶鲁他奶奶觉得自己快不行了,对那兵说:"别管我了,你自己去找部队吧。"

那兵一说话,才听出年岁比她还小:"我们的任务就是保障你们这些大夫的安全。你们活一个,战友们就能活好多。为了掩护你,有个从北京送你们来的老兵都被炸成两段儿了,要再把你扔下,我也对不起他。"

黄耶鲁的奶奶问:"那老兵叫什么?"

年轻兵说:"也不记得名字,只知道是个班副机枪手。"

而讲到这里,黄耶鲁忽然又对那豆说:"明白了。"

本来是他问那豆"为什么",但现在,他自己反倒先"明白了"。当黄耶鲁说明白了,那豆好像也明白了什么似的。俩人一时不再言语,头上各自顶着个"B",隔着玻璃互相明白。当那个律师从门外进来,提示探访即将结束,黄耶鲁却恢复了一贯的做派,让他"外面哨着去",而后重新盯住那豆:

"你把我奶奶的骨灰带过来了,不过我还得托你个事儿。"

那豆看看四周:"托我?我都这德性了……"

黄耶鲁却"扑哧"一笑:"放心,你坐不了牢。我已经跟那些美国人谈妥了,让他们对你免于起诉,条件是我配合他们编个瞎话,说我们家有个'元青花'不是他们的人砸坏的——其实那东西也不知是谁甋的,当时太乱,看不清楚,反正你正在往外跑,它就掉在地上了,缺了个耳朵。他们不是宣称一切物品'暂时属于美国政府'吗?那好,美国政府得负有保管责任。而美国就是这点儿好,只要你有律师,较起真来谁都怕。为了不在当原告的同时再当被告,他们也只好息事宁人,到时候顶多把你遣送回去。"

原来还有这么个插曲。也不知该感谢黄耶鲁还是那些黑西服,抑或抗议人士。总之他在美国的"睡板儿"也和在中国一样,都是雷声大雨点小。而那豆刚刚舒一口气,却见黄耶鲁弯了弯腰,把地上的"路易·威登"旅行包拎起来,从里面捧出了仨盒儿,放到钢化玻璃一侧的隔板上。捧时腰背挺直,姿态肃穆。

这仨盒儿，就是后来那豆在爷爷北屋里掏出来的那仨盒儿：一个是那豆背到美国的，外面裹着红布；一个是红木打造，梅兰竹菊的花案，却没刻着谁的名讳，没镶着谁的照片；还有一个则是印有NBA字样的小木盒儿。乍看这仨盒儿，那豆也像后来他爸他妈及八哥一样犯晕，黄耶鲁却头头是道地解释了起来，主要解释的又是那个梅兰竹菊的红木盒儿和NBA小木盒的来历——原来这年春天，黄耶鲁一家刚到美国，他就曾经打开过从中国带来、本以为装了他奶奶的那个盒儿。他想的是，那枚弹片让他奶奶疼了一辈子，这时应该拿出来，不能让那玩意儿再硌着他奶奶了。而一找，却发现盒儿里没有弹片，反而有个螺丝，由此可以知道，他奶奶被错装成了别人。类似的瞬间那豆也曾经历过，能够想见当时黄耶鲁是怎样的惊慌失措。黄耶鲁本想跟他爸商议，然而他爸临时去了纽约，此后就找不着人了，又找他妈，他妈正准备对他爸起诉离婚，家里的事儿一概不管。于是，像只屁股上挂了串炮仗的狗一样慌乱了几天，黄耶鲁索性自作主张，到唐人街买了个最贵的盒儿，将原来那盒儿里不知是谁的骨灰倒进去，又在他们家豪宅附近找了个地方，把它藏了起来。至于螺丝，拇指大小，正好装在他那枚芝加哥公牛队总冠军戒指的包装盒里，同样跟装了骨灰的盒儿藏在一处。

说起为什么要这么干，黄耶鲁道："我爸还在中国的时候，就给我奶奶预定了一场美国葬礼，说要让她在这边入土为安。真要这样，我奶奶的墓碑底下不就埋了个别人吗？将来找到拿错了骨灰的人，不还得挖坟掘墓吗？为了避免错上加错，我就调了个包，留下一空盒儿爱埋埋去，反正这对我爸也就是个心理安慰。不过做完这事儿，我在郊外的房子里天天做噩梦，梦见我奶奶说白跟我亲了，还怨我不把她找回来……可我到哪儿找去啊？国内的熟人都不能联系了，又有谁能替我去殡仪公司打听。在那房子住不下去，我就搬到了城里的公寓。也是天无绝人之路，没过多久，你们就联系上了我……"

那豆又问："你们家不是被封了吗，怎么藏了东西还能进去拿？"

黄耶鲁嘿嘿一笑："我藏盒儿的地方其实不在屋里，而是在房子背后的森林里，那儿有个废弃的守林人小木屋。也是巧了，当初我爸本想把整片森林都买下来，建个家用高尔夫球场，满足他'果岭上一记 birdy'那套嗑儿，结果却遭到了环保组织的抗议，地就没买成——恰因为此，那栋房子虽然属于我们家，房子紧挨着的森林却还属于地产公司。我虽然有家不能回，可要是去别人的地里拿东西，反而不违反禁令。而那天之所以让司机把车开进我家，纯粹是因为从院子后门进入森林比较近——我不还受了伤吗？当时本来就想告诉你，咱们从另外一条远路也能过去，可我一激动你也一激动，还没来得及再做打算，事情就一发不可收拾了……你抢了盒儿跑出去，警察掏枪上车追你，我也赶紧钻上了车，想的是赶紧把你拦下来，别为了个空盒儿送命……等你又被抓走，我就雇了个登山队，让他们用担架抬着我绕过后山，从小木屋里拿到了东西……"

听到这里，那豆便又有点儿哭笑不得。而他隔着钢化玻璃指了指那个 NBA 小木盒，黄耶鲁便会意，从里面取出了螺丝，展示给他。果不其然，螺帽上刻有一行出厂记录，里面有 2017 的字样，结尾是

XZ，正与何大梁所说的一样。也就是说，尽管山重水复，终归柳暗花明。黄耶鲁仍能完成和他的"交易"，他也能够完成和何大梁的"交易"。

只不过，那仅仅是"交易"吗？那豆一时恍惚，又问："你到底想托我什么事儿？"

黄耶鲁指了指仨盒儿中的第一个，也就是裹了红布的爷爷的盒儿："这里面是我奶奶的骨灰，我想让你把它再带回去。"

那豆几乎认为自己听错了："你什么意思？"

黄耶鲁却把眼一横："这两天我想明白了，我奶奶既然跟美国人打过仗，还挨了美国人的炸弹，凭什么死了以后要留在美国呀？就为了跟我在一块儿？可我自己都不想来，又凭什么替我奶奶做主？我奶奶得去她该去的地方。而我能想明白，一多半儿也是因为你——你这一路上说是为了自己，其实为的都是别人；你让我又见着了我奶奶，最后还把自个儿给豁了出去。搁几十年前，也许你就是我奶奶那样的人……现在我是回不去了，只能陪着我爸在美国耗着，但我信得过你。"

他说完捧起那盒儿，隔着玻璃望着那豆。那豆重又与他对视片刻，从嘴里滑出一句"明白了"。但他又问："还有弹片呢？弹片你放哪儿了？"

黄耶鲁轻松地做了个投篮的动作，总冠军戒指在空中划出一条闪亮的弧线："迈克尔·乔丹曾经说过，当他投出职业生涯的最后一球，眼中的篮筐宽阔得有如密歇根湖。"

原来是扔湖里了,中国的回中国,美国的还给美国。然后,黄耶鲁把仨盒儿装进旅行包,一瘸一拐地走出了房门,也没再朝那豆回看一眼。那豆却继续呆坐,又听见黄耶鲁在外面和警察吵了起来。人家大概是嫌他的探视超过了规定时间,而黄耶鲁勒令那位律师,"穷×——你把这话翻译给他们听"。黄耶鲁的言行自然连累了那豆的下一位探视者,在同一个房间,同一扇钢化玻璃窗后,当他总算对阴晴把话说完,石英钟上的时限还差着几分钟,就有一个看守满脸刁难地走进来,提醒他们"差不多了"。他还对阴晴说,反正里面那孩子也快被遣送了,你们有话就回中国说去吧。

阴晴的反应和黄耶鲁截然相反。她礼貌地对警察说"谢谢",站起身来。

临出门,她又对那豆重复:"明白了。"

正如黄耶鲁保证过的,又过了没两天,那豆就结束了他在美国的"睡板儿"生涯。俩警察把他从铁栅栏里提溜上车,又一左一右夹着他前往机场。对于遣送人员,必须确保不得滞留。他坐的是中国公司的航班,所以登机口附近都是前来出差和探亲的中国人,人们有的对着手机吼叫,有的就地打牌,还有的愤怒地抗议美国机场为什么不提供热水。在这只把他乡作故乡的嘈乱之中,唯独那豆享受着美国警察的保护,独自占了一条椅子,旁人不得近前。于是又有人控诉:"怎么美国也讲特权!"而那豆却还伸着脖子四处打量,在乌泱乌泱的人群中寻觅着什么。不多时,就有一个美国机场的华裔地勤跑了过来,交给他一只帆布包,然后用曲里拐弯的汉语对他说,是个中国女孩送过来的。

此前那包一定已经经过了安检，但那豆还是拉开拉链，又向俩警察展示了其中的内容。于是除了他的随身衣物，还露出了仨盒儿。此外黄耶鲁还写了个证明——鉴于直系亲属处于特殊情况，授权那豆回国代为处理他奶奶的骨灰。虽然阴晴险些把盒儿扔进密歇根湖，但送交这些东西时，黄耶鲁还是拜托了阴晴。是那豆让他这么做的。而黄耶鲁之所以被迫接受了那豆的提议，是因为他本人已经被限制离境，禁止靠近机场。也不知那俩人见面时，阴晴有没有指出这也是一种"讽刺"。

当那豆回到了北京，回到了爷爷的北屋，才接到阴晴的微信。

微信里就一句话：层楼终究误少年，自由早晚乱余生。

阴晴大概觉得，那豆看不懂也无所谓，反正他们都说过"明白了"。

而此后，那豆要做的，只是自己该做的事儿。他是在初夏将至的时节等来了何大梁。何大梁踏着满地的槐花香，穿胡同进小院儿，身后背着个写有几国语言的包袱袋。他进门先朝那豆的肩膀擂了一拳，那豆也回敬了对方屁股一脚，然后俩人互称"兄弟"。至此，盒儿已凑全，何大梁把田"锅"的骨灰换进田"锅"的盒儿里，一并带走的还有那枚螺丝。那豆想，等他到了贵州，从埃及回国又去美国转了一圈儿的田"锅"就要被葬在一条河里了吧，也没个坟，也没个碑。

过了一阵，何大梁却又给那豆打来一个视频。接通以后，显示的画面就在一条河边，河两岸的高山却似曾相识。那豆随即才反应过来，这景色正和何大梁的微信头像上的照片是一个地方。问起这事儿，何大梁解释，那照片本来就是田"锅"的家乡，当年田"锅"离家时，曾借老师的相机拍了张照，后来也曾给工友们看过，于是便被何大梁留作了纪念。从视频里还可以看见，河岸上已经有了一片工地，正有工人在一座桥梁附近劳作。何大梁告诉那豆，上面批了建桥的项目，他就把田"锅"生前的积蓄也捐了出去。桥是小桥，不用"合龙"，对于如今的工程队来说，算不上什么高难度工程。而替田"锅"撒骨灰的仪式，何大梁已经独自做完了，他想要向那豆展示的是这么一个行为：爬上即将完工的桥梁钢架，找了个螺纹孔，把田"锅"的那枚螺丝拧了进去。

从此也算有了个坟，有了个碑。

在这期间，那豆还去了趟郊外的烈士陵园。他提供了黄耶鲁的证明，陵园管理处又查阅了相关历史资料，于是同意保管老太太沈桦的骨灰。而老太太将来是否永远安葬在这里，还要她的家人亲自回国提出申请。那豆便问：

"如果他们家人回不来呢？"

管理处的人说："那就永远保管下去。"

管理处的人告诉那豆，这些年已经陆续从国外运回了不少烈士遗骸，也经多方查证，确定了某些人的身份。他们还建了座骨灰堂，紧邻着纪念碑，里面一堵大墙，密密麻麻都是格子，也和革命公墓的格局差不多。那豆又请工作人员在梅兰竹菊的红木盒儿上刻了老太太沈桦的名讳，镶了老太太沈桦的照片，然后看着人家将盒儿安放了进去。这过程有着历史意义，陵园还给录了像。那豆把录像发给了阴晴，让他转交给黄耶鲁。

无名烈士渐渐有了名。

然后就是他们自己家的事儿了。自己家的事儿更简单，还是那些亲戚，还是那辆"金杯"，还是他爸开车，拉着大家去了趟河北。路上也没再碰上烧麦秸秆儿的，很快到了墓地。墓地是当地一个村里的副业，村民种植庄稼与经营"农家乐"之余，也帮着照看一些城里人的坟头。于是入土为安。爷爷，咱们从此再见，希望您不枉当了回爷爷，就像我不枉当了回孙子。把装着爷爷骨灰的爷爷的盒儿放进墓穴中时，那豆心里说道。但他仍没哭，亲戚们也没再要求他们家"表表孝心"了。经过前一番折腾，人人也都疲了。况且还有哪个孙子为了爷爷绕了地球一圈儿？谅谁也说不出什么了。

爷爷也就留在那儿了。而这就完事儿了？在回北京的路上，那豆这样想着，又给李固元发了个短信，说的是：完事儿了。

又等回到家里，看着爷爷的遗像，他除了安宁，竟还有些失落似的。

失落之余，他才忽然又想起了什么，于是次日一早儿，那豆拎着鸟笼走进小院儿。这些鸟陪了爷爷最后几年，如今也该放它们去了。他把鸟笼打开，看着鸟们扑腾了出去，飞进一片天地之中。那天地原先也就巴掌大，那豆身在其中，并不感觉比笼中鸟活得更宽敞。然而现在他感到，那天地广袤无穷，漫长无穷，繁杂无穷。在那天地里，他目睹了一个故事讲完，也知道有无数个故事正在上演，而他必将陪着无数的人把故事讲下去。

黄雀儿一蹦一蹦地飞走,变成了湛蓝的天上的两个小亮点儿。八哥恋旧,还在小院儿上空盘旋,一句接一句地说着话。这时它说的就不是从电视上、手机上学来的话了,而是在那豆小的时候,当他从胡同里跑回家来,看见爷爷时俩人打的招呼。

爷爷喊:"豆儿哎——"

那豆喊:"爷爷——"

那豆长身而立,举手抱拳,对那天地拜了一拜。